**Sally MacKenzie** est née à Washington et vit dans le Maryland. *Le Duc mis à nu* a remporté le Golden Leaf Award pour un premier roman, et la série *Noblesse oblige* connaît depuis un immense succès outre-Atlantique.

Du même auteur, chez Milady :

Noblesse oblige :
1. *Le Duc mis à nu*
2. *Le Marquis mis à nu*
3. *Le Comte mis à nu*
4. *Le Gentleman mis à nu*
5. *Le Baron mis à nu*
6. *Le Vicomte mis à nu*
7. *Le Roi mis à nu*

La Duchesse des Cœurs :
1. *Lord Ned à tout prix*
2. *Lord Jack à tout prix*

Ce livre est également disponible au format numérique

www.milady.fr

Sally MacKenzie

# *Le Duc mis à nu*

Noblesse oblige – 1

Traduit de l'anglais (États-Unis) par Vincent Basset

Milady Romance

Milady est un label des éditions Bragelonne

Titre original : *The Naked Duke*


Suivi d'un extrait de : *The Naked Marquis*


1re édition : mai 2012
2e tirage : mai 2013
2e édition : mai 2013

ISBN : 978-2-8112-0762-5 (1re édition)
ISBN : 978-2-8112-1054-0 (2e édition)

Bragelonne – Milady
60-62, rue d'Hauteville – 75010 Paris

E-mail : info@milady.fr
Site Internet : www.milady.fr

*À mon père et à ma mère qui partagent ma passion pour les romances historiques, et pour Kevin, Dan, Matt, David et Mike qui sont quelque peu déconcertés d'avoir une auteure de romans d'amour dans la famille.*

*Tous mes remerciements à Nancy et Robert pour avoir relu plusieurs versions de ce livre ; vous m'avez aidé à trouver ma voie.*

# Chapitre premier

Le diable dormait toujours.

Sarah Hamilton se décala pour se rapprocher encore de la fenêtre de la diligence. Le fermier assis à côté d'elle grogna et déplaça sa masse volumineuse pour occuper le petit espace qu'elle venait de libérer. Son mouvement souleva un nouveau relent de sueur et de poisson de la veille.

Sarah observa derechef l'homme assis en face d'elle. Même dans le sommeil, son visage long et pâle, au nez busqué, respirait l'arrogance. Elle frissonna en repensant à ses yeux d'un bleu glacial, qu'elle avait aperçus lorsqu'il était monté dans la diligence à Londres. Il ressemblait en tout point au portrait de Satan illustrant l'exemplaire du *Paradis perdu* que possédait son père. Sarah avait la certitude de se trouver devant son premier spécimen d'aristocrate anglais : nonchalant, bon à rien, alcoolique, vaniteux, coureur de jupons, le produit dégénéré de siècles de mariages consanguins.

Elle déglutit. Son oncle était un comte, au nom du ciel. Et si jamais il était aussi antipathique que cet homme-là ?

La diligence tourna au coin d'une rue en bringuebalant et pénétra bruyamment dans la cour de l'auberge. Sarah rebondit contre la cuisse massive de son voisin et se cogna violemment le coude au panneau de bois sous la fenêtre.

— Aïe !

Elle réprima son cri de douleur, mais trop tard. Elle avait réveillé l'homme endormi.

La colère embrasa ses yeux impitoyables et il la détailla lentement, de la mèche rebelle de cheveux roux qu'elle sentait tomber sur son front jusqu'au bas de sa robe fade et démodée. Il retroussa sa lèvre supérieure en une moue méprisante. Sarah aurait voulu se fondre dans la banquette pour disparaître. Le gros fermier lui-même retint son souffle.

Heureusement, la portière du coche s'ouvrit à ce moment-là.

— L'auberge du *Lutin vert*! Vous devriez sortir et vous dégourdir les jambes.

L'homme jeta un dernier regard à Sarah puis haussa les épaules et descendit de la diligence en repoussant le cocher. Sarah et son voisin laissèrent échapper un même soupir de soulagement. Ils regardèrent l'homme traverser la cour de l'auberge d'un pas tranquille et s'engouffrer à l'intérieur du bâtiment.

— Dieu merci, marmonna le fermier corpulent, qui s'extirpa non sans mal de la voiture.

Sarah se déplaça sur la banquette à sa suite. Elle était restée assise depuis Liverpool ; elle avait l'impression que ses hanches et ses genoux n'arriveraient plus jamais à se déplier. Lorsque le cocher lui tendit la main, elle la prit avec reconnaissance. Elle chancela quand ses pieds touchèrent les pavés de la cour.

— Ça va, mademoiselle ?

Il la dévisageait de ses petits yeux marron et chaleureux sous d'épais sourcils grisonnants.

— Oui, je vous remercie. Je vais bien.

Elle relâcha sa main et ouvrit son réticule pour en extraire deux pièces, qui disparurent entre les doigts courtauds du cocher.

— Je suppose que quelqu'un va venir vous chercher ? demanda-t-il en empochant la monnaie.

Sarah ne releva pas la tête, occupée à se battre avec les cordons de son réticule.

— J'ai de la famille dans les environs.

— Ah, très bien. (Il porta la main au rebord de son chapeau.) Dans ce cas, bonne nuit, mademoiselle.

Il se pencha vers elle et ajouta en baissant la voix :

— Si j'étais vous, j'éviterais ce type avec lequel vous avez voyagé ; je veux parler de l'élégant, hein.

Sarah hocha la tête.

— C'est bien mon intention.

— Le gros gaillard, il empeste le poisson. Mais le dandy… (Le cocher secoua la tête.)… il empeste…

— La malfaisance. Je suis tout à fait d'accord avec vous. J'espère ne plus jamais le revoir.

Sarah sourit au cocher et se tourna vers l'auberge. C'était un bâtiment trapu et accueillant. Un flot de lumière et de bruits se déversait par ses fenêtres. Elle distingua le tintement des chopes et des couverts, ainsi que le rire rauque des hommes attablés dans la salle commune. L'odeur de la bière et de la viande grillée flottait dans l'air, et l'estomac de Sarah gronda. Mais elle était trop épuisée pour manger. Tout ce qu'elle voulait, c'était une chambre et un bon lit.

Quand elle s'avança vers le comptoir, l'aubergiste repoussa ses cheveux graisseux puis examina sa robe et son bonnet froissés avec une moue pincée. Il avait un air aussi amène que s'il venait d'avaler un plein tonneau de vinaigre.

Sarah soupira et redressa les épaules.

— Je souhaiterais avoir une chambre pour la nuit, je vous prie.

— J'ai pas de chambre de libre.

— Vous devez bien avoir quelque chose, tout de même !

Elle déglutit et prit une profonde inspiration. Elle ne pouvait aller frapper à la porte de son oncle en pleine nuit, épuisée et crasseuse.

— Je serai partie dès demain matin. Je dois rendre visite à mon oncle, le comte de Westbrooke.

L'aubergiste renifla dédaigneusement.

— Ton oncle, c'est le comte ? C'est ça, et le mien, c'est le prince de Galles. Passe ton chemin, petite. Je sais bien ce que tu fais pour gagner ta vie, et tu vas aller le faire ailleurs.

Sarah cilla.

— Vous ne pensez tout de même pas que je suis… (Sa voix se perdit dans les aigus. Elle avala sa salive et refit une tentative.) Que je suis…

Non, décidément, elle ne pouvait le dire. Le tenancier, lui, n'avait pas ce problème.

— Une prostituée, une catin, une fille de joie, cracha-t-il. Et je te prierai de bien vouloir déguerpir de mon auberge.

Alors qu'il finissait sa phrase, un grand homme aux cheveux roux s'avança depuis la salle.

L'affreux derrière son comptoir s'inclina immédiatement.

— Oui, milord ? Qu'y a-t-il pour votre service ?

— Tu fais preuve de bien peu de générosité, Jakes, fit l'homme d'une voix légèrement pâteuse. (Il accorda à peine un regard à l'aubergiste, tant il était absorbé par Sarah.) Dis-moi, vieil homme, tu ne vas tout de même pas jeter dehors en pleine nuit cette pauvre demoiselle en détresse ?

— Vous connaissez cette femme, messire ?

L'aubergiste lança un coup d'œil inquiet vers Sarah. Elle afficha un vague sourire. Elle, en tout cas, ne connaissait absolument pas son sauveur.

— Eh bien, nous ne nous sommes jamais rencontrés, mais je l'attendais.

L'homme se rapprocha en gardant une main appuyée sur le mur. Sarah sentait son haleine ; ce lord à la crinière rousse avait touché le fond d'une bouteille de brandy.

Sarah aurait dû être terrifiée, mais elle lui trouvait quelque chose d'étrangement familier. Elle observa ses yeux noisette légèrement vitreux et son sourire en coin. Peut-être lui rappelait-il les jeunes gens passionnés qui se réunissaient dans le bureau de son père pour discuter politique et vider des verres de punch.

— Suivez-moi, dit-il. Je vous conduis à la chambre.

Il tituba jusqu'au pied de l'escalier et s'agrippa à la rampe.

Il devait la confondre avec une autre voyageuse. Elle le suivit alors qu'il montait l'étroit escalier d'un pas mal assuré et s'engageait dans le couloir à l'étage. Sa conscience la pressait de parler, mais son corps épuisé l'en dissuadait. Elle aurait été incapable de poursuivre sa route cette nuit-là. À l'évidence, la personne qu'attendait ce gentleman roux n'arriverait pas ce soir et, quand bien même, elle comprendrait certainement. Toute femme serait disposée à partager sa chambre dans pareille situation.

L'homme trouva enfin la porte qu'il cherchait, l'ouvrit, et s'écarta pour laisser Sarah entrer. Elle s'arrêta sur le seuil. Il y avait un point qu'elle souhaitait éclaircir.

— Il ne s'agit pas de votre chambre, je suppose, monsieur ?

L'homme appuya son épaule massive contre le chambranle et sourit. Il était impossible de rester insensible à ce regard pétillant, même si l'ivresse en était la cause, et à la fossette malicieuse qui se dessinait sur sa joue droite. Sarah lui rendit son sourire. Il se pencha vers elle.

— Oh, non, la mienne est en bas, à côté de la salle commune.

— Ah ! (Sarah lutta pour ne pas tousser lorsque les vapeurs de brandy l'enveloppèrent.) Eh bien, dans ce cas, je vous remercie.

Elle pénétra dans la chambre. L'homme resta là, une main posée sur le montant de la porte. Sarah ne pouvait pas la refermer sans lui coincer les doigts. Elle le regarda avec hésitation.

— Je vous suis très reconnaissante de votre aide.

Il hocha la tête.

— De l'eau, dit-il. Je parie que vous apprécieriez aussi d'avoir de l'eau pour vous laver.

— Merci, ce serait merveilleux, en effet. (Pouvoir se débarrasser de la poussière du voyage était une perspective presque aussi paradisiaque que de dormir.) Mais je ne voudrais pas abuser.

— Pas du tout. (La fossette se creusa encore.) James me remerciera lui aussi. Je vais immédiatement vous faire monter de l'eau.

— Qui est James ? demanda-t-elle, mais son nouvel ami avait déjà disparu dans l'escalier.

Sarah haussa les épaules et referma la porte. L'identité du mystérieux James était une énigme dont la résolution attendrait le matin, quand son pauvre cerveau serait de nouveau en mesure de fonctionner.

Quelques instants plus tard, une jeune fille apparut avec un grand broc et une serviette. Sarah attendit qu'elle quitte la chambre pour ôter ses vêtements. Le feu qui crépitait dans la cheminée lui réchauffa la peau alors qu'elle rinçait son corps et ses cheveux du sel de l'océan. Tout en se séchant, elle jeta un œil sur ses habits éparpillés. Elle les avait portés pendant trois jours d'affilée ; elle frémissait à l'idée de les enfiler de nouveau en l'état. Elle secoua vigoureusement chacun des vêtements et les suspendit pour qu'ils s'aèrent. Avec un peu de chance, ils auraient recouvré un aspect acceptable au matin. Elle ne voulait pas empester la marée pour sa première rencontre avec son oncle.

Son estomac se noua. Pourquoi son père avait-il insisté pour qu'elle vienne en Angleterre ? Combien de fois l'avait-elle entendu tempêter contre l'aristocratie, qu'il qualifiait de cloaque d'imbéciles, d'infection fatale de l'Angleterre ? Et pourtant, alors qu'il était mourant, il avait insisté pour qu'elle se rende auprès de son oncle, le comte.

« Rentre à la maison, Sarah, avait-il chuchoté d'une voix faible, rentre en Angleterre. » Il s'était étranglé et redressé à grand-peine. « Promets-le-moi… »

Sarah ravala une soudaine montée de larmes. Elle n'oublierait jamais le sourire de son père quand elle le lui avait promis. Lorsqu'il avait rendu l'âme, peu après, elle avait eu la conviction sincère qu'il avait trouvé la paix.

Elle soupira, tout en peignant ses cheveux encore humides. Si seulement cette promesse lui avait apporté la paix à elle aussi. Les sœurs Abington l'avaient harcelée sans relâche pour la faire changer d'avis, depuis le moment où elle leur avait annoncé sa décision jusqu'à l'instant où elle était montée sur le *Roseanna* en partance pour l'Angleterre.

— Comment David aurait-il pu exiger que vous partiez aussi loin ? avait argumenté Clarissa pour la centième fois, alors que Sarah fermait la porte de la maison de son père pour toujours.

— C'était la fièvre qui le faisait délirer, renchérit Abigail – qui était aussi grande et maigre que sa sœur était petite et ronde – en tapotant la main de Sarah. Il est encore temps de faire machine arrière, ma chère. Il nous suffit d'envoyer un mot au port.

Clarissa hocha la tête si vigoureusement que ses anglaises grises rebondirent au-dessus de ses oreilles.

— Votre père est mort, Sarah. Vous devez faire ce qui est bon pour vous.

— Que se passera-t-il si vous allez en Angleterre et que le comte vous repousse ? Vous serez seule, à la merci de tous ces hommes sans scrupule.

Abigail frissonna, serrant si fort ses mains jointes que ses articulations blanchirent.

— C'est la vérité. (Clarissa referma ses doigts potelés sur le bras de Sarah). Vous avez connu une vie très paisible ici, à Philadelphie. Vous n'avez pas la moindre idée de ce qui vous attend ! C'est tout juste si vous avez déjà eu l'occasion de converser avec des hommes américains, et ces derniers sont à des lieues de ces Anglais pervertis. Aussi différents que des chats domestiques le sont de lions mangeurs d'hommes.

— Mangeurs de femmes, murmura Abigail.

— Exactement. Ces ducs, ces comtes et autres je-ne-sais-quoi, ils pensent qu'ils peuvent prendre les femmes puis les rejeter à leur gré.

Sarah secoua la tête pour évacuer ce souvenir dérangeant. Il était trop tard pour les regrets. Elle était là, à présent. Il ne lui restait plus qu'à espérer que son oncle l'accueille chaleureusement. Dans le cas contraire... Non, elle refusait d'y penser. Elle refusait de laisser l'inquiétude gâcher sa première occasion depuis deux mois de dormir dans un vrai lit, sur la terre ferme. Quelle que soit la réaction du comte, Sarah n'avait pas l'intention de retraverser l'Atlantique.

Sur cette promesse, elle souffla les chandelles et grimpa dans le lit.

James Runyon, duc d'Alvord, s'arracha à la contemplation des flammes quand le major Charles Draysmith entra dans le salon privé, laissant la porte entrouverte derrière lui.

— Je crois que je viens d'apercevoir ton détestable cousin Richard dans la salle commune, James, dit Charles en passant ses grandes mains dans ses cheveux châtains bouclés. Il a dû arriver par la diligence. Grand Dieu, qu'est-ce que j'aimerais lui aplatir son nez crochu jusqu'à lui faire rentrer dans le crâne !

— Richard est là ? (James haussa un sourcil.) Diable ! Je me demande bien ce qu'il cherche à faire en se montrant dans le coin.

— « Diable » est le mot juste. (Charles rejoignit James devant la cheminée.) Chaque fois que je le regarde, je m'attends à voir des cornes et une fourche. Tu devrais vraiment faire quelque chose à son sujet.

James servit un brandy à Charles puis allongea ses jambes bottées vers l'âtre et observa la lueur du feu à travers son verre.

— Et que suggères-tu ? En règle générale le meurtre, même justifié, n'est pas vu d'un très bon œil en Angleterre.

— Appelons ça un nettoyage. (Charles avala une gorgée de brandy.) Tu débarrasses le pays de la vermine.

— J'aimerais que tout le monde partage ton opinion, cracha James d'un ton amer. Personne ne croira que Richard menace mon existence tant qu'il n'aura pas jeté mon cadavre devant le tribunal de Bow Street.

— Je n'arrive pas à croire que les choses en soient là.

— Tu devrais. (James se mit à compter les événements sur ses doigts.) La sangle de ma selle se desserre soudainement et je tombe de cheval en plein saut d'obstacle. Un palefrenier incompétent ? L'homme jure que la sangle était serrée quand le cheval a quitté l'écurie et pour être honnête, je le crois. Un moellon tombe de la tour d'Alvord et me rate d'un cheveu. Le bâtiment est vieux de plusieurs siècles, c'est entendu. Le mortier n'est pas éternel. Un individu me bouscule dans une rue à Londres et je manque de finir sous les roues d'une carriole qui passe justement à ce moment-là. Un malheureux accident. Les trottoirs sont bondés de nos jours.

James avala une rasade de brandy.

— Ça fait beaucoup d'accidents à mon humble avis, dit Charles.

— Parfaitement d'accord.

— Et personne ne suspecte Richard d'être derrière tout ça ?

— Richard n'est jamais présent quand cela arrive. Rien ne le désigne comme coupable. J'ai mené l'enquête comme je le pouvais, mais impossible d'établir de lien entre lui et l'un de mes curieux accidents. Il y a certaines personnes à Londres qui pensent que ma place est à l'asile de Bedlam. La dernière fois que j'ai sollicité un enquêteur de Bow Street pour m'aider à débrouiller cette affaire, je me suis vu rappeler que la guerre était finie, que je ferais mieux de me détendre et de me réhabituer à la vie civile.

— Incroyable !

— Je ne te le fais pas dire. (James se laissa aller contre le dossier de sa chaise.) Et puisque tu as repéré Richard dans les environs, j'avoue que je suis désormais plutôt favorable à la suggestion de Robbie. Mieux vaut passer la nuit ici. J'en suis arrivé à la conclusion que les voyages nocturnes ne sont pas bons pour ma santé; ils offrent à Richard trop d'occasions alléchantes de m'expédier dans l'autre monde. (James se tourna vers Charles.) En parlant de Robbie, je suppose que tu ne l'as pas croisé dans la salle?

—Non.

—Dommage. Il est trop ivre pour être laissé sans surveillance.

—Qui est t-trop ivre?

James se retourna pour regarder le rouquin qui ricanait dans l'embrasure de la porte.

—Ah, Robbie. Nous nous demandions où tu étais. Entre donc, si toutefois tu peux te passer du montant de la porte pour tenir debout.

—Bien sûr que je peux, James.

Robbie avança d'un pas prudent dans la pièce et s'installa sur une chaise.

—Vous avez parlé de l'appétissante Charlotte pendant que je n'étais pas là?

—S'il te plaît, évite de qualifier ma future femme ainsi, dit James.

—Il faut reconnaître que tu as raison sur ce point-là. Charlotte est aussi appétissante qu'un pruneau gelé.

—Robbie…, commença James en se levant d'un air menaçant.

Charles posa la main sur son bras.

—Je déteste avoir à te dire ça, James, mais pour une fois Robbie a raison. Grand Dieu, pourquoi crois-tu que les mauvaises langues la surnomment la « reine de marbre » ? Elle est aussi froide qu'une pierre.

Robbie tapota l'épaule de James d'un geste éméché.

—James, écoute Charles. Il est intelligent. Un héros de guerre tout comme toi. S'il te dit de fuir Charlotte, alors fais-le.

Ce n'est pas comme si tu ne pouvais avoir qu'elle. Toutes les jeunes filles célibataires – et une bonne moitié de celles qui sont déjà mariées – sauteraient sur la chance de devenir la prochaine duchesse d'Alvord.

— J'ai des doutes là-dessus. (James leva la main pour couper court aux protestations de ses amis.) Non, j'ai rencontré toutes les filles en âge de se marier durant la Saison mondaine. Seigneur, depuis la mort de mon père elles n'ont cessé de me courir après. J'en ai assez. Charlotte fera l'affaire. Elle a fait son entrée dans le monde il y a déjà quelques années, ce n'est pas une de ces débutantes dont c'est la première Saison. Et c'est la fille d'un duc ; elle saura donc comment diriger ma maison. (Il jeta un regard appuyé à Robbie.) Et je suis persuadé qu'elle sera tout à fait capable d'accomplir ses autres devoirs d'épouse.

— Oui, c'est une femelle, ça je veux bien le concéder, elle devrait donc être en mesure de te donner un héritier, dit Robbie, mais n'as-tu pas envie de trouver quelque plaisir à la mise en œuvre ?

James se sentit rougir.

— Je suis sûr que nous nous entendrons très bien, Charlotte et moi.

— Mais pourquoi tant de hâte ? demanda Charles. Enfin, tu n'as que vingt-huit ans ! J'en ai trente et je ne suis pas pressé de me passer la corde au cou. (Il se pencha vers James.) Tu as survécu à la guerre. Quelle raison te pousse à vouloir un héritier tout de suite ?

— Nous venons juste d'en discuter, Charles : mon ambitieux cousin Richard. Il rôde dans l'ombre, dévoré par l'envie de devenir le prochain duc d'Alvord.

Plus tard dans la soirée, James raccompagna ses amis ivres à leurs chambres avant de regagner la sienne. Il était encore trop sobre à son goût. Tout le brandy du monde n'aurait pas suffi à noyer les pensées qui bouillonnaient dans son cerveau.

La chambre était sombre, uniquement éclairée par les braises dans l'âtre. Il se débarrassa de ses bottes et de ses bas puis ôta sa chemise, qu'il abandonna sur le sol. Il n'avait pas vraiment envie de demander au duc de Rothingham la main de sa fille. Non que Rothingham risquât d'être surpris ou mécontent. Ce dernier avait fait suffisamment d'allusions la dernière fois qu'ils s'étaient croisés à leur club, *White's*, pour qu'il fût certain de recevoir une réponse positive.

Il retira ses hauts-de-chausses et son caleçon. Épouser Charlotte ne serait pas la tragédie que Charles et Robbie lui prédisaient, et de toute façon il n'avait jamais espéré trouver l'amour en fréquentant les bals d'*Almack*. Il fallait bien qu'il se marie un jour. Charlotte devrait convenir. Il espérait juste que Richard rendrait les armes en le voyant casé.

Il s'avança nu jusqu'à la cuvette. L'eau était tiède mais la guerre d'Espagne l'avait habitué à se contenter d'un confort relatif. Il ferma les yeux, essayant de se rappeler les traits de Charlotte Wickford. Cheveux blonds, yeux bleus… À moins qu'ils soient verts ? Ou marron ? Il n'était pas sûr. Elle était petite ; sa tête arrivait à mi-hauteur de sa poitrine et il avait une jolie vue sur sa coiffure quand ils valsaient. Ses lèvres… Bon, il n'en sortait jamais grand-chose d'intéressant. Et il n'avait pas eu l'occasion de découvrir quel goût elles avaient.

Il s'essuya le visage avec une serviette. Il ne voulait pas épouser Charlotte. Il aurait préféré se marier avec une fille qu'il appréciait vraiment, mais il n'en avait pas rencontré jusque-là et il ne voyait pas comment cela pourrait arriver dans un avenir proche. Il se frotta les yeux d'un geste las. Seigneur, il se sentait pris au piège. Il manquait décidément de temps. Lors de la dernière tentative de Richard d'attenter à sa vie, il s'en était fallu de peu que la roue de la voiture ne lui broie le crâne.

— Hmpfm.

James pivota. Sacré bon sang ! Il y avait quelqu'un d'autre dans la chambre. Comment avait-il pu se montrer aussi négligent ? Il ne s'attendait pas à rencontrer des ennuis au

*Lutin vert*, ce qui en faisait par conséquent l'endroit parfait pour lui tendre un piège. Il se saisit du tisonnier posé près de la cheminée et remarqua le linge étendu là. Il marqua une pause. Des bas, une chemise, une robe. Des vêtements de femme ? Il savait à présent pourquoi Robbie ricanait. Il avait introduit en douce une prostituée dans sa chambre.

James reposa le tisonnier et s'approcha discrètement du lit. La fille était endormie, la couverture remontée jusqu'au menton. James alluma une bougie. L'inconnue marmonna et bougea, déplaçant légèrement la couverture qui dévoila sa nuque et ses épaules.

Elle était belle. Ses cheveux longs étaient détachés et se répandaient sur l'oreiller en un flot de boucles cuivrées. Ses traits étaient aussi délicats que sa tenue était fruste. James détailla ses pommettes hautes, ses longs cils, son cou élégant. Elle semblait jeune et innocente, à la lueur douce de la bougie.

— Allez, ma belle, il est temps de se réveiller.

James toucha l'épaule de la jeune fille. Sa peau était douce et chaude. Il suivit du regard la ligne de sa clavicule jusqu'au creux à la naissance de sa gorge et s'imagina suivre ce parcours avec ses lèvres.

Il avait changé d'avis et espérait à présent que l'inconnue n'allait pas se réveiller. Même s'il s'agissait à l'évidence d'une prostituée, elle risquait d'être décontenancée si elle ouvrait les yeux en cet instant. Nu comme il l'était, il n'avait aucun moyen de cacher son admiration pour elle.

La fille remua l'épaule et enfonça davantage le visage dans les oreillers. Qui était-elle ? Robbie l'avait-il fait venir de Londres ? James en doutait, mais de toute évidence elle n'était pas à sa place dans une auberge miteuse comme le *Lutin vert*. Elle semblait assez raffinée pour devenir la maîtresse d'un homme riche. Sa maîtresse à lui ? Il réfléchit à cette idée et se surprit à être tenté.

Il verrait bien au matin. Il était évident que la fille était épuisée. Il n'y avait jamais vraiment réfléchi, mais il supposa que les simples prostituées ne devaient pas avoir beaucoup de temps pour dormir. Elles devaient travailler debout durant le jour et couchées la nuit venue. Il décida de laisser dormir la belle inconnue et de voir comment les choses se passeraient le lendemain.

Il s'installa de l'autre côté du lit. Il sentait la chaleur qui émanait du corps de la fille et entendait le rythme régulier de sa respiration. Il ferma les yeux en souriant et s'efforça de trouver une position confortable. Il avait hâte d'être au matin.

La première chose que James remarqua fut une douce senteur. Délicate, pure, féminine. Il prit une inspiration plus profonde et sentit un léger poids sur sa poitrine. Et une délicieuse chaleur le long de son flanc. Et quelque chose de rond et de doux contre le haut de son bras. La sensation de chaleur se fit encore plus présente et un souffle lui chatouilla le cou.

La fille. Elle était encore dans le lit avec lui. Il déglutit, tentant de retenir le sang qui lui montait à la tête et descendait dans une autre partie de son anatomie. *Ne lui saute pas dessus comme un animal affamé*, pensa-t-il. *Savoure ce moment.*

Il ouvrit lentement les yeux. Les couvertures avaient gracieusement glissé jusqu'à sa taille durant la nuit. Le bras svelte de la fille reposait en travers de sa poitrine. Il suivit du regard la courbe harmonieuse de son poignet et de son avant-bras, l'angle délicat de son coude. Un rideau de longs cheveux roux dissimulait son visage ainsi que le sein menu qu'il sentait peser contre son flanc et son bras. Il voulait voir cela aussi. Il voulait la voir tout entière.

Il leva doucement sa main libre – il ne souhaitait pas la réveiller, pas tout de suite – et toucha sa chevelure. Elle était douce, parsemée de fils d'or. Il passa les doigts dans les boucles soyeuses et les releva afin de pouvoir observer le visage de la fille. Elle avait un teint de pêche, dépourvue des taches de son dont étaient souvent affublées les rousses. Son nez était un peu carré et ses lèvres semblaient un peu fines. Peut-être que lorsqu'elle ouvrirait les yeux – et la bouche – le charme serait rompu, mais pour l'heure elle ressemblait à une princesse de conte de fées. Assurément la plus belle prostituée qu'il eût jamais vue.

Il laissa son regard dériver vers le sein blanc et doux qui reposait contre son bras, et dont la pointe légèrement plus sombre venait effleurer son flanc. Exquis.

Il ne savait pas où Robbie avait déniché cette fille, mais en cet instant peu lui importait. Il avait bien d'autres choses à l'esprit.

Il sourit et pressa ses lèvres contre la bouche de l'inconnue.

Sarah était au beau milieu du rêve le plus étonnant qu'elle eût jamais fait. Elle se trouvait dans un grand lit moelleux et sa chaude chemise de nuit de flanelle avait disparu. Pourtant elle n'avait pas froid. Bien au contraire. Elle reposait à côté de quelque chose de grand et de chaud. Elle était même blottie contre cette source de chaleur, et en éprouvait une sensation scandaleusement agréable. Elle respirait l'odeur réconfortante du brandy et des draps de lin.

Elle sentit une délicieuse pression sur sa bouche. Ferme et douce à la fois. Comme du velours. Ensorcelante. Elle entrouvrit les lèvres pour explorer cette nouvelle sensation et reçut en retour une impression de chaleur humide.

*Réveille-toi*, lui soufflait une petite voix. *Quelque chose d'aussi agréable est forcément mal.*

Sarah réduisit la voix au silence.

Elle entendit un drôle de grognement et la pression abandonna ses lèvres. Sarah gémit, avide de sentir de nouveau cette douce caresse, qui se reproduisit mais cette fois juste sous son oreille. Elle releva le menton pour laisser plus de place à cette savoureuse pression, qui descendit le long de son cou en légers pincements et effleurements, et s'arrêta juste au-dessus de ses seins tendus.

Quelque chose de chaud et de fort lui massa la nuque, puis glissa le long de son dos jusqu'à ses hanches, contournant les parties de son corps qui brûlaient le plus de ressentir son contact. Son corps était en feu. Elle se cambra, le souffle court.

— Tu es douée, tu sais ?

*Une voix masculine.*

Sarah ouvrit brusquement les yeux ; elle découvrit un regard d'ambre chaud, des cheveux blonds et des lèvres sculpturales… qui s'apprêtaient à venir goûter le bout de son sein.

Elle hurla et repoussa la poitrine nue d'un homme, puis hurla de nouveau et retira ses mains comme si elle s'était brûlée.

— Qu'est-ce que…

L'homme se redressa pour s'asseoir, les sourcils froncés. Sarah saisit l'occasion pour attraper son oreiller et en frapper l'inconnu.

— Reculez, espèce de… de débauché !

— Débauché ?

L'homme esquiva le coup. Sarah frappa derechef et l'atteignit à l'oreille.

— Parfaitement, débauché ! Sortez de mon lit. Sortez de ma chambre ou je crie.

— Tu es déjà en train de crier, mon cœur.

— Alors je crierai encore plus fort.

Elle s'assit, brandissant l'oreiller à deux mains, prête à le chasser du lit s'il ne faisait pas mine d'en déguerpir par lui-même.

Les yeux de l'homme prirent une expression étrange, intense. Il ne regardait pas son visage. Sarah baissa la tête pour voir ce qu'il regardait.

— Ah !

Elle rabattit l'oreiller pour cacher sa poitrine.

C'est alors que la porte s'ouvrit à toute volée et qu'un autre cri de femme s'éleva.

— James !

— Par l'enfer, marmonna l'homme. Tante Gladys. Que diable fait-elle là ?

# Chapitre 2

Sarah contempla avec horreur l'attroupement devant la porte. Il y avait là l'aubergiste déplaisant, qui ricanait en se frottant les mains ; deux valets hilares ; le lord ivre de la veille, qui tentait sans succès de maîtriser son fou rire ; et deux femmes âgées, une grande, l'autre petite, dont les visages ridés sous leurs élégants bonnets s'éclairaient d'yeux brillants et inquisiteurs.

— James, répéta la plus grande, cette fois sans élever la voix.

Sa compagne et elle avaient les yeux rivés sur l'oreiller de Sarah, unique rempart entre elles et sa nudité. Sarah rougit et se laissa glisser dans le lit en remontant la mince couverture jusque sous son menton.

— Ma tante, quel plaisir de vous voir. Vous voudrez bien m'excuser de ne pas me lever.

James sentit son visage s'empourprer. Il n'aurait pas été surpris de découvrir que son corps tout entier rougissait, y compris la partie rebelle de son anatomie qui formait une inconvenante protubérance sous la couverture. Il changea de position.

— James…

Sa tante semblait ne pas trouver les mots.

Il esquissa un sourire fugitif en passant en revue les gens assemblés devant sa porte. Lady Gladys Runyon, la sœur aînée de son père, grande et maigre, le regardait du haut de ses soixante-dix ans passés avec un rouge aux joues qui faisait écho à sa propre gêne. Lady Amanda Wallen-Smyth, sa fidèle dame de compagnie, se tenait à côté d'elle. Lady Amanda, qui avait dans les soixante-cinq ans, était petite et d'apparence délicate. Une apparence trompeuse : si le moindre soupçon de ragot avait le malheur de croiser son chemin, elle se mettait en chasse des détails croustillants avec la frénésie d'un furet sur la piste d'un rat. À présent ses yeux marron malicieux balayaient l'ensemble de la chambre et prenaient note de tous les éléments du décor : les vêtements féminins près de la cheminée, les hauts-de-chausses de James sur le sol, et finalement la fille elle-même. James aurait juré que le nez de ce vieux furet venait de se retrousser. L'inconnue glissa encore plus profondément sous les couvertures.

Le visage de Robbie, qui avait enfin réussi à maîtriser son hilarité, apparut au-dessus de la tête de tante Gladys. Sa bouche s'ouvrait comme celle d'un poisson échoué mais il n'en sortait aucun son. De sa main, il mimait le fait de se trancher la gorge. James n'était pas bien sûr de ce qu'il essayait de dire, mais l'idée d'égorger quelqu'un, et Robbie plus particulièrement, lui semblait excellente.

— Robbie, aie la gentillesse de bien vouloir conduire tante Gladys et lady Amanda en bas. Et ferme la porte en partant.

— James…

— Oui, ma tante, je vous rejoins tout de suite. Mais à présent veuillez suivre Robbie, je vous prie.

James soupira de soulagement quand la porte se referma enfin. Il se tourna vers la fille. Elle serrait encore les couvertures sur sa poitrine et le dévisageait d'un œil méfiant. C'était décidément une prostituée bien étrange.

— S'il te plaît, ne te remets pas à hurler, dit-il. Mes pauvres oreilles ont assez souffert comme ça.

— Dans ce cas, ne faites rien qui puisse me faire hurler. (Ses yeux s'égarèrent sur son torse nu avant de remonter précipitamment vers son visage.) Vous avez bien quelque vêtement sur vous, j'espère ?

Il la gratifia d'un large sourire.

— Non. Et toi ?

Toute la surface de peau visible de la fille devint aussi rouge que ses cheveux. Il aurait bien aimé voir si cette rougeur s'étendait sur le reste de son corps, mais il n'en avait pas le temps. Tante Gladys n'était pas du genre à attendre patiemment. S'il ne la rejoignait pas rapidement, elle allait remonter l'escalier et le sortir de son lit en s'époumonant, qu'il soit nu ou pas.

James fronça légèrement les sourcils. Maintenant qu'un oreiller ne lui martelait plus les oreilles, il pouvait prêter attention à la voix de la fille. Celle-ci était très belle, douce et distinguée. Elle ne ressemblait décidément pas à la voix d'une prostituée du coin, ni même à celle d'une demi-mondaine londonienne.

— Tu as un accent américain.

— Je suis américaine.

La fille prenait grand soin de garder ses yeux rivés sur son visage. Elle était incroyablement embarrassée par son torse nu, pour une prostituée.

— Je viens de Philadelphie, ajouta-t-elle.

— Cela fait un sacré bout de chemin pour séjourner à l'auberge du *Lutin vert*, ma belle. Nous avons beau en être très fiers, je suis tout de même étonné que sa réputation ait traversé l'Atlantique.

— Je ne suis pas venue ici pour résider au *Lutin vert*, répondit-elle d'un ton sec, et je ne peux pas dire que je sois fort impressionnée par une auberge qui n'a pas de verrou à ses portes.

James rit doucement.

— C'est bien vrai. Mais alors, si tu n'es pas venue ici pour goûter à l'hospitalité douteuse du *Lutin vert*, pourquoi es-tu là ?

— Pour voir mon oncle. La diligence est arrivée trop tard hier soir pour que je puisse me rendre directement chez lui.

James réfléchit. Il connaissait bien tous les habitants des environs, mais il n'avait jamais entendu parler d'un villageois ayant une nièce en Amérique.

— Ton oncle ? Qui est ton oncle ?

— Le comte de Westbrooke.

James en resta bouche bée.

— Westbrooke est ton oncle ?

— Oui.

James aurait juré qu'il avait vu des étincelles dorées scintiller dans les yeux noisette de la fille.

— Mon nom est Sarah Hamilton et mon père était le frère cadet du comte.

— David. Il est effectivement parti pour l'Amérique. (James hocha la tête.) Tu es donc ici pour voir le comte de Westbrooke.

Un sourire s'épanouit sur ses lèvres, d'abord discret puis franchement hilare. Il se laissa tomber en arrière sur le lit et rit à gorge déployée.

— Oh, mon Dieu, s'étrangla-t-il. Le comte de Westbrooke ! Je n'arrive pas à le croire !

Sarah rajusta la couverture contre sa poitrine et observa l'homme qui se tordait de rire sur le lit. Cette matinée n'aurait pas pu être plus étrange. Cet homme était-il fou ? Nue ou pas, elle aurait dû se jeter dans les bras secourables de ces dames quand elle en avait eu l'occasion.

— Je ne vois pas ce qu'il y a de drôle.

— Non, je me doute bien que non. (L'homme se rassit et lui adressa un large sourire.) En fait, je devrais être en train de pleurer, et non de rire. Mais je ne suis pas malheureux pour autant. Cet incident improbable pourrait finalement être la meilleure chose qui me soit arrivée depuis bien longtemps.

Sarah s'efforça de garder les yeux rivés sur son visage. Cela aurait été plus facile si cet homme avait montré ne serait-ce qu'une once d'embarras du fait de sa nudité, mais depuis que les vieilles dames avaient disparu, il semblait parfaitement à l'aise, bien dans sa peau. C'était une très belle peau qu'il avait là, d'ailleurs. La couverture avait glissé sur ses hanches, révélant un fin duvet de poils blonds, légèrement plus sombres que ses cheveux. Sarah ressentit le désir indécent de laisser ses doigts courir de sa clavicule jusqu'à son nombril en parcourant son torse et son ventre musclés. Elle rougit et releva les yeux pour rencontrer son regard posé sur elle.

— Chérie, j'adorerais te laisser faire ce à quoi tu étais en train de penser, mais si je ne m'habille pas pour descendre rapidement, tante Gladys va débouler ici pour m'aider à me préparer.

— Je n'ai pas la moindre idée de ce dont vous parlez.

— Vraiment ? Alors c'est juste mon esprit pervers qui imagine toutes les choses agréables que nous pourrions faire si je ne devais pas descendre immédiatement, et si vous n'étiez pas une lady, évidemment.

Il se retourna et s'assit au bord du lit. Sarah admira le dessin des muscles de son dos puissant avant de replonger sous les couvertures. Elle l'entendit s'esclaffer, puis se déplacer dans la chambre.

— La voie est libre, dit-il. Je vous laisse vous préparer et vous attends dans le couloir.

Sarah attendit d'entendre la porte se refermer pour sortir la tête des couvertures et prendre une grande inspiration. Eh bien, au moins, elle savait désormais qui était ce mystérieux James. Enfin, elle savait à quoi il ressemblait. Elle rougit violemment. Elle savait même très précisément à quoi il ressemblait.

Pourtant, elle ne connaissait toujours pas son nom de famille. Comment allait-elle l'appeler ? Certainement pas James. Elle ne s'était jamais adressée à un homme en l'appelant par son prénom. Mais elle n'avait jamais non plus dormi avec un homme nu. Nue avec un homme nu ! Si la chaleur continuait à lui monter au visage, elle risquait de mettre le feu aux draps. Elle se glissa hors du lit et se précipita vers la cheminée pour récupérer ses vêtements.

Au moins, l'homme qu'elle avait trouvé dans son lit était un remarquable spécimen. Les sœurs Abington auraient dit qu'elle ne devait pas remarquer ce genre de choses, mais elle n'était pas aveugle, et il aurait fallu l'être pour ne pas trouver cet homme merveilleux avec ses cheveux blond cendré, ses épaules larges et ses yeux couleur d'ambre. Et sa voix! Elle lui faisait penser à du miel chaud. Veloutée, profonde, envoûtante. Cette voix l'avait certainement ensorcelée.

Elle enfila sa robe et sortit un peigne de son réticule, puis examina ses cheveux dans le miroir. Elle aurait dû les natter la veille, avant de se coucher, mais alors ils n'auraient pas séché. Bref, elle en payait le prix. Sa chevelure était une véritable tignasse, une tignasse rousse. Sarah commença à passer son peigne dans la masse emmêlée de ses cheveux en se rappelant combien les sœurs Abington se lamentaient sur leur couleur.

— Peut-être s'assombriront-ils avec l'âge pour devenir comme ceux de votre père, avait dit Clarissa Abington alors que Sarah avait treize ans.

— Il vous suffira de garder votre bonnet, ma chère, et personne ne le remarquera, avait ajouté Abigail.

— Sarah, il arrive parfois que les hommes croient que les rousses sont des femmes légères, aussi devez-vous être particulièrement prudente. (Clarissa avait brandi son index potelé devant le nez de l'adolescente.) Les cheveux roux sont une malédiction ; c'est aussi simple que cela. Les hommes vous prendront pour une prostituée.

Sarah s'immobilisa en plein geste. Était-ce là ce qu'avait cru l'homme dans son lit ? Son cœur se mit à battre la chamade et elle dut s'appuyer contre le mur. Que s'était-il passé exactement la nuit dernière ?

Elle s'efforça de maîtriser la panique qui montait en elle. Était-elle toujours vierge ? Elle le saurait certainement si ce n'était plus le cas, non ? Elle se sentirait… différente.

De fait, elle s'était effectivement sentie différente à son réveil ce matin-là. Est-ce que cela suffisait ? Elle n'en savait rien. Personne ne s'était jamais donné la peine de lui expliquer les mécanismes de la procréation. Était-il suffisant de se retrouver seule avec un homme ?

Les sœurs Abington avaient toujours été soucieuses d'éviter qu'une de leurs étudiantes se retrouve seule avec un gentleman en visite. Sarah posa les mains sur ses joues en feu. Elle ne venait pas de prendre le thé seule avec un homme dans le parloir de l'école ! Non, elle avait partagé un lit avec lui. La nuit. Et dévêtue.

Sarah ramena une main tremblante sur son ventre. Y avait-il déjà un bébé qui grandissait en elle ?

Et pourquoi l'homme avait-il ri quand elle lui avait dit qui elle était ? Apparemment, il l'avait crue. Il devait donc se rendre compte qu'elle n'était pas une prostituée.

Elle se força à respirer profondément. Elle ne devait pas se laisser emporter par son imagination. Pour l'heure, il n'y avait rien qu'elle puisse faire. Elle ne réussirait qu'à se nouer le ventre d'anxiété.

Elle ramena ses cheveux en un chignon bas qu'elle attacha à l'aide d'épingles. Elle examina le résultat. Pas vraiment élégant, mais au moins elle ne ressemblait plus à une meule de foin roux. Elle ouvrit la porte.

L'homme l'attendait dans le couloir, comme il l'avait promis. Une fois habillé, il avait une allure élégante et intimidante.

— Vous voilà. (Il lui offrit son bras.) Descendons affronter les dragons.

Sarah se rapprocha. Maintenant qu'il était debout, elle constata qu'il était plutôt grand. Elle qui était habituée à regarder les hommes dans les yeux lui arrivait seulement à l'épaule.

— Tu ne vas pas la présenter à ta tante, James ? Je peux la faire descendre par l'escalier de service et m'occuper de la payer si tu ne l'as pas encore fait.

Sarah sursauta. Elle n'avait pas remarqué la présence d'une autre personne dans le couloir. C'était l'homme aux cheveux roux de la veille. Elle fronça les sourcils. Pourquoi l'avait-il introduite dans la chambre de son ami ? Elle allait ouvrir la bouche pour lui dire ce qu'elle pensait de tout cela, mais James la devança.

— Nous allons clarifier la situation en bas, Robbie. Je n'aime pas discuter de mes affaires dans le couloir, et je n'ai pas envie de m'expliquer ici avec toi pour avoir à recommencer avec tante Gladys.

— Mais, James, tu ne peux pas…

James leva une main.

— Mesure bien tes paroles, Robbie. Je suis certain que tu risques de les regretter.

Robbie le dévisagea, puis haussa les épaules.

— Comme tu veux. Je suppose que tu sais ce que tu fais, comme toujours.

Une autre porte s'ouvrit et un troisième homme s'avança dans le couloir. Il était plus petit et plus trapu que les deux autres, avec des cheveux châtains bouclés.

— Bonjour, James, Robbie, madame. Heu, j'ai vu l'agitation de ce matin. Veux-tu que je m'occupe de la, euh, dame ?

— Bonjour, Charles. Viens avec nous, je te prie. (James baissa les yeux vers Sarah.) Pardonnez-moi de ne pas faire les présentations, ma chère. Je vous assure qu'il est préférable d'attendre que nous soyons en bas et que nous jouissions d'un peu d'intimité.

Sarah acquiesça. Elle n'avait aucune idée de ce qui se passait et décida qu'il valait mieux qu'elle tienne sa langue. Elle remarqua que Charles lançait à Robbie un regard interrogateur. Robbie haussa les épaules.

Le petit groupe traversa le couloir, descendit l'escalier et s'arrêta devant une porte fermée.

— Courage, murmura James en lui touchant la main.

Sarah et les trois hommes pénétrèrent dans un salon privé. La vieille dame élancée et sa compagne plus petite levèrent le nez de leur tasse de thé. Lady Amanda fronça le sien comme si elle était soudain au contact d'une porcherie.

James sourit à Sarah. Il y avait une étincelle joyeuse dans ses yeux, comme s'il se délectait par avance d'une gigantesque farce. Il se tourna vers les deux vieilles femmes.

— Ma tante, lady Amanda, puis-je vous présenter Miss Sarah Hamilton de Philadelphie ? Sarah, voici ma tante, lady Gladys Runyon, et sa dame de compagnie, lady Amanda Wallen-Smyth.

— Bon sang !

Sarah se retourna pour voir de qui venait cette exclamation. Charles semblait stupéfait ; Robbie était pâle comme un linge.

Lady Amanda pinça le nez comme si un cochon avait eu l'audace de quitter sa bauge pour venir renifler le bas de sa robe.

— Alvord, peu me chaut que vous importiez vos p…

Lady Gladys leva la main pour faire taire lady Amanda.

— Sarah Hamilton avez-vous dit ?

— C'est bien ça, ma tante. Elle est ici pour rendre visite au comte de Westbrooke. Ils sont parents, si je ne m'abuse.

Robbie gémit.

James – *non, M. Alvord*, se corrigea Sarah – se tourna pour la présenter à ses amis avec un air malicieux.

— Miss Hamilton, voici le major Charles Draysmith.

Le major Draysmith s'inclina.

— Ravi de vous connaître, Miss Hamilton.

— Et voici, dit James dont le sourire ne cessait de s'élargir, Robert – Robbie – Hamilton. Le comte de Westbrooke.

Sarah hoqueta de surprise. Lord Westbrooke s'inclina machinalement.

— Vous ne pouvez pas être mon oncle. Vous êtes trop jeune.

Robbie se passa les mains dans ses cheveux qui ressemblaient tellement à ceux de son père.

— C'est exact, croyez bien que j'en suis navré. Je suis votre cousin. Mon père est mort l'année dernière. Notre deuil vient juste de s'achever.

Un sourire pâle se dessina sur ses lèvres.

— Ainsi, vous êtes la fille de David Hamilton ? demanda lady Gladys.

Sarah se retourna pour lui faire face.

— Oui, madame.

Lady Gladys opina du chef.

— Maintenant que je vous regarde, je vois la ressemblance. Les Hamilton ont toujours eu des traits caractéristiques. Et où se trouve votre père ? Assurément, il a dû vous accompagner dans votre traversée de l'Atlantique ?

— Mon père est mort en décembre dernier.

— Vous m'en voyez navrée, mon enfant. (Lady Gladys avait l'air sincèrement désolée.) J'ai toujours apprécié votre père. Il émanait de lui une passion qui avait quelque chose de captivant. Et votre mère ? Est-elle décédée elle aussi ?

— Oui, madame.

— Mais pourquoi avez-vous quitté l'Amérique si peu de temps après la mort de votre père ?

Lady Amanda dévisageait Sarah d'un œil soupçonneux.

Il n'y avait aucune raison de leur cacher sa situation, décida Sarah. De toute manière, les choses se sauraient bientôt. Il paraissait douteux que son cousin la recueille, aussi aurait-elle besoin d'aide pour trouver du travail.

— Mon père était très impliqué en politique et c'était un médecin respecté, mais les questions matérielles ne l'intéressaient guère. Il jetait l'argent par les fenêtres et n'insistait jamais pour que ses patients paient ses services. Je n'aurais eu que bien peu de ressources pour vivre si j'étais restée à Philadelphie. De toute façon, cela m'était impossible : j'avais fait à mon père la promesse de venir en Angleterre, auprès de son frère.

Lady Gladys secoua la tête.

— Eh bien, je compatis à votre deuil, Miss Hamilton, mais cela n'explique pas ce que vous faisiez dans le lit de mon neveu. J'espère que ce n'est pas ainsi que les choses se passent dans les colonies !

Sarah sentit le rouge lui monter aux joues, et releva le menton.

— Je pensais qu'il s'agissait de mon lit. Mr Alvord est arrivé ensuite. J'ai été tout aussi surprise que vous de le trouver là au matin.

— Mr Alvord ? Vous voulez dire James ?

— Oui, ma tante, nous allons éclaircir cela dans un instant, intervint l'intéressé. Ce que je voudrais savoir, moi, c'est la raison pour laquelle vous vous êtes sentie obligée de pénétrer dans ma chambre ainsi ?

Lady Gladys balaya cette question d'un geste, mais Sarah remarqua qu'elle avait eu l'élégance de rougir.

— Vous n'êtes pas rentré hier soir. J'étais inquiète.

— Madame, j'ai vingt-huit ans. J'ai risqué ma vie pour mon pays. Si une nuit je décide de ne pas rentrer à la maison, j'estime que cela me regarde !

— Mais vous ne le faites jamais, James. Vous rentrez toujours le soir. Vous êtes extrêmement responsable. Et il y a les manigances de Richard. Évidemment que j'étais inquiète. Vous auriez pu être gravement blessé.

James leva les yeux au plafond en quête d'inspiration et prit mentalement note que sa tante savait quelque chose à propos des « manigances de Richard ». Le Foreign Office ferait bien de prendre des leçons auprès de sa tante et de lady Amanda. Leur réseau d'espions était plus étendu que celui de l'Angleterre ou celui de la France.

— Avez-vous pensé à demander à l'aubergiste comment je me portais ?

— J'étais inquiète, James. Je n'ai pas pris le temps de réfléchir. Et comment aurait-il su si quelque chose vous était arrivé pendant la nuit ?

— Apparemment, il lui est effectivement arrivé quelque chose pendant la nuit, marmonna Amanda.

James choisit de ne pas relever ce commentaire.

— Par le ciel, madame, dit-il en s'adressant à sa tante, n'avez-vous même pas songé à frapper avant d'entrer ?

— Je pensais que vous étiez mourant. Ce n'était pas le moment de frapper aux portes.

Lady Gladys toussota et détourna le regard. Ses joues virèrent au rouge.

— J'ai été, hum, plutôt surprise du spectacle.

— Oui, oui.

James ne souhaitait pas que sa tante oriente la conversation dans cette direction.

— Vous savez ce qu'il vous reste à faire désormais, n'est-ce pas ? (Lady Gladys désigna Robbie.) En tant que chef de famille, ce benêt serait en droit de l'exiger.

Les cheveux de Robbie étaient dressés sur sa tête. Il ferma les yeux.

— James..., commença-t-il.

— Inutile, Robbie. Je suis plus que désireux d'épouser Miss Hamilton. (James rit.) Cela m'épargne la reine de marbre, n'est-ce pas ?

— M'épouser ?

Sarah arrivait à peine à parler. Elle avait l'impression qu'un poids énorme oppressait sa poitrine.

— Vous êtes gravement compromise, jeune fille, dit lady Gladys. La moitié du comté vous a vue totalement dévêtue dans le même lit que mon neveu.

— Mais il ne s'est rien passé ! (Sarah sourcilla.) Du moins, je l'espère.

Robbie et Charles furent brusquement pris d'une quinte de toux. Lady Gladys et lady Amanda dévisagèrent Sarah comme si elle avait perdu l'esprit.

— Ce qui s'est ou ne s'est pas passé est sans importance, jeune demoiselle. Je ne peux pas prétendre savoir comment les choses se font dans les colonies, mais en Angleterre quand un gentleman compromet une dame – et croyez-moi, il ne fait pas l'ombre d'un doute que vous êtes compromise – il l'épouse. James comprend parfaitement cela.

— Oui, ma tante.

Sarah se tourna vers Mr Alvord.

— Mais c'était un malentendu.

Sarah perçut la panique dans sa propre voix.

James lui adressa un sourire rassurant, puis reporta son attention vers sa tante.

— Peut-être serait-il opportun que Miss Hamilton et moi-même restions seuls quelques minutes afin de discuter de tout cela.

Lady Gladys se renfrogna.

— Il n'y a rien à discuter.

— Toutefois, quelques minutes d'intimité s'imposent. (James baissa les yeux vers Sarah.) Miss Hamilton, voudriez-vous m'accompagner pour une petite promenade ? Un ravissant ruisselet coule à quelques pas du *Lutin vert*. Je vous propose de nous y rendre.

Sarah acquiesça poliment, même si elle avait clairement l'impression qu'on ne lui demandait son avis que pour la forme. Mr Alvord s'inclina devant les dames et l'entraîna dehors.

— Je suis désolé pour cet incident, dit-il quand ils eurent laissé derrière eux les bruits de l'auberge. Cela a tout de la farce, n'est-ce pas ?

— Je ne sais pas si cela tient de la farce ou de la tragédie, Mr Alvord.

— Appelez-moi James.

— Mais je vous connais à peine. Je ne peux décemment pas vous appeler par votre prénom.

— Bien sûr que vous le pouvez. J'ai l'intention de vous appeler Sarah.

Cette dernière lui jeta un regard désapprobateur, mais il lui sourit en retour.

— Quoi qu'il en soit, « Mr Alvord » serait inexact. Mon nom de famille est Runyon. Alvord est mon titre.

— Votre titre ?

— Je suis sûr que votre esprit républicain ne va pas apprécier cela, Sarah, c'est pourquoi je rechigne à vous informer que mon nom complet est James William Randolph Runyon, duc d'Alvord, marquis de Walthingham, comte de Southgate, vicomte Balmer, baron Lexter.

— Non !

Sarah s'immobilisa et le dévisagea, bouche bée.

James haussa les épaules.

— Et pourtant si.

Sarah remonta la longue liste de ses titres.

— Vous êtes duc !

— Le duc d'Alvord, oui.

— Cela implique-t-il que je doive vous appeler « milord » ?

— Théoriquement, vous êtes supposée m'appeler « Votre Grâce ».

— Ma Grâce ?

James afficha un large sourire.

— J'adorerais être votre Grâce.

Sarah réfléchit à cela, et secoua la tête.

— Je m'y refuse.

— C'est parfait. Je préfère de loin que vous m'appeliez James.

— Hmm. Mr Runyon pourra-t-il faire l'affaire ?

— Je crains que cela ne paraisse un peu trop révolutionnaire. Le temps où madame la guillotine privait nos parents français de leur tête n'est pas si loin. Si vous ôtez à un pair d'Angleterre ses titres, il se met à avoir de désagréables picotements au niveau du cou.

Sarah observa James du coin de l'œil.

— Vous n'êtes pas un de ces lords qui ont perdu toute leur fortune, n'est-ce pas ?

— Non, ma fortune est intacte. (Il leva un sourcil interrogateur.) Pourquoi pensez-vous que je puisse être sur la paille ?

— Vous ne pouvez pas vous payer une chemise de nuit.

— Une chemise de nuit ? s'esclaffa-t-il. Je suis sûr que je dois en avoir une bonne dizaine. Mais je n'en porte jamais.

— Et pourquoi cela ? Mon père mettait une chemise de nuit. Les hommes anglais n'en portent donc pas ?

— Je n'ai aucune idée de ce que les hommes anglais dans leur ensemble font ou ne font pas. Je n'ai jamais pris le temps d'étudier la question. Puis-je me permettre de vous faire remarquer – et ce n'est pas que je m'en plaigne, ne vous méprenez pas – que vous ne portiez rien non plus lorsque nous avons fait connaissance.

Sarah devint écarlate.

— C'est seulement parce qu'il y a eu un petit accident à Liverpool. Les marins ont fait tomber ma malle par-dessus bord lors du déchargement. Les vêtements que j'ai sur le dos sont les seuls qui me restent.

Ils étaient arrivés au bord d'un charmant petit ruisseau ombragé par un bosquet d'arbres. James la conduisit jusqu'à un tronc mort. Sarah s'assit ; James posa un pied botté sur le tronc et appuya un coude sur son genou.

— Pourquoi ne pas m'expliquer ce qui s'est passé la nuit dernière, dit James. Comment vous êtes-vous retrouvée dans ma chambre ?

— Je ne savais pas qu'il s'agissait de votre chambre !

Il sourit.

— C'est entendu. Racontez-moi alors comment vous êtes arrivée dans cette chambre-là.

Sarah ajusta sa jupe.

— Rien de vraiment mystérieux à tout cela, mais je vous concède que cela n'aurait jamais dû se produire. Je suis arrivée par la diligence tard dans la soirée, sans domestique ni bagages. L'aubergiste m'a mal reçue. Il était sur le point de me jeter dehors quand votre ami – mon cousin – est intervenu.

Sarah baissa les yeux et regarda ses pieds.

— Je savais que Robbie était ivre, mais j'étais épuisée et n'ai pas posé de questions. J'avais désespérément besoin d'une chambre et d'un lit. (Elle releva son regard vers James.) Je n'ai pas le pied marin. Je n'ai pas bien dormi durant la traversée jusqu'à Liverpool. Et comme je n'ai pas beaucoup d'argent, j'ai pris la malle-poste jusqu'à Londres puis la diligence jusqu'ici sans faire d'étape. La nuit dernière fut ma première nuit depuis deux mois dans un lit qui ne bougeait pas.

James lui sourit.

— Ma pauvre amie. Lorsque je suis entré dans la pièce, j'ai bien essayé de vous réveiller. Mais comme je n'y suis pas parvenu tout de suite, j'ai supposé que vous étiez épuisée et je vous ai laissée dormir.

Sarah lui rendit timidement son sourire.

— Votre tante a-t-elle coutume de faire irruption dans votre chambre ainsi ?

— Non. Mais elle a raison. Je reste généralement à la maison. Je ne l'avais pas prévenue que je coucherais dehors.

Sarah fronça les sourcils.

— Cela paraît tout de même un peu exagéré de paniquer parce que vous découchez une nuit. Ce n'est pas comme si vous étiez un petit garçon.

James soupira.

— Non, mais ma tante l'oublie parfois. C'est elle qui m'a élevé après le décès de ma mère, quand j'avais onze ans. Les vieilles habitudes ont la vie dure.

— Oui, il semble bien.

Sarah changea de position sur le tronc. Il n'y avait pas moyen d'y échapper. Elle devait lui poser la question.

— J'ai besoin de savoir quelque chose.

— Oui ? (James sourit.) J'espère que cela n'a rien à voir avec les chemises de nuit.

— Non, enfin pas exactement. (Elle se mordit la lèvre.) Ne vous moquez pas.

— Je ferai de mon mieux.

— Votre tante a dit que j'étais gravement compromise.

— C'est vrai. Je pense qu'il n'y a aucun doute là-dessus.

— Gravement jusqu'à quel point ?

James étouffa un petit rire.

— Très gravement. J'ai bien peur que vous deviez vraiment m'épouser.

Sarah avala sa salive et serra ses mains l'une contre l'autre.

— Me voilà donc enceinte ?

— Quoi ?

James en resta abasourdi. Puis son regard s'éclaira et il se plaqua une main sur la bouche.

— Vous aviez promis de ne pas vous moquer, protesta Sarah.

Il hocha la tête avec vigueur.

— Je sais bien qu'il est stupide de ma part de ne pas connaître ces choses, et plus encore du fait que mon père était médecin, mais c'est pourtant le cas. Je veux dire, j'ai bien une vague idée. Écoutez. (Elle se lança dans la liste des preuves à charge.) Nous avons dormi dans le même lit, la nuit. Nous n'avions pas de vêtements. Vous m'avez embrassée. Cela ne suffit-il pas ?

James secoua la tête.

— Alors si je ne suis pas enceinte, comment pourrais-je être compromise, ou du moins gravement compromise ? (Sarah fronça les sourcils.) Suis-je toujours vierge ?

— En tout cas, vous n'avez pas perdu votre virginité avec moi.

— Alors, si je ne suis pas enceinte et que je suis toujours vierge, vous n'avez pas besoin de m'épouser, non ?

James décala son pied sur le tronc.

— Ce n'est pas aussi simple.

— Et pourquoi ça ? (Sarah croisa les bras.) Nous n'avons rien fait de mal, pourquoi devrions-nous être punis ?

— Le problème n'est pas de savoir si nous avons fait quelque chose de mal, Sarah, mais si nous en avons donné l'impression.

— C'est ridicule.

— Peut-être, mais c'est ainsi que va le monde, ou du moins ce monde-ci. Et j'ai du mal à croire que la bonne société de Philadelphie fonctionne différemment.

— Je ne saurais le dire. Je ne faisais pas partie de la bonne société de Philadelphie. (Sarah sourit.) Et comme je n'ai aucunement le désir de faire partie de la bonne société anglaise, ma réputation n'a guère d'importance, n'est-ce pas ?

James fronça les sourcils.

— Qu'avez-vous l'intention de faire alors, Sarah ? D'après ce que vous avez raconté à tante Gladys, vous n'avez plus rien qui vous rattache à l'Amérique.

Sarah lissa le dessus de sa jupe.

— Eh bien, oui. Je ne peux pas y retourner, c'est vrai. Même si j'arrivais à trouver l'argent pour payer la traversée, je ne saurais pas où aller, enfin pas vraiment.

Elle pensa aux sœurs Abington. Elles la laisseraient certainement continuer à trimer pour elles dans l'Académie Abington pour jeunes filles. Elle grimaça. Elle n'allait certainement pas braver l'Atlantique une nouvelle fois pour ça.

— Pour être honnête, je n'ai pas vraiment réfléchi au-delà de mon arrivée ici. Mon père a tellement insisté pour que je vienne. Je crois que j'espérais que le comte pourrait m'aider. Je suppose que Robbie n'est pas marié ?

— Non.

Sarah soupira.

— Alors aucun espoir de ce côté-là. Je ne peux pas vivre chez lui ; même moi je sais ça. Je vais avoir besoin de trouver un travail. J'ai une certaine expérience en tant qu'enseignante. Connaissez-vous une école pour filles qui aurait besoin d'un professeur ? Ou une famille en quête d'une gouvernante ? Je suis plus à mon aise dans les matières classiques qu'en peinture et en musique, mais si les enfants sont encore jeunes, je suis sûre d'être à même de leur en enseigner les rudiments.

James s'assit à côté d'elle et lui prit la main.

— Sarah, les professeurs ont plus que quiconque besoin d'une réputation irréprochable. Je ne peux imaginer une mère confiant l'éducation de sa fille à une femme qui a des secrets, et vous avez désormais un secret, un lourd secret. Nous savons vous et moi ce qui s'est passé – et ce qui ne s'est pas passé – dans cette chambre, mais essayez donc d'expliquer cela à quelqu'un qui n'était pas là. Une mère ne restera jamais indifférente à des mots comme « lit » et « dénudée » ou, si je veux être tout à fait honnête, « duc d'Alvord ». Non, ma chère, si vous demeurez en Angleterre, vous devrez prendre en considération votre réputation. Vous marier avec moi serait-il vraiment une punition ?

Sarah regarda ses yeux couleur d'ambre chaud bordés de longs cils épais. Une punition ? Il était certainement conscient du fait qu'il représentait l'idéal masculin de toutes les femmes. Elle haussa les épaules.

— Comment le saurais-je ? Je ne vous connais pas. Vous êtes peut-être un joueur invétéré ou un mari qui bat son épouse.

— Je plaide innocent pour toutes les charges. (James sourit.) Enfin, étant donné que je n'ai jamais été marié, je ne peux réfuter votre dernière accusation avec une absolue certitude, mais je n'ai jamais blessé physiquement une femme de toute ma vie, et je n'ai pas la moindre envie de vous faire du mal.

Il lui prit l'autre main et la tira doucement vers lui. Elle se tourna pour lui faire face.

— Écoutez, Sarah, cet arrangement comporte des points bénéfiques pour nous deux. Vous avez besoin d'un toit. Si vous m'épousez, vous l'aurez, ainsi qu'une famille toute prête : tante Gladys, qui a vraiment un cœur d'or, et ma sœur Lizzie. Sans oublier lady Amanda. Un jour, si nous sommes chanceux, nous aurons des enfants. Et vous serez à proximité de votre cousin ; Robbie est pour ainsi dire notre voisin.

Sarah rougit. Elle se sentait toute bizarre – envahie par une bouffée de chaleur, le souffle court et un peu chancelante – à l'idée de porter les enfants de cet homme. Elle ne pouvait nier que son offre était attrayante. Elle n'avait pas vraiment eu de famille. Sa mère et son frère nouveau-né étaient morts en même temps quand elle était très jeune. Son père avait été tellement absorbé par son travail et ses engagements politiques qu'il avait laissé les vieilles filles Abington l'élever. Elle avait été privée d'affection toute sa vie. Le besoin de combler ce manque la submergea, si intense qu'elle en eut le souffle coupé.

Mais James ne l'aimait pas, pas plus qu'elle ne l'aimait lui, se rappela-t-elle en hâte. Pourquoi un duc anglais voudrait-il épouser une Américaine sans le sou ?

— Qu'est-ce que vous y gagnez, vous ?

— Une épouse. J'en ai besoin d'une.

Il afficha un large sourire. Sarah remarqua la façon dont le coin de ses yeux se plissait quand il souriait.

— En fait, j'étais sur le point de partir pour Londres afin de me trouver une épouse. Vous m'avez épargné une foule de tracas.

— Je ne peux pas croire que vous ayez le moindre problème à trouver une jeune Anglaise pour vous épouser. Elles doivent se bousculer pour vous avoir.

James eut l'air surpris.

— Je vais prendre ça comme un compliment. Cependant, ce n'est pas moi que les dames de Londres poursuivent ; elles en ont après mon titre et ma bourse.

— Je ne le crois pas une seule seconde.

Il grimaça.

— Croyez-le. (Il contempla le ruisseau qui courait sur son lit de galets.) Que diriez-vous d'un compromis ? Nous ne nous fiancerons pas immédiatement. Comme vous l'avez fait remarquer, il ne s'est rien passé la nuit dernière, il n'y a donc pas d'urgence. Vous pouvez demeurer à Alvord avec lady Gladys et lady Amanda comme chaperons. Puis, quand nous amènerons Lizzie à la ville dans quelques semaines, vous pourrez nous aider à garder un œil sur elle. Elle a dix-sept ans et nous donne du fil à retordre. Je ne pense pas que tante Gladys soit à la hauteur de cette tâche et il semble que vous ayez une certaine expérience des jeunes filles. Vous pouvez considérer cela comme votre premier poste, si vous préférez. Ainsi, vous aurez du temps pour vous habituer à moi et à l'idée de ce mariage.

— Ce n'est pas que je ne vous apprécie pas, se hâta-t-elle de préciser. Vous semblez tout à fait aimable. Mais je ne vous connais pas, c'est tout.

James acquiesça.

— C'est parfaitement compréhensible. Toutefois, il y a deux conditions.

— Oui ?

— D'abord, si la rumeur venait à se propager au sujet de cette nuit au *Lutin vert*, vous devrez m'épouser. Je ne laisserai pas ternir votre réputation. Et je refuse d'être l'homme accusé de la salir.

Sarah trouvait peu probable que cette mésaventure se répande. Qui se souciait de Sarah Hamilton ? Et de toute façon, les seules personnes au courant de l'incident étaient la famille et les amis de James… ainsi que l'odieux aubergiste et les valets.

— Je vois mal votre tante aller raconter cette histoire, mais ces valets… Sans parler de l'aubergiste qui ne m'apprécie pas du tout.

— Ne vous inquiétez pas. Jakes ne soufflera pas un mot de cette histoire ; il sait que s'il me contrarie, les jours prospères de son auberge sont comptés. Et il fera en sorte que ses valets se taisent.

— Très bien. Et la seconde condition ?

James sourit de toutes ses dents et Sarah sentit son estomac faire un étrange petit bond.

— En second lieu, je me réserve le droit de tenter de vous persuader d'accepter ma cour.

— Ce qui signifie ?

— Oh, quelques petites choses. Principalement, celle-ci.

Il se pencha vers elle et posa doucement ses lèvres sur les siennes.

Sarah n'entendait plus le clapotement du ruisseau à ses pieds ni ne sentait l'écorce rugueuse du tronc sur lequel elle était assise. Son univers se réduisait à James et à sa bouche qui caressait doucement la sienne. Elle était pleinement éveillée cette fois-ci, et pourtant ce contact continuait de provoquer des sensations indécentes au creux de son ventre.

Un seul autre garçon l'avait embrassée. Le garçon boucher, empestant le sang et les saucisses, l'avait empoignée dans la cuisine de son père, un jour. Cela avait été une agression. Avec James, c'était une invitation. Mais à quoi ? Sarah se redressa, haletante, et regarda James. Ses yeux brillaient du même éclat intense et étrange qu'ils avaient eu ce matin, lorsqu'il avait examiné sa… sa poitrine. Sarah s'empourpra.

— Je ne suis pas sûre que ce soit une bonne idée, milord, heu, Ma Grâce.

— James. (Sa voix était basse et rauque.) Je me dois vraiment d'insister, ma chère. Vos lèvres républicaines ont trop de mal à se faire aux « milord » et autres « Grâce ».

Ses yeux s'attardèrent sur ces lèvres dont il parlait. Sarah les humecta nerveusement du bout de la langue. Le regard de James se fit plus perçant et il se pencha de nouveau vers elle.

Sarah se releva brutalement.

— Oui, eh bien, heu, nous verrons. (Elle lui lança un regard impuissant.) De quoi parlions-nous ?

Il sourit.

— De ceci, dit-il en tendant son index pour toucher les lèvres de Sarah. (Il passa doucement son doigt le long de sa lèvre inférieure.) Et de la seconde condition pour différer notre engagement, à savoir que vous me permettiez de vous faire la cour.

— Ai-je vraiment le choix ?

Son sourire s'élargit encore.

— Je ne crois pas, non.

# Chapitre 3

Sarah tenta d'analyser sa situation alors qu'elle revenait vers le *Lutin vert* en compagnie de James. Elle n'avait jamais suscité l'intérêt d'un homme – le garçon boucher ne comptait pas – et voilà qu'à présent il y avait James, sûrement le plus beau spécimen qu'elle ait jamais rencontré, qui déclarait vouloir l'épouser.

Mais James n'était pas un homme comme les autres, non. C'était un duc; une espèce tout à fait à part. Un pair de Grande-Bretagne qui n'avait pas hésité à ôter ses habits et à grimper dans le lit d'une inconnue quand l'occasion s'en était présentée. Il était de toute évidence parfaitement rompu à l'art de la séduction.

—Bon sang, s'exclama James dans un murmure, et il pressa le pas, sortant Sarah de sa rêverie.

Elle accéléra à son tour pour rester à sa hauteur.

—Qu'y a-t-il?

—Mon cousin Richard est en train de faire des siennes.

—Salaud!

Une fille aux cheveux d'un roux flamboyant, avec un œil enflé et violacé, se tenait dans la cour de l'auberge et hurlait au visage de l'individu démoniaque avec qui Sarah avait partagé la diligence.

—J'ai fait ce que vous vouliez. Vous n'aviez pas à me frapper.

—Molly! (Une autre jeune femme sortit de l'auberge en courant.) Molly, tu vas bien?

— Regarde ce qu'il m'a fait, Nan ! Regarde ce qu'il a fait à mon visage !

Nan prit Molly dans ses bras et regarda Richard.

— Molly est une bonne fille, monsieur. Vous n'auriez pas dû la battre.

— Une bonne fille, vraiment ? Eh bien, c'est une prostituée passablement médiocre. (Richard attrapa Nan par le poignet et l'attira à lui.) Voyons voir si toi, tu sauras m'en donner pour mon argent.

— Richard ! (James s'approcha vers eux.) Laisse-la.

— Pourquoi ? C'est une de tes favorites ?

Les phalanges de Richard blanchirent et Nan lâcha un cri de douleur. Richard posa ses yeux froids sur Sarah et la détailla lentement, descendant de sa chevelure jusqu'à sa taille et ses hanches en s'attardant sur son corsage. Sa peau la démangeait à chaque endroit de son corps où il posait les yeux.

Il relâcha son étreinte et Nan s'effondra en sanglotant dans les bras de Molly.

— Qui est cette beauté qui t'accompagne, James ?

Sarah pensa que James n'allait pas répondre tant son silence se prolongea.

— Miss Hamilton, voici mon cousin Richard Runyon. (James se faisait violence pour prononcer chaque mot.) Richard, Miss Hamilton, de Philadelphie.

— Philadelphie ? Tu les fais venir de bien loin, tes divertissements, James.

— Richard ! Miss Hamilton est la cousine du comte de Westbrooke.

— Vraiment ? Nous avons partagé la diligence depuis Londres, n'est-ce pas, Miss Hamilton ? Robbie doit avoir autant d'affection pour vous que James en a pour moi, s'il vous fait voyager dans une vulgaire diligence.

*La haine entoure cet homme comme les mouches grouillent autour d'un tas de fumier*, pensa Sarah. Elle répondit d'une voix neutre.

— Mon cousin ne savait pas que je devais venir.

— Ah, une surprise. J'espère que Westbrooke aime les surprises. Et vous allez vous installer chez lui, j'imagine ? Quel veinard, ce Robbie.

— Sarah va s'établir à Alvord.

Richard arqua un sourcil.

— Oh ? Comme c'est généreux de ta part, James, d'ouvrir ainsi ton humble demeure aux étrangers. (Il s'inclina légèrement en une salutation moqueuse.) Profitez bien de votre séjour à Alvord, Miss Hamilton. Peut-être nos chemins se croiseront-ils à nouveau.

Sarah poussa un soupir de soulagement dès que Richard fut hors de vue.

— Oh, Votre Grâce, dit Nan en exécutant une rapide révérence, je ne sais pas ce que nous aurions fait si vous et votre dame n'étiez pas arrivés. Ce M. Runyon, c'est le diable en personne.

— Je sais, Nan. (James se tourna vers l'autre fille.) Comment se fait-il que votre amie se soit retrouvée avec lui ? Je croyais que vous étiez toutes au courant qu'il fallait l'éviter.

Nan acquiesça.

— Oui, nous le savons bien. Mais Molly est nouvelle, vous comprenez.

Molly s'avança au côté de Nan.

— Ma mère est malade, Votre Grâce, et il y a les petits à nourrir. On a besoin d'argent. (Elle jeta un regard à sa comparse.) Nan m'avait promis une passe facile.

— La ferme, Molly, souffla Nan en jetant un regard inquiet vers James.

— Ben quoi, tu l'avais promis, Nan.

— Et si t'avais attendu comme t'étais supposée le faire, t'aurais eu ce que je t'avais promis.

— Comment je pouvais savoir ? T'as dit d'attendre un lord.

— Runyon n'est pas un lord, espèce de bécasse.

— Il ressemble à un lord en tout cas.

Nan poussa un soupir exaspéré.

— Je t'avais dit que ce lord te voulait pour un ami, pas pour lui.

— Mesdames, je crois que vous pourriez poursuivre cette conversation ailleurs. (James se tourna vers la fille blessée.) Molly, allez montrer votre œil à un médecin. Vous lui direz de m'envoyer la note. Et je vous suggère d'envisager une autre carrière. Il doit bien y avoir un autre moyen pour vous de joindre les deux bouts.

— Oui, je suppose que oui, mais j'ai pensé que ce serait plus facile ainsi. J'ai une certaine expérience dans la chose, si vous voyez ce que je veux dire. Mais j'avais encore jamais fait ça comme professionnelle.

— Oui, bon, en attendant vous feriez mieux d'aller mettre quelque chose sur cet œil.

— Oui, Votre Grâce, je vais le faire. Merci.

Sarah regarda Molly et Nan disparaître à l'intérieur de l'auberge.

— C'était cette fille que Robbie attendait.

— On dirait bien, oui.

— Mes cheveux ne sont pas aussi roux que ça !

James éclata de rire.

— Vos cheveux sont magnifiques, Sarah.

Il replaça une mèche rebelle derrière son oreille. Elle sentit la chaleur de ses doigts contre sa joue.

— Ils sont de feu et d'or. Je suis très heureux que Robbie n'ait pas rencontré Molly la nuit dernière. Je l'aurais renvoyée de ma chambre dès l'instant où je l'aurais aperçue dans mon lit.

— Et vous ne seriez pas dans un tel embarras.

— Un embarras dans lequel je suis ravi de me trouver, comme je vous l'ai déjà expliqué.

Sarah ignora son commentaire.

— L'aubergiste m'a dit que le *Lutin vert* était un endroit respectable, mais il semble bien qu'il y existe un commerce prospère du genre de celui dont il me soupçonnait.

— Ne vous en formalisez pas. Je suis sûr que ce vieux Jakes voulait seulement protéger les intérêts des filles du coin. Si vous vous étiez installée ici, plus aucune autre n'aurait eu de travail.

— C'est ridicule !

Sarah sentit ses joues s'empourprer.

— Oh non, ma chère. Au début, j'ai cru que Robbie vous avait fait venir de Londres.

— Vous avez pensé que je pouvais venir de Londres, vêtue de cette robe ?

— Je me dois de vous rappeler que vous ne portiez pas cette robe la première fois que je vous ai vue.

Les joues de Sarah la brûlèrent davantage.

— Mais vous pourriez être habillée d'un sac – ce qui, vous voudrez bien me pardonner, est plus ou moins le cas – que vous seriez et resteriez belle.

Sarah sentit les doigts de James lui effleurer le visage et se tourna vers lui, irrésistiblement attirée.

— Vos cheveux, vos cils, vos lèvres, et vos adorables yeux noisette. Vous feriez une merveilleuse maîtresse pour un homme si c'était là votre souhait – sauf si, bien sûr, vous êtes disposée à devenir mon épouse.

Il prit son visage entre ses mains et lui caressa les joues du bout des pouces. Sarah pensa qu'il allait l'embrasser là, en plein milieu de la cour de l'auberge. Il avait cette expression intense qu'elle commençait à reconnaître. Mais un coche arriva en faisant résonner les pavés et il se redressa.

— Allons retrouver tante Gladys et lady Amanda, dit-il, je suis sûr qu'elles se demandent où nous sommes passés.

Les dames étaient encore dans le salon privé quand James et Sarah y revinrent. Le major Draysmith et Robbie avaient en revanche disparu.

— Bien, tout est arrangé ? demanda lady Gladys. Vous avez certainement eu assez de temps pour cela. Vous êtes fiancés, James ?

— Pas exactement, ma tante. Miss Hamilton a gracieusement accepté que je lui fasse la cour. J'ai l'espoir qu'une fois qu'elle me connaîtra mieux, elle acceptera également l'idée de notre mariage.

Lady Gladys s'esclaffa.

— Comment pourrait-elle vous connaître davantage, James ?

— Ma tante ! protesta James.

— Il n'y a donc aucune urgence à publier les bans ?

Les yeux de lady Amanda étaient rivés sur le ventre de Sarah comme si elle pouvait détecter une grossesse naissante. Sarah éprouva l'envie irrationnelle de croiser les bras.

James secoua la tête.

— Aucune. Toutefois Miss Hamilton a consenti à des fiançailles immédiates si des ragots venaient à se propager sur la petite mésaventure de la nuit dernière. Mais comme je suis certain que ni mes parents ni mes amis ne souffleront mot de ces événements, j'ai bon espoir que nous puissions lui accorder le temps dont elle aura besoin pour prendre sa décision. Cela vous convient-il, ma tante ? Lady Amanda ?

— Certainement. (Lady Gladys sourit.) Nous n'avons aucun intérêt à presser vos noces, n'est-ce pas, Amanda ?

— Certes non. (Lady Amanda continuait à lancer des regards suspicieux vers le ventre de Sarah.) Si vous êtes sûrs qu'il n'existe aucun risque d'un événement embarrassant d'ici à neuf mois ?

— Nous en sommes tout à fait sûrs, répondit James.

Sarah était trop mortifiée pour ouvrir la bouche.

— Voilà qui est réglé. (Lady Gladys se leva.) Rentrons à la maison. Je suppose que Miss Hamilton résidera à Alvord, James ? Elle ne peut décemment pas aller à Westbrooke. Robbie est peut-être son cousin, mais sa demeure est celle d'un célibataire.

— C'est exact. Je suis certain que je peux compter sur lady Amanda et vous-même pour être de parfaits chaperons.

James les escorta dans la cour où les attendait un impressionnant carrosse. Sarah remarqua un grand cheval noir qui attendait à côté.

— Vous n'allez pas voyager avec nous ? demanda-t-elle discrètement à James après qu'il eut aidé les vieilles dames à monter dans la voiture.

— Non. Cela vous donnera l'occasion de mieux faire connaissance avec ma tante et lady Amanda. (Il leva la voix pour s'adresser à lady Gladys.) Soyez gentilles avec Sarah, ma tante.

— Bien sûr que nous serons gentilles avec Miss Hamilton, James. Nous ne sommes pas des monstres.

Sarah n'en était pas persuadée. À observer le sourire de lady Amanda tandis que James l'aidait à prendre place, elle pensa à ce qu'avait pu ressentir Daniel en entrant dans la fosse aux lions.

— Je confesse que je ne sais pas qui votre père a épousé, Miss Hamilton, dit lady Gladys dès que l'attelage se mit en mouvement. David est devenu le mouton noir de la famille quand il a quitté l'Angleterre. Feu le comte ne parlait jamais de lui.

— Je n'ai pas vraiment connu ma mère moi non plus, lady Gladys. (Sarah n'avait que de vagues souvenirs de sa voix douce et de sa chevelure couleur de feu.) Elle s'appelait Susan MacDonald. Son père était négociant en farine à Philadelphie.

— Un marchand écossais ! s'écria lady Amanda d'un ton dédaigneux.

Sarah ne prêta pas attention à la critique qu'elle décelait dans cette remarque.

— C'était un excellent marchand. Si mon père avait eu ne serait-ce qu'une once du sens des affaires de mon grand-père, je suis sûre que je ne serais pas sans le sou comme je le suis à présent.

Lady Gladys sourit.

— Je n'en doute pas, ma chère. (Elle se tourna vers sa compagne.) Vraiment, Amanda, les liens de Miss Hamilton avec le monde du commerce sont sans importance. Vous savez bien que les marchands prospères sont toujours acceptables.

— C'est vrai. Dans la bonne société, leurs poches pleines font oublier leurs mains sales. Sans compter que Miss Hamilton est américaine. Ce qui devrait lui valoir une certaine indulgence en la matière.

Sarah se redressa. Elle détestait que l'on critique son pays encore plus que sa famille. Elle ouvrit la bouche pour objecter, mais les deux vieilles dames étaient penchées l'une vers l'autre et l'ignoraient complètement.

— James pourrait bien épouser une actrice – non pas qu'il ferait jamais une chose pareille, bien sûr – que la société l'accepterait quand même, dit lady Gladys.

— Tout à fait. Personne ne voudrait risquer de perdre la faveur du duc d'Alvord.

Lady Amanda regarda Sarah. Celle-ci releva le menton, et la vieille dame sourit.

— Elle ressemble assez à une duchesse. Je crois qu'elle fera l'affaire, Gladys.

— Oui, je le pense aussi.

Les femmes adressèrent un sourire à Sarah, qui le leur rendit timidement. Elle avait la désagréable impression de ne plus tenir les rênes de sa vie.

— Je vois que vous avez déjà quitté le deuil, ma chère, observa Gladys.

— Oui. Je devrais être vêtue de noir, mais je n'avais pas d'argent pour acquérir une nouvelle garde-robe, ni le temps nécessaire pour la constituer. Et mon père ne l'aurait pas souhaité. « Pourquoi rendre le monde encore plus triste en nous habillant de noir ? », avait-il coutume de dire.

Lady Gladys hocha la tête.

— Dans ce cas je suppose que vous ne verrez pas d'objection à porter des toilettes de couleur et à danser lorsque nous emmènerons Lizzie à Londres ?

— Non, hésita Sarah. Je n'y vois pas d'objection. Je ne demande qu'à vous satisfaire, mais…

— Nous n'avons pas besoin de préciser la date du décès du père de Miss Hamilton, ajouta lady Amanda. Et si quelqu'un a l'outrecuidance de le demander – comme pourrait le faire Richard – il nous suffira de dire qu'on fait les choses différemment dans les colonies.

— Oui, acquiesça lady Gladys. Il y aura quelques froncements de sourcils, mais ce n'est pas comme si Sarah sortait à peine de l'école ou qu'elle était en quête d'un époux. Elle portera bientôt l'émeraude des Alvord.

Sarah se dandina sur sa banquette.

— Lady Gladys, vraiment je ne crois pas que vous devriez considérer comme un fait acquis que votre neveu et moi allons nous marier.

— Bien sûr que vous allez l'épouser, ma fille. (Lady Amanda dévisagea Sarah comme si c'était un monstre de foire.) Cet homme est duc, riche, jeune et beau. Que voudriez-vous de plus ?

— Je ne sais pas. (Sarah haussa les épaules en signe d'impuissance.) Tout cela est tellement déroutant.

— Qu'est-ce qui est déroutant ? (Lady Amanda se tourna vers sa compagne.) Tout cela me semble limpide comme du cristal, n'est-ce pas, Gladys ?

— Tout à fait. (Lady Gladys se pencha en avant et tapota la main de Sarah.) Dites-nous quel est le problème, Miss Hamilton.

Le problème, c'était qu'elle était une jeune Américaine désargentée et James un duc anglais fortuné. Mais au lieu de répondre cela, Sarah bafouilla :

— Je ne sais pas danser.

Gladys et Amanda la dévisagèrent comme si elle venait de dire qu'elle ne mangeait pas ou qu'elle ne respirait pas.

— Vous n'appartenez pas à une secte méthodiste, j'espère ? demanda lady Gladys.

— Non. Je ne désapprouve pas la danse, c'est juste que je n'ai jamais appris à danser. Je ne suis jamais allée à un bal et n'ai jamais eu de soupirant. (À l'évidence, ces dames allaient commencer à comprendre combien la banale Miss Hamilton était à mille lieues de l'univers brillant dans lequel évoluait le duc d'Alvord.) Mes deux seules amies étaient les sœurs célibataires qui habitaient à côté de chez nous.

— Comme c'est horrible ! s'exclama lady Gladys. C'est comme si vous aviez porté le deuil toute votre vie, ma chère.

— Assurément. (Lady Amanda n'aurait pas pu avoir l'air plus choquée.) Pas de bals, pas de soupirants ! Quelle tristesse.

Lady Gladys sourit.

— Même si vous n'épousez pas James – et peut-être ne l'épouserez-vous pas, ajouta-t-elle alors que Sarah s'apprêtait à protester –, vous méritez de vous divertir un peu, ma chère. Je suggère que vous preniez ça comme une chance qui vous est offerte de profiter un peu de la vie. Amusez-vous. Portez de belles robes. Dansez. Flirtez. Je suis persuadé que James saura se présenter sous un jour suffisamment favorable pour mériter votre attention.

Sarah regarda les deux femmes âgées qui la dévisageaient dans l'attente de sa réponse. Pour une raison inconnue, elle ne voulait pas les décevoir et, si elle était tout à fait honnête, elle ne voulait pas non plus se décevoir elle-même. La pensée que Miss Sarah Hamilton, fille d'un républicain impécunieux, obscure enseignante à l'Académie Abington pour jeunes filles, puisse assister à de brillantes soirées mondaines avait quelque chose d'irrésistible.

— C'est entendu.

— Splendide.

Les deux vieilles dames lui adressèrent un franc sourire. Puis lady Gladys jeta un coup d'œil par la fenêtre.

— Ah, nous sommes arrivées !

Sarah se pencha afin de voir où James vivait. Elle en resta bouche bée. Elle se trouvait devant un château médiéval.

— C'est votre demeure ?

— Oui. Le premier duc d'Alvord a combattu au côté de Guillaume le Conquérant, lui répondit lady Gladys. C'est lui qui a bâti le premier édifice. Les ducs suivants ont agrandi et modifié l'endroit, comblé une partie des douves, étendu le domaine et les jardins, construit une terrasse sur l'arrière. C'est une bâtisse vraiment confortable maintenant, sans humidité ni courants d'air.

Le château bordait un lac entouré de coteaux boisés et de prairies. Sarah contempla l'édifice de pierre grise, ses tourelles crénelées, son pont-levis. Était-ce vraiment là que James vivait ? Elle avait pris au pied de la lettre les mots de Richard quand il avait dit que James lui ouvrait son « humble » demeure.

— Impressionnant, non ? commenta lady Amanda d'une voix suffisante. Le château d'Alvord dispose de plus de vingt chambres. Le domaine s'étend sur cinq cents acres.

— Oh, Amanda, cessez donc ! s'esclaffa lady Gladys. Vous parlez comme un guide touristique à un penny.

— Je suis sûre que Sarah n'a jamais vu de résidence aussi imposante, Gladys.

— Comme il est aimable à vous de le faire remarquer. Veuillez excuser Amanda, Sarah. Ce doit être une crise de goutte qui la met dans cette méchante humeur.

— Une crise de goutte ! Je ne souffre pas de la goutte, Gladys.

Le carrosse traversa le pont-levis dans un bruit de tonnerre, passa sous la herse et emprunta une allée circulaire avant de s'arrêter devant une paire d'imposantes portes en bois. Un valet accourut pour installer le marchepied. James apparut derrière lui.

— Nous avons eu une agréable discussion avec votre Sarah, James, annonça lady Gladys alors qu'elle acceptait la main de son neveu pour descendre du carrosse.

— Oui, renchérit lady Amanda, qui suivait Gladys. Et à présent, si vous voulez bien faire ce qu'il faut, nous pourrons bientôt accueillir une jeune mariée à Alvord. Il est temps que vous vous préoccupiez de votre succession, vous savez.

— Oui, lady Amanda, acquiesça docilement James. (Il adressa un grand sourire à Sarah alors que les deux femmes entraient dans le château.) Je vois que vous avez charmé ces dames ; elles semblent vous apprécier.

Sarah afficha un air dubitatif.

— Je crois surtout qu'elles veulent vous voir marié et que je suis la candidate toute désignée.

James éclata de rire.

— Peut-être. (Il garda sa main dans la sienne alors qu'elle posait le pied sur le gravier de l'allée.) Bienvenue à Alvord, Sarah. J'espère que vous vous sentirez ici comme chez vous.

— C'est un peu imposant.

*Bel euphémisme.* Elle examina l'immense bâtisse. Lady Amanda avait raison. Elle n'avait jamais rien vu de comparable à Philadelphie.

— Rassurez-vous, je ne vous laisserai pas vous perdre dans ce dédale.

— James !

Une jeune fille aux cheveux du même blond que ceux de James apparut sur le seuil. Elle se jeta sur lui et referma ses bras autour de sa taille. James la serra à son tour contre son cœur.

— Lizzie, je ne suis parti qu'une nuit.

Il secoua la tête, à moitié amusé, à moitié exaspéré.

— Mais tu ne le fais jamais, James. Pas sans nous avertir. Tu es tellement raisonnable, d'habitude ! Nous étions sûres que quelque chose avait dû arriver. Un bandit de grand chemin ou… ou autre chose.

— Lizzie, il n'y a pas de bandits de grand chemin dans le Kent. (Il se tourna vers Sarah.) Comme vous pouvez le constater, je suis tristement casanier. Je ne peux pas m'accorder une nuit de débauche sans déclencher un tollé chez les femmes de ma maison. (Il fit pivoter la jeune fille vers Sarah.) Comme vous l'avez certainement deviné, voici ma chipie de sœur, Lizzie. Lizzie, permets-moi de te présenter Miss Sarah Hamilton de Philadelphie.

— Ravie de vous rencontrer, Lizzie.

Sarah sourit. Lizzie lui rappelait ses anciennes élèves de l'Académie Abington pour jeunes filles. À dix-sept ans, elle était à la frontière de l'âge adulte. Pas encore une femme, mais déjà sortie de l'enfance, un cocktail détonant de maîtrise et d'exubérance.

— Bienvenue, Miss Hamilton. Je ne crois pas avoir eu auparavant le plaisir de rencontrer quelqu'un des colonies.

— Lizzie, je crois que Sarah préférerait que tu parles de son pays natal en l'appelant les États-Unis. Les colonies ont acquis leur indépendance depuis quelques années déjà, comme tu le sais, se moqua James. Enfin, j'espère que tu le sais. Je détesterais penser que j'ai gâché tout cet argent que m'a coûté ta gouvernante.

Lizzie fronça les sourcils et rougit légèrement.

— Je ne voulais pas me montrer désobligeante, Miss Hamilton.

— Il n'y a pas de mal. Et vous devez m'appeler Sarah. Je vous avoue que je n'ai jamais quitté Philadelphie auparavant, et j'espère que vous pourrez m'aider à m'adapter à l'Angleterre. J'ai déjà expliqué à votre frère que je trouve les titres anglais bien compliqués.

— Et choquants, ajouta James.

Sarah sourit.

— Je ferai de mon mieux pour m'y conformer, aussi pénible que cela soit pour moi, Ma Grâce.

Lizzie gloussa.

— C'est « Votre Grâce ».

— Qu'est-ce qui est « Votre Grâce » ? demanda Sarah.

Lizzie éclata de rire.

— Pas « quoi » mais « qui » ! James. Il est « Votre Grâce ».

Sarah se sentit encore plus confuse.

— Ce n'est pas ce que j'ai dit ?

James rit à son tour.

— Ce que ma sœur essaie de vous expliquer, Sarah, c'est que la façon convenable de vous adresser à un duc est d'utiliser « Votre Grâce », non « Ma Grâce ».

— Mais pourquoi ? Ne m'avez-vous pas expliqué que je devais vous appeler « Ma Grâce » ? (Sarah repensa à leur conversation et rougit. Ce n'était peut-être pas ce que James avait voulu dire.) Je ne comprends pas.

— Vous ne vous adresseriez pas à un roi en disant « Ma Majesté », Sarah, intervint Lizzie, mais « Votre Majesté ».

— Je m'adresse à Dieu en disant « mon Dieu ». Un roi ou un duc serait-il de plus haut rang que le Tout-Puissant ?

— Certains aimeraient le penser, répondit James en riant. (Il leva la main alors que Sarah s'apprêtait à répliquer.) Mais je m'empresse de préciser que je ne fais pas partie de ceux-là, aussi est-il inutile de monter sur vos grands chevaux républicains. Si nous entrions, à présent, et que nous allions vous installer ?

Il la prit par le bras et commença à s'avancer vers les portes.

— Sarah va-t-elle rester parmi nous, James ? Je ne vois pas ses bagages.

— C'est parce que ceux-ci sont au fond de la baie de Liverpool, malheureusement. Mais oui, Sarah va demeurer ici et venir avec nous à Londres pour la Saison.

Lizzie parut surprise mais elle était trop bien élevée pour poser plus de questions. Sarah ne voulait pas se lancer dans une explication détaillée des événements, mais elle estima qu'elle lui devait quelques éclaircissements.

— Votre frère m'apporte son aide dans une situation délicate. Lorsque mon père est mort en décembre, il a insisté pour que je vienne en Angleterre. Nous ne savions pas que son frère était mort lui aussi et que Robbie était le nouveau comte de Westbrooke. Comme je ne peux pas rester sous le même toit que Robbie, votre frère a gracieusement proposé de m'héberger.

— Oh, vraiment ? (Lizzie afficha un grand sourire, qui accentua encore sa ressemblance avec son frère.) Eh bien, j'en suis heureuse. Ce sera amusant de vous avoir parmi nous. (Elle se tourna vers son frère.) Tu n'as pas dit ce que tu faisais au *Lutin vert*, James. Une nuit de débauche, vraiment ?

— Non, pas du tout ! Et même si c'était le cas, je ne te le dirais pas. (Il adressa un signe de tête au maître d'hôtel chenu et impeccable qui se tenait sur le seuil.) Vous ne vous êtes pas inquiété pour moi, j'espère, Layton ?

— Bien sûr que non, Votre Grâce.

Layton s'inclina légèrement. Il était doté d'une épaisse chevelure blanche et d'un nez vraiment proéminent. Sarah pensa qu'il ressemblait plus à un duc que James.

— J'ai fait de mon mieux pour rassurer ces dames, mais lady Gladys se faisait un sang d'encre.

James secoua la tête.

— J'aurais dû leur donner davantage de raisons de s'inquiéter lorsque j'étais plus jeune.

— Je crois que ces dames diraient que vous leur avez donné d'excellentes raisons de s'inquiéter lorsque vous combattiez Napoléon, Votre Grâce.

Ils pénétrèrent dans un hall d'entrée gigantesque où les attendait une petite femme potelée. Les cheveux châtains sous son bonnet étaient généreusement striés de gris.

— Ah, Mrs Stallings, nous avons une invitée. Voudriez-vous montrer à Miss Hamilton la chambre bleue ?

— Certainement, Votre Grâce. Si vous voulez bien me suivre, Miss Hamilton ?

— Puis-je venir vous aider à vous installer ? dit Lizzie, en passant son bras sous celui de Sarah.

James fronça les sourcils.

— Sarah aimerait peut-être se retrouver un peu seule, Lizzie.

— Je ne la dérangerai pas. Qu'en pensez-vous, Sarah ? J'aimerais bien que nous fassions connaissance.

Sarah regarda la jeune fille. Lizzie lui souriait, les yeux pleins d'espoir. C'était un sentiment étrange mais bienvenu de voir quelqu'un réclamer sa compagnie. Aucune de ses élèves, même celles qui étaient proches d'elle en âge, n'avait jamais tenté de combler le gouffre qui les séparait. Et elle n'était pas sûre qu'elle l'aurait permis si l'une d'elles avait essayé. Elle aurait eu trop peur de perdre son autorité.

— J'en serais ravie.

— Ne l'embête pas, Lizzie, lança James alors qu'elles suivaient la silhouette dodue de Mrs Stallings dans l'escalier.

Lizzie leva les yeux.

— Vraiment, j'ai parfois l'impression que James croit que j'ai encore dix ans, chuchota-t-elle à Sarah, qui éclata de rire.

— J'ai remarqué. Et je vous envie. Je n'ai ni frères ni sœurs.

— Nous y voici, Miss Hamilton.

Mrs Stallings ouvrit une porte et les précéda dans une charmante chambre à coucher.

— C'est magnifique, souffla Sarah, stupéfaite.

La pièce faisait au moins quatre fois la taille de sa chambre à Philadelphie. Les murs étaient tapissés d'un tissu azur, et les grandes fenêtres qui éclairaient la chambre s'encadraient de rideaux à embrasse d'un bleu plus profond et de sièges aux coussins assortis. Un délicat bureau laqué et une chaise se trouvaient sur sa gauche, tandis que deux fauteuils capitonnés étaient installés devant la cheminée. Un tapis épais, aux motifs géométriques bleu et or, couvrait la plus grande partie du plancher.

Sarah eut l'impression de commettre une imposture. Cette pièce était bien trop luxueuse pour elle, mais même les quartiers des serviteurs de James devaient être plus spacieux que sa petite chambre de Philadelphie.

— Je vais envoyer Thomas s'occuper de vos bagages, mademoiselle, dit Mrs Stallings.

— Je vous remercie, Mrs Stallings, mais j'ai bien peur de n'avoir aucun bagage. (Sarah sourit faiblement.) Ma malle est passée par-dessus bord à Liverpool. Il ne me reste rien d'autre que la pauvre robe que j'ai sur le dos. Mais si cela ne vous dérange pas, je rêverais de pouvoir prendre un bain.

— Ma pauvre petite ! Je vais immédiatement vous faire porter de l'eau. (Mrs Stallings examina la robe de Sarah.) Voulez-vous que je voie si je peux rafraîchir un peu votre tenue pendant que vous prenez votre bain ?

Sarah grimaça.

— Je crains qu'il ne faille un miracle pour faire quelque chose de cette robe.

— Hum. (Lizzie observa attentivement Sarah tandis que Mrs Stallings prenait congé.) Nous faisons à peu près la même taille. Je dois pouvoir trouver dans ma garde-robe quelque chose qui vous ira.

— Lizzie, je ne pourrais jamais emprunter une de vos toilettes.

— Pourquoi pas ? Vous aimez la robe que vous portez ?

Sarah éclata de rire.

— Non, elle est horrible. Elle n'a jamais été élégante, mais après l'avoir portée quatre jours d'affilée, je peux dire que je la déteste vraiment.

— Nous sommes d'accord. Ma robe de soie verte devrait faire l'affaire. Ma femme de chambre Betty pourra réaliser les ajustements nécessaires. Elle est très douée avec une aiguille.

Sarah était tentée. Elle se sentait si insignifiante, comme une mauvaise herbe dans un jardin de roses. Elle voulait, une fois, juste une fois, être un papillon, ou du moins s'en rapprocher autant que le pouvait une grande perche aux cheveux roux. Elle désirait seulement ne pas faire tache dans le décor. Cela n'avait bien sûr rien à voir avec un certain duc à la belle allure.

— Eh bien, si vous êtes sûre que vous pouvez vous passer de cette robe, je serai ravie d'accepter votre proposition.

— Parfait. Et vous devez savoir que vous ne pouvez pas vous contenter d'une seule robe – je ne compte évidemment pas cette chose que vous avez sur le dos. Nous devons faire venir Mrs Croft, la couturière du village.

— Lizzie ! J'admets volontiers que j'ai besoin de quelques tenues, mais je vous assure que je ne peux pas me permettre de m'offrir une nouvelle garde-robe.

*Je ne peux rien m'offrir du tout, à vrai dire*, pensa tristement Sarah.

Lizzie haussa les épaules.

— James réglera la facture.

— Bien sûr que non. Ce serait terriblement inapproprié.

— Je ne vois pas pourquoi. Il ne manque pas d'argent.

— Cela ne se fait pas, c'est tout, ni aux États-Unis ni en Angleterre.

— Mais vous avez besoin de nouveaux vêtements, raisonna Lizzie. Il faudra bien que quelqu'un les paie.

— En tout cas, ce ne sera pas votre frère ! Nous n'avons aucun lien de parenté.

Lizzie sourit.

— Mais vous en avez avec Robbie ! Il peut bien vous offrir cela.

Les domestiques arrivèrent avec la baignoire et l'eau chaude.

— Je reviendrai quand vous aurez fini votre bain, dit Lizzie en sortant de la chambre derrière les serviteurs.

Sarah contempla la porte fermée puis soupira, retira sa robe affreuse et grimpa dans la baignoire. Elle s'immergea dans l'eau chaude et ferma les yeux.

Comment allait-elle régler le problème de sa garde-robe ? Lizzie avait raison : elle avait besoin de nouveaux vêtements. Il ne semblait pas juste d'imposer cette dépense à Robbie. Il ne lui avait pas demandé de débarquer ainsi sur le pas de sa porte. Et elle ne pouvait certainement pas laisser James payer. C'était une idée choquante, et étrangement séduisante. Un homme achetait des robes pour sa femme, mais elle ne pourrait jamais être sa femme. Si elle avait caressé cette possibilité pendant un moment, elle était désormais forcée de la rejeter. Elle n'avait pas la moindre idée de la façon de gérer une maison de la taille d'Alvord. Faire d'elle la maîtresse de maison d'une pareille demeure était aussi ridicule que de mettre le garçon boucher dans le bureau du président Madison. Cela ne se pouvait pas, tout simplement.

Elle laissa reposer sa tête contre le rebord de la baignoire. Son père avait-il connu un tel luxe ? Il était le fils d'un comte, après tout. Pourtant il n'avait jamais donné l'impression d'avoir été élevé dans un milieu aussi privilégié.

Bien sûr, il ne s'était jamais vraiment intéressé aux choses matérielles ; les idées, les théories, les discussions, voilà tout ce qui le passionnait. Même les gens ne présentaient guère d'intérêt à ses yeux. La seule fois où son père avait manifesté une réelle attention envers elle était quand il avait insisté pour qu'elle vienne en Angleterre. Elle n'avait jamais ressenti pour lui l'affection qui existait à l'évidence entre James et sa sœur ou entre James et sa tante.

Elle soupira. Elle aurait adoré faire partie d'une famille comme celle de James. C'est ce qu'il lui avait offert en lui demandant de l'épouser. Savait-il à quel point cette idée était séduisante ?

Elle attrapa le savon et frotta ses bras. Un rêve illusoire. James ne l'aimait pas. C'était un duc anglais. Il n'avait pas besoin d'une épouse, mais d'une poulinière. Un mariage avec lui ne créerait une famille que de nom.

Elle allait se trouver un travail et s'en contenter. Elle n'avait pas besoin de tout cela. Elle n'avait pas besoin d'épaules larges et robustes dans sa vie. Elle secoua la tête pour chasser cette image de son esprit. Le duc d'Alvord était sûrement un débauché de la pire espèce. Un briseur de cœurs sans scrupule. Après tout, elle l'avait trouvé nu dans son lit ! Non, elle serait décidément bien mieux toute seule.

Elle n'eut pas besoin de se laver le visage. Pour quelque stupide raison, il était déjà mouillé.

# Chapitre 4

Sarah s'effaça pour laisser Lizzie entrer la première dans le salon. Son cœur battait si fort qu'elle avait l'impression qu'il allait jaillir du décolleté de sa magnifique robe.

Elle était restée sans voix quand elle s'était admirée dans le miroir de la chambre. La femme qui lui rendait son regard était une étrangère. L'étoffe verte de la robe faisait ressortir ses yeux. Betty avait arrangé ses cheveux afin que seules quelques boucles retombent gracieusement autour de son visage. La robe exposait son cou et sa gorge d'une façon à laquelle elle n'était pas accoutumée, mais Lizzie et Betty lui avaient toutes deux affirmé que c'était la mode. Devant le miroir de sa chambre, Sarah s'était trouvée élégante ; à présent, elle se sentait surtout embarrassée.

— Venez, Sarah. Vous n'allez pas rester dans le couloir toute la soirée. (Lizzie lui attrapa le bras et l'entraîna dans la pièce.) James, j'ai donné à Sarah une de mes robes. Elle lui va bien, ne trouves-tu pas ?

Sarah eut l'impression qu'elle allait défaillir lorsque James examina sa tenue. Elle agrippa ses jupes pour résister à l'envie de couvrir son décolleté. James s'attarda de manière inappropriée sur cette partie de sa toilette.

— Magnifique, dit-il, en regardant Sarah droit dans les yeux, un sourire aux lèvres.

Elle lui rendit son sourire, dans un étrange mélange de soulagement et de tension.

Par égard pour la garde-robe limitée de son invitée, James ne s'était pas habillé pour le dîner. *Bien sûr, le duc d'Alvord aurait pu porter des guenilles et rester néanmoins impressionnant*, songea Sarah en acceptant un verre de sherry. *Ou ne rien porter du tout.* Sarah rougit et jeta un regard furtif à James. Ce dernier esquissa un petit sourire en coin et ses yeux brillèrent d'un éclat malicieux.

*Cela ne sera jamais possible*, se fustigea Sarah. Elle releva le menton et s'efforça de prendre une voix neutre.

— Vous avez une très belle demeure, Votre Grâce.

— Je vous remercie. Lady Amanda vous a-t-elle gratifiée d'une leçon d'histoire à votre arrivée ?

— C'est Gladys qui a mentionné que le premier duc d'Alvord avait combattu au côté du Conquérant ! s'indigna lady Amanda. Elle a toutefois négligé de mentionner que c'est parce qu'il s'était distingué à la bataille d'Hastings qu'il avait reçu ce duché.

— Personne ne se distingue sur un champ de bataille, lady Amanda, dit James avec une dureté inhabituelle dans la voix. La guerre est une chose malsaine et écœurante. Je suis sûr que mon illustre ancêtre a infligé d'indicibles souffrances aux pauvres bougres qu'il a évincés de ces terres.

Lady Amanda se renfrogna.

— Il n'y a pas si longtemps vous étiez impatient de partir pour la guerre, si je me rappelle bien.

— J'en sais plus sur le sujet désormais.

James avala une grande rasade de sherry.

— Mais ne croyez-vous pas que la guerre est parfois nécessaire, Votre Grâce ? Pour libérer un peuple de l'oppression, par exemple ?

Sarah se souvenait d'avoir entendu son père et ses amis argumenter sur ce sujet pendant des heures.

— Tout à fait. Vous ne pouvez nier qu'il était juste de s'opposer à ce monstre de Napoléon, renchérit Amanda.

— Je pense que Sarah faisait plutôt allusion à la guerre d'Indépendance américaine et peut-être aussi à nos récents embarras dans nos anciennes colonies, répondit James. Et oui, je suppose que certaines guerres sont nécessaires, mais la question est rarement aussi aisée. Les politiciens va-t-en-guerre aiment présenter les choses de manière simpliste, mais la plupart des guerres dissimulent leur lot d'ambitions, personnelles et politiques. Et celles-ci sont difficiles à justifier quand vous regardez un garçon de dix-huit ans mourir dans vos bras ou que vous découvrez une fillette qui sanglote, abandonnée au milieu des ruines de son village.

Sur ces entrefaites, Layton apparut à la porte et annonça Robbie et Charles.

James sourit, dissipant l'air lugubre qui avait crispé son visage.

— Messieurs, je commençais à me demander si vous aviez cédé à la lâcheté.

Il s'avança pour accueillir les deux hommes, entraînant Sarah avec lui.

— Je crois que Robbie a été tenté, James, dit le major Draysmith. Bonsoir, Miss Hamilton.

— Bonsoir, major.

Le major Draysmith traversa le salon pour aller parler aux autres dames tandis que Robbie saluait Sarah.

— Chère cousine.

Il semblait circonspect.

— Cher cousin, répondit Sarah d'une voix neutre.

Les joues de Robbie devinrent cramoisies.

— Mes plus humbles excuses pour la méprise de la nuit dernière, murmura-t-il. J'étais ivre, comme vous avez dû vous en apercevoir. Complètement soûl. Je n'aurais jamais commis une erreur pareille si j'avais été sobre.

— Peut-être devriez-vous tempérer votre penchant pour la boisson, dans ce cas.

— Euh, certainement. (Robbie leva les yeux vers James.) Toutes mes excuses à toi aussi, bien sûr.

— Nous avons rencontré la femme que tu attendais, dit James. Sarah ne lui ressemble pas du tout.

— Non, bien sûr que non. Je n'ai jamais pensé que c'était le cas. J'ai dit que je n'aurais jamais commis pareille méprise si j'avais été sobre. C'est Nan qui avait organisé les choses. Elle m'avait expliqué qu'une amie à elle voulait s'établir dans le métier. Mais où l'avez-vous vue, au fait ?

— Dans la cour de l'auberge, répondit James. Apparemment, elle avait rencontré Richard et décidé de saisir l'occasion qui s'offrait à elle. Elle regrette sa décision. Il lui a poché un œil.

— Bon sang. Maintenant que j'y pense, quand j'ai aperçu ce diable dans la salle commune, il était effectivement en compagnie d'une catin – oh, pardon, cousine – d'une femme rousse. Ils ont dû aller prendre un verre avant de monter dans la chambre de la fille.

— Vous connaissez beaucoup de prostituées ? demanda Sarah.

— Non, bien sûr que non. (Robbie passa un doigt sous sa cravate et parcourut le salon du regard.) Il doit être l'heure de dîner. Où est ton maître d'hôtel, Alvord ?

— Le voilà qui arrive. Peut-être pourrais-tu escorter tante Gladys, Robbie ?

— Bien volontiers.

Robbie s'enfuit presque. Il tendit son bras droit à lady Gladys et offrit le gauche à lady Amanda. Le major Draysmith escorta Lizzie.

Sarah regarda James d'un air incertain.

— Robbie est-il proxénète ?

Elle savait que l'aristocratie était dégénérée, mais elle n'aurait jamais pensé que son propre cousin puisse être souteneur.

— Grand Dieu, non. Vous pouvez quitter cette mine inquiète. Ce n'était rien de plus qu'une méprise, vraiment.

James lui prit la main pour la poser sur son bras.

— Une méprise ? Je ne vois pas comment on peut faire ce genre de méprise.

— Non, je ne crois effectivement pas que vous puissiez le comprendre. (Il leva légèrement la main quand Sarah ouvrit la bouche pour répondre.) Non, ma chère. Nous pourrons discuter de tout cela plus tard si vous le souhaitez, mais ce n'est vraiment pas le genre de discussion qui convienne à la table de ma tante.

Sarah soupira.

— Non, bien sûr que non. Je vous prie de me pardonner.

— Ne vous excusez pas, Sarah. J'espère qu'il n'existera entre nous aucun sujet dont nous ne puissions discuter, mais il est certaines choses qu'il vaut mieux évoquer en privé.

Il murmura la fin de sa phrase à son oreille tout en l'aidant à s'asseoir. La respiration de Sarah s'accéléra et un étrange petit frisson lui parcourut l'échine.

Le dîner fut, du point de vue de Sarah, très long. Elle se limita à une ou deux bouchées de chaque plat, mais cela ne lui épargna pas la désagréable sensation d'avoir trop mangé. Elle ne put s'empêcher de penser que son père et elle auraient pu vivre des semaines sur ce seul repas.

— Robbie, Charles, vous arrivez de la ville, dit lady Gladys. Apprenez-nous, je vous prie, dans quelles autres familles une jeune fille s'apprête à faire ses débuts ?

Robbie venait juste d'avaler une gorgée de vin au moment où lady Gladys s'adressa à lui. Il toussa et porta rapidement sa serviette à sa bouche.

— Je ne suis pas vraiment sur les rangs pour la course aux débutantes, madame, répondit Robbie entre deux quintes de toux. De ce fait, je n'ai pas prêté beaucoup d'attention à cela.

— Mais vous avez sûrement pris note des mères qu'il vous fallait éviter de croiser.

Lady Amanda, qui était sa voisine de table, lui tapa dans le dos.

— Ah, cela va mieux, je vous remercie. (Robbie se décala sur sa chaise afin de mettre son dos hors de portée de la vieille dame.) Eh bien, je crois que les Barrington ont une fille.

Lady Amanda hocha la tête.

— Sûrement couverte de boutons comme les deux autres.

— Et les Amesley.

— Leur fille louche, dit Amanda.

— Ça, c'est l'aînée, qui a fait ses débuts la Saison dernière. Je parle de celle qui a des dents de lapin.

— Exact. Clarinda ou Clarabelle, ou quelque chose dans ce genre. (Lady Amanda but une petite gorgée de vin.) Évidemment, la mère n'est pas une beauté. Je n'ai jamais compris comment elle avait réussi à traîner Billy Amesley devant l'autel.

— Je crois que cela doit avoir un rapport avec le fait que les coffres des Amesley étaient bien remplis, fit lady Gladys. Harriet Drummond était une héritière fortunée, rappelez-vous, Amanda.

— C'est vrai. L'appât du gain a conduit plus d'un homme dans la souricière du mariage et, comme ils disent, une fois les chandelles éteintes, on ne distingue plus une beauté d'un laideron.

Ce fut au tour de James de s'étrangler avec son vin.

— Qui dit cela, lady Amanda ? demanda-t-il, une note amusée dans la voix.

— Tout le monde. (Lady Amanda renifla.) Je n'appartiens pas à votre génération pudibonde, James.

— Ce dont je ne peux que me réjouir.

— Je crois que le comte de Mardale a une fille qui fait ses débuts cette année, ajouta le major Draysmith.

— Mardale ; voilà un homme bien fait de sa personne, dit lady Amanda. Je suis sûre qu'il a engendré une progéniture pleine d'attraits.

— Notre conversation vous embarrasse-t-elle, Sarah ? s'enquit James à voix basse alors que la discussion dérivait sur les mérites des différents modistes.

— Un peu, admit-elle.

Elle passa ses doigts sur le tissu soyeux de sa tenue d'emprunt. Maintenant qu'elle avait vu – et porté – la robe de Lizzie, elle savait qu'elle ne pourrait jamais se payer les vêtements qui convenaient pour un séjour à Londres. Elle baissa la voix.

— Votre Grâce, je réfléchissais à mon avenir.

James lui adressa un sourire discret.

— Je suis heureux de l'entendre.

À ces mots, elle ressentit un trouble inexplicable.

— Oui, enfin, je pensais qu'il serait préférable que je trouve une place d'enseignante dès maintenant, plutôt que d'aller à Londres.

Malheureusement, il y eut à ce moment-là une pause dans la conversation et les paroles de Sarah furent entendues par tous les convives. Lady Gladys reposa son verre si rapidement qu'il heurta le bord de son assiette. Quelques gouttes de vin éclaboussèrent la nappe.

— Une place d'enseignante ? Vous n'allez pas devenir enseignante, Sarah ; vous allez devenir duchesse. Si vous aimez tant enseigner, vous prendrez plaisir à éduquer vos propres enfants. Je suis sûre que James ne tardera pas à remplir la nursery.

Sarah était certaine, quant à elle, que son visage était aussi rouge que les cheveux de Molly. Elle n'osait pas regarder James de peur de prouver la véracité des théories sur la combustion spontanée.

— Lady Gladys, il est tout à fait évident que je ne suis pas faite pour la position de duchesse.

— Pourquoi donc ? Vous êtes une femme et vous êtes jeune. James, pensez-vous que Sarah soit inapte à devenir votre épouse ?

— Pas le moins du monde, ma tante.

Sarah risqua un regard vers James. Ses lèvres se relevèrent en un sourire narquois.

— Je ne peux pas dire que j'ai étudié toutes ses références bien sûr, mais je crois qu'elle fera parfaitement l'affaire.

— Je croyais justement que vous aviez étudié toutes ses références, James, rétorqua lady Amanda, et que c'est précisément la raison pour laquelle nous sommes dans cette situation.

Sarah vit le sourire de James disparaître et ses oreilles devenir écarlates.

— Peut-être devrions-nous changer de sujet, dit-il. Lizzie, où en sont les préparatifs pour Londres ?

Lizzie les écoutait, bouche bée, si bien que son menton n'était pas loin de toucher la table.

— Tu as bien dit que tu allais épouser Sarah, James ?

— Je crois que nous avons oublié de mentionner cela, effectivement. Rien n'a encore été fixé, mais Sarah a accepté que je lui fasse la cour.

La jeune fille écarquilla les yeux. Sarah voyait qu'elle débordait de questions, dont la première était certainement de savoir où James et elle s'étaient rencontrés. Il leur faudrait trouver une histoire plausible à raconter s'ils ne voulaient pas que la vérité éclate au grand jour.

— Nous nous sommes rencontrés quand je suis allé en Amérique, poursuivit James.

Sarah se tourna vers lui et espéra que sa stupéfaction ne se lisait pas sur son visage. Elle faillit lui demander quand il avait été dans son pays et se mordit la langue pour s'empêcher de parler. Il avait dû effectivement aller en Amérique ; si c'était un mensonge, sa famille l'aurait su.

— J'ai pensé que notre amour était sans espoir tant qu'il y avait un océan entre nous, aussi n'ai-je rien dit. Je n'ai même pas pu me décider à m'en ouvrir à Robbie.

Sarah se retint de lui donner un coup de pied sous la table. Il pourrait envisager une carrière d'écrivain s'il arrivait à faire gober cette histoire. Lizzie semblait dubitative ; Robbie regardait le plafond.

— Eh bien, James, fit Lizzie, si tu as l'intention d'épouser Sarah, tu devrais te préoccuper de la vêtir. Elle a besoin d'une nouvelle garde-robe ; elle n'a même pas de chemise de nuit !

Sarah savait qu'elle rougirait si elle regardait James, aussi garda-t-elle les yeux rivés sur son assiette.

— Vraiment, Votre Grâce, mes vêtements – ou plutôt mon manque de vêtements – ne vous concernent en rien.

— Je suis assurément concerné par votre manque de vêtements, ma chère. Mais si vous me privez du plaisir de vous habiller, vous serez certainement d'accord pour dire que cela relève de la responsabilité de Robbie, en tant que chef de famille. Nous lui ferons envoyer les factures, c'est entendu, Robbie ?

— Évidemment.

Sarah leva les yeux vers Robbie.

— Je ne peux vous imposer cela.

— Bien sûr que si. Je suis le chef de votre famille désormais, vous savez.

— C'est un tel gâchis d'argent.

— Absolument pas ! (Lady Gladys se pencha vers elle.) Vous méritez de vous amuser un peu, Sarah. D'après ce que vous m'avez raconté, David a été plutôt négligent en ce qui concerne votre éducation. Cela lui ressemble tout à fait de s'investir complètement dans ses grandes idées au point de ne plus prêter attention aux besoins des gens qui l'entourent. Et il est assurément de la responsabilité de Robbie de financer votre Saison mondaine. Ses revenus lui permettent de supporter cette dépense, n'est-ce pas, Robbie ?

— J'ai dit que je paierai les factures. Ne vous inquiétez pas de cela, cousine.

— Voilà qui est réglé. (Lady Gladys sourit et se redressa contre le dossier de sa chaise.) Nous ferons venir Mrs Croft demain. Elle pourra réaliser le strict nécessaire maintenant, et nous trouverons le reste à Londres.

— Il demeure un problème, Gladys, intervint lady Amanda. Sarah ne sait pas danser. Il faut qu'elle apprenne avant que nous allions en ville.

— Tout à fait juste. Dans ce cas je suggère, gentlemen, que vous vous dispensiez de votre porto ce soir et que vous nous accompagniez immédiatement à la salle de musique. Plus tôt nous commencerons, mieux ce sera. Nous voulons que Sarah soit prête pour *Almack*.

— Qu'est-ce donc qu'*Almack* ? demanda Sarah alors qu'elle quittait la pièce au bras de James.

— Qu'est-ce qu'*Almack* ? (Lizzie s'arrêta si brutalement que Sarah faillit la percuter.) *Almack*, c'est…

La jeune fille resta sans voix devant l'ignorance de Sarah. Robbie, qui escortait Lizzie, se mit à rire.

— *Almack*, c'est le centre de l'univers pour les mères de la bonne société et leurs filles en quête d'un époux, Sarah. Chaque mercredi soir durant la Saison, les demoiselles qui réussissent à obtenir leur entrée y viennent faire la chasse au mari parmi les célibataires les plus en vue. Pour le reste des mortels, c'est un club pédant et ennuyeux.

— Cela semble effrayant.

— Ça l'est.

— Ce n'est pas vrai, Sarah, intervint Lizzie. *Almack* est un endroit merveilleux.

— Vous n'y êtes jamais allée, objecta Robbie. Une fois que vous aurez mangé les gâteaux rassis et bu le punch fade que l'on y sert – pire, une fois que vous aurez supporté les conversations insipides qui s'y tiennent –, vous verrez les choses différemment.

Lizzie dévisagea Robbie d'un air renfrogné.

— Non, je suis persuadée que vous avez tort.

Robbie leva les yeux au ciel.

— Ah, la jeunesse !

— Vous n'êtes pas exactement un patriarche vous-même.

— Je ne crois pas que j'aie envie d'aller au bal d'*Almack*, chuchota Sarah à James alors que Robbie et Lizzie s'éloignaient.

— Je comprends, mais nous devrons y faire une apparition dans l'intérêt de Lizzie.

Sarah fronça les sourcils.

— Mais on ne m'accordera sûrement pas une de ces entrées dont parlait Robbie.

— Avec tante Gladys pour vous recommander, aucun risque. Les matrones n'oseront jamais snober la tante du duc d'Alvord.

— Je suis sûre qu'elles snoberont une débutante américaine sans le sou.

— Elles n'en feront rien. Croyez-moi, ma chère. Je suis un expert dans les mœurs de la bonne société.

— Vous pensez donc que je serai acceptée ?

James fit la moue.

— Vous serez acceptée comme les autres, c'est-à-dire avec des sourires de façade, des médisances, et l'espoir que vous fassiez un horrible faux pas, quelque chose dont on pourra cancaner jusqu'à ce qu'un autre scandale se produise.

Sarah se sentit pâlir.

— Cela semble horrible !

— Ça l'est. C'est pourquoi je fuis les soirées mondaines comme l'artillerie française.

James lui adressa un large sourire et fit courir son doigt sur le nez de Sarah. Elle lui donna une petite tape.

— Mais maintenant que vous êtes à mes côtés, je me sens la force d'affronter ce supplice.

— Il s'agit bien de vous ! Tous ces gens détestables vont me regarder, moi, l'Américaine effrontée qui a le culot de vouloir entrer dans la famille des ducs d'Alvord.

Ils pénétrèrent dans la salle de musique où trônait un magnifique piano. Les murs vert pâle s'ornaient d'une immense toile représentant trois femmes plantureuses dansant dans une prairie. Les danseuses étaient nues, à l'exception de quelques voiles. À l'ombre d'un arbre, un homme athlétique plus convenablement vêtu et tenant une lyre regardait le trio batifoler.

— *Apollon et Les trois Grâces*, dit James. Une acquisition de mon père. Je n'ai jamais su le nom du peintre, mais de toute façon je doute que père ait acheté ce tableau pour ses mérites artistiques.

— James, cessez d'admirer cette peinture, et aidez donc Robbie et Charles à rouler le tapis. (Lady Gladys se tenait près du piano et supervisait les efforts de ces messieurs.) Sarah, venez ici. Lizzie va vous montrer quelques pas. Nous allons commencer par une danse folklorique. Vous voulez bien vous mettre au piano, Amanda ?

— En tout cas, je n'ai pas l'intention de danser. Si vous envisagez de tenter un quadrille, Gladys, il vous faudra danser vous-même et il manquera toujours un couple.

— Je suis sûre que nous arriverons à nous débrouiller.

Lizzie exécuta les pas de la danse tandis que les hommes rangeaient le tapis sur le côté. Sarah observa les pieds de Lizzie attentivement et s'efforça de mémoriser les enchaînements. Au bout d'un moment, elle secoua la tête.

— J'ai bien peur que ce soit sans espoir, Lizzie. Je ne parviendrai jamais à me rappeler tous ces pas.

— Bien sûr que si ! (Lizzie lui adressa un sourire d'encouragement.) Ce sera plus facile avec de la musique et un partenaire.

— Et je suppose qu'il me revient d'être ce partenaire, dit Robbie en s'inclinant. Si du sang doit être versé, au moins ce sera du sang Hamilton.

— Quel vote de confiance, Robbie. (Le major Draysmith s'inclina devant Lizzie pour l'inviter, puis se tourna vers James.) À moins que tu ne veuilles cette danse ?

— Je crois que je vais passer mon tour, répondit James en s'appuyant contre le piano, sauf si vous souhaitez danser, ma tante.

— Pas vraiment. Vous pourrez m'aider à superviser.

— Parfait. Je suis très doué pour superviser.

— Je n'en doute pas ; mais n'oubliez pas qu'il y a quatre danseurs sur la piste, James.

— Bien entendu.

Sarah releva la tête et vit James lui faire un clin d'œil. Elle se força à concentrer son attention sur ses pieds. Elle réussit à réaliser les premiers pas sans blesser personne. Elle sourit, se détendit un peu et regarda de nouveau vers James.

— Aïe ! (Robbie sautilla en arrière.) Non, Sarah, c'est votre pied gauche qu'il faut avancer.

Sarah s'empourpra.

— Je suis désolée. Je n'ai pas fait trop de dégâts ?

— Rien de permanent. Toutefois, je pense avoir accompli mon devoir. Le courage n'exclut pas la prudence, comme dit Shakespeare. Je crois que je vais vous laisser aux bons soins du galant major Draysmith. Il a servi dans les dragons légers, il sait comment se sortir d'un guêpier.

Charles prit la main de Sarah.

— Je ne crois pas que danser avec vous puisse se comparer à une escarmouche, Miss Hamilton.

— Peut-être le devrais-tu, dit Robbie alors que la musique reprenait. Tu pourrais recevoir plus de blessures ce soir que pendant toutes vos années en Espagne.

— Robbie ! (Charles tourna la tête pour jeter un regard désapprobateur à ce dernier.) Aïe !

— Oh, je suis navrée.

Sarah tenta de modifier sa position avant de peser de tout son poids sur le pied de Charles, mais elle perdit l'équilibre et retomba sur l'orteil de son cavalier. Il sourit bravement et l'aida à se redresser.

— Ça t'apprendra à baisser ta garde, Charles, s'esclaffa Robbie. Rien de cassé ?

— Bien sûr que non.

— Nous devrions peut-être essayer la valse, suggéra lady Gladys.

— Excellente idée. (James s'avança en souriant.) À mon tour d'être le cavalier de Sarah.

— Tu crois que si tu la tiens dans tes bras tu arriveras à l'empêcher de faire des dégâts ? demanda Robbie.

Sarah rougit discrètement. L'idée de valser avec James avait quelque chose de troublant.

— J'espère que vous ne comptez pas sur moi pour jouer cette musique scandaleuse.

Lady Amanda se leva pour quitter le piano.

— Je croyais que votre génération n'était pas pudibonde, lady Amanda, dit James.

— Elle ne l'est pas, mais elle ne se livre pas non plus à des démonstrations obscènes en public.

— Je l'ignorais, intervint Robbie avec un large sourire. Il me semblait pourtant avoir vu Oliver Featherstone valser.

— Ce rebut ! cracha lady Amanda. Une fois, il a chevauché dans Bond Street les fesses à l'air parce qu'il avait perdu un pari.

Robbie frissonna.

— Ça, c'est heureusement un spectacle qui m'a été épargné. Et vous, lady Gladys ? Jouerez-vous pour nous ?

— Je préfère m'abstenir. J'ai fait le désespoir de tous les professeurs de musique que mon père engageait.

— Je crois être en mesure de vous jouer une valse correcte.

Le major Draysmith alla s'asseoir au piano. Sarah fut soulagée de voir qu'il ne boitillait pas. Lady Amanda l'aida à trouver une partition.

— Dans ce cas, voulez-vous valser, lady Gladys ? demanda Robbie.

— J'ai dit que je supervisais, rappelez-vous.

— C'est exact. (Robbie se retourna vers lady Amanda, un sourire aux lèvres.) Et vous, lady Amanda ? Voulez-vous essayer une indécente valse ?

— Certainement pas ! Vous allez devoir danser avec Lizzie, monsieur.

— Avec la petite Lizzie ? (Robbie s'esclaffa.) Très bien, gamine, venez par ici, on va devoir faire avec. Mes orteils sont-ils en sécurité ? Vous avez déjà valsé, au moins ?

— Uniquement avec mon professeur de danse.

Sarah regarda Lizzie se rapprocher de Robbie. Il flottait sur son visage une expression rêveuse, une joie anticipée qui contrastait avec l'attitude moqueuse de Robbie. Il était clair que son cousin considérait Lizzie comme sa petite sœur ; la jeune fille, en revanche, paraissait éprouver des sentiments bien différents à l'égard de Robbie.

— Vraiment, vous n'êtes jamais allée à un bal ? demanda James à Sarah pendant que Charles installait sa partition.

— En fait, je suis allée une fois au bal de Noël à l'école où j'enseignais, mais je n'ai pas dansé.

Sarah se rappelait parfaitement cette fête. Les sœurs Abington avaient cédé à l'insistance de la riche famille d'une pensionnaire et avaient consenti à organiser une soirée, bien à contrecœur. Les sœurs étant affreusement pingres, elles n'avaient pas embauché de personnel supplémentaire pour l'événement. Sarah s'était chargée de toute l'organisation, du ménage et de la cuisine, tout en écoutant les sœurs se plaindre du coût d'une entreprise aussi frivole. Elle n'avait pas eu le temps de se coudre une robe de bal, ni n'avait pu se permettre d'acheter le tissu, et s'était contentée d'enfiler sa plus belle robe, celle qu'elle portait à chaque remise de diplômes, à chaque réunion générale de l'école et à chaque service dominical depuis qu'elle avait seize ans.

— Personne ne vous a invitée à danser ? (James semblait interloqué.) Les hommes de Philadelphie sont-ils donc tous aveugles ?

Sarah afficha un petit sourire et secoua la tête. Un brave garçon s'y était risqué, mais elle avait été tellement surprise de cette invitation que sa réponse avait été trop longue à venir. Miss Clarissa Abington en avait profité pour éconduire le jeune homme en lui reprochant son outrecuidance.

— Eh bien, moi, je ne suis pas aveugle, murmura James alors que Charles jouait l'ouverture de la valse. Et je suis très désireux de valser avec vous, Miss Hamilton.

— Oh, souffla Sarah en sentant la main de James sur sa taille.

Elle posa prudemment la main sur son épaule et releva la tête vers lui avec un sourire timide. Elle remarqua le duvet de barbe blonde qui soulignait la ligne prononcée de sa mâchoire, la légère fossette sur son menton et la forme ferme de ses lèvres, ces lèvres qui lui avaient procuré de telles délices en effleurant les siennes.

Elle s'était tenue aussi près de lui dans ce lit au *Lutin vert*. Plus près même.

Elle baissa les yeux vers son épaule.

— Non, ma douce, ne vous raidissez pas. (James parlait à voix basse et elle seule pouvait l'entendre alors qu'il commençait à la faire tourner autour de la pièce.) Pensez à mes pauvres orteils !

Un rire légèrement hystérique agita la poitrine de Sarah.

— Je ne crois pas que j'y arriverai.

— Bien sûr que si. Il suffit de vous détendre. Fermez les yeux et sentez la musique.

Sarah ferma docilement les paupières, mais ce n'était pas la musique qu'elle sentait : c'était la chaleur du corps de James à quelques centimètres du sien et la force de son épaule sous sa main. Elle était enveloppée par James, par sa vigueur, et son odeur masculine et poivrée, mélange de savon, de vin et de cuir. Quand elle vacilla, il la serra encore davantage, elle sentit le frottement fugitif de sa jambe contre sa jupe et de son torse contre sa poitrine.

Son torse large et musclé, avec ces poils dorés qui descendaient en une ligne fine jusqu'à son nombril.

Sarah ouvrit les yeux avec un sursaut. Quelles pensées impudiques !

James pencha la tête et l'attira encore plus près de son corps ferme. Ses lèvres étaient au niveau des yeux de Sarah. Si elle tournait la tête et qu'elle se penchait imperceptiblement vers lui, elle les sentirait contre sa tempe.

Son souffle caressa sa joue alors qu'il comptait.

— Un, deux, trois. Un, deux, trois.

Une curieuse chaleur envahit le bas de son ventre.

— Suivez-moi, Sarah, murmura-t-il, et ses mots firent danser les boucles de cheveux autour de son oreille. Venez avec moi.

Elle obéit. Elle oublia ses pieds, elle oublia la salle de musique, Robbie et Lizzie, les autres aussi. Elle s'abandonna à James et laissa son corps suivre le sien.

Quand la musique s'arrêta, il lui fallut un moment pour reprendre ses esprits.

— Pour le coup, lady Amanda, entendit-elle Robbie dire, je crois bien que James et Sarah viennent de nous montrer pourquoi la valse est une danse aussi dangereuse.

# Chapitre 5

James referma l'épais livre de comptes et se laissa aller contre le dossier de son fauteuil, soulageant sa nuque et ses épaules ankylosées. Tout était en ordre, comme d'habitude. Le domaine tournait tout seul sous la direction de son excellent intendant, Walter Birnam. D'ailleurs, toutes ses propriétés étaient en bon ordre. Aucun de ses métayers n'avait été contraint de trouver du travail à la ville ou dans les nouvelles manufactures. Mais tout cela changerait si Richard mettait la main sur le duché.

Il lui fallait une femme et un héritier. Une femme pour commencer ; un héritier, si Dieu le voulait, neuf mois après la célébration du mariage. Depuis le moment où il avait compris que Richard voulait précipiter son passage dans l'au-delà, la nécessité d'assurer sa succession avait pesé sur son esprit ; enfin, jusqu'à ce que Miss Sarah Hamilton apparaisse dans son lit.

Il sourit. La valse de la veille avait été divine, et il avait eu le plus grand mal à garder ses mains là où la décence l'exigeait. Il aurait voulu les promener sur des endroits beaucoup plus intéressants que la taille et la main gantée de Sarah. Ses seins par exemple. Il s'imaginait les caresser, les envelopper. Seigneur, il serait prêt à tout pour les voir encore une fois, même à prendre un autre coup d'oreiller sur la tête.

Il ferma les yeux. Mmm, oui. Il serait prêt à affronter une autre bataille de polochons avec Miss Sarah Hamilton. Lorsqu'elle avait levé les bras pour le frapper, il avait pu voir chaque centimètre de sa taille fine, de ses côtes délicates et de ses adorables petits seins aux mamelons roses… Aucun doute, il serait absolument ravi d'encaisser un autre coup d'oreiller.

Il se dandina dans son fauteuil, savourant l'excitation que lui procurait cette perspective. Un jour – un jour prochain, espérait-il – elle serait à nouveau nue dans son lit et ils pourraient reprendre les choses là où ils les avaient laissées à l'auberge du *Lutin vert*. Si Sarah avait été une demoiselle britannique normale, ils auraient déjà arrêté une date de mariage. Mais c'était une Américaine indépendante et peu commode qui refusait de suivre les règles anglaises.

Il lui fallait juste trouver un moyen de la convaincre. Il était en train d'imaginer différentes méthodes toutes plus tentantes les unes que les autres quand Robbie fit son entrée.

— Bonjour, James. Qu'est-ce qui te fait sourire aux anges à une heure aussi matinale ? (Robbie se laissa tomber dans une chaise devant le bureau de James.) Ou devrais-je plutôt dire « qui » ?

Le sourire de James s'élargit.

— Toi, plus que tout autre, devrais te réjouir de me voir aussi satisfait de mon sort étant donné que tu es responsable de toute cette pagaille. À quoi est-ce que tu pensais ? Non, ne réponds pas. Tu ne pensais pas.

— Ce n'est pas vrai. C'est seulement une histoire de méprise sur la personne. Nan affirmait qu'elle avait une amie très spéciale. Elle m'a brodé une histoire sur cette fille qui aspirait à s'installer à Londres. J'ai pensé que cela pouvait être profitable pour vous deux.

— Ça, c'est sûr que tu m'as aidé.

— Désolé, mais comment aurais-je pu savoir ? Sarah est rousse – Nan m'avait dit que je reconnaîtrais la fille à ses cheveux – et elle est arrivée au *Lutin vert* sans servante ni bagages.

— Franchement, tu trouves que Sarah ressemble à une fille de joie ?

— Bien sûr que non. Je viens de te le dire, Nan m'avait raconté que la fille avait quelque chose de spécial. Et j'étais soûl. (Robbie baissa le regard et contempla ses bottes.) Hum, je suppose que tu… qu'elle… Enfin, que vous l'avez fait.

— Si tu essaies de me demander si j'ai défloré ta cousine, la réponse est non.

Robbie releva brusquement les yeux pour regarder James en face.

— Tu veux dire qu'elle n'était pas vierge ? Je sais bien qu'elle vient des colonies et tout ça, que les gens ont certainement des pratiques différentes là-bas et qu'elle n'est plus toute jeune…

— Pour l'amour du ciel, Robbie, tais-toi avant que je me sente obligé de te prier de sortir. Pour autant que je sache, ta cousine est vierge. Les choses ne sont pas allées jusqu'à un point qui me permette de me prononcer définitivement sur ce sujet.

— Ah bon ? (Robbie semblait interloqué.) Mais bon sang, vous étiez tous les deux nus comme des vers !

James s'empourpra.

— Oui. Bon, quoi qu'il en soit, tu devrais être heureux de savoir que je suis tout à fait ravi à la perspective d'épouser Sarah. J'avoue que je suis très soulagé de ne pas avoir à demander la main de lady Charlotte Wickford.

— J'imagine bien ! Mon Dieu, rien qu'à l'idée de partager le lit de cet iceberg… Brrr ! Sarah ne peut qu'être mieux qu'elle. Dois-je comprendre que l'affaire est entendue ? Vous allez publier les bans avant que nous partions pour Londres ?

James joua avec son canif en argent qu'il posa en équilibre sur son index, et évita de rencontrer le regard de Robbie.

— Pas exactement. Les choses sont encore un peu incertaines ; mais ne t'inquiète pas. J'épouserai ta charmante cousine. Maintenant, dis-moi : as-tu des informations sur les activités de Richard dans le coin ?

— Non. Il fait profil bas. Il lui arrive de temps en temps de venir dans la région, aussi sa présence est-elle peut-être fortuite. Je crois qu'il aime garder un œil sur le domaine.

— Ça, j'en suis sûr.

— Mais, James, n'accordes-tu pas trop d'importance aux récents événements ? Les accidents arrivent après tout, même aux héros de guerre. Tentative d'assassinat, c'est une grave accusation.

— Tu penses que Richard est incapable de commettre un meurtre ?

Robbie ouvrit la bouche pour répondre puis se ravisa. Un long silence s'établit entre les deux hommes.

— Non, dit enfin Robbie. J'aimerais penser que Richard est incapable de tuer, mais il te hait avec une force qui frise la démence.

— Tout à fait. Crois-moi, Robbie, je ne me laisse pas emporter par mon imagination. Je suis convaincu que Richard est derrière mes accidents. Si personne ne met un terme à ses manigances, il finira par parvenir à ses fins. Alors il héritera d'Alvord et de tous mes autres biens. Je ne peux pas laisser une telle chose se produire.

— Non, je le sais bien. En dehors du fait que la perspective de mourir n'a rien d'engageant, ton cousin Richard est un type détestable. Tes métayers, tes serviteurs, Lizzie, lady Gladys et lady Amanda, tous souffriront si Richard met la main sur le duché.

— Je suis bien décidé à l'en empêcher.

On frappa à la porte et le visage de Sarah apparut dans l'embrasure.

— Je vous dérange ?

— Au contraire, votre interruption est bienvenue. Entrez, je vous prie, dit James. (Robbie et lui se levèrent.) Vous me cherchiez ou venez-vous d'apprendre que votre peu respectable cousin était venu nous faire une petite visite ?

— En fait, je vous cherchais, Votre Grâce, mais c'est tout aussi bien que Robbie soit là. Savez-vous que la couturière est arrivée ?

— À vrai dire, je l'ignorais.

James observa Sarah. Les lèvres de celle-ci étaient pincées en une ligne sévère.

— Y a-t-il un problème ?

— Oui, il y a un problème.

— Ah.

James jeta un coup d'œil vers Robbie. Celui-ci regardait Sarah comme s'il s'attendait à ce qu'elle explose à tout moment.

— J'espère que vous voudrez bien nous éclairer sur la nature du dit problème ?

— Elle veut me faire des robes.

— Cela ne me surprend guère. C'est une couturière, Sarah.

Les mains de la jeune femme agrippèrent si fort le tissu de sa jupe que James craignit qu'elle ne la déchire.

— Je sais qu'elle est couturière. Mais savez-vous combien de robes elle veut me faire ?

— Ah, je commence à voir le problème. Non, je ne sais pas. Pouvez-vous me le dire ?

— Beaucoup trop.

Robbie éclata de rire. Sarah le dévisagea.

— Je ne sais pas pourquoi vous riez. C'est vous qui allez payer la facture, après tout.

Robbie hocha la tête et agita la main. Elle ne pouvait apparemment pas espérer une réponse plus cohérente de sa part, secoué comme il l'était par le fou rire. Sarah se retourna vers James.

— Votre tante et Lizzie se sont liguées avec cette femme. Et elles affirment que j'aurai besoin de toilettes supplémentaires une fois que nous serons à Londres. Est-ce que les Anglaises passent leurs journées à changer de robe ?

— Eh bien, je ne peux pas dire que j'aie réellement étudié la question, et toi, Robbie ?

— Oh, cessez de rire. C'est un scandaleux gâchis d'argent ! Par exemple, Mrs Croft veut me faire une tenue d'équitation alors que je ne monte même pas à cheval.

— Vous ne savez pas monter à cheval ?

Robbie s'arrêta brusquement de rire et regarda Sarah, interloqué. Elle tourna vers lui un visage excédé.

— Inutile de vous comporter comme si j'étais quelque étonnante créature de foire. J'ai deux jambes en parfait état de marche. Pourquoi aurais-je besoin de m'asseoir sur une bête pour me déplacer ?

— Avez-vous peur des chevaux, Sarah ? demanda James.

— Non, pas que je sache. C'est juste que je n'ai jamais eu l'occasion de monter. Nous habitions en ville et nous nous déplacions à pied.

— Hum. Eh bien, il vous faudra apprendre, dit James.

— Vraiment ? (Sarah semblait sceptique.) J'espère que vous n'attendez pas de moi que je chevauche la campagne à la poursuite d'un renard dépenaillé. Et je n'ai aucune envie de sauter des obstacles, non plus.

— Juste ciel ! s'exclama Robbie.

James se contenta de sourire.

— Savoir monter sera suffisant. Moi-même je ne suis pas un fanatique de la chasse. Je vous donnerai une leçon ou deux dès que votre tenue sera prête. Nous étudierons juste les bases puis nous pourrons améliorer vos talents équestres quand nous reviendrons à Alvord après la Saison.

— J'espère avoir trouvé une place d'ici à la fin de la Saison, dit Sarah. Je ne reviendrai pas à Alvord.

— Vraiment ? Nous verrons cela.

— Vous devez savoir que James obtient toujours ce qu'il veut, intervint Robbie. Je ne sais pas exactement comment il y parvient ; sûrement par pure obstination.

— N'importe quoi, Robbie. Le truc c'est de ne vouloir que des choses raisonnables.

— Si vous entendez par là m'épouser, Votre Grâce, vous conviendrez que c'est tout sauf raisonnable. (Sarah entreprit d'énumérer les raisons en les comptant sur ses doigts.) Je suis américaine ; je n'ai aucune idée de la façon de tenir une demeure de cette taille et je ne sais ni danser ni monter à cheval.

James fit le tour de son bureau, attrapa la main de Sarah et replia délicatement ses doigts un à un.

— Vous dansez très bien, Sarah, et nous allons nous charger de l'équitation. Mrs Stallings fait tourner Alvord depuis des années, et elle s'en occupait déjà du vivant de ma mère. Je suis certain qu'elle sera heureuse de continuer, sous votre direction bien sûr. Et bien que vous soyez effectivement américaine, vous êtes également la cousine du comte de Westbrooke.

— Ce qui est une haute distinction, ajouta Robbie. (Il s'inclina en un court salut.) Je ferais mieux de prendre congé, même si je sais que je vais terriblement vous manquer.

James garda la main de Sarah dans la sienne alors qu'ils raccompagnaient Robbie à la porte. Elle essaya de se libérer doucement, mais il raffermit son étreinte et mêla ses doigts aux siens. Elle était persuadée que les domestiques devaient voir que leur maître la tenait par la main, mais pas un ne manifesta la moindre désapprobation. Layton alla même jusqu'à lui adresser un sourire et un signe de tête.

— J'avais prévu d'aller rendre visite à un de mes métayers, annonça James une fois Robbie parti. Je serais heureux que vous m'accompagniez, si Mrs Croft peut se passer de vous.

— Elle le peut aisément. Mon incapacité à rester immobile l'a rendue tellement folle qu'elle était prête à m'empaler avec son aiguille. Êtes-vous sûr que ma tenue n'est pas trop miteuse pour cette visite ?

James parcourut sa silhouette du regard. Elle sentit une légère rougeur envahir ses joues.

— Cela ira. Ce sont de vieux amis. Ils ne s'intéressent guère à la mode. Allez chercher votre bonnet.

Quand Sarah sortit du château, James l'attendait appuyé contre le cabriolet.

— Vous êtes bien trop élégant pour une voiture aussi plébéienne, Votre Grâce, dit-elle.

— Ah, mais au fond de moi je ne suis qu'un simple fermier.

James l'aida à prendre place. Ses yeux rieurs étaient presque de la même couleur que ses cheveux. Elle sentit qu'il lui tirait légèrement la main, et elle se pencha vers lui. Son regard se posa sur les lèvres de James. Elles avaient l'air fermes et chaudes. Quel goût pouvaient-elles bien avoir aujourd'hui ?

Elle rejeta la tête en arrière et se redressa sur son siège. Où avait-elle l'esprit ? Ils étaient devant l'entrée principale, visibles depuis la porte et des dizaines de fenêtres.

James soupira.

— J'ai presque réussi à vous avoir, cette fois-ci.

Sarah lui décocha son regard le plus réprobateur, perfectionné par des années à l'Académie Abington pour jeunes filles.

— Conduisez-vous comme il faut, Votre Grâce.

Il fit le tour du cabriolet et s'installa à la place du cocher.

— Mais ce n'est pas aussi amusant que de mal se conduire, Miss Hamilton. Vous devez l'admettre. À moins que vous n'ayez jamais essayé ?

— Ne soyez pas ridicule.

Sarah regardait droit devant elle, par-dessus la croupe du cheval.

— Je ne peux pas le croire. (James fit claquer les rênes et le cheval se mit docilement en mouvement.) Je vais devoir remédier à cela.

— Et vous êtes un grand expert pour ce qui est de mal se conduire, je n'en doute pas.

— Pas vraiment. J'ai eu trop de responsabilités pour pouvoir me le permettre souvent, mais je suis heureux de rattraper le temps perdu.

— Quel âge aviez-vous quand vous avez hérité du titre ?

Sarah était surprise. D'après ce que son père et les sœurs Abington lui avaient raconté, elle avait supposé que toute l'aristocratie menait une vie insouciante de plaisirs sans fin.

— Vingt-cinq ans. Mais en tant qu'aîné et seul garçon, j'ai été préparé à cela depuis le moment où j'ai commencé à marcher. (James souffla dédaigneusement.) Je ne serais pas étonné d'apprendre que mon père me questionnait sur l'agriculture et les règles de préséance alors que j'étais encore dans les bras de ma nourrice. Et non, je ne suis pas à plaindre, si j'interprète correctement ce que je vois dans vos grands yeux. Je n'aurai qu'à essayer de vous embrasser de nouveau pour les voir flamboyer. Aujourd'hui, vos yeux sont verts, vous savez.

— Je n'ai pas les yeux verts.

— Ce matin, si. Ce n'est pas un vert franc, je vous l'accorde. Je crois que leur couleur dépend de votre humeur ou de votre tenue. J'espère que vous avez commandé des toilettes dans des tons bleus et verts.

— Mrs Croft doit en confectionner une ou deux dans ces teintes, oui.

— Parfait, répondit James. (Sarah se dit qu'il avait un air trop innocent.) Je pourrai donc voir si vos yeux changent de couleur selon votre tenue. Peut-être pourrais-je même rédiger un traité qui aura pour titre *De la couleur des yeux de Sarah Hamilton*. Qu'en pensez-vous ?

— Je pense que vous n'en vendrez pas beaucoup d'exemplaires, Votre Grâce.

— Il y a tout de même un problème, dit James songeur.

— Un seul problème ? Je dirais qu'il y a un nombre considérable de problèmes à un projet aussi absurde.

James poursuivit en ignorant la remarque de Sarah.

— Pour déterminer la véritable couleur de vos yeux, je devrai d'abord étudier leur nuance hors de toute influence extérieure. Je sais que j'ai eu une occasion parfaite de commencer mes investigations au *Lutin vert*, mais j'avoue qu'il est difficile de faire des observations précises lorsque l'on vous frappe la tête à grands coups d'oreiller.

— Votre Grâce ! (Sarah plaça une main sur son ventre. Son estomac tressaillait d'une façon tout à fait inhabituelle.) De quoi parlez-vous, voyons ?

— De la couleur des yeux, Sarah. Celle des vôtres, plus précisément. Il nous faut isoler votre personne de toutes les teintes parasites, et notamment de celle de cette misérable robe marron, afin que je puisse déterminer avec exactitude la couleur de vos yeux.

Sarah sentit le regard de James descendre le long de sa gorge, comme s'il lui ôtait ces fâcheux haillons.

— Je suppose que nous pourrions commencer nos recherches dès maintenant, même si j'ai effectivement dit à Birnam que j'irais voir cette ferme. Mais rien ne doit entraver l'avancée de la science. Nous pourrions faire demi-tour et retourner à Alvord. Ma tante risque d'être quelque peu choquée – sans parler de Lizzie et de lady Amanda – de nous voir nous enfermer dans ma chambre, mais l'ardente étude des sciences naturelles ne doit pas laisser l'opinion publique ralentir ses progrès. À moins que vous ne souhaitiez vous débarrasser immédiatement de ces encombrants vêtements ? Nous pourrions débuter en extérieur, mais il fait un peu frais et j'avoue que je préférerais être à l'intérieur pour nos premières études. Une porte verrouillée serait un formidable atout, j'en suis certain.

— Votre Grâce ! (Sarah arrivait à peine à parler, tant sa respiration était haletante. L'idée d'entrer dans la chambre à coucher de James était absolument scandaleuse.) Avez-vous perdu l'esprit ?

James s'esclaffa.

— Pas encore, mais je confesse avoir quelques difficultés à penser clairement. L'image de votre chevelure sur le drap blanc de mon édredon est assez, hum, inspirante.

C'était le début du mois de mars, mais Sarah aurait pu se croire un jour de canicule d'août. Elle comprenait à présent ce que les sœurs Abington voulaient dire quand elles parlaient d'une conversation « brûlante ». Elle regarda au loin. Un cottage entouré d'une barrière blanche bien proprette se découpait au sommet de la route.

— Je crois que vous devriez détourner votre esprit de ces projets d'études, Votre Grâce. Nous avons de la compagnie.

James soupira.

— Je vois.

Deux garçons d'environ huit ans, debout sur la barrière, les saluaient de grands signes de la main.

— Bonjour, Votre Grâce ! Je peux tenir Bouton-d'or ?

— Nan, c'est moi l'aîné, Tim, et puis tu l'as déjà tenue la dernière fois.

— Même pas vrai !

— Si c'est vrai !

— Bouton-d'or ? demanda Sarah.

James rit.

— C'est Lizzie qui lui a donné ce nom. Je crois que c'est parce qu'elle est friande des boutons-d'or – la jument, je veux dire, pas Lizzie. (James arrêta le cabriolet et aida Sarah à descendre.) Messieurs, dit-il en s'adressant aux garçons qui continuaient à se chamailler, surveillez vos manières, je vous prie.

— Désolé, Votre Grâce.

— Pardon, Votre Grâce.

Sarah dévisagea les deux enfants crasseux qui se ressemblaient comme deux gouttes d'eau.

— Sarah, puis-je vous présenter Thomas et Timothy Pearson ? dit James. Messieurs, voici Miss Sarah Hamilton, de Philadelphie.

Les garçons écarquillèrent les yeux. Sarah s'aperçut avec soulagement que Thomas avait déjà perdu ses dents de devant et pas Timothy, sinon elle aurait été incapable de les distinguer.

— Vous venez d'Amérique ? demanda Timothy.

— Vous avez traversé l'océan ? ajouta Thomas dans un souffle.

— Et vous vivez avec les Peaux-Rouges ?

— Vous avez pris quel genre de bateau ? Le cousin à Charlie Bentworth est dans la marine. Il a navigué avec Nelson.

— Qui ça intéresse, ces stupides bateaux ? (Timothy interrompit son frère.) C'est vrai que les Indiens portent des plumes et qu'ils sont très féroces ?

Sarah se mit à rire.

— J'ai bien peur de ne pas connaître grand-chose aux navires, dit-elle à Thomas. Celui sur lequel j'ai navigué était très gros, mais il tanguait tout le temps et j'ai eu le mal de mer. (Elle sourit devant la déception de Thomas et se tourna vers Timothy.) Et en ce qui concerne les Indiens, les hommes portent des plumes quand ils partent en guerre – enfin, à ce qu'on m'a raconté – et ce sont effectivement des guerriers redoutables, mais en dehors de cela, je crois qu'ils ne sont pas très différents de vous et moi.

— Les garçons, j'ai bien conscience que Miss Hamilton est bien plus fascinante que Bouton-d'or, mais l'un d'entre vous pourrait-il tout de même prendre les rênes ?

Timothy, ou Thomas – Sarah ne voyait pas leurs sourires et ne pouvait donc pas les distinguer avec certitude –, attrapa les rênes de Bouton-d'or. James et Sarah se tournèrent vers le cottage. Deux petites filles sortirent en courant, suivies d'une troisième encore plus jeune. Les fillettes dérapèrent pour s'arrêter devant James et effectuer une révérence convenable. Deux paires de grands yeux bruns se posèrent ensuite sur Sarah. La dernière se fraya un chemin entre les jupes des deux autres et leva ses petits bras potelés au-dessus de sa tête.

— Les bras ! demanda-t-elle.

James la souleva en riant.

— Voici Ruth.

L'intéressée enfouit le visage dans sa cravate.

— Quel âge as-tu Ruth ? lui demanda Sarah.

Deux doigts potelés se levèrent.

— Deux ans ! Quelle grande fille !

— Ce n'est qu'un bébé.

Timothy envoya une pichenette sur la jambe de sa sœur. Thomas avait gagné le droit de tenir Bouton-d'or pour le moment.

Ruth sortit son visage de la cravate de James et envoya un coup de pied vers son frère.

— Pas bébé !

— Et voici Miss Maggie et Miss Jane, dit James en présentant les autres filles.

— Ruth !

Une petite femme bien en chair sortit de la maison avec un nourrisson dodu d'environ huit mois dans les bras.

— Oh, bonjour, Votre Grâce. Je croyais bien avoir entendu le cabriolet.

— Bonjour, Becky. Je suis venu jeter un œil à votre toit. Tom est toujours aux champs ?

— Oui. Il devrait bientôt revenir pour le déjeuner si vous souhaitez lui parler. Vous voulez entrer boire un thé en l'attendant ?

La chaumière était encombrée mais propre. Sarah se fit une petite place à côté de James à la table patinée de la cuisine. Ruth s'assit sur les genoux de James. Pendant qu'il discutait avec sa mère, elle suivait de ses petits doigts les motifs qui ornaient son gilet et tiraillait ses boutons. Il semblait tellement à son aise, ce duc, assis dans cette maisonnette à parler avec la femme de son métayer. Il ne ressemblait en rien aux aristocrates anglais guindés que Sarah avait imaginés. Ruth trouva la montre de gousset de James et gloussa. La grande main de James vint couvrir les siennes. Elle tressauta sur ses genoux et dégagea ses menottes pour attraper la main de l'homme. Il rit et Sarah sentit des larmes lui brûler le coin des yeux.

Un homme courtaud et trapu fit son entrée dans la cuisine, accompagné de Maggie et Jane. Les manches de sa chemise étaient remontées et ses cheveux mouillés ; il avait dû se passer de l'eau sur le visage à la pompe dans la cour.

Ruth se tortilla sur les genoux de James.

— Pa !

Elle tendit les bras vers son père. James se mit à rire.

— Vous me privez toujours des jolies filles, Tom, dit-il en soulevant Ruth pour la tendre à son père.

— Pour sûr, Votre Grâce, mais apparemment vous avez déjà une jolie fille avec vous.

L'homme adressa un sourire à Sarah puis se pencha pour embrasser Becky.

Sarah resta assise en silence, et écouta Tom et James parler de leurs souvenirs d'enfance ainsi que des bêtises qu'ils avaient faites en compagnie de Charles et Robbie. Quand Tom eut fini son repas, James et lui sortirent pour examiner le toit. Sarah aida Becky à ranger et à coucher les petits. Elle caressait une dernière fois la tête de Billy, allongé pour la sieste, quand James entra. Il vint se placer derrière elle en silence.

— Il est temps d'y aller, chuchota-t-il.

Sarah sentit la chaleur de son corps près du sien. L'espace d'un instant, elle imagina que Billy était leur enfant et que c'était leur ferme.

*Certaines filles rêvaient de mariage et de bébés*, songea Sarah alors que James l'aidait à prendre place dans le cabriolet. *Mais pas elle. Elle n'avait jamais imaginé avoir une famille à elle.* James fit claquer les rênes et Bouton-d'or se mit en marche. Sarah n'avait jamais imaginé avoir un mari.

Les jeunes hommes austères qui avaient rejoint son père dans ses engagements politiques ne l'avaient jamais attirée, pas plus d'ailleurs – il fallait bien l'admettre – qu'elle ne les avait attirés. Ils ressemblaient beaucoup trop à son père : dévoués à leur cause au point d'en être obnubilés. Ils n'accordaient aucune attention à la jeune fille du docteur Hamilton. Le garçon boucher était le seul mâle qui se soit jamais intéressé à elle. Elle avait été flattée par son intérêt, jusqu'à ce qu'il lui vole ce baiser.

— Faisons une halte pour marcher un peu.

James arrêta le cabriolet et attacha les rênes de Bouton-d'or à une branche. La petite jument replète plongea son museau dans un bouquet de boutons-d'or, éternua, et commença à grignoter l'herbe haute au pied de l'arbre.

— Elle ne mange pas les boutons-d'or ? demanda Sarah, en tendant la main à James pour qu'il l'aide à descendre.

— Oh, non. Ils la rendraient malade ; les boutons-d'or sont toxiques. Je suppose qu'elle aime leur couleur, c'est tout.

Plutôt que de prendre la main de Sarah, James la souleva par la taille pour la déposer au sol. Il la tint un peu plus longtemps que nécessaire.

Sarah garda les yeux rivés sur sa cravate et se concentra sur les bruits de mastication enthousiaste de Bouton-d'or. Dans les frondaisons au-dessus d'elle un oiseau lança un appel et un autre lui répondit. Un petit animal détala dans les sous-bois.

James allait-il l'embrasser ?

En avait-elle envie ?

Ils étaient seuls. Un pas ou deux, et ils seraient même hors de portée des yeux indiscrets de Bouton-d'or. Sarah réprima un petit rire nerveux. Elle garda la tête baissée et s'humecta les lèvres.

James pourrait même commencer ses recherches pour cet absurde traité s'il le voulait. En avait-elle envie ?

Bien sûr que non ! Qu'est-ce qui lui prenait ? L'air britannique devait être en train de la pervertir. Ça, et ce duc anglais dégénéré. L'image du duc en question et de sa peau adorablement dorée jaillit dans son esprit et elle s'étrangla.

— Tout va bien ?

James lui prit la main pour la poser sur son bras et ils se dirigèrent vers le sommet d'une colline en pente douce.

— Oui.

Elle se serait sentie mieux si elle avait eu un éventail. Un peu d'air frais aurait été le bienvenu. Heureusement, son bonnet dissimulait la rougeur de ses joues.

Ils atteignirent une large clairière qui dominait le paysage alentour. James s'appuya contre un arbre, referma une main sur celle de Sarah qui reposait toujours sur son bras et l'attira près de lui.

Sarah se tourna pour contempler le paysage.

— Toutes ces terres sont à vous ?

— C'est exact.

Elle perçut la fierté dans sa voix.

— Et elles sont dans votre famille depuis des générations ?

— Depuis le Conquérant. Voilà plus de sept cents ans qu'il y a un Runyon à Alvord.

Sarah contempla les champs ordonnés, les vergers, les forêts, les coteaux. Quel sentiment cela faisait-il d'appartenir ainsi à une famille dont les racines se prolongeaient sur tant de siècles ? Jusqu'où remontaient les Hamilton ? Elle n'en savait rien. Son père n'avait jamais parlé de l'histoire de sa famille. Ce n'était pas dans la tradition américaine. En Amérique, tout était neuf, chacun recommençait de zéro. Elle était fière de cet état d'esprit, mais elle comprenait pourquoi James voulait un fils pour veiller sur ces terres après lui.

— Qui héritera de tout cela si vous ne vous mariez pas ?

— Richard.

Sarah se raidit, puis soupira.

— Ce serait un crime, mais je continue à penser que m'épouser n'est pas une solution, Votre Grâce.

— Appelez-moi James, Sarah. S'il vous plaît, ne parlez pas de mariage tout en m'appelant « Votre Grâce ».

Sarah accéda à sa demande.

— James, je n'ai rien de ce qu'il faut pour être votre épouse. Je ne connais absolument rien à l'aristocratie anglaise. J'ai grandi au milieu des tracts républicains. J'ai passé toute ma vie dans une petite maison en ville. Je ne suis ni belle ni talentueuse. Il existe assurément une Anglaise qui soit bien plus à même de devenir votre femme.

James l'obligea à lui faire face.

— Vous êtes belle, Sarah, et je ne veux pas d'une Anglaise, en tout cas aucune de celles que j'ai rencontrées jusque-là. Elles me donnent l'impression d'être un renard poursuivi par une meute de chiens. Venez à Londres et vous verrez. Les jeunes filles et leurs mères ne me veulent pas moi, elles veulent mon titre et mes rentes.

— Je n'en crois pas un mot. Il faudrait qu'une fille soit aveugle pour ne pas tomber amoureuse de vous.

James afficha son plus beau sourire.

— Et vous, Sarah, êtes-vous aveugle ? Ou cela signifie-t-il que vous êtes amoureuse de moi ?

Sarah s'empourpra.

— Je vous connais à peine. Et là n'est pas le problème. Vous avez besoin d'une épouse qui sache comment se comporter dans votre milieu.

James prit le visage de Sarah entre ses mains et lui releva le menton afin de pouvoir la regarder droit dans les yeux. Il avait dû ôter ses gants, mais elle ne l'avait pas remarqué jusque-là. Elle sentit la chaleur de ses paumes enveloppant ses joues, la pression attrayante de ses longs doigts qui massaient le point sensible sous son oreille, ce même point que ses lèvres avaient parcouru lors de la nuit au *Lutin vert*.

— Vous pouvez apprendre, ma douce. Je n'ai pas l'intention de passer tout mon temps dans les soirées mondaines. Je vous l'ai dit, au plus profond de moi je suis vraiment un fermier. (Il lui caressa les pommettes.) Venez à Londres, Sarah, et vous verrez combien c'est horrible. Sauvez-moi de tout cela, je vous en prie. Je ne veux pas d'une fille de la bonne société. Je ne veux pas d'un mariage mondain, comme celui de mes parents. Je veux un mariage comme celui de Tom et Becky. N'est-ce pas ce que vous souhaitez vous aussi ?

Sarah ne pouvait le nier. Soudain, elle ne désira rien d'autre que d'avoir un mari, un enfant, et l'amour qui était si évident dans ce petit cottage.

— Si, James, murmura-t-elle. C'est ce que je veux.

Il pencha la tête.

*C'est un duc anglais*, pensa Sarah en s'humectant les lèvres. *Un pair d'Angleterre dégénéré et coureur de jupons. Un inconnu.*

Elle sentit le souffle de James sur ses lèvres. Si elle relevait à peine la tête… Elle était tentée. Tentée ? Elle désirait plus que tout ce baiser. Mais c'était aller trop loin. C'était même plus que ça : c'était impudique.

Elle commença à se reculer, mais James refusa de la lâcher. Il combla l'espace entre eux, effleura doucement ses lèvres avec le bout de sa langue puis les couvrit doucement de sa bouche.

Elle n'avait pas le sentiment qu'il s'agissait d'un inconnu. Dans ses bras, elle se sentait chez elle.

C'est à ce moment-là que la balle de fusil vint percuter le tronc juste au-dessus de leurs têtes.

# Chapitre 6

Richard Runyon se tenait dans l'ombre d'un chêne derrière le *Lutin vert*.

— Comment ça, tu l'as raté, espèce de crétin ?

Il lutta pour ne pas élever la voix.

— Je suis désolé, Votre Seigneurie. Comment j'aurais pu deviner qu'il allait embrasser la fille juste à ce moment-là ?

— Oh, je n'en sais rien ! Ils étaient l'un près de l'autre ? Il la tenait dans ses bras ?

L'homme se dandina d'un air mal à l'aise. Richard serra les dents. Si seulement il avait pu trouver ne serait-ce qu'un seul complice un tant soit peu compétent, James serait mort depuis longtemps.

— Dis-moi au moins à quoi elle ressemblait.

— Je suis pas sûr, Votre Seigneurie.

Le crétin se gratta la tête. *Des poux*, pensa Richard. Il ne manquait plus que ça pour finir cette journée en beauté : que ce tas de crottin sans cervelle lui refile des poux.

— Elle avait un bonnet. Alvord lui a pas enlevé pour l'embrasser.

— Elle était grande et mince ?

— Ouais, une grande maigrichonne. Elle arrivait à l'épaule d'Alvord.

— Tonnerre, ça ressemble à cette Sarah Hamilton.

Richard abattit son poing sur le tronc de l'arbre. La douleur lui éclaircit l'esprit.

— Elle s'est débattue ?

— Non, Votre Seigneurie, pas d'après ce que j'ai vu. Mais, bon, je leur ai tiré dessus à ce moment-là, alors peut-être bien qu'elle allait piquer sa crise. J'ai filé tout de suite après avoir tiré. Votre cousin, c'est un rapide à la course, vous savez.

— Hum.

Richard réfléchit aux possibilités. Il ne fallait guère espérer que la fille trouve James repoussant. Cela n'était jamais arrivé avec aucune femme. Et elle demeurait à Alvord avec James. Il n'avait peut-être pas autant de temps qu'il le croyait.

— Euh, Votre Seigneurie, rapport à mon paiement…

— Quoi ? (Richard ravala sa colère. Il ne pouvait se permettre de crier et d'attirer l'attention sur lui. Il brûlait de mettre ses mains autour de la gorge de cet imbécile.) Ton paiement ? Estime-toi heureux de rester en vie, espèce d'empoté…

L'homme s'éloigna. Richard déglutit de nouveau. Si seulement Philip était là. Philip saurait le calmer. Mais Philip n'était pas là ; vague après vague, la colère venait envahir sa tête, sa poitrine, son bas-ventre. Elle allait le faire exploser. Il fallait qu'il la libère tout de suite.

Il entendit le frottement d'un vêtement et le bruit de pas dans l'herbe. Cette catin – Molly – s'avançait en direction du chêne. Elle l'avait traité de salaud. Elle et son amie l'avaient ridiculisé devant James. Il les avait haïes pour cela. Il avait voulu leur faire payer, il avait voulu briser le poignet de cette chienne. Il avait dû renoncer alors, mais il allait enfin obtenir satisfaction.

La fille se rapprocha. Qu'elle était stupide ! Aussi stupide que toutes les autres. Il l'attrapa. Elle commença à crier mais il colla violemment sa bouche sur la sienne, étouffant le son et écrasant ses lèvres contre ses dents. Elle se débattit, mais il était beaucoup plus grand et plus fort qu'elle. Il la plaqua contre le chêne. C'était mieux que quand il l'avait prise dans sa chambre. Bien mieux. Il était déjà terriblement excité. Il se débrouilla pour baisser ses hauts-de-chausses et pour relever la jupe de la fille. Sa colère et son désir se mélangèrent. Il la pénétra violemment et l'écrasa contre le tronc alors qu'il martelait sa haine dans son corps sans défense.

Tandis qu'il se retirait, elle dégagea ses mains et tenta de lui griffer les yeux, mais les bras de Richard étaient plus longs que les siens. Il mit ses mains autour de sa gorge et commença à serrer. La fille essaya de desserrer son étreinte, mais elle n'était pas assez forte. *Stupide truie, croire qu'elle pouvait lui résister.* Il regarda ses yeux – celui qu'il avait frappé était encore violacé – se remplir de panique. Il les regarda s'écarquiller, vit la bouche de la fille s'ouvrir sur un cri silencieux. Il regarda son visage s'affaisser.

Il sentit l'odeur de la mort.

Il éjacula contre son corps inerte, puis laissa le cadavre glisser le long du tronc jusqu'au sol.

Il se sentait beaucoup plus calme.

James regardait par la fenêtre de son bureau. La pluie tombait à verse derrière la vitre.

— Vous pensez donc que c'est votre cousin Richard qui nous a tiré dessus ?

— Qui m'a tiré dessus. Je suis sûr qu'il – ou plutôt son complice – ne visait que moi.

Sarah se déplaça. Il voyait désormais son reflet dans la vitre. Elle portait une de ses nouvelles toilettes. Il aurait bien voulu que Mrs Croft fasse un décolleté plus prononcé. Ce volant de dentelle qui bordait le corsage était tout à fait superflu. L'adorable gorge de Sarah et sa poitrine plus adorable encore devaient être mises en valeur. James sourit. Il l'emmènerait – elle et Lizzie, bien sûr – chez un modiste dès leur arrivée en ville. La mode londonienne était sans conteste plus attrayante.

— Comment pouvez-vous sourire ?

Il se retourna et lui prit la main.

— J'admirais votre nouvelle robe. Savez-vous qu'elle donne à vos yeux une couleur bleue ?

— Mes yeux ne sont pas bleus.

— Ce soir, si. (Il pencha la tête pour respirer son parfum doux et subtil.) Un autre chapitre à ajouter à mon traité.

Sarah retira sa main.

— Vous devenez absurde, Votre Grâce.

— James.

— Votre Grâce. (Elle se recula pour laisser le coin du bureau entre eux.) N'avez-vous pas dit que votre tante et lady Amanda chaperonneraient mon séjour ici ? Elles brillent quelque peu par leur absence.

— Peut-être ont-elles conclu que, puisque le cheval s'est déjà enfui, il ne sert à rien de fermer la porte de l'écurie.

Les yeux de Sarah projetèrent des étincelles bleues.

— Qu'est-ce que c'est que cette histoire de cheval et d'écurie ? Nous n'avons rien fait de mal !

— Non, c'est vrai, mais n'en avez-vous pas envie ?

James franchit la distance qui les séparait et lui saisit gentiment les poignets. Elle se recula légèrement et ses joues s'empourprèrent.

— Certainement pas !

— Non ? Même pas un tout petit peu ?

— Pas le moins du monde.

— En êtes-vous sûre ? (James tira doucement les mains de Sarah et vint les placer dans son dos, l'attirant contre lui.) Dans une écurie, on étouffe.

Il inclina brusquement la tête et effleura son front du bout des lèvres.

— Le cheval n'a-t-il pas envie de passer le museau par la porte ouverte ? chuchota-t-il. De sentir la brise ? De respirer l'air de la nuit ?

Sarah avait involontairement fermé les yeux et James détourna ses lèvres pour venir caresser ses paupières avant de glisser sur sa pommette pour rejoindre le point sensible derrière son oreille. Sarah laissa échapper un amusant petit bruit de gorge, entre un miaulement et un soupir, et pencha la tête pour que les lèvres de James puissent atteindre plus facilement leur cible.

Il enfouit son visage dans sa chevelure.

— Ma douce.

Il lui lâcha les poignets afin d'utiliser ses mains à meilleur escient. Peut-être pourrait-il faire quelque chose pour se débarrasser de cette gênante dentelle, qui était décidément un obstacle.

— Votre Grâce ! (Sarah se déroba et se retrancha de nouveau derrière le bureau.) Maîtrisez-vous.

— Vraiment ? (Il regarda autour de lui.) Ce serait pourtant un endroit parfait pour un peu d'inconduite.

— Non.

— En êtes-vous certaine ?

— Tout à fait certaine. Nous avons des soucis autrement plus importants pour occuper nos esprits.

— Vraiment ?

— La tentative de meurtre d'aujourd'hui !

— Une excellente raison pour ne pas être sage. S'il ne me reste que peu de temps sur cette terre, j'adorerais le passer avec vous dans ce confortable fauteuil près de la cheminée, ou même sur ce beau tapis moelleux.

— Cessez cela ! (Sarah se tourna et s'agrippa au bord du bureau.) Comment pouvez-vous prendre cette affaire à la légère ?

James soupira. Apparemment, Sarah pouvait être aussi obstinée qu'une mule.

— Je ne la prends pas vraiment à la légère. Je fais ce que je peux pour protéger ma famille et moi-même, mais c'est un peu comme de se battre avec des ombres. Richard est un homme retors.

Sarah attrapa le petit couteau en argent sur le bureau de James, le tourna et le retourna dans ses mains, en passant ses doigts sur le décor gravé.

— Pourquoi pensez-vous que c'est votre cousin qui essaie de vous tuer ?

— Qui d'autre cela pourrait-il être ? (James haussa les épaules.) Je ne suis pas un saint, mais je joue franc-jeu et je paie mes factures. Je veille sur mes domaines, je reste loin des épouses des autres hommes ainsi que de leurs filles – à l'exception de celle qui me tient actuellement compagnie, bien sûr.

Il marqua une pause et la déshabilla du regard. Elle agita le couteau dans sa direction.

— Pas de ça, Votre Grâce. C'est une affaire sérieuse. J'attends de votre part une réponse franche.

— Oui, madame. Je vois que vous avez dû être un professeur exceptionnel dans votre précédente charge. Vos élèves ont-elles eu l'occasion de s'amuser ?

— Très rarement, et certainement pas quand j'avais mon mot à dire. À présent, répondez à ma question.

— Personne d'autre que Richard n'a de raison de souhaiter ma mort.

— Parce qu'il est votre héritier.

— Oui, mais plus encore parce qu'il pense que je lui ai volé le duché.

Sarah fronça les sourcils.

— Comment cela se pourrait-il ? Vos lois de succession ne sont-elles pas très précises ?

— Les lois sont très claires, ce sont les faits qui le sont moins. Mon père et celui de Richard étaient jumeaux. Mon père, qui était l'aîné de dix minutes, fut l'héritier. Richard pense qu'il y a eu une confusion à la naissance – la sage-femme ne s'attendait pas à des jumeaux – et que les bébés ont été intervertis. Selon lui, son père aurait dû hériter à la mort de notre grand-père, et c'est donc lui, Richard, et non moi, qui devrait être l'actuel duc.

— C'est absurde. N'est-ce pas ?

— Eh bien, ce n'est peut-être pas totalement absurde, mais c'est en tout cas improbable. Pour autant que je sache, personne d'autre que Richard n'a jamais contesté les faits. Pas même son propre père.

Sarah serra si fort le canif que le motif gravé sur le manche s'imprima sur la paume de sa main. Si elle avait eu besoin d'une preuve que le système de succession anglais était insensé, et même dangereux, elle était servie.

— Mais alors comment Richard peut-il vous reprocher d'avoir volé le duché si son père lui-même n'a jamais accusé le vôtre ? C'est lui qui aurait dû contester la succession.

— C'est vrai, mais Richard ne réfléchit pas de manière rationnelle.

— Votre système de primogéniture en soi n'est pas rationnel ! C'est là la racine du problème. (Sarah pointa le canif dans la direction de James.) Si l'Angleterre pouvait se débarrasser de tous ces titres et de cette règle de succession absurde, les gens comme votre cousin ne passeraient pas leur vie entière à attendre la mort de quelqu'un d'autre.

— Ce n'est pas aussi simple.

Sarah tapota la poitrine de James.

— Richard est un parasite ; admettez-le.

— Je l'admets. Avez-vous l'intention de me poignarder avec ceci ?

— Oh. (Sarah regarda le canif d'un air déconcerté.) Non.

— Tant mieux. (James lui prit le petit couteau des mains et le reposa sur son bureau.) Vous ne m'entendrez jamais prendre la défense de Richard, mais vous ne me ferez pas non plus croire qu'il n'y a aucun parasite dans votre pays.

— Certes, il y en a peut-être, mais ce n'est pas du tout la même chose.

— Je n'en suis pas certain. Vous ne les appelez peut-être pas des « lords », mais je crois qu'il doit exister dans votre pays un certain nombre d'hommes fortunés dont un proche – un fils ou un parent – ne déplorerait pas qu'ils partent prématurément pour les récompenses célestes, en laissant derrière eux leurs possessions terrestres, bien sûr.

— Ce n'est quand même pas la même chose !

James haussa un sourcil et ouvrit la bouche pour répondre, mais un coup discret à la porte l'interrompit.

— Qu'y a-t-il, Layton ?

— Un message, Votre Grâce.

Le maître d'hôtel tendit à James une feuille de papier pliée et se retira.

James parcourut des yeux la missive puis chiffonna la feuille dans son poing serré.

— Que se passe-t-il ?

— Molly, la fille du *Lutin vert*, vient d'être retrouvée morte, étranglée, non loin de l'auberge.

— Richard ?

— Je parierais ma vie là-dessus.

Il jeta le papier froissé sur son bureau et attira Sarah à lui. Ses yeux couleur d'ambre semblaient assombris par le souci et une ride profonde se dessinait entre ses sourcils. Sarah aurait voulu l'effacer du bout des doigts.

— Sarah, il serait beaucoup plus facile de veiller sur vous si vous étiez ma femme et pas simplement mon hôte.

— Mais devenir votre épouse ne me mettrait-il pas en plus grand danger, Votre Grâce ? Aujourd'hui, je ne suis qu'une insignifiante et pauvre Américaine. Si je vous épouse, je deviendrai duchesse, non ? Et, je suppose qu'un jour ou l'autre… (Sarah se mordit la lèvre et riva ses yeux sur la cravate de James.) Enfin, une fois que vous aurez une épouse, vous pourrez avoir un fils. Et un fils mettrait définitivement un terme aux ambitions de Richard.

James lui souleva doucement le menton. Sarah releva la tête à contrecœur. Ses yeux n'étaient plus aussi sombres. Ils étaient illuminés par un feu très troublant.

— Vous avez tout à fait raison, ma douce. Si j'avais une épouse – si je vous avais pour épouse – je travaillerais avec la plus grande assiduité à engendrer un fils. J'y travaillerais matin et soir.

— Le matin aussi ? s'écria Sarah d'une voix aiguë.

Était-il possible que les gens fassent à la lumière du jour ce qu'il fallait faire pour avoir des enfants ?

— Absolument. Avant et après le petit déjeuner. Et peut-être aussi dans l'après-midi.

— Vous dites n'importe quoi, Votre Grâce.

— James. (Il caressa ses lèvres avec son pouce.) Vous l'avez fort joliment dit ce matin.

Ses yeux suivirent les courbes que son pouce venait d'effleurer. Sa voix prit une note profonde, rauque.

— Répétez-le, Sarah. S'il vous plaît. Je veux entendre mon nom dans votre bouche.

— Cela est tout à fait inapproprié, Votre Grâce.

Sarah avait essayé de parler fermement, mais il était difficile d'être cinglante quand quelqu'un vous caressait les tempes du bout de son nez.

— James.

Sans qu'elle s'en rende compte, ses doigts avaient trouvé leur chemin jusqu'à sa poitrine et parcouraient le motif qui ornait son veston. Ils glissèrent sur la soie et elle se rappela avec une indécente précision la douceur de son torse nu.

— Vous êtes un duc, Votre Grâce.

— Je suis un homme, mon cœur. (Il lui titilla le coin de la bouche du bout des lèvres.) Un homme avant tout. (Il embrassa l'autre commissure.) S'il vous plaît. Une bonne Américaine comme vous ne devrait pas se formaliser pour un titre.

Ses caresses étaient terriblement troublantes. Sarah tourna la tête pour rencontrer ses lèvres, mais il recula la sienne.

*Débauchée.* Elle agissait de nouveau comme une débauchée. Elle posa les mains contre le torse de James et le repoussa. Il relâcha son étreinte.

— Allez, Sarah. Je sais que vous pouvez le faire.

— Vous êtes ridicule, Votre Grâce.

— James.

— Monsieur.

— Commencez par le J. Ce n'est pas un son difficile à prononcer. Essayez avec moi : « j-j-j ».

— Oh, par le ciel ! James ! Voilà. Allez-vous me laisser maintenant ?

— Le dois-je vraiment ?

— Si vous ne le faites pas, je vous appellerai « Votre Grâce ».

— Voilà qui n'est pas très fair-play.

James lui adressa un grand sourire et se pencha pour l'embrasser, mais Sarah glissa entre ses bras et s'enfuit avant de succomber à ses propres désirs impudiques.

James se servit un verre de brandy et s'assit près de la cheminée. Il aurait sincèrement aimé que Sarah soit là, sur ses genoux, mais au moins avait-il entendu ses lèvres prononcer son prénom. Il n'allait pas la laisser revenir à « Votre Grâce ».

Qu'allait-il faire au sujet de Richard ? Il allait enquêter, mais il était prêt à mettre sa main au feu que rien ne pourrait relier Richard à la mort de Molly. Même s'il était toujours possible que Richard ne soit pas impliqué, il n'aurait pas parié sa vie là-dessus. Et il ne parierait certainement pas la vie de Sarah.

Richard avait-il déjà tué auparavant ? Il y avait eu des rumeurs à propos de cette fille à l'université. James les avait ignorées, pensant qu'elles étaient infondées. Avait-il eu tort ?

Comment pouvait-il protéger Sarah ? Elle avait raison. Leur mariage lui ferait courir un risque, mais elle était déjà en danger maintenant que Richard avait fait le rapprochement entre elle et lui. S'ils se mariaient, il aurait le droit de la protéger. Il pourrait l'enfermer dans sa chambre, ou mieux, l'enchaîner à son lit.

Il sourit et dégusta son brandy en imaginant toutes les manières agréables de garder Sarah occupée et hors d'atteinte de Richard.

Alors qu'elle se rendait à l'écurie le lendemain matin, Sarah réfléchit à Richard et à ce coup de fusil. Elle ne s'inquiétait pas pour sa propre sécurité. Richard n'était pas stupide. Il comprendrait immédiatement que le duc d'Alvord ne pouvait pas épouser la pauvre Miss Hamilton de Philadelphie. Mais James ? Il ne prenait pas au sérieux le danger qu'il courait.

— Sarah !

Elle leva les yeux. James se tenait près de la porte de l'écurie, ses cheveux dorés et les traits virils de son visage illuminés par le soleil matinal. Le cœur de Sarah bondit dans sa poitrine et elle lui adressa un sourire radieux.

— Bonjour, James.

Il lui rendit son sourire.

— Ah, McGee, avez-vous entendu Miss Hamilton prononcer mon prénom ?

Un petit homme aux cheveux gris sortit de l'écurie en menant un cheval par la bride.

— Pour sûr, Votre Grâce. Je ne suis pas encore sourd !

Sarah sourit et adressa un signe de tête au palefrenier.

— Vous vous conduisez de façon très immature, Votre Grâce.

— Ah, non, vous ne pouvez pas revenir en arrière ; vous devez désormais m'appeler James, n'est-ce pas, McGee ?

Ce dernier se contenta de lever les yeux au ciel.

L'expression de James redevint sérieuse.

— Nous allons rester autour de la maison pour cette leçon, Sarah. McGee dit que personne n'a vu Richard ni d'inconnus dans les environs, mais autant ne pas prendre de risques inutiles.

Sarah remarqua que le serviteur avait craché par terre à la mention de Richard.

— Cela me convient. (Elle regarda le cheval que le palefrenier tenait par la bride.) C'est un spécimen plutôt grand, non, Mr McGee ?

Elle n'avait pas totalement réussi à dissimuler le tremblement de sa voix.

— Pas la peine de vous inquiéter, mademoiselle. Bouton de rose est aussi douce qu'un agneau.

— Bouton de rose ?

Sarah regarda James. Il haussa les épaules.

— Encore Lizzie, dit-il. Mais McGee a raison. Bouton de rose est très calme. Venez faire sa connaissance.

James prit les rênes des mains de McGee et amena la jument jusqu'à Sarah. Elle posa une main inquiète sur l'encolure de la bête. Même avec son gant, elle sentit la chaleur et la texture rêche de son pelage. Bouton de rose frémit, et Sarah retira précipitamment sa main avec un regard interrogateur vers James. Il faisait de gros efforts pour ne pas rire.

— Je vous promets que Bouton de rose est si placide qu'un tir de canon ne pourrait pas l'effrayer.

— Il faudrait un canon pour la faire bouger, marmonna McGee.

James haussa les sourcils et Sarah sourit. Elle reporta de nouveau son attention vers Bouton de rose et passa doucement sa main le long de son encolure. La jument se tourna et la regarda pensivement.

— Elle a de très beaux yeux.

— Voyons voir si vous appréciez la vue du haut de la selle.

James la saisit par la taille et la souleva.

— Aaaah !

Sarah baissa la tête et regarda James avec stupéfaction. Il garda ses mains autour de sa taille pour la maintenir en selle. Elle sentait la chaleur de ses paumes, le contour de chacun de ses doigts malgré ses gants et l'étoffe de sa tenue d'équitation. Il n'était même pas essoufflé alors qu'il venait de la soulever du sol qui, vu depuis sa nouvelle position, semblait bien lointain.

Elle se risqua à jeter un coup d'œil alentour. Il y avait un nombre étonnant de garçons d'écurie présents, sans doute venus assister à ses débuts sur une selle. Elle redressa prudemment les épaules et testa son équilibre.

— C'est juste que je ne suis pas habituée à ce, euh, point de vue sur le monde, dit-elle.

— Et vous aimez ?

— Je n'en suis pas sûre.

— C'est normal. Je vais vous lâcher à présent. Pensez-vous pouvoir rester en selle ?

Sarah n'était pas pressée de perdre la présence rassurante des mains de James, mais elle ne voulait pas paraître effrayée devant tous ces gens.

— Assurément.

James la lâcha et recula. Sarah se cramponna au pommeau de la selle. James sourit.

— Très bien. Là, prenez les rênes. Non, ne les serrez pas si fort, cela tire sur la pauvre bouche de Bouton de rose. Tenez-les d'une main légère et habituez-vous au mouvement pendant que je guide cette brave bête jusqu'au manège afin que nous fassions quelques tours.

Sarah hocha la tête avec un air qu'elle espérait assuré. James mena Bouton de rose le long d'une pente douce. Au premier pas de la jument, elle s'agrippa de nouveau à la selle. *James ne va pas te faire tomber*, se dit-elle avant de relâcher sa prise et de se redresser. Après deux tours de manège, elle avait trouvé son équilibre.

— Tout va bien ? demanda James.

— Oui. Je crois que je suis prête pour l'étape suivante.

— Parfait !

James fit un signe de tête à McGee et le palefrenier lui amena un grand cheval brun. Sarah était heureuse de ne pas avoir à monter cet animal-là.

— Ce n'est pas le cheval que vous aviez à l'auberge.

— Non, c'était Newton. Celui-ci, Pythagore, est plus ou moins à la retraite, mais il a d'excellentes manières, n'est-ce pas, mon vieux ? (James tapota l'encolure du cheval qui hocha la tête comme s'il acquiesçait.) Il accepte mieux que Newton de marcher à un pas tranquille, et Bouton de rose et lui s'entendent bien.

— Pythagore et Newton ?

Sarah regarda James monter en selle. À le voir faire cela semblait tellement facile.

— C'est ça. (James saisit les rênes et se tourna vers Sarah.) J'ai toujours aimé les mathématiques. Mon père m'a offert Pythagore pour mon quinzième anniversaire. J'ai acheté Newton moi-même à mon retour de Cambridge. Il m'a accompagné en Espagne.

— Vous y avez servi longtemps ?

James ramena son regard devant lui et talonna Pythagore qui commença à avancer. Bouton de rose lui emboîta le pas sans se faire prier.

— Longtemps ? Pas selon le calendrier, mais si vous mesurez le temps non en nombre de jours mais à la manière dont ces jours vous ont marqué, je dirais une éternité. Je suis resté en Espagne de l'été 1811 jusqu'en avril 1813, quand mon père a commencé à décliner. J'ai participé aux batailles de Ciudad Rodrigo, Badajoz et Salamanque, mais j'ai manqué Vittoria ; et Waterloo, bien sûr.

Sarah le vit contracter la mâchoire. Puis il secoua la tête et sourit en se tournant de nouveau vers elle.

— Je suis allé en Amérique après ma sortie de Cambridge et avant de partir pour l'Espagne. Faites attention au portail.

Pythagore précéda Bouton de rose hors du manège. Sarah se pencha légèrement et sa jument s'écarta obligeamment du bord de la barrière, que la jupe de Sarah ne fit que frôler.

— Il s'en est fallu d'un cheveu.

James rit.

— Bouton de rose ne vous amènerait jamais intentionnellement contre un obstacle. Elle est juste un peu tête en l'air.

— Elle a oublié que je suis sur son dos ?

— Eh bien, elle sait qu'elle a quelque chose sur le dos. Mais dès que vous saurez vous servir des rênes, elle vous obéira docilement.

Sarah se pencha en avant pour flatter l'encolure de Bouton de rose. La jument secoua la tête d'une façon que Sarah espérait amicale et qui fit tinter le mors.

— Vous êtes donc allé aux États-Unis ? Avez-vous visité Philadelphie ?

— Malheureusement, non. Mon père avait des investissements dans des affaires à Boston et New York, c'est donc là que je suis allé. J'avais l'intention de rendre visite à votre père, mais au lieu de cela je suis rentré pour me battre. Nous avons donc failli nous rencontrer à cette époque.

Sarah essaya d'imaginer James dans le bureau exigu de son père au milieu des pamphlets politiques, des livres de médecine et des jeunes républicains austères. Il aurait eu l'air d'un cygne dans une couvée de canards.

— Je crois que vous vous seriez ennuyé à mourir, à moins que vous n'aimiez les discussions politiques.

— Vous n'aviez aucune distraction ?

— Je m'occupais de tenir la maison et j'enseignais à l'école.

— Hum. Je n'aurais donc pas eu à me faire remarquer parmi une foule de prétendants pour attirer votre attention ?

— Non.

Sarah le dévisagea. Elle se jura que, si elle décelait de la pitié dans son regard, elle descendrait de cette bête sur-le-champ et disparaîtrait dans sa chambre pour pleurer tout son soûl.

Elle ne vit pas de pitié mais… une interrogation. Elle releva le menton.

— Allez-vous enfin m'apprendre à faire du cheval ou pas ?

James esquissa un lent sourire.

— Oui, ma chère, je vais vous apprendre à monter à cheval.

Lorsqu'ils revinrent enfin à l'écurie, cela faisait deux heures qu'ils chevauchaient.

— Je suis désolé, je n'avais pas l'intention de prolonger la leçon aussi longtemps.

Sarah balaya l'inquiétude de James d'un revers de la main.

— Oh, ne vous en faites pas pour moi. Je suis une saine et solide Américaine.

Il s'esclaffa.

— Ce soir, vous serez une Américaine fourbue. Je vous recommande de prendre un bain chaud avant le dîner.

— Merci, docteur. Je suivrai votre conseil.

James sauta de sa monture et s'approcha pour l'aider à descendre.

— Appuyez-vous sur mes épaules.

Sarah acquiesça, mais quand son poids quitta la selle, ses coudes se dérobèrent et elle s'affala sur James.

— Oh !

Elle sentit son corps ferme pressé contre sa poitrine et ses cuisses. Une bouffée de chaleur l'envahit, due à la gêne et à autre chose. C'était choquant, mais elle ne pouvait faire autrement que de s'accrocher à lui. Elle avait les jambes en coton. Si elle lâchait ses épaules, elle allait s'écrouler dans la cour de l'écurie.

Elle leva un regard impuissant vers lui. Ses yeux avaient de nouveau cet aspect chaud et intense.

— Arrêtez ça.

— Arrêtez quoi ? C'est vous qui vous êtes jetée dans mes bras.

— Pas du tout.

— Hum.

James ne se plaignait pas. Avoir le corps de Sarah pressé contre le sien était très agréable. Vraiment très agréable. Grisant. Il recula légèrement les hanches afin qu'elle ne soit pas choquée de constater à quel point il trouvait la situation grisante et baissa la tête pour goûter ses lèvres.

— James ! dit-elle entre ses dents.

— Hum ?

Elle sentait le cheval, le grand air et quelque chose d'autre, léger et doux.

— James ! (Elle se redressa et parvint à mettre un peu d'espace entre eux.) Tout le monde nous regarde.

Sarah avait les yeux écarquillés. Leur couleur noisette était passée au vert pailleté d'or. *Des étincelles*, pensa-t-il. *Des étincelles et une pointe de panique.* L'affolement le gagna lui aussi. Il se redressa et jeta un coup d'œil alentour. Les nombreux garçons d'écurie présents trouvèrent rapidement quelque chose à faire.

— Navré.

Il sourit. En réalité, il n'était pas du tout désolé ; enfin, il s'en voulait de l'avoir embarrassée. Une fois qu'ils seraient mariés, il avait l'intention de l'embrasser chaque fois que l'envie lui en prendrait, quels que soient l'heure ou le lieu.

— Mais vous ne devriez vraiment pas vous jeter sur moi comme ça.

— Je n'ai rien fait de tel ! (Sarah ressemblait à un petit chaton indigné.) Mes bras ont flanché, c'est tout. J'ai été aussi surprise que vous, je vous assure.

James ôta ses gants et ramena une mèche soyeuse de cheveux blond vénitien derrière la courbe délicate de l'oreille de Sarah.

— La surprise n'était pas mon émotion principale.

Elle hoqueta et écarta son visage de sa main.

— Ne me regardez pas comme ça.

— Comment ?

— Comme si vous vouliez m'avaler toute crue ou je ne sais quoi d'autre.

James se mit à rire et recula, puis il prit la main de Sarah pour la poser sur son bras.

— Est-ce que je vous effraie ?

Elle réfléchit à la question.

— Non. Vous devriez m'effrayer, mais ce n'est pas le cas.

— Alors, qu'est-ce que je déclenche en vous ?

— Je ne sais pas. (Elle examina sa main posée sur son bras.) Avec vous, je me sens dans un état étrange. À mon aise parfois, et troublée d'autres fois.

— Troublée ?

Sarah se mordit la lèvre.

— Nerveuse, mais pas de manière désagréable. Excitée, peut-être, comme si j'attendais quelque chose, bien que je ne sache pas quoi. (Elle leva les yeux vers lui et vit qu'il souriait de toutes ses dents.) Vous recommencez.

— Je recommence quoi ?

— À me regarder de cette drôle de façon. C'est tout à fait troublant.

— Vraiment ? (James posa sa main sur celle de Sarah.) Savez-vous comment je me sens quand je suis avec vous ?

— Non. (Elle le dévisagea, les yeux agrandis par l'expectative.) Comment ?

— Excité, comme si j'attendais quelque chose. (Il se pencha vers elle, le regard malicieux.) Mais moi je sais ce que j'attends !

Elle cilla, puis retira sa main et lui donna une tape sur l'épaule. Elle n'avait mis aucune force dans son geste, aussi comprit-il qu'elle n'était pas vraiment en colère.

— Hé, ne savez-vous pas que vous n'avez pas le droit de frapper un duc ?

— Je suis américaine. Je frappe tous les ducs que je veux.

— Voilà qui risque de vous rendre populaire auprès de toutes les vieilles biques d'*Almack*, ironisa James, tout en imaginant la tête de Silence Jersey si Sarah donnait vraiment une tape au duc de Devonshire, de Rutland ou de Cumberland. Je vais devoir vous garder à l'œil quand vous rencontrerez Prinny, le prince de Galles. Notre régent mérite souvent une bonne claque.

— Je n'en doute pas. Mais dans ce cas, pourquoi le supportez-vous ?

— Parce qu'il sera roi un jour, et qu'à la différence de vous autres Américains, nous sommes attachés à notre monarchie.

Peut-être craignons-nous que, si Prinny disparaissait, tous les nobles suivraient. Je ne suis pas sûr que je pourrais me faire à n'être plus que « Mr Runyon ».

Sarah s'immobilisa, forçant James à s'arrêter lui aussi. Il baissa les yeux vers elle, interrogateur.

— Vous seriez un merveilleux Mr Runyon.

James la dévisagea.

— Sarah. (Il cligna des yeux et releva la tête pour regarder vers le château.) Sarah, ma chère, j'espère vraiment que vous déciderez de m'épouser.

— Sarah, James dit que nous allons prendre les chevaux pour nous rendre à Westbrooke aujourd'hui !

Sarah écarta le livre qu'elle était en train de lire et sourit à Lizzie. La jeune fille dansait presque en entrant dans la bibliothèque. Son excitation semblait bien excessive pour quelque chose d'aussi banal qu'une visite à un voisin.

— J'ai du mal à imaginer Robbie en train de servir le thé, déclara-t-elle en riant.

— Oh, il ne le fera pas vraiment. Enfin, je suis sûre qu'il y aura du thé et des gâteaux – Mrs Mandley, sa gouvernante, en prépare de délicieux – mais le but est surtout de vous offrir une occasion de monter à cheval et de voir le domaine où votre père a grandi. (Lizzie s'affala dans le fauteuil voisin de celui de Sarah.) N'est-ce pas une chance que Mrs Croft ait justement fini ma nouvelle tenue d'équitation ? Elle est beaucoup plus à la mode, ne trouvez-vous pas ? Elle me fait paraître plus âgée, plus… sophistiquée.

Lizzie paraissait à la fois sûre d'elle et anxieuse.

— Oh, tout à fait. Je suis certaine que, hum, James sera très impressionné.

Lizzie lui tira la langue et Sarah rit.

— Toutefois, si lady Amanda était à ma place, je ne crois pas qu'elle serait impressionnée par votre comportement actuel, mademoiselle ! Elle ferait sans doute remarquer qu'il est inconvenant pour des dames de manifester pareil enthousiasme. Elles s'assoient avec un peu plus de grâce que vous ne venez de le faire et, assurément, elles ne tirent pas la langue.

— Eh bien, elle n'est pas à votre place, et vous savez que je peux me conduire comme il faut si je le décide. (Lizzie se leva avec élégance et effectua une révérence.) Miss Hamilton, j'espère que vous n'avez aucune objection à nous accompagner cet après-midi pour une petite excursion sur les terres de lord Westbrooke ?

Sarah hocha la tête avec grâce.

— Non, lady Elizabeth, je n'ai aucune objection, du moins si Sa Grâce a réellement approuvé ce projet.

Lizzie relâcha les pans de sa robe et se dirigea vers la porte de la bibliothèque en sautillant.

— Bien sûr que oui. C'est James qui en a eu l'idée, après que le major Draysmith lui eut appris que l'odieux cousin Richard était retourné à Londres.

Plus tard dans l'après-midi, ils prirent donc le chemin de Westbrooke.

Le major Draysmith chevauchait devant avec Lizzie tandis que James était resté à la hauteur de Sarah. Ses talents de cavalière s'étaient grandement améliorés depuis la première fois qu'elle avait monté Bouton de rose, mais elle n'était pas encore prête à avancer plus vite qu'au pas.

— Je suis navrée de vous obliger à vous traîner à cette allure, dit-elle. Vous devez brûler de rejoindre les autres.

— Pas du tout. (James sourit.) J'ai déjà galopé tôt ce matin lors de ma promenade, et je préfère votre compagnie à celle de ma sœur. Charles veillera à ce qu'il n'arrive rien à Lizzie. Il se chargeait souvent de surveiller nos jeunes recrues en Espagne.

Sarah regarda Charles et Lizzie. Ils étaient presque hors de vue.

— Que va faire le major Draysmith maintenant que la guerre est finie ?

— Je n'en ai pas la moindre idée. (James fronça les sourcils.) Je ne suis pas sûr que Charles le sache lui-même.

— Il n'a pas de domaine à gérer ?

— Non. C'est le cadet – le fils qui ne sert à rien. Après son retour de Cambridge, il est resté plusieurs années à Londres, passant son temps à boire, à jouer, à fréquenter les prostit… (James toussa.)… Bref, à se laisser aller. Il m'a suivi à l'armée surtout par désœuvrement, je crois, mais ce fut la meilleure chose qui pouvait lui arriver. Cela lui a donné un but. C'est un excellent officier.

Sarah se mordilla la lèvre inférieure. Elle aimait bien le major Draysmith.

— Et son frère ?

— Knightsdale ? Que vient-il faire là ?

— Il a peut-être besoin d'un régisseur pour son domaine.

James rit.

— Knightsdale a déjà un excellent régisseur, Sarah. Ne vous inquiétez pas pour Charles. Il n'a pas besoin d'aide – et n'en veut pas, surtout pas de la part de son frère.

— Pourquoi surtout pas de son frère ?

James haussa les épaules.

— Aucun homme ne voudrait dépendre de son frère, j'imagine, et puis Knightsdale et Charles ne s'entendent pas très bien. Ils ne sont pas vraiment en conflit, c'est juste qu'ils n'ont rien en commun. Je ne suis pas sûr que Charles ait passé une seule nuit dans la demeure familiale depuis sa sortie d'Eton. Lorsqu'il est dans le coin, il loge chez Robbie ou chez moi.

— Vraiment ? (Cela attrista Sarah. Si elle avait eu la chance d'avoir des frères et sœurs, elle aurait veillé à rester proche d'eux.) Et pourquoi ne pas fonder une famille à lui alors, maintenant qu'il est libre de s'établir ? Il ne veut pas se marier ?

— Pas maintenant en tout cas ! Il n'a que trente ans, Sarah. Il a encore le temps de se passer la corde au cou.

Sarah scruta l'espace entre les oreilles de Bouton de rose en fronçant les sourcils.

— Vous êtes pourtant plus jeune que lui, non ?

— Ah, mais j'ai le devoir de transmettre mon titre à la génération suivante, un devoir que, j'espère, vous allez m'aider à accomplir.

James lui décocha un regard malicieux. Sarah fit claquer les rênes pour encourager Bouton de rose à accélérer le pas. La jument s'immobilisa brutalement et se tordit le cou pour lui jeter un regard lourd de reproches.

James éclata de rire et mena Pythagore de sorte que sa jambe effleure la jupe de Sarah.

— Si vous voulez me fuir, ma douce, vous avez choisi le mauvais cheval. (Il se pencha et posa sa main gantée sur les siennes, qui serraient les rênes). Mais j'espère vraiment que vous n'envisagez pas de vous échapper.

Il se pencha davantage, les yeux rivés sur ses lèvres.

— James !

La voix de Lizzie s'éleva, étonnamment proche.

James sursauta et se redressa. Sa sœur revenait vers eux, perplexe. À son côté, le major Draysmith essayait de toutes ses forces de retenir un éclat de rire.

— Qu'est-ce que vous faites avec Sarah ? demanda Lizzie.

Le visage de James prit une intéressante teinte écarlate. Sarah se pencha sur sa selle pour flatter l'encolure de Bouton de rose.

— Je crois que votre frère était en train de donner à Miss Hamilton quelques conseils d'équitation supplémentaires, dit le major Draysmith avec un air sérieux, mais des yeux pétillants.

— Oh. (Lizzie regarda James, puis Sarah.) Bon, dépêchons-nous un peu. À ce train, nous n'arriverons jamais à Westbrooke.

— C'est juste derrière la colline, Lizzie. Charles et vous n'avez qu'à partir devant. Miss Hamilton n'est pas encore une cavalière accomplie.

Sarah ne voulait pas risquer de se retrouver de nouveau seule avec James, pas quand elle était certaine que le major Draysmith savait exactement ce que James projetait de faire dès le moment où Lizzie et lui auraient disparu derrière le sommet de la colline.

— Je suis sûre que je peux me risquer à une allure plus soutenue.

Elle frappa le flanc de Bouton de rose avec sa cravache. Cette fois, le cheval laissa échapper un long soupir et adopta de bonne grâce un pas plus rapide.

Westbrooke était un immense manoir de pierre grise qui avait dû autrefois avoir l'ambition de devenir château – ses massives portes en bois se dressaient entre deux tours crénelées – mais qui avait oublié son projet au fil des ans. C'était aujourd'hui un édifice hérissé de tours, de tourelles, de cheminées et de baies.

— Vous ne vous y perdez pas ? demanda Sarah, les yeux rivés sur la façade déroutante alors que Robbie les accueillait dans la large allée pavée.

Il éclata de rire.

— Ce n'est pas aussi labyrinthique qu'il y paraît, répondit-il, en se tournant pour embrasser la main de Lizzie de façon théâtrale. (Sarah nota la délicate teinte rose que prirent les joues de la jeune fille quand les lèvres de Robbie effleurèrent le dos de sa main.) Entrez le constater par vous-même.

Robbie les précéda dans le grand escalier ouvert.

— Il s'agit de la partie originelle de la maison, bâtie en 1610. Les comtes suivants l'ont agrandie à leur convenance, sans vraiment se soucier de savoir si les ajouts se marieraient bien avec les parties plus anciennes. Ah, nous y voici.

Sarah se retrouva dans un long corridor décoré de portraits aux lourds cadres dorés qui réunissaient deux siècles de Hamilton.

— Voici le premier comte.

Robbie désigna un portrait grandeur nature d'un homme aux longs cheveux roux bouclés, vêtu d'une armure rutilante sur laquelle retombait un large col en dentelle blanche. Sarah plaqua sa main sur sa bouche sans parvenir vraiment à réprimer son éclat de rire.

— Eh oui, dit James. Enlevez la longueur des cheveux et vous obtenez Robbie équipé de pied en cap pour la guerre. Nous avons fouillé le grenier de fond en comble, hein, Robbie ? Mais nous n'avons jamais retrouvé cette armure.

— Nous en avons conclu qu'elle avait dû appartenir à l'artiste, dit Robbie, en avançant le long de la galerie de portraits.

Il se fit un devoir de présenter à Sarah chacun de ses ancêtres, puis s'arrêta devant une grande toile accrochée presque au bout du corridor.

— Celle-ci a été peinte par sir Joshua Reynolds l'année précédant le départ de votre père pour l'Amérique. Mon père racontait souvent combien ses parents avaient eu du mal à obtenir de David qu'il coopère.

Sarah n'avait aucun mal à le croire. L'homme et la femme âgés – ses grands-parents – ainsi que l'autre jeune homme, le père de Robbie, formaient un groupe. Ils avaient l'air détendus et heureux. Son père quant à lui se tenait un peu à l'écart, raide et le visage fermé. Elle s'attendait à le voir sortir sa montre et presser l'artiste d'en finir. Il paraissait évident qu'il aurait aimé être ailleurs.

— Je crois que sir Joshua a su admirablement saisir l'âme de mon père.

Robbie rit et se tourna vers la dernière peinture.

— Ma mère était une grande admiratrice de sir Thomas Lawrence et de son style plus romantique, aussi mon père l'avait-il chargé de faire notre portrait de famille. J'avoue que j'ai eu l'occasion de compatir avec mon oncle David.

— Que voulez-vous dire, Robbie ? (Lizzie semblait presque outragée.) Vous avez l'air d'un adorable petit garçon sur cette peinture.

— Ah, je déteste vous enlever vos illusions, Lizzie, mais je ne l'étais pas. Mon père m'avait promis un poney si je faisais plaisir à ma mère et que je me tenais tranquille. Ce fut une véritable torture, mais je voulais vraiment ce poney.

— Je vois qu'il reste de la place sur le mur, Robbie. (Le major Draysmith sourit.) Tu prévois d'y accrocher bientôt le portrait de ta propre famille ?

Sarah remarqua le soudain intérêt de Lizzie.

Robbie leva les mains comme pour repousser le démon.

— Tu dois me confondre avec notre ami le duc ici présent, Charles. James a peut-être envie de se passer un fil à la patte, mais en ce qui me concerne je compte bien demeurer un homme libre pour encore de longues années.

Sarah ouvrit la bouche pour expliquer de nouveau que James et elle n'allaient pas se marier, mais elle se retint quand elle vit le regard de Lizzie s'assombrir.

James s'accouda à la balustrade de la terrasse d'Alvord et contempla le jardin éclairé par la lune. La porte derrière lui ouvrait sur la chaleur et la lumière de sa bibliothèque. Il respira profondément, savourant les odeurs de la terre et des plantes. La brise de ce début de printemps agitait ses cheveux alors que James observait les nuages nocturnes qui traversaient le ciel.

Il aimait Alvord. Il l'avait dans le sang et dans le cœur. Mais ils le quitteraient le lendemain pour la boue et le bruit de Londres. La société mondaine était là-bas, avec ses yeux perçants et ses langues acérées. Il sentit sa nuque se raidir et remua la tête pour évacuer la tension.

Ils ne pouvaient pas rester à la campagne, même si c'était ce qu'il souhaitait. Lizzie devait faire ses débuts. Et Sarah également. Elle devait avoir l'occasion d'aller aux soirées, de danser, et même d'être courtisée par d'autres hommes avant qu'il la ramène chez lui pour faire d'elle sa duchesse.

Seigneur, il avait le plus grand mal à patienter. Il voulait la sentir à nouveau nue contre lui, comme elle l'avait été au

*Lutin vert*, mais cette fois elle ne le repousserait pas. Cette fois il finirait ce qu'il avait à peine eu le temps de commencer là-bas.

Il jeta un dernier regard à la lune et au jardin. Il devait emporter avec lui le souvenir de cette scène sereine et paisible. À Londres, même les jardins étaient bruyants, et la lune était bien souvent cachée par le brouillard.

Il s'étira puis regagna la bibliothèque, referma la porte derrière lui, et se dirigea vers l'escalier et son lit solitaire.

# Chapitre 7

— Il est à Londres.

Richard jeta le morceau de parchemin dans la cheminée.

— Il est venu s'installer à Alvord House pour les débuts de Lizzie. Qu'il est aimable de m'inviter à son bal.

— Tu es son cousin.

Philip Gadner resserra la ceinture de sa robe de chambre et étendit ses pieds chaussés de pantoufles vers l'âtre. Il avait de plus en plus de mal à lutter contre le froid et l'humidité qui lui mordaient les os comme des poignards acérés.

— Les gens vont jaser s'il ne t'invite pas.

Richard grommela et avala son brandy d'un trait.

— Alvord House devrait être à moi.

— Je sais. Et ce sera bientôt le cas. Tes plans…

— … ne cessent d'échouer ! Dieu tout-puissant, ce fils de pute a une veine incroyable. En toute justice, il aurait dû écoper d'une balle en pleine tête à Ciudad Rodrigo ou à Badajoz. Il aurait au moins dû revenir balafré ou estropié, mais ce satané bâtard est rentré en Angleterre sans une égratignure.

— Oui, bon, ce ne fut pas de chance. Qui aurait pu se douter que les Français allaient échouer aussi lamentablement ?

Philip regarda le lit derrière lui. Il aurait adoré se blottir sous les édredons moelleux. Là au moins il aurait chaud, ne serait-ce que pour un moment. Richard serait bientôt trop ivre pour s'en soucier. Les choses étaient ainsi désormais. Les sentiments qu'ils avaient partagés quand ils étaient plus jeunes ne se manifestaient plus que de manière fugace.

Il ferma les yeux, s'épargnant l'air renfrogné de Richard. Tout irait mieux une fois que Richard aurait le duché. Alors il n'aurait plus besoin ni de boire ni de fréquenter des femmes. La rage qui l'empoisonnait disparaîtrait comme le pus sortant d'un furoncle percé. Il serait heureux.

Les lèvres de Philip se contractèrent quand la douleur familière lui traversa le corps. Il avait cru cette histoire quand il avait dix-sept ans et qu'il était amoureux. Il y croyait encore presque quand il avait vingt-cinq ans et qu'il était en bonne santé. À présent, il avait trente ans et il avait froid. Pourquoi diable restait-il ? Il était un valet de chambre respectable. Il pouvait décrocher une autre place. Entrer au service de quelqu'un d'autre. Pas un duc, bien sûr. Peut-être pas un pair, non plus ; il était demeuré avec Richard trop longtemps. Mais il trouverait bien quelqu'un pour l'embaucher.

Ce n'était pas la promesse du luxe et de la richesse qui le faisait rester auprès de Richard. Dieu du ciel, comme il aurait aimé n'être motivé que par la cupidité. Mais non, en dépit des mauvais traitements et des négligences, il tenait encore à cet homme. Son amour était une plante tenace.

— La catin est venue avec lui.

Philip soupira.

— Ce n'est pas une catin, Richard. C'est la cousine du comte de Westbrooke.

— Elle a des cheveux roux, non ? Tout comme cette fille au *Lutin vert*.

— Cette fille morte au *Lutin vert*, précisa Philip en pinçant les narines. Tu ne peux pas laisser des cadavres dans tout le pays, Richard. Cela fait désordre.

— Je ne l'aurais jamais tuée si tu avais été là, Philip, j'en suis sûr. (Richard se servit un nouveau brandy et le tint à deux mains.) Enfin, je ne sais pas. Bon sang, tu aurais dû voir ses yeux quand elle a su que j'allais la tuer.

Philip ramena d'un geste nerveux sa robe de chambre sur ses genoux osseux.

— Tu ne vas pas mettre tes mains autour du cou de cette fille-là.

— Non ? (Richard se laissa aller contre le dossier de son siège. Son brandy paraissait rouge à la lueur du feu.) Je ne peux pas laisser James avoir un héritier.

— C'est juste une invitée, non ? Juste la cousine de Westbrooke.

— Mon cousin n'embrasse pas ses invitées. Et certainement pas en plein jour sur ses terres, là où n'importe quel passant pourrait le voir.

— Ce coup de feu a peut-être rappelé à James qu'il ne doit pas s'embarrasser de projets d'avenir.

— Peut-être. (Richard avala une gorgée de brandy.) Qui sait avec James ? Je ferais mieux d'aller à ce bal de débutantes pour voir comment il se comporte avec elle. S'il l'ignore, alors je l'ignorerai moi aussi. Mais si ce n'est pas le cas…

— Si ce n'est pas le cas, tu l'ignoreras quand même.

Richard s'enfonça davantage dans son fauteuil.

Philip sentit la panique monter en lui.

— Tu dois la laisser, Richard. Tu ne peux pas tuer cette fille.

— Ne te conduis pas comme une femmelette.

— Ne dis pas ça.

Philip se fit violence pour ne pas élever la voix. Il savait depuis longtemps que manifester sa colère ne ferait qu'alimenter celle de Richard. Il déglutit et prit une profonde inspiration.

— Nul besoin de décider maintenant. Va au bal et vois comment il se comporte avec elle. Nous verrons ensuite ce qu'il convient de faire, d'accord ?

Richard hésita, puis acquiesça.

— D'accord, cracha-t-il. Je n'avais pas l'intention d'étrangler cette fille sur la piste de danse.

— Je sais.

Philip soupira. Pour l'instant, la tempête était passée.

— Je vais aller me coucher. Tu viens ?

Richard marqua une pause et Philip se sentit envahi par une soudaine bouffée d'espoir. Il savait que quelque part sous la frustration et la colère accumulées au fil des années, sous l'obsession de Richard à propos de James et du duché, l'étincelle de ce qu'ils avaient été autrefois l'un pour l'autre couvait encore.

— Non, dit Richard. Je crois que je vais aller prendre l'air. Il est encore tôt. Ne m'attends pas.

— Entendu.

Philip regarda son maître sortir. Il entendit les pas de Richard qui traversait le couloir puis descendait l'escalier. La porte d'entrée claqua. Richard allait passer la nuit dehors.

Il ôta sa robe de chambre et se glissa dans le lit qui semblait désormais trop grand. Il frissonna.

Il lui fallut un long moment pour se réchauffer.

— Pensez-vous que Richard sera là ce soir, Sarah ?

— Je pense que oui, Lizzie. Il a été invité.

Sarah était heureuse d'avoir peu mangé au dîner ; son estomac était presque aussi retourné qu'il l'avait été sur le *Roseanna* en pleine tempête. Elle regarda le grand escalier de marbre qui descendait dans le vaste hall d'entrée. Wiggins, le maître d'hôtel de la maison de Londres, se tenait là avec une petite armée de valets de pied. Les invités allaient arriver d'ici peu. Où étaient donc James et lady Gladys ?

— Richard sera présent, dit Robbie, qui attendait avec elles. Il n'est pas du genre à laisser passer une occasion de manger à l'œil. (Il se rembrunit.) Soyez prudentes, toutes les deux.

Sarah retint un gloussement légèrement hystérique.

— C'est un peu étrange de vous entendre parler de prudence.

— Vous êtes injuste ! Je peux me montrer parfaitement raisonnable à l'occasion. N'est-ce pas, James ?

Sarah se retourna, soulagée de voir James approcher, lady Gladys à son bras. Il était sobrement vêtu de noir et blanc, avec une unique émeraude au centre de sa cravate. Sa taille, le blond de ses cheveux, la largeur de ses épaules, tous ces éléments attiraient le regard, mais ce qui captivait c'était la force que dégageait son visage, l'assurance et le pouvoir inconscient qui émanaient de lui. Sarah était persuadée qu'aucun autre homme de la soirée ne serait aussi impressionnant que lui.

— Vous êtes splendide, Votre Grâce. (Sarah rougit.) Tout comme vous, lady Gladys.

— Quand une personne a plus de soixante-dix années derrière elle, l'adjectif « splendide » n'est généralement pas le premier qui vous vienne à l'esprit, lady Gladys. Mais merci, ma chère. Vous êtes très élégante vous-même, je suis sûre que tous les hommes vous le diront ce soir.

— Tout à fait, renchérit James, dont les yeux brillaient de manière troublante. Vous allez éclipser toutes les autres femmes présentes, à l'exception de Lizzie bien entendu.

Il adressa un sourire à sa sœur, qui lui fit une grimace en retour.

— J'aurais préféré porter une toilette bleu ciel comme celle de Sarah au lieu de ce blanc insipide.

— Vous êtes ravissante en blanc, rétorqua Sarah. N'est-ce pas, Robbie ?

Robbie sourit et leva son monocle.

— Oh, tout à fait. Les jeunes freluquets vont se bousculer pour vous demander une danse.

Sarah se réjouit de voir Lizzie sourire et les lignes de tension autour de ses yeux se relâcher. En revanche, la tension qui lui tordait l'estomac, à elle, refusait de s'apaiser.

— Lady Gladys, Votre Grâce, il serait sûrement plus approprié que j'aille attendre dans la salle de bal, ne pensez-vous pas ?

Vive comme l'éclair, Lizzie saisit le poignet de Sarah.

— Vous n'allez pas m'abandonner, Sarah ! Je suis sur le point de défaillir tellement je suis nerveuse.

— Mais, Lizzie, je ne suis pas une de vos parentes. Votre frère et votre tante seront là. Vous allez vous en tirer à merveille.

— Je crois que tu n'es pas la seule à être nerveuse, Lizzie, intervint James. Tranquillisez-vous, Sarah. Personne ne s'en prendra à vous au moment des salutations ; il n'y a pas assez de temps pour cela. (Il adressa un sourire à sa tante.) Et cette torture ne durera pas trop. Ma tante se fatigue vite, vous savez.

Lady Gladys grogna. Les élégantes plumes blanches de son turban violet tanguèrent violemment tandis qu'elle secouait la tête.

— Balivernes ! Ce n'est pas moi que cela fatigue, c'est vous que cela ennuie, James. N'essayez pas de dire le contraire.

Il sourit.

— Vous n'avez pas tout à fait tort.

Lady Gladys lança à Sarah un regard sans appel.

— Mettez-vous en ligne de réception, mademoiselle. Voilà, tenez-vous à côté de votre cousin. Robbie, je compte sur vous pour protéger Sarah des harpies les plus dangereuses.

Robbie s'inclina.

— Bien volontiers, lady Gladys.

— Mais, lady Gladys, fit Sarah en prenant place, les gens ne vont-ils pas se demander ce que je fais là ?

— Laissez-les s'interroger. Cela leur épargnera le tracas de trouver un autre commérage pour s'occuper.

On frappa à la porte principale et Wiggins alla ouvrir. La panique serra la gorge de Sarah.

— Mais que dois-je dire ?

— Dites simplement « bonsoir ». Si quelqu'un essaie de vous embarrasser, regardez-le de haut, répondit lady Gladys. Et si vous devez parler, expliquez que vous êtes ici à ma demande. Ce qui n'est que la vérité, après tout. À présent, redressez-vous et affichez votre plus beau sourire.

— Oui, madame, dit Sarah.

Alors que les premiers invités commençaient à monter l'escalier, elle murmura à l'oreille de Robbie :

— Où est lady Amanda ?

Il ricana.

— Probablement en train de se « reposer » jusqu'à ce que cette fichue cérémonie de réception des invités soit terminée. Elle a eu des années pour perfectionner son art de l'esquive.

Robbie se tourna pour saluer une femme âgée qui marchait avec une canne, et portait une coiffure élaborée et poudrée rappelant le siècle précédent.

— Lady Leighton, dit-il en élevant la voix, comme je suis heureux de vous revoir. Permettez-moi de vous présenter ma cousine d'Amérique, Miss Sarah Hamilton.

Sarah serra la main gantée de lady Leighton.

— Bonsoir.

— Ha ! (Lady Leighton leva les yeux pour dévisager Sarah.) Je me souviens de votre père et de votre grand-père, mademoiselle. Il était temps que vous reveniez de ces colonies du bout du monde.

Sarah cilla.

— Je vous remercie, madame.

— L'Angleterre est votre pays. (Un fin nuage de poudre blanche se déposa sur le corsage de lady Leighton alors qu'elle hochait la tête.) Je suis heureuse de voir que vous avez fini par le comprendre.

Sarah regarda lady Leighton avancer dans la salle de bal en clopinant, mais reporta rapidement son attention sur l'invité suivant.

L'escalier et le hall furent bientôt bondés. Le bourdonnement des conversations devint assourdissant. Wiggins renonça et laissa la porte d'entrée ouverte ; la file d'attente se prolongea dans la cour. Les cris des cochers et le tintement des harnais se mêlaient au brouhaha ambiant. Sarah souriait et murmurait des mots de bienvenue au flot incessant de ladies parfumées et de gentlemen élégants.

— Vous vous amusez bien, Miss Hamilton ?

Sarah cligna des yeux et dévisagea l'homme qui la saluait.

— Major Draysmith ! s'exclama-t-elle avec un franc sourire. Quelle joie de vous revoir.

— J'espère que vous me réserverez une danse ?

— Bien entendu. Je pense avoir fait assez de progrès pour que vous n'ayez plus à craindre pour vos orteils.

— Ah, c'est un grand soulagement pour moi.

Il lui sourit et poursuivit son chemin.

Le flot d'invités commença enfin à se tarir.

— Je pense que nous pouvons sans risque déserter nos positions. (James prit la main de lady Gladys.) Qu'en pensez-vous, ma tante ? En avons-nous fini avec notre devoir ici ?

— Certes. Faites entrer Lizzie et ouvrez le bal.

— J'en serai ravi. Viens, Lizzie. Ce n'était pas si terrible, finalement ?

Les yeux de Lizzie brillaient et son visage était rose d'excitation.

— Tant de gens sont venus.

— Oui, et ils sont tous en rangs serrés, en train de nous attendre.

James et Lizzie franchirent la grande double porte et descendirent les quelques marches qui menaient à la salle de bal. Sarah les suivit au bras de Robbie. Elle marqua une pause sur le seuil, retenant Robbie un court instant.

Elle avait visité la salle de bal à leur arrivée à Londres. À ce moment-là, ses pas avaient résonné dans l'immense pièce obscure et elle en avait eu le frisson. Mais à présent, des centaines de bougies tremblotaient sur les énormes chandeliers. Sarah apercevait à peine les arbustes en pot et les bouquets de fleurs de serre que les serviteurs avaient joliment disposés ce matin-là, tant les lieux étaient bondés. Les couleurs vives des toilettes des femmes se mêlaient aux robes blanches des débutantes et au noir des tenues de soirée des hommes. Elle respira l'odeur de la cire des chandelles et des effluves de parfum.

— Oh.

— Impressionnant, n'est-ce pas ? James sait organiser une réception digne de ce nom quand il s'en donne la peine, même si je suppose que le crédit en revient surtout à lady Gladys et lady Amanda. (Robbie s'avança.) Venez, Sarah. Nous devons rejoindre la piste de danse dès que James et Lizzie auront ouvert le bal. (Il lui sourit.) J'espère que vos compétences en danse se sont améliorées depuis Alvord. Je détesterais me mettre à saigner sur ma tenue de soirée ; elle est neuve, je l'ai achetée pour l'occasion, figurez-vous.

La foule des invités s'ouvrit pour laisser James et Lizzie rejoindre le centre de la piste de danse. Sarah crispa sa main sur le bras de Robbie alors qu'ils avançaient à travers la foule. Les regards et les murmures qu'elle saisissait sur son passage étaient perturbants. La main de Robbie vint couvrir la sienne.

— Ne les laissez pas vous déstabiliser, chuchota-t-il. Vous vous en sortirez très bien. Vous êtes une Hamilton, ne l'oubliez pas.

Sarah sourit et releva le menton.

— Tout à fait, murmura-t-elle en retour.

— Ah, voilà. Vous ressemblez déjà à une duchesse.

Surprise, Sarah dévisagea Robbie.

— Pas du tout.

— Mais si. C'est dans votre sang, Sarah. Vous êtes peut-être américaine, mais vous ne pouvez pas échapper à votre héritage anglais.

Sarah secoua la tête, mais elle n'eut pas le temps de réfléchir aux paroles de Robbie car l'orchestre entama le premier morceau.

Sarah se tenait près des fenêtres, là où l'air était un peu plus frais. Elle n'avait pas cessé de danser, ses pieds étaient endoloris et ses joues brûlantes. Un moment de répit était le bienvenu. Elle jeta un coup d'œil autour d'elle afin de vérifier que personne ne la regardait puis essuya de sa main gantée la sueur qui perlait sur son front.

James était en train de danser avec une jeune fille blonde et petite. Sarah fronça les sourcils alors qu'ils valsaient devant l'orchestre. Est-ce qu'il ne serrait pas sa cavalière d'un peu trop près ? Et pourquoi souriait-elle ainsi, comme s'ils partageaient un secret intime ? Sarah changea de position pour apaiser son estomac qui se nouait.

C'était la première fois qu'elle voyait James dans son monde. Les femmes voletaient autour de lui comme des papillons de nuit autour d'une lanterne. Et il ne les décourageait pas. Il souriait à chacune d'elles.

Quelle idiote elle faisait ! Bien sûr que James avait été attiré par elle à Alvord ; il était attiré par tout ce qui portait un jupon. Elle avait simplement été la seule femme avec laquelle flirter. Elle ne devait pas oublier que c'était un duc.

— Ah, Miss Hamilton, c'est bien ça ?

Sarah se retourna pour voir deux matrones d'âge mûr qui lui souriaient. Enfin, leurs lèvres dessinaient un sourire, mais leurs yeux étaient calculateurs. L'une était petite avec un nez crochu ; l'autre était grande et osseuse.

— Bonsoir.

Sarah afficha un sourire forcé. Elle aurait préféré ignorer ces deux gêneuses, mais la politesse et la prudence lui dictèrent de n'en rien faire.

— Vous ne vous souvenez pas de nous, n'est-ce pas ? dit celle au nez crochu.

Sarah fit non de la tête.

— Je suis navrée. J'ai dû vous saluer à l'entrée, mais il y avait tellement de monde que j'avoue que les visages finissaient par se confondre.

— Hum. (Le nez crochu se releva un peu.) Eh bien, je suis la duchesse de Rothingham.

La femme marqua une pause théâtrale. Sarah la dévisagea d'un air déconcerté.

— La mère de lady Charlotte Wickford.

Sarah sourit poliment, son interlocutrice plissa les lèvres et fronça les sourcils. Apparemment, la duchesse s'attendait à une autre réaction de sa part, mais Sarah n'avait vraiment aucune idée de qui était Miss Wickford. Sarah jeta un œil à la compagne de la duchesse, qui était bouche bée.

— Et voici lady Huffington.

Les mots franchirent avec peine les lèvres serrées de la duchesse.

Sarah la salua d'un signe de tête.

— Bonsoir.

Lady Huffington, encore interloquée, ferma la bouche et salua Sarah en retour.

— Nous avons cru comprendre que vous résidiez chez Sa Grâce, le duc d'Alvord, reprit la duchesse d'un ton acerbe.

— Oui.

— Vous êtes une amie proche de la famille ?

Sarah se demanda ce qui pouvait donner à cette femme le droit de l'interroger ainsi. Sans doute pensait-elle que son rang lui permettait pareille grossièreté.

— Non, pas du tout. À dire vrai, il y a un mois j'ignorais jusqu'à l'existence du duc.

— Vraiment ?

La voix de la duchesse était un mélange d'incrédulité et de froideur.

— Oh, oui. (Sarah s'efforça d'écarquiller les yeux et de prendre un air de bécasse.) J'ai eu tant de chance que le duc et sa famille m'accueillent. Vous voyez, mon père était le frère du comte de Westbrooke, enfin l'oncle de l'actuel comte, je veux dire. Lorsque mon père a insisté pour que je vienne en Angleterre, il ignorait que son frère était mort. Bien sûr, je ne pouvais pas vivre dans la demeure de mon cousin célibataire. Si le duc et sa tante ne m'avaient offert une place dans leur maison, je ne sais pas ce que j'aurais fait. (Sarah reprit sa respiration et sourit.) Je suis si heureuse de pouvoir aider la famille pour la remercier de sa générosité. Comme j'ai une certaine expérience de l'éducation des jeunes filles, je garde un œil sur la sœur de Sa Grâce durant ses débuts.

— Ah. (La duchesse pinça les lèvres.) Ainsi vous êtes une dame de compagnie pour cette chère Lizzie. Comme c'est charmant.

Elle se tourna vers lady Huffington, ignorant Sarah comme si elle était soudain devenue invisible. Sarah eut un petit sourire. Pour une raison inconnue, la duchesse l'avait considérée comme une menace. Mais les serviteurs n'étaient pas des menaces et, en tant que dame de compagnie, Sarah était juste une domestique vêtue d'une robe trop belle pour elle.

La musique s'arrêta. James apparut avec sa cavalière à son bras. La tête de la jeune fille atteignait à peine les épaules de Sarah. Elle avait des traits délicats et une attitude sereine. On aurait dit une poupée de porcelaine.

— Sarah, je vois que vous avez fait la connaissance de la duchesse et de lady Huffington. Voici la fille de la duchesse, lady Charlotte. Charlotte, Miss Sarah Hamilton de Philadelphie.

Sarah sourit. Lady Charlotte esquissa un rictus étrange, comme si elle avait une crampe d'estomac.

— C'est un plaisir, dit Charlotte, puis elle bâilla en couvrant sa petite bouche de sa main menue.

À aucun moment elle n'avait levé les yeux vers le visage de Sarah. La duchesse elle-même aurait pu prendre des leçons d'arrogance auprès de sa fille.

L'orchestre entama les premières mesures d'une valse.

— M'accorderiez-vous cette danse, Miss Hamilton ?

La température chuta brutalement autour d'eux. Sarah laissa James la conduire jusqu'à la piste de danse.

— Est-ce moi, ou est-ce que les ladies semblent soudain un peu froides ? murmura James à l'oreille de Sarah.

— Glaciales, plutôt.

Sarah tenta de réprimer le frisson qui la parcourut quand il posa sa main sur sa taille. Elle n'était qu'une autre partenaire de danse parmi les autres, se rappela-t-elle.

— Je crois que vous avez commis une erreur tactique, Votre Grâce, ajouta-t-elle alors qu'il l'entraînait dans la danse.

— James, Sarah. Si vous le dites à mon oreille, personne n'entendra combien vous êtes effrontée.

James lui murmura ces mots à l'oreille. La respiration de Sarah devint un peu irrégulière.

— Cessez cela.

— Vous répétez ça bien trop souvent, mon cœur. N'en faites pas une habitude, car ce ne sont certainement pas les mots que j'aimerais entendre le jour où je vous aurai à nouveau dans mon lit. Entraînez-vous à dire « oui », ou « oh, oui », ou simplement « oh », avec l'intonation appropriée, évidemment. Courte et essoufflée, peut-être, ou longue et traînante comme un gémissement.

— James !

— Vous voyez, je savais que j'arriverais à vous faire dire mon prénom. (James rit à son oreille.) Mais pourquoi croyez-vous que j'aie commis une erreur tactique ? Je pensais avoir réussi une retraite parfaite.

— Je venais juste de persuader la duchesse et son amie que je n'étais absolument personne, que j'étais indigne de leur attention, et vous venez de me ramener dans leur ligne de mire en m'invitant à danser.

— Oh. (James lança un regard vers ces dames.) Elles nous regardent, rapporta-t-il, et elles n'ont pas l'air particulièrement heureuses. (Il sourit.) En même temps, elles n'ont jamais l'air particulièrement heureuses.

Sarah sentit une bouffée de plaisir en constatant que James avait mis la poupée de porcelaine dans le même sac que les deux vieilles femmes. Elle réprima ce sentiment-là aussi en se rappelant qu'il la critiquerait probablement en murmurant à l'oreille de la prochaine beauté londonienne avec laquelle il danserait.

— Et qu'en est-il de vous ? demanda-t-il. Est-ce que vous vous amusez ? Vous n'avez pas manqué une danse, il me semble.

— Le major Draysmith et Robbie ont eu la gentillesse de veiller à ce que je ne manque pas de cavaliers.

— Je doute qu'ils aient eu beaucoup d'efforts à faire. De nombreux hommes sont venus me demander qui vous étiez.

— Vraiment ?

Sarah retint son souffle alors que James lui faisait accomplir un tour particulièrement grisant.

— Vraiment.

Ils dansèrent un moment en silence. Sarah sentit les prémices de cette langueur familière qui l'envahissait chaque fois qu'elle se trouvait trop près de James. Elle chercha désespérément une diversion.

— Richard est-il déjà arrivé ?

— Je ne crois pas.

James balaya la foule du regard. Sarah sentit son corps se raidir, puis il l'attira encore plus près de lui.

— Il vient d'entrer.

— Est-ce qu'il nous observe ?

James hocha la tête.

— Ne sentez-vous pas son regard maléfique ? Seigneur, comme j'aimerais qu'il me laisse tranquille.

— Ignorez-le.

Elle détestait voir cet air lugubre sur le visage de James.

— J'aimerais le pouvoir. (James baissa les yeux vers elle.) Je ne veux pas qu'il vous arrive quelque chose, Sarah.

— Il ne va rien m'arriver. Cessez de vous inquiéter.

— Je ne peux pas.

La dernière note de la valse laissa place au silence. James garda ses mains sur elle un peu plus longtemps qu'il ne fallait.

— Soyez prudente. Ne laissez pas Richard vous aborder si vous êtes seule.

— J'y veillerai.

— Vraiment, je vous le demande.

Il la conduisit auprès de lady Gladys et lady Amanda.

— Vous avez vu Richard ? s'enquit cette dernière. (Elle indiqua d'un signe de tête une jeune fille qui se tenait non loin de là.) Nous ne voulons pas qu'il pense que Sarah vous a dans sa poche. Allez donc inviter la fille Warrington à danser.

James regarda l'intéressée.

— La fille Warrington a déjà quitté l'école ?

— Voyons, c'est sa troisième Saison, James.

— Très bien.

Il se dirigea vers la demoiselle.

Dès que James s'éloigna, un petit homme chauve à l'estomac proéminent s'approcha des dames.

— Lady Gladys, lady Amanda, quelle joie de vous revoir.

L'homme s'inclina dans un craquement de vertèbres parfaitement audible.

— Ah, Symington, c'est vous. Comment allez-vous ? lança lady Gladys avec un manque d'enthousiasme patent.

Sarah ne pouvait l'en blâmer ; l'homme était aussi attrayant qu'un reste de mouton bouilli.

— Aussi bien qu'on peut l'espérer après un hiver aussi humide. Et un printemps humide et froid, lui aussi, ajouta Mr Symington avec un frisson. Quel temps horrible ! Mais au moins la goutte me laisse-t-elle quelque répit en ce moment. (Il toussota.) Avez-vous appris le décès de ma Lucinda ?

— Oui, bien sûr, n'est-ce pas, Amanda ? Toutes nos condoléances pour votre perte.

Mr Symington hocha la tête avec tristesse.

— Lucinda était une bonne épouse. (Il poussa un long soupir qui attesta son chagrin… son déjeuner de foie aux oignons.) Mais cela fait un an désormais, et l'homme n'est pas un animal solitaire. J'ai pensé que je ferais mieux de faire un tour à la ville pour admirer les beautés de cette année. (Il regarda Sarah avec insistance.) Serait-ce trop présomptueux de vous prier de me recommander auprès de cette jeune demoiselle, lady Gladys ?

Lady Gladys se renfrogna comme si elle était sur le point de rejeter sa requête.

— Sarah, voici Mr Symington, dit-elle finalement. Monsieur, Miss Hamilton est la cousine du comte de Westbrooke et nous vient d'Amérique.

— D'Amérique, hein ? (Mr Symington haussa ses sourcils broussailleux comme s'il espérait qu'ils pourraient masquer sa calvitie.) L'endroit est plein de sauvages, n'est-ce pas ?

— Non..., commença Sarah, mais Mr Symington l'interrompit.

— Voulez-vous danser ?

Il lui saisit le bras avant qu'elle ait eu le temps de répondre. Elle regarda par-dessus son épaule alors qu'elle le suivait sur la piste de danse. Lady Gladys lui adressa un petit sourire contrit.

Sarah et Mr Symington prirent leur place sur la piste.

— Au fait, vous savez danser, j'espère ? demanda-t-il, d'un air soudain alarmé.

Les couples qui les entouraient les regardèrent, et une femme gloussa.

— Oui, je sais danser.

Sarah se promit quelques fautes de pas dirigées vers les orteils de Mr Symington.

La musique commença. Les boutons du gilet de Mr Symington semblaient sur le point de sauter. Au cours de la danse, il devint manifeste que le gentleman avait également abusé de l'ail au cours de son précédent repas, et l'odeur devint de plus en plus forte à mesure que les gouttes de transpiration se condensaient sur son crâne chauve et roulaient le long de son gros nez. Sa respiration laborieuse éventait le décolleté de Sarah. C'était une sensation tout à fait déplaisante. Au moins n'avait-il pas assez de souffle pour parler.

À la fin du morceau, Mr Symington paraissait près de défaillir. Sarah ne souhaitait pas rester davantage en sa compagnie, mais elle ne voulait pas non plus le voir expirer au beau milieu de la salle de bal de James.

— Voulez-vous un verre de citronnade ?

— Ah, c'est bien aimable, ah, à vous, souffla Mr Symington. Je vais juste… Oh !

Sa respiration se fit soudain rapide et haletante. Ses yeux étaient rivés sur un point derrière l'épaule droite de Sarah. Elle tendit la main pour lui prendre le bras, craignant qu'il ne s'évanouisse.

— Ah, la charmante Miss Hamilton. (La voix de Richard était reconnaissable entre toutes.) Et Symington le Simplet.

Sarah se retourna pour faire face au cousin de James. Elle tourna la tête pour jeter un regard à Mr Symington. Un autre homme aurait réagi à la grossièreté inacceptable de Richard, mais lui se contenta de tripoter la chaîne de sa montre.

— Mr Runyon, euh, ravi de vous revoir. Hum, bien sûr vous connaissez déjà Miss Hamilton. Elle réside, euh, chez votre cousin.

— Je sais.

Mr Symington passa un doigt dans son col de chemise. Manifestement, le pauvre homme aurait donné n'importe quoi pour être ailleurs.

— Nous allions justement prendre une citronnade, intervint Sarah.

— Une excellente idée. Courez donc à la salle des rafraîchissements, Symington. Je vais tenir compagnie à Miss Hamilton. Inutile de l'obliger à se déplacer, n'est-ce pas ?

— Non, non, c'est tout à fait inutile. (Mr Symington hocha la tête assez vigoureusement pour évoquer un bouchon de liège descendant une rivière.) Vous avez raison. Je prends donc congé.

Il s'éloigna sans un regard en arrière.

Mr Symington n'avait apparemment aucune inclination pour l'esprit chevaleresque, remarqua Sarah.

L'orchestre choisit ce moment pour entamer une autre valse.

— Ma danse, Miss Hamilton.

Sarah se raidit. Elle allait une fois de plus danser à contrecœur, mais cette fois elle éprouvait de la crainte plutôt que de l'ennui. Elle devait danser avec Richard – elle ne voulait pas provoquer un scandale – mais elle ne le ferait pas de bonne grâce. Elle ralentit le pas, le forçant à marquer une pause.

— Eh bien, je porte cela au crédit de ce vieux James. On dirait qu'il a trouvé une pouliche dotée d'un certain cran, observa Richard alors qu'ils se mettaient en position.

— Je vous demande pardon ?

Sarah tenta de reculer, mais Richard avait une poigne d'acier. La jeune femme sentit sa poitrine effleurer son torse. Elle savait qu'il la serrait de trop près. Déjà les conversations s'arrêtaient autour d'eux. Plus d'un coup d'œil furtif était lancé dans leur direction.

— Ne me prenez pas pour un idiot, dit Richard entre ses dents. Je sais que James vous veut.

— Mr Runyon, bien que cela ne vous regarde en rien, je vous assure que le duc et moi sommes de simples connaissances. J'avais besoin d'un endroit où demeurer qui offre la compagnie d'autres femmes et il m'a gracieusement accordé l'hospitalité. En retour, j'apporte mon aide pour les débuts de sa sœur. J'avoue ne pas comprendre en quoi tout cela pourrait vous concerner.

— Je vous ai vue danser avec lui.

— J'ai dansé avec de nombreux cavaliers ce soir.

Sarah s'efforça de ne pas élever la voix alors qu'un mélange de colère et de peur l'envahissait.

— Vous ne comprenez pas, Miss Hamilton. J'ai vu James. Je connais mon cousin. Il veut ce qu'il y a sous vos jupons.

— Mr Runyon !

Scandale ou pas, Sarah l'aurait planté là au milieu de la piste de danse, si elle l'avait pu. Mais il la tenait trop fermement.

— Seulement… sachez que votre sécurité dépend du célibat de James, dit-il d'une voix basse et menaçante.

— Mr Runyon, s'étrangla Sarah, espérant qu'il relâcherait rapidement son étreinte, je n'ai aucun projet matrimonial concernant votre cousin.

— J'y compte bien. Je ne pourrais pas me permettre de laisser James avoir un morveux avec vous.

Il la fit valser devant l'orchestre en silence, la mine sévère. Sarah espéra qu'il en avait fini. Malheureusement, non.

— En même temps, votre mariage ne représenterait pas tant un embarras pour moi qu'un vrai danger pour vous. (Richard découvrit ses dents dans ce que Sarah supposa être un sourire.) Je n'aimerais pas voir votre cœur d'Américaine se briser.

Sarah dut retenir un petit rire hystérique. Richard, se préoccuper de son cœur ? Si celui-ci se brisait, cet homme vil serait bien trop content de compter les morceaux.

— Croyez-moi, Miss Hamilton. Si vous êtes assez stupide pour épouser mon cousin, il vous brisera le cœur. (Il la fit tourner brutalement et elle dut s'agripper à son épaule pour ne pas trébucher.) Vous êtes ignorante de nos mœurs, aussi vais-je vous éclairer.

— Je suis sûre que c'est tout à fait inutile.

— Et je suis persuadé du contraire, Miss Hamilton. Si vous aviez grandi parmi nous, vous sauriez tout cela sans que personne ait besoin de vous en informer. Vous connaîtriez la réputation de James.

— Sa réputation ?

— Oh, rien de terrible vraiment ; enfin, pour un duc. Pour nous autres simples mortels… (Richard haussa les épaules.)… eh bien, la société est un peu moins compréhensive.

— Je crois que vous en avez assez dit.

Richard s'esclaffa.

— Je ne pense pas. Vous savez que James est un membre de la noblesse, Miss Hamilton, mais avez-vous bien conscience que les mariages aristocratiques sont de simples accords commerciaux ? L'homme apporte son titre et sa fortune ;

la femme produit un héritier. L'amour, ou plutôt – appelons les choses par leur nom – la satisfaction sexuelle, se trouve ailleurs.

— Mr Runyon, je vous en prie ! Je suis sûre que vous ne devriez pas tenir de tels propos.

Richard passa outre à l'intervention de Sarah.

— Vous, les femmes, vous devez attendre d'avoir offert à votre époux le petit braillard qui représentera son passeport pour la génération suivante. Mais nous ne subissons pas cette contrainte. Nous pouvons coucher où nous voulons et quand nous voulons. C'est ainsi que, la nuit même de ses noces, le comte de Northhaven a couché avec sa jeune épouse à 22 heures, avec sa maîtresse à 23, et avec la femme de lord Avery à minuit, avant de finir dans la respectable maison close de Mrs Bernard.

— Tout cela est écœurant ! Je ne vous crois pas.

— Vous devriez, Miss Hamilton. C'est quelque chose dont on s'offusque à peine tellement c'est banal. Gardez vos yeux et vos oreilles grands ouverts dans n'importe quelle soirée mondaine et vous vous rendrez compte que je dis la vérité. Si vous espérez trouver l'amour dans le lit nuptial de James, vous serez terriblement déçue. Et pour ce qui est de la satisfaction ? Peut-être la trouverez-vous, si vous êtes moins effarouchée que la plupart des vierges.

Sarah secoua la tête et se recula. Richard resserra son étreinte. Il était impossible de lui échapper.

— Connaissez-vous le surnom de mon cousin, Miss Hamilton ?

— Non, et je ne veux pas le savoir.

Tout ce que Sarah voulait, c'était que cette danse prenne fin.

— Si ce n'est pas moi qui vous le dis, quelqu'un d'autre le fera. Les gens adorent les commérages, et les prouesses sexuelles d'un duc sont si intéressantes.

Sarah regarda Richard droit dans les yeux.

— Mr Runyon, je dois vous demander de cesser immédiatement. Votre conversation est tout à fait inappropriée.

Elle aurait mieux fait d'économiser son souffle.

— James est surnommé « le Moine », ma chère. De manière ironique, bien sûr. James n'est pas exactement le candidat idéal pour entrer dans les ordres.

— Puis-je solliciter ma danse, Miss Hamilton ?

Sarah leva les yeux vers le major Draysmith, qui prit aussitôt un air soucieux.

— Vous êtes un peu pâle. Peut-être préféreriez-vous vous asseoir et laisser passer cette danse ? Je serais heureux de vous accompagner jusqu'à la salle des rafraîchissements.

— Oui, volontiers.

Quitter la salle de bal était une bonne idée. Sarah s'efforçait de préserver les apparences, mais elle était certaine que toutes les commères avaient remarqué sa danse avec Richard et surveillaient sa réaction.

La pièce que James avait réservée pour le buffet était bien plus fraîche. Le seul autre couple qui s'y trouvait quitta les lieux au moment où Sarah et le major entrèrent. Sarah s'assit avec reconnaissance sur une chaise pendant que le major allait leur chercher à boire.

Elle n'aurait pas dû être surprise par les paroles de Richard. Il n'avait fait que confirmer ce que son père et les sœurs Abington lui avaient toujours raconté sur l'aristocratie anglaise. Et James lui avait fait la démonstration de ses talents de séducteur.

Pourtant elle était surprise. Choquée.

*Quelle idiote !*

Elle observa le major Draysmith qui traversait la pièce. C'était un bel homme. Sa tenue militaire mettait sa carrure en valeur et ses yeux bleu clair bordés de cils noirs étaient saisissants. Sarah se dit qu'elle aurait dû éprouver une certaine excitation en sa compagnie. Cependant, lorsqu'il lui tendit un verre de citronnade et que ses doigts gantés effleurèrent les siens, elle ne ressentit que le plaisir anticipé d'une boisson fraîche.

Elle était décidément idiote.

—Je vous demande pardon, Miss Hamilton, mais je n'ai pu m'empêcher de vous voir avec Mr Runyon. Cette canaille a-t-elle dit quelque chose qui vous a perturbée ?

Elle haussa légèrement les épaules.

—Ma précédente et brève rencontre avec Mr Runyon m'avait incitée à m'attendre à ce qu'il se montre déplaisant. Mais il a effectivement mentionné un surnom qui serait donné à Sa Grâce, non sans raison.

—Vraiment ? (Charles sembla perplexe un court instant.) Oh, vous voulez dire « le Moine ». Runyon a donné ce surnom à James à l'université. Plus personne ne l'appelle comme ça désormais ; du moins, pas en face.

—Je vois.

Sarah déposa d'un geste lent sa citronnade sur la table. Elle se sentait soudain incapable d'avaler la moindre gorgée.

—Pardonnez-moi, Miss Hamilton, mais vous ne devriez pas laisser quelque chose d'aussi insignifiant vous bouleverser.

—Non, bien sûr que non. Et s'il vous plaît, appelez-moi Sarah.

Elle contempla son verre. Elle ne devait sa déception qu'à elle-même. Elle avait laissé les semaines passées à Alvord lui mettre en tête que James n'était qu'un Américain avec un drôle d'accent. C'était stupide. Elle avait fait sa connaissance dans un lit. Et il était nu. Il ne s'embarrassait apparemment pas de pudeur quand il s'agissait d'enlever ses vêtements pour se glisser dans le lit d'une inconnue.

Combien de femmes présentes à ce bal avaient déjà accueilli le duc d'Alvord sous leurs draps ?

—Dans ce cas il faut m'appeler Charles. Et vous ne devriez vraiment pas vous laisser troubler par Runyon, poursuivit Charles. C'est une vermine que la bonne société a décidé de tolérer, malheureusement. Une fois que vous aurez épousé

James, Runyon se verra indiquer la porte comme il le mérite. Mais d'ici là, évitez-le. C'est ce que je fais.

— J'ai bien l'intention de l'éviter. (Elle soupira.) Et s'il vous plaît, cessez de croire que je vais épouser Sa Grâce.

Le visage de Charles arbora un air décontenancé.

— Je vois.

Sarah se mit à rire.

— Vous n'avez pas l'intention de tenter de me faire changer d'avis, j'espère ?

Charles sourit.

— Non, madame. Nous autres militaires apprenons vite à reconnaître une bataille perdue.

Sarah essaya d'avaler une gorgée de citronnade. Elle s'en sentait capable désormais.

— Dites-moi, Charles, pourquoi les Anglais s'entêtent-ils à conserver ce ridicule principe de primogéniture ? Il dresse le frère contre le frère, et le cousin contre le cousin, ne trouvez-vous pas ?

— Enfin, Sarah, vous ne pouvez pas juger le système d'après la conduite de Runyon ! Je suis le cadet et ne déteste pas mon frère aîné. Je ne lui envie pas son titre le moins du monde. D'ailleurs, je le plains plutôt.

— Le plaindre ? Et pourquoi donc ?

— Parce que sa vie ne lui appartient pas. (Charles se pencha en avant et posa ses coudes sur la table.) Il est marquis de Knightsdale. C'est son titre, mais cela pourrait aussi bien être son nom. Il n'a jamais été Paul Draysmith, tout simplement. Il est né comte de Northfield et est devenu Knightsdale alors qu'il était encore à Eton. Heureusement, il semble satisfait de son sort. Il a ça dans le sang. Mais il n'a jamais eu le choix, vous comprenez ?

— Oui.

Sarah comprenait. James aussi avait ça dans le sang, mais lui non plus n'avait jamais eu le choix. Il devait protéger Alvord. Il devait se marier, même si cela signifiait épouser une Américaine aux cheveux roux. Mais cela n'impliquait pas de se limiter au lit de son épouse.

—Je pense que j'ai une vie meilleure, poursuivit Charles. J'ai la liberté de suivre mon propre chemin. J'ai rejoint l'armée. Je pourrais partir pour l'Amérique demain si je le voulais, comme votre père l'a fait. Non, j'espère sincèrement que mon frère aura une longue vie et de nombreux fils. Je n'ai aucunement l'envie de prendre sa place.

Charles termina sa citronnade et jeta un coup d'œil dubitatif à son verre.

—J'ai été bête de prendre ça. C'est du champagne qu'il nous faut. Qu'en dites-vous?

—Que je n'ai jamais bu de champagne?

Charles rit.

—Alors, je ferais mieux de laisser James vous initier. Il n'apprécierait sûrement pas que j'enivre sa fiancée.

—Je ne suis pas sa fiancée!

—C'est vrai. (Charles se redressa.) Vous devriez néanmoins réfléchir. Vous obtiendriez une position enviable et feriez en même temps une faveur à James. Il a besoin de se marier rapidement à cause de Richard. Cette nuit-là au *Lutin vert*, il était sur le point de demander à Charlotte Wickford de l'épouser. Il mérite certainement mieux que cette condamnation à perpétuité.

—Oh.

Sarah comprenait désormais pourquoi la duchesse de Rothingham l'avait questionnée de la sorte.

—Ah, je vous trouve enfin.

Le cœur de Sarah fit un bond dans sa poitrine lorsqu'elle entendit la voix de James. Elle leva les yeux vers lui et sourit avant même de s'en rendre compte.

—J'offrais juste à Sarah un peu de repos hors de la salle de bal, dit Charles. Savais-tu qu'elle n'a jamais goûté au champagne?

James haussa un sourcil.

— Et tu lui en as donné ?

— Non. Je t'ai laissé cette mission.

James acquiesça d'un signe de tête.

— Voulez-vous goûter au champagne, Sarah ?

— Oui, s'il vous plaît.

Elle s'absorba dans la contemplation de ses mains alors que James allait chercher les coupes.

— Vous vous sentez bien ? s'enquit Charles. Vous êtes à nouveau toute pâle.

— Oui, je vais bien.

Aussi bien que possible, étant donné qu'elle venait juste de comprendre qu'elle était peut-être tombée amoureuse d'un débauché. James revint et lui tendit un verre. Elle avala une rapide gorgée, et les bulles lui chatouillèrent le nez.

— Avez-vous besoin de faire une pause, Sarah ? demanda James. Ne me dites pas que vos pieds vous font souffrir.

— Pour être honnête, un peu, si. C'est agréable de s'asseoir un petit moment.

Sarah prit une autre gorgée et regarda James du coin de l'œil. Ses cheveux blond cendré luisaient à la lueur des bougies et l'angle prononcé de sa mâchoire ressortait sur le blanc immaculé de sa cravate. Il était beau. Scandaleusement beau. Évidemment que les femmes le désiraient. Elle avala une autre gorgée de champagne. Les bulles lui piquèrent la gorge autant que le nez.

— Je crois que Runyon a fait des siennes, dit Charles.

— Vraiment ? (James regarda Sarah avec insistance. Elle baissa la tête et porta de nouveau la coupe de champagne à ses lèvres.) Qu'a-t-il fait, Sarah ?

— Rien, vraiment. Je crois qu'il a essayé de me faire peur. Je lui ai dit que vous et moi n'étions que de simples connaissances, mais il ne m'a pas crue.

Elle but une nouvelle gorgée.

Charles grogna.

— Évidemment qu'il ne vous a pas crue ; James et vous avez failli embraser la salle de bal avec votre valse.

— Bon sang !

James semblait à la fois en proie à la colère et à la frustration.

*A-t-il déjà embrassé Charlotte Wickford ?* se demanda Sarah. Sûrement, s'il avait envisagé de se fiancer avec elle. Elle but une longue rasade. Ces petites bulles étaient décidément bien agréables.

— Je ne peux pas dire que j'apprécie de le voir s'approcher de Sarah, observa Charles.

— Tu n'apprécies pas ? (James se força à baisser d'un ton.) Seigneur, moi je déteste ça, mais je ne peux pas le faire chasser de Londres, même si j'en meurs d'envie. Au moins est-il parti à présent. Je l'ai vu s'en aller juste avant que je vous retrouve.

Sarah laissa la conversation glisser sur elle alors qu'elle contemplait les bulles de champagne qui remontaient depuis le fond de sa coupe. Elle l'approcha encore une fois de ses lèvres.

— Je pense que cela suffit, ma chère, intervint James en lui prenant le verre des mains. Allons danser, voulez-vous ?

Sarah avait l'impression que sa tête flottait au-dessus de ses épaules. Elle sourit à Charles.

— Vous voudrez bien nous excuser ?

— Madame, James était mon officier supérieur. Bien sûr que je vous excuse, ironisa Charles.

— Une attitude sensée, Charles, très sensée, répliqua James sur le même ton.

Il plaça sa main sous le bras de Sarah et l'aida à se lever. Elle tangua légèrement et s'appuya contre lui.

— Il est temps d'arrêter le champagne.

— Pourquoi ?

— Parce que vous êtes grise, ma chère.

Au moment où ils revinrent dans la salle de bal, l'orchestre entamait justement une valse. Sarah sourit. Elle préférait de loin la valse aux autres danses, surtout si elle dansait avec James. Il la prit dans ses bras et elle ferma les yeux, s'abandonnant à la musique. Elle se sentait légère et gracieuse, enveloppée par la force de James. Elle décida que les paroles de Richard étaient sans importance.

—Suis-je en train de vous endormir, Sarah ?

—Non.

Elle leva la tête vers lui, encore une fois sous le charme qui naissait de sa proximité. James esquissa un petit sourire en coin.

—Continuez à me regarder comme ça, ma chérie, et nos invités risquent de ne jamais se remettre du scandale que je pourrais déclencher.

Sarah rougit des pieds à la tête, et sentit son pouls battre en un endroit des plus embarrassants ; ses genoux commencèrent à trembler. Elle craignit de défaillir dans ses bras.

—James ! souffla-t-elle.

Il se mit à rire.

—Nous scandalisons assez la société en ne faisant que danser ensemble. Je suggère une diversion mentale. Peut-être devriez-vous réciter la Déclaration d'indépendance.

L'esprit de Sarah était vide. Elle ne pouvait rien faire d'autre que de regarder les lèvres de James. Elle savait que c'était tout à fait inconvenant et stupide, mais elle avait perdu toute maîtrise de ses muscles.

—Je ne peux pas.

—Hum. Eh bien, je dois reconnaître que je suis extrêmement flatté de vous faire cet effet-là, mais il faut vraiment que nous changions de sujet. Mon intérêt commence à se manifester en un lieu que la décence m'interdit de nommer.

—Comment ?

—Peu importe. Que vous a dit exactement mon déplaisant cousin pendant que vous dansiez avec lui ?

Sarah manqua un pas. James la rattrapa et la rapprocha un peu plus de lui qu'il n'était convenable. Elle sentit ce contact se répercuter jusqu'au bout de ses orteils.

—Rien, murmura-t-elle. Rien d'important.

— Je pense que cela suffit.

Robbie enleva le verre de champagne des mains de Sarah.

— Cela vous va bien de dire ça.

Sarah devait se concentrer pour faire passer chaque mot par ses lèvres récalcitrantes. Elle se sentait un peu en dehors de la réalité, et elle aimait cette sensation. Elle regarda James danser avec une grande brune plantureuse.

— Oui, je sais de quoi je parle. Votre état actuel est dû à un excès d'alcool.

— Vous en avez abusé, pas moi.

Sarah aurait bien continué à argumenter, mais elle n'avait pas les idées claires. Elle regarda la fille brune sourire à James. Avait-il déjà partagé son lit ?

— James sait-il que vous faites à ce point honneur à son champagne ?

Sarah haussa les épaules.

— James s'en moque.

— Oh, je ne crois pas. Allons, venez, c'est la dernière danse. Je vais vous entraîner sur la piste dans l'espoir que cela vous dégrise.

— Je ne suis pas ivre.

Robbie sourit.

— Pas complètement, sans doute. Mais je parie que vous vous réveillerez demain matin avec un bon mal de crâne.

— Vous me faites danser ou vous continuez à me sermonner ?

— Je préfère danser. Venez.

Sarah écrasa les orteils de Robbie à deux reprises. Elle perdit l'équilibre une fois, mais Robbie la rattrapa. Quand la musique s'acheva, il la conduisit auprès de James qui avait déjà ramené sa cavalière brune à son chaperon.

— Veux-tu que j'aille installer Sarah dans un coin ?

James l'examina. Elle lui retourna un regard noir.

— Un peu trop de champagne ?

— Non, dit-elle.

— Oui, répondit Robbie en même temps.

— Allons, venez. (James lui prit le bras.) Il est temps de dire bonsoir à nos invités. Si vous restez immobile et que vous ne parlez pas trop, vous devriez vous en sortir.

Robbie fut le dernier à partir. Après que la porte se fut refermée derrière lui, Lizzie sautilla jusqu'à James et le serra dans ses bras.

— C'était merveilleux ! (Elle tournoya au milieu du hall d'entrée, sa robe voltigeant autour d'elle en un tourbillon cotonneux.) J'ai dansé chaque danse ! Je suis tellement excitée que je n'arriverai jamais à dormir.

— Dans ce cas, je crains que nous devions renvoyer tous les jeunes prétendants qui viendront vous rendre visite demain matin, lança lady Amanda en s'engageant dans l'escalier. Nous dirons que vous êtes indisposée.

Lizzie s'immobilisa au milieu d'une pirouette.

— Oh, non ! Ne faites pas ça !

Lady Gladys se mit à rire.

— Dans ce cas filez donc au lit, si vous ne voulez pas recevoir vos admirateurs avec un visage hagard. (Elle prit le bras de Lizzie, mais s'arrêta sur la première marche pour regarder par-dessus son épaule.) Vous venez, Sarah ?

James prit la main de Sarah.

— J'ai peur de devoir la retenir quelques minutes encore. Nous avons à parler.

Lady Gladys leva les yeux au ciel.

— Ne me prenez pas pour une imbécile, mon garçon. J'ai été jeune moi aussi, aussi incroyable que cela puisse paraître. Évitez de trop vous laisser entraîner dans votre… discussion. Je suis tout à fait favorable à un mariage rapide, mais je ne veux pas voir les invités compter les mois jusqu'à la naissance de votre héritier.

James éclata de rire.

— Ma tante ! Faites preuve d'un peu plus de discrétion, je vous prie. Ces pauvres Sarah et Lizzie sont aussi rouges que des pivoines.

— Balivernes. Venez, Lizzie. Laissons ces deux tourtereaux seuls.

Lizzie adressa un clin d'œil à Sarah et aida lady Gladys à monter les marches. Sarah les suivit du regard jusqu'à ce qu'elle sente James tapoter sa main. Elle l'accompagna dans son bureau. Elle savait que ce n'était pas une bonne idée, mais son cerveau ne commandait plus ses actes. Quelque chose d'autre la guidait, un besoin qu'elle ne comprenait pas. Son bon sens était devenu simple spectateur.

James referma doucement la porte derrière eux. Sarah avait une conscience aiguë de sa présence, de son corps avec ses muscles et sa force, et ce sentiment lui serra la gorge. Elle parcourut des yeux les contours de sa mâchoire soulignée par la blancheur immaculée de sa cravate et s'arrêta sur les courbes fermes de ses lèvres. Elle désirait tant les toucher, les sentir sur sa peau. Elle haletait presque, impatiente.

Il la conduisit jusqu'à son grand fauteuil. La pièce était plongée dans la pénombre, uniquement éclairée par les braises rougeoyantes de l'âtre. James s'assit et attira doucement Sarah sur ses genoux. Elle se laissa aller contre la vigueur de ses cuisses, le rempart de son torse, la chaleur de ses bras.

— Mmm, j'aime votre peau.

Les mots de James résonnèrent dans l'oreille de Sarah alors que ses lèvres, aussi douces que du velours, effleuraient le lobe de son oreille et descendaient le long de sa joue jusqu'à la base de sa gorge où son sang venait battre avec force.

— Chaque fois que je vous ai vue danser avec un autre homme ce soir, j'ai cru que j'allais devenir fou. Lorsque je vous ai trouvée dans la salle du buffet en compagnie de Charles, la rage s'est emparée de moi, et pourtant Charles est un de mes amis les plus proches.

Il lui caressa les lèvres du bout de la langue. Sarah hoqueta de surprise et il en profita pour explorer sa bouche. Sarah fut submergée par l'intimité de cet acte, pétrifiée par la douceur de la langue de James, par le parfum piquant de sa peau, par la puissance contenue de son corps. Elle laissa aller sa tête contre son épaule. Son corps était envahi d'une chaleur étrange qui se concentrait entre ses cuisses. Elle sentit la main de James envelopper son sein et elle gémit. Encore une partie de son corps qui était en feu. Sarah se décala sur les genoux de James pour se rapprocher encore. Il passa doucement le pouce sur son mamelon.

C'était un contact presque imperceptible, mais qui lui provoqua un choc violent, chassant de son esprit les brumes du champagne. Elle se redressa et se débattit en repoussant le torse de James. Il la relâcha immédiatement ; elle se redressa, tremblante, à bout de souffle.

James avait mis sa langue dans sa bouche et ses mains sur des parties de son corps qu'elle-même évitait de toucher. Et cette pulsation au bas de son ventre... Sarah secoua la tête, mais cela ne suffit pas à chasser ces pensées ni ces sensations. Dieu du ciel ! James était décidément en train de la transformer en dévergondée. Était-ce ainsi qu'il s'y prenait avec toutes les femmes ? Il leur faisait perdre la tête afin qu'elles se plient à sa volonté ? Ou était-ce seulement ainsi que les aristocrates se comportaient, ainsi qu'agissaient toutes ces femmes belles, sophistiquées, ces femmes du monde ? Sarah, elle, n'était pas une femme du monde. Elle était juste une Américaine provinciale et naïve.

—Sarah ?

—Richard a dit que l'on vous surnommait « le Moine ».

—Il a dit ça ?

James garda un ton neutre mais son corps démentit son indifférence feinte. Il éloigna ses mains d'elle. Elle était toujours assise sur ses genoux, mais elle aurait aussi bien pu être sur la plus rigide des chaises.

Elle n'avait pas besoin de lui demander, mais elle le fit tout de même.

— Est-ce vrai ?

Sa voix était aiguë, sur la défensive. La voix de la petite vierge stupide qu'elle était.

— Oui, répondit-il. C'est vrai.

# Chapitre 8

James entendit la porte se refermer derrière Sarah. Il aurait dû se lever au moment où elle avait pris congé, mais ses bonnes manières l'avaient déserté. En vérité, il aurait été incapable de se redresser. La douleur de se voir ainsi rejeté par Sarah le pétrifiait.

Il contempla le feu. Qu'avait-il fait de travers ? Il aurait juré que Sarah avait répondu à ses avances. Il avait senti son joli petit derrière se frotter contre son érection, il avait entendu ses légers gémissements de plaisir. Est-ce qu'il s'était mépris ? Avait-il été tellement emporté par son propre désir qu'il avait mal interprété les réactions de Sarah ?

Lorsqu'elle l'avait repoussé, il avait cru que c'était parce qu'il l'avait effrayée, parce qu'il était allé trop loin. Puis elle lui avait craché au visage ce satané surnom.

Il se frotta les yeux d'un geste las. Le désir parcourait encore son corps, et il avait du mal à réfléchir. Il prit une profonde inspiration.

Qu'est-ce qu'il avait fait de travers, bon sang ? Brûlante et accommodante l'instant d'avant, elle était brusquement devenue froide et distante. Ses belles lèvres, gonflées par ses baisers, s'étaient tordues de dégoût. Il avait eu l'impression d'être de nouveau un jeune garçon maladroit.

Il reposa sa tête contre le dossier et ferma les yeux. Ce fichu surnom remontait à Cambridge et il le devait à Richard, bien sûr. Richard l'avait propagé dans toute l'école après avoir entendu parler de la désastreuse expédition de James à la *Cornemuse agile*.

Quel pénible souvenir ! Le jour de ses seize ans, son père lui avait rendu une de ses rares visites.

— Seize ans ! Il est temps d'apprendre à devenir un homme, mon fils.

— Je croyais que c'était justement pour ça que j'étais ici, père.

James avait été heureux de voir le duc. Alvord lui manquait ; ainsi que tante Gladys, et Lizzie, qui avait cinq ans à l'époque.

— Tout va bien à Alvord ?

— Oui, j'en suis sûr. On m'aurait écrit dans le cas contraire. Je n'ai pas été à Alvord depuis un bout de temps, tu sais. J'étais à Londres. Il y a plus de choses à faire là-bas.

James avait dévisagé son père. À seize ans, il ne pouvait rien imaginer de plus plaisant que d'être à Alvord.

— À présent, James, j'ai une surprise pour toi. (Son père avait soigneusement évité de le regarder en face.) Tu es toujours puceau, n'est-ce pas ? Tu n'as jamais culbuté une des domestiques d'Alvord ? Cette fille aux cheveux jaunes, quel est son nom déjà ? Meg ? Ou est-ce Mary ? Elle est tout à fait accommodante, si je me souviens bien. Déjà pris du bon temps avec elle, mon garçon ?

James avait senti ses oreilles devenir écarlates. Il avait dégluti, la bouche sèche.

— Non, hein ? Eh bien, c'est pour ça que je suis là, James. Bon sang, à seize ans, j'avais déjà dû coucher avec une demi-douzaine de filles. Je vais te faire un cadeau pour ton anniversaire, mon garçon. Nous allons faire un tour à la *Cornemuse agile*.

James avait entendu Richard et les autres garçons parler de la *Cornemuse agile*. L'appréhension lui avait tordu les entrailles.

— Je ne crois pas que je vais vous accompagner, père. Je dois finir mon Cicéron.

— Laisse un peu tes satanés livres. Il y a autre chose que le latin et le grec dans la vie. Il est temps que tu l'apprennes.

James avait dû admettre, en réglant son pas sur celui du duc, que son estomac se tordait autant d'excitation que de crainte. Il avait seize ans. Il regardait les femmes. Il rêvait parfois d'elles, mais ses rêves devenaient toujours flous au moment crucial. Peut-être allait-il enfin pouvoir compléter certains détails qui lui manquaient.

Il était passé devant la *Cornemuse agile* bien souvent, faisant parfois un détour pour voir le bâtiment qui abritait de tels mystères. L'extérieur n'avait rien d'impressionnant. L'établissement ressemblait à n'importe quelle autre taverne ou petite auberge. L'enseigne avait besoin d'un bon coup de peinture et une des fenêtres était brisée, mais James réservait son jugement en attendant de voir l'intérieur.

— L'endroit est devenu un peu miteux, commenta son père, et il ouvrit la porte d'entrée.

La première chose qui frappa James fut l'odeur, faite de relents de bière et de sueur. La salle commune, au plafond bas, était sombre. La fumée des bougies et du feu de cheminée rendait l'atmosphère étouffante. James eut l'impression que les murs se refermaient sur lui. Il prit une profonde inspiration. Mauvaise idée. Il commença à tousser, et son père lui tapota le dos.

— Votre Grâce, quelle surprise !

James se retrouva à contempler la plus énorme paire de seins qu'il eût jamais vue. Il se redressa vivement. Cette poitrine appartenait à une femme de petite taille. Ses cheveux avaient l'air blonds dans la lumière sale. En plissant les yeux, James distingua les rides autour de sa bouche et de ses paupières, qu'elle avait essayé de masquer avec du maquillage. Il fut choqué de la voir passer son bras sous celui de son père et appuyer ses énormes seins contre son flanc.

— À quoi devons-nous l'honneur de votre présence ?

James regarda son père se rengorger d'être l'objet de l'attention de cette femme.

— J'ai amené mon fils pour parfaire son éducation, Dolly. Enfin, pour l'entamer, devrais-je plutôt dire. Il n'a pas la moindre expérience.

Dolly tourna ses petits yeux calculateurs vers James.

— Un beau et solide gaillard comme celui-là qui n'a jamais été avec une femme ?

Dolly ne prit pas la peine de parler à voix basse. James vit deux garçons plus âgés qu'il connaissait se mettre à ricaner.

— Il passe tout son temps le nez plongé dans ses livres. (Son père secoua la tête.) Difficile à croire qu'il s'agit de mon fils.

Dolly se mit à rire.

— C'est bien vrai. S'il ne vous ressemblait pas autant au même âge – et si sa mère n'était pas ce glaçon que vous avez épousé – j'aurais des doutes. Mais ne vous inquiétez pas, nous allons prendre soin de lui. Je ne peux garantir qu'il deviendra un expert comme son papa, mais après cette nuit, il saura au moins se débrouiller dans un lit.

— Je ne demande pas de miracle. Qui as-tu en tête pour lui ?

Dolly se gratta l'oreille. James s'inquiéta des mouvements qu'il crut voir dans sa coiffure élaborée. *Pitié, pourvu que ce ne soient pas des poux*, pria-t-il. Il aurait donné n'importe quoi pour retrouver sa chambre et son Cicéron.

— Fanny. Elle a des années d'expérience avec les jeunes blancs-becs. Ils peuvent être très, hum, frustrants, vous savez. (Dolly regarda sa montre accrochée à l'intérieur de son corsage très échancré.) Elle devrait avoir bientôt fini avec son client. Roland n'est jamais très long. Ah, la voici, justement.

James observa le couple qui descendait l'escalier. Son regard s'arrêta brièvement sur l'homme pansu à la calvitie naissante, puis revint se poser sur lui. Il fut pris d'une telle nausée qu'il craignit de vomir sur-le-champ, devant tout le monde. Le Roland en question était Mr Richardson, son professeur de grec.

— Fanny ! appela Dolly.

James rentra les épaules et tenta de reculer dans un coin d'ombre. Heureusement, Richardson semblait passablement soûl.

— Fanny, viens ici.

Fanny gratifia le postérieur de Richardson d'une claque en guise d'au revoir et avança vers eux d'une démarche molle. Ses yeux se rivèrent immédiatement sur le duc. C'était une femme d'affaires avant tout, comprit James. Elle savait reconnaître celui qui avait les poches les mieux remplies. Lorsque Dolly lui indiqua que son client était en fait James, elle haussa les épaules et tourna son attention vers lui. Il la vit évaluer son visage, ses épaules, ses hanches et son bas-ventre. Il se sentait mis à nu. Ses paumes devinrent moites. Son estomac se retourna violemment, et il ravala sa bile.

Fanny sourit, et James aperçut ses dents gâtées derrière ses lèvres peintes.

— Allez, venez, petit duc. Fanny va vous apprendre ce que vous avez besoin de savoir.

James leva les yeux vers son père, certain qu'ils devaient rouler dans leurs orbites comme ceux d'un cheval paniqué, mais son père était trop occupé à lorgner le décolleté de Dolly.

— Vas-y, fils. Dolly va se charger de me distraire, n'est-ce pas, ma chère ?

Dolly prit la main de son père et la plaça sur un de ses seins.

— Vous n'allez pas vous ennuyer, ronronna-t-elle.

Fanny attrapa le bras de James et commença à le traîner vers l'escalier.

— Ne soyez pas si timide. Fanny a tout ce qu'il vous faut.

James se fit la réflexion que ce qu'il fallait à Fanny, c'était un bon bain. Elle empestait l'ail et les oignons, la sueur et Richardson.

Sa chambre était petite. Le lit occupait l'essentiel de l'espace et les draps étaient encore froissés par le passage de Richardson. James détourna les yeux. Il n'aurait pas dû. Les murs étaient décorés d'estampes pornographiques.

— Ils te plaisent, mes dessins, hein ?

James ramena son regard vers Fanny. Elle avait été rapide à se débarrasser de sa robe.

C'était la première femme que James voyait nue. Elle avait probablement la trentaine bien passée, et était assez vieille pour être sa mère. Ses seins volumineux retombaient sur son ventre proéminent. Elle se gratta l'entrejambe sans la moindre gêne. James sentit la sueur perler sur son visage et chercha le pot de chambre. *Pitié, faites qu'il soit vide*, pensa-t-il. Il avait bon espoir : c'était une odeur qu'il n'avait pas encore détectée dans la pièce. Il se glissa vers le lit. Le pot de chambre ne devait pas être loin.

— Impatient, hein ? (Fanny s'avança vers lui. James accéléra le pas, et elle rit.) Vous êtes tous les mêmes, vous les jeunes. Impatients de vous coucher, impatients de jouir. Fanny va t'apprendre à prendre ton temps.

James avait aperçu le pot sous le lit. Il était presque à sa portée. Il déglutit. S'il respirait par la bouche, il éviterait les relents. Peut-être que son estomac se calmerait.

— Je vais t'aider à enlever tes chausses.

Fanny vint se poster devant lui. James vit un énorme pou se déplacer sur une mèche de cheveux bruns huileux qui retombait sur le front de Fanny. Elle lui mit la main entre les jambes et lui jeta un regard lubrique.

— Comment ça va par là ?

C'en était trop. L'odeur mêlée des cheveux sales, de la sueur, du sexe et des dents cariées était trop forte pour James. Il plongea en direction du pot de chambre. Il remercia le Seigneur que celui-ci soit vide. Ce fut sa dernière pensée cohérente. Ensuite, il se concentra sur ses vomissements.

James se redressa dans son fauteuil et secoua la tête pour dissiper ce souvenir. Avec la distance des années, la scène était presque comique. Fanny avait été extrêmement vexée qu'un homme vomisse dans sa chambre, à cause de ses charmes, qui plus est. Elle était sortie en trombe pour aller trouver Dolly et se plaindre. Cette dernière était en train de distraire le duc et ni elle ni le père de James n'avaient apprécié d'être interrompus. Son père était arrivé à grands pas dans la chambre de Fanny tout en rentrant sa chemise dans ses chausses. Il avait attrapé James par le col, l'avait traîné dans l'escalier et propulsé dehors, vers l'air délicieusement frais.

James se leva pour se servir un brandy. Cette soirée avait été un désastre. Wickam et Landers, les garçons qui l'avaient vu là-bas, avaient raconté sa mésaventure. Dès le lendemain – ou même plus tôt que cela – Richard avait appris tous les détails de l'histoire et l'avait publiquement baptisé « le Moine ».

James regarda le brandy couler dans son verre.

Mais cela n'expliquait pas pourquoi il était devenu un véritable moine, pourquoi il avait mené une vie si conforme au stupide surnom dont l'avait affublé Richard. Assurément, James pensait au sexe. Mais Dolly et Fanny l'avaient dégoûté des bordels, et il n'aimait pas l'idée de prendre la femme d'un autre. De nombreuses domestiques et servantes lui avaient offert de réchauffer son lit, mais cela aussi lui semblait mal. Il était duc, pair d'Angleterre. Comment justifier de se servir de ces filles, qui avaient si peu le choix de lui dire « non », pour sa satisfaction personnelle ? Son devoir était de protéger ses gens, pas de les utiliser à son gré. Et le simple fait de ne pas résider sur les terres d'Alvord rendait-il une femme moins digne de recevoir sa protection ?

En vérité, avant d'avoir vu Sarah dans son lit, il n'avait jamais été sérieusement tenté.

Mais depuis, il la désirait comme un homme affamé désire manger.

James examina son verre et y ajouta une petite rasade. Il but une gorgée et garda le brandy sur sa langue. Rien n'arrivait à réchauffer le froid qu'il ressentait depuis le départ de Sarah.

Ce mariage était devenu bien plus qu'un arrangement de raison. D'une certaine manière, le garçon rêveur qu'il était avant son passage à la *Cornemuse agile* avait refait surface.

Ce benêt qui avait cru en l'amour et la bonté, en l'honnêteté et la fidélité était revenu hanter son corps. Son cœur, qui jusque-là avait fait honnêtement son travail en le maintenant en vie, se serrait maintenant d'un espoir fou, celui de conquérir Sarah, de conquérir son amour.

Il crispa les doigts sur le pied de son verre à liqueur. Il songea un instant à le jeter dans le feu, imagina le bruit du verre brisé et l'embrasement du brandy. Mais cela ne changerait rien à la douleur infernale qui lui étreignait la poitrine.

Lentement, il reposa le verre sur son bureau et se dirigea vers l'escalier pour gagner sa chambre.

— Il la désire.

Philip Gadner referma *Le Pèlerinage de Childe Harold* de Byron en gardant sa page de l'index. Il se redressa contre le dossier du fauteuil en cuir et regarda Richard.

— Pourquoi dis-tu cela ? Il bavait devant son décolleté ?

— C'est le moins qu'on puisse dire. (Richard attrapa la carafe de brandy.) S'il ne s'était pas trouvé au beau milieu de la salle de bal, il l'aurait débarrassée de sa robe sur-le-champ. (Il se servit un verre, qu'il avala aussitôt d'un geste brusque.) Danser… Ha ! C'est à l'horizontale que ce vieux James veut faire danser sa pute américaine.

— James ? (Philip fronça les sourcils. Il imaginait mal James perdre la maîtrise de lui-même.) Qu'a-t-il fait exactement ?

— Il a dansé avec cette traînée !

Richard jeta son verre dans la cheminée, où il se fracassa contre la pierre.

— Combien de fois ?

Si James avait perdu le sens des convenances au point de ne danser qu'avec elle, alors Richard avait sans doute raison et la situation était grave.

— Une seule fois. (Richard haussa les épaules.) Il l'a peut-être réinvitée ensuite. Je ne suis pas resté pour vérifier.

— Une seule fois ? (Philip sentit sa propre colère monter.) Au nom du ciel, Richard, il n'a dansé avec elle qu'une fois ?

— C'est bien suffisant, bon sang. (Richard s'affala dans le fauteuil en face de Philip.) Je connais James, Philip, tu le sais bien. Seigneur, j'ai passé toute ma chienne de vie à le surveiller et à l'étudier. J'ai vu son visage pendant qu'il valsait avec elle. Je ne l'avais jamais vu comme ça auparavant. Je te le répète, il la désire.

— La désirer ne veut pas nécessairement dire l'épouser.

Philip réfléchissait rapidement. Il fallait qu'il trouve un plan avant que Richard fasse quelque chose de stupide.

— Pourquoi ne pas attendre et voir si son intérêt persiste ?

— Il ne se lassera pas d'elle. (Richard tapota sur l'accoudoir.) Du moins pas avant qu'il ne l'ait mise dans son lit. Et c'est ce qu'il fera si je n'agis pas rapidement.

— Mais peut-être qu'elle ne veut pas de lui. Elle est américaine, et les Américains détestent les titres de noblesse, non ? Elle n'a peut-être aucune envie d'épouser un duc.

Richard s'empara à nouveau de la carafe de brandy, mais son geste était plus calme cette fois. Il servit deux verres et en tendit un à Philip.

— J'ai dansé avec elle. Elle a prétendu que James ne l'intéressait pas, mais je n'en crois rien. (Richard but une longue rasade.) Quelque chose la retient, mais ce n'est pas le manque d'intérêt. Je l'ai observée elle aussi quand ils dansaient ensemble. Elle le désire également. J'en mettrais ma tête à couper. (Il observa la lueur du feu à travers son verre de brandy et sourit.) Mais j'ai peut-être réussi à semer une graine de discorde. Je lui ai dit que James était un débauché.

— James ?

Richard s'esclaffa.

— Tu sais bien, l'explication qui circule à propos de son surnom.

— D'accord. Donc, si ça se trouve, tu as déjà résolu le problème.

— Non, répondit Richard en secouant la tête. Non, je ne crois pas. Pas définitivement en tout cas. Les femmes sont si inconstantes. Elles suivent le courant, et le désir de James va emporter cette Américaine jusque dans son lit. Non, je continue à penser que je ferais mieux de tuer cette fille.

Philip se pencha vers lui.

— Richard, je t'assure que si tu tues Miss Hamilton, les autorités ne vont pas fermer les yeux comme elles l'ont fait pour la catin du *Lutin vert*. On est à Londres et c'est la cousine du comte de Westbrooke, sans parler du fait qu'il s'agit d'une amie du duc d'Alvord, ainsi que de lady Gladys et de lady Amanda Wallen-Smyth.

— Je peux gérer la situation.

— Non, tu ne peux pas. Il doit bien y avoir un autre moyen.

— Je peux tuer James, sinon.

— Non. Nous en avons déjà parlé.

Philip prit une gorgée de brandy. Cela faisait des mois qu'il tentait de détourner Richard de ses projets d'assassinat. Celui-ci semblait incapable de comprendre l'évidence : si James venait à mourir dans des circonstances suspectes, Richard serait tout naturellement le principal suspect. Qui d'autre que lui tirerait profit de la mort prématurée de James ?

Chaque fois que Richard avait engagé un complice pour une nouvelle tentative, Philip en avait fait des cauchemars. Il ne voulait pas voir Richard pendu en place publique, pas plus qu'il ne souhaitait l'accompagner sur l'échafaud.

— Il doit bien y avoir un autre moyen de régler le problème.

Soudain, Richard afficha un large sourire.

— Je pourrais violer la fille. Et m'arranger pour donner l'impression qu'elle était consentante. James n'accepterait jamais de se satisfaire de mes restes.

Philip se redressa dans son fauteuil, son brandy oublié. Il espérait que Richard ait le bon sens de ne pas tuer Sarah Hamilton et priait pour cela. Un viol, en revanche, était entièrement différent. Il suffirait de quelques instants dans un jardin obscur pour accomplir la besogne.

— Non, Richard, ne fais pas ça. James te tuera.

— James ? Mon petit cousin James ?

— Ton petit cousin James, qui est un vétéran, acclamé pour le nombre de Français qu'il a renvoyés vers leur Créateur.

— Tu te fais trop de souci, Philip.

— Et toi tu ne t'en fais pas assez. (Philip réfléchit à toute allure.) Écoute, si tu tiens à ce plan, alors nous devons trouver quelqu'un qui l'exécutera pour toi.

— J'en ai assez d'utiliser des abrutis incompétents.

— Oui, mais j'ai entendu dire que Dunlap était en ville.

— Le proxénète de New York ?

— Lui-même. Il est capable et brutal, et tu le tiens par les couilles.

— C'est vrai. Tout de même, l'idée de prendre une femme que James apprécie reste séduisante.

Philip se pencha et posa sa main sur le bras de Richard. La panique pointa dans sa voix malgré tous ses efforts.

— Je t'en prie, Richard. Dunlap s'en occupera sans que tu prennes de risques.

Richard s'immobilisa et regarda la main de Philip posée sur son bras. Ce dernier eut peur que Richard se dégage. Cela lui ferait mal, mais il avait été si souvent blessé ces dernières années… Cela avait-il vraiment de l'importance ?

Au lieu de cela, Richard plaça son autre main sur celle de Philip.

— Tu t'inquiètes vraiment pour moi ?

Il y avait dans sa voix une note de vulnérabilité que Philip n'avait plus entendue depuis longtemps. Il retourna sa main pour serrer celle de Richard.

— Bien sûr.

Richard garda la tête baissée, les yeux rivés sur leurs mains entrelacées.

— Après tout ce que je t'ai fait subir ?

Philip serra la main de Richard.

— Oui, répondit-il. Je t'aime.

Richard releva la tête. Son visage était tendu et la tristesse envahissait ses yeux.

— Montre-le-moi, Philip. S'il te plaît.

C'était une invitation que Philip attendait depuis des mois – des années.

— Viens.

— Richard Runyon veut te voir.

— Merde ! (William Dunlap releva le nez de ses livres de comptes et écarta les cheveux châtains qui lui tombaient devant les yeux.) Qu'est-ce qu'il me veut ?

— Du diable si j'en sais quelque chose. (Belle LaRue, mère maquerelle de l'établissement et maîtresse occasionnelle de Dunlap, fronça les sourcils.) Ce n'est pas un habitué de ma maison, ça je peux le dire. La seule fois où il est venu, il a salement amoché Gilly. J'ai même dû faire venir le chirurgien.

— Ça ne m'étonne pas.

L'*Étalon en rut*, qui était situé sur la Tamise, était un des bordels les plus violents que possédait Dunlap, mais Runyon pouvait se montrer plus vicieux qu'un matelot ou un docker. Dunlap soupira et se leva.

— Je ferais mieux d'aller le voir. Plus vite je saurai ce qu'il veut, plus vite je serai débarrassé de lui. Où l'as-tu installé ?

— Dans le salon rouge. J'ai pensé que tu ne voudrais pas que d'autres le voient ici.

— Et tu as eu raison, chérie.

Dunlap passa un bras autour de la taille généreuse de Belle et lui vola un baiser. Il aimait cette femme charnue, avec ses hanches larges, ses cuisses et son ventre dodus, ses seins entre lesquels un homme pouvait se perdre. Les garçons, il les aimait jeunes et efflanqués. *Les contrastes sont le piment de l'existence*, pensa-t-il en ouvrant la porte du salon rouge.

Runyon, lui, était la pourriture de l'existence. Dans ses affaires, Dunlap avait eu l'occasion de traiter avec des personnages pour le moins détestables, mais Runyon était l'un des pires. Il prit un instant pour l'observer.

Le sinistre individu se tenait devant la fenêtre, entre les épais rideaux rouges, et regardait dehors. La pâle lumière matinale n'adoucissait pas les angles aigus de son nez et de ses pommettes, ni ne réchauffait la froideur de ses yeux. Il avait toujours flotté un parfum de folie autour de Runyon, mais Dunlap le sentait encore plus près de sombrer dans la démence que la dernière fois qu'il avait eu le déplaisir de le rencontrer.

— Runyon, dit Dunlap avec prudence, qu'est-ce qui vous amène à l'*Étalon en rut* de si bon matin ? Les filles ne seront pas prêtes à divertir les clients avant plusieurs heures.

Runyon laissa retomber le rideau.

— Je ne suis pas venu pour les filles, Dunlap. Je suis là pour vous voir. J'ai un petit travail qui réclame vos talents.

— Ah ?

La pièce était trop sombre ; Dunlap voulait distinguer clairement chaque geste de Runyon. Il s'avança vers la fenêtre et ouvrit largement les rideaux. Le risque qu'un habitant du quartier soit levé si tôt était minime, et la plupart savaient qu'ils n'avaient rien d'intéressant à gagner à espionner les fenêtres de cette pièce.

— Je veux que vous compromettiez une fille, aussi publiquement que possible.

— Une fille ? Et pourquoi ne pas vous en occuper vous-même ? Je dirais que vous en êtes tout à fait capable.

— Capable ? Oh, certainement. Sans le moindre doute. Mais il y a… (Runyon marqua une pause et afficha un petit sourire.)… des complications.

— Des complications ?

Dunlap frissonna mais il garda un visage inexpressif. Il travaillait avec la lie de la société depuis des années et un homme ne pouvait se bâtir un petit empire dans le commerce de la chair sans savoir cacher son jeu.

— Quel genre de complications ?

— Rien qui mérite que vous vous en préoccupiez.

Ça, c'était le pire genre de complications.

— Quel est le nom de cette fille ?

— Sarah Hamilton. C'est une Américaine, comme vous-même.

— Vraiment ? Et pourquoi faut-il qu'elle soit compromise ?

Runyon examina les ongles de sa main droite.

— Mon cousin James a un léger faible pour elle. Je souhaite y mettre un terme avant que cela devienne un problème.

— Votre cousin James... Vous voulez dire le duc d'Alvord ?

— Exactement.

*Et merde,* pensa Dunlap, *ça, ce n'est pas bon du tout.* Non seulement Alvord était physiquement imposant, mais il avait également du pouvoir politique et financier. Il comptait de nombreux amis dans le milieu londonien. Dunlap ne voulait pas se faire un ennemi du duc d'Alvord. Il n'avait pas atteint l'âge avancé de trente-cinq ans en prenant le risque de s'attaquer à des hommes puissants. Si Alvord tenait à cette fille, il allait faire une enquête. Dunlap était aussi discret que possible dans ses affaires, mais il n'était pas magicien, non plus.

Bon, il ne lui restait plus qu'à espérer que l'intérêt du duc pour la fille soit effectivement limité, parce qu'il ne pouvait se permettre de repousser la demande de Runyon. Ce dernier en savait trop sur cette malheureuse histoire avec le fils du comte de Lugington, à Paris.

— Comment suis-je supposé rencontrer cette Américaine ?

— Venez ce soir au bal d'Easthaven.

Dunlap renifla.

— Le comte d'Easthaven fréquente régulièrement un de mes établissements, c'est vrai, mais ce n'est pas pour autant que je figure sur sa liste d'invités, vous savez.

Runyon haussa les épaules.

— Évidemment. Je vous obtiendrai une invitation, ainsi qu'une introduction auprès de Miss Sarah Hamilton. Contentez-vous d'être là.

— Et si je réussis et que Miss Hamilton se retrouve publiquement compromise ? Vous pensez vraiment qu'Alvord va mourir d'avoir le cœur brisé ?

Runyon eut un sourire carnassier.

— Tous les hommes meurent un jour.

— Parfois avec un peu d'aide, dit Dunlap, et il espéra que Runyon n'attendait pas de lui qu'il se charge aussi de cette tâche-là.

Le sourire de Runyon s'élargit.

— Parfois avec un peu d'aide, acquiesça-t-il.

— Il va falloir que je vous présente à Miss Sarah Hamilton, Mr Dunlap. Elle vient des colonies, elle aussi.

— J'en serais ravi.

Dunlap adressa un sourire discret à sa cavalière, lady Charlotte Wickford. Runyon l'avait présenté à cette harpie de poche aussitôt franchi le seuil d'Easthaven. Lady Charlotte l'avait soigneusement examiné du regard. Il était habitué à ce que les femmes le jaugent, mais c'était généralement pour leur propre usage. Avec lady Charlotte, les choses étaient différentes. Ses yeux étaient aussi calculateurs que ceux de Runyon. Dunlap aurait parié les profits d'une nuit qu'elle aussi souhaitait éloigner Miss Hamilton du duc.

Quelle ironie de se retrouver ainsi à valser au milieu de la haute société. La plupart des hommes de la salle avaient fréquenté l'un ou l'autre de ses bordels. Certains étaient même des habitués. Mais aucun d'eux ne savait qui il était vraiment. Lui, en revanche, les connaissait tous. Il choisissait ses maquerelles avec soin ; c'étaient des femmes d'affaires expérimentées et d'excellentes espionnes. Le savoir c'est le pouvoir, et Dunlap aimait le pouvoir, encore plus que l'argent et certainement plus que le sexe.

La musique s'arrêta et lady Charlotte l'entraîna hors de la piste de danse. Elle avait repéré sa proie. Ils se dirigeaient vers une femme rousse, grande et mince, à moitié cachée par un petit bosquet de palmiers en pot. Dunlap soupira. Il s'était douté que cette mission n'aurait rien d'agréable. Enfin, ce ne serait pas la première fois qu'il coucherait avec une femme sans attraits. Au début, avant que ses affaires deviennent florissantes, il avait offert pendant quelques années ses services à des femmes fortunées et délaissées. Il en avait baisé de toutes sortes, des jeunes mariées aussi bien que des matriarches ridées. Il saurait s'acquitter de cette tâche.

Sarah s'attardait près d'un petit bosquet de palmiers, attendant que le jeune Mr Belham lui rapporte un verre de citronnade. La salle de bal de la demeure du comte d'Easthaven était bondée et étouffante. Ce soir aussi elle avait dansé chaque danse, mais au lieu d'être surexcitée, elle était en nage et ne se sentait pas dans son assiette.

Elle avait à peine parlé à James depuis qu'elle avait quitté son bureau la nuit du bal de Lizzie. C'était tout aussi bien, se rappelait-elle fréquemment, mais cela ne l'empêchait pas de ressentir un vide au creux du ventre. Elle aperçut James à quelques mètres de là et recula un peu plus derrière les palmiers. Mr Belham risquait d'avoir du mal à la retrouver, mais elle préférait cela au risque de voir James l'ignorer.

— Vous pensez qu'Alvord va faire sa demande à l'Américaine ?

Sarah s'immobilisa, puis tourna lentement la tête. Une feuille de palmier lui effleura la joue. Sa retraite dans les plantes vertes l'avait amenée à proximité d'un petit groupe d'aristocrates. Si elle s'éloignait maintenant, ils risquaient de la remarquer. Elle préféra éviter cette situation embarrassante.

— En tout cas, beaucoup parient là-dessus au club. (L'homme ricana.) J'ai du mal à voir pourquoi le Moine voudrait mettre cette grande bringue dans son lit.

Les autres hommes s'esclaffèrent.

— C'est vrai qu'elle manque de rembourrage.

— Il doit les aimer comme ça. La Wickford n'a pas non plus beaucoup de chair sur les os.

— Tout de même, Nigel ! L'Américaine est forcément plus accommodante que la reine de marbre.

— J'ai entendu dire que ses poches n'avaient rien d'accommodantes, en tout cas. Elle n'a pas un sou vaillant.

— Alvord a bien assez d'argent, il n'a pas besoin d'une femme pour remplir ses coffres. Ils débordent déjà.

— C'est vrai. (Le premier homme baissa la voix.) Peut-être possède-t-elle d'autres attraits, moins évidents. Supposez qu'elle ait appris certaines pratiques sexuelles chez les Peaux-Rouges ? Ce sont des sauvages, paraît-il. Encore en partie des animaux, à ce qu'on dit.

Un long silence accueillit ces paroles. Sarah craignit que les palmiers qui la dissimulaient ne s'embrasent à la chaleur de ses joues.

— Vous pensez qu'il partagera ? Une fois qu'il aura eu son héritier, bien sûr, murmura un autre.

— Je ne sais pas. Mais je me mettrai sur les rangs, surtout après que le Moine lui aura appris tous les trucs qu'il aime. Un homme doit expérimenter tout ce qu'il peut.

— J'ai entendu dire qu'une fois il avait couché avec trois prostituées en même temps – et il ne s'agissait pas de garces maigrelettes.

— Trois ? Comment ont-ils tous tenu dans le même lit ?

— Ce sont elles qui ont servi de lit au Moine.

— Ah, la dure paillasse de moine que voilà.

— Ce n'était pas la paillasse qui était dure, si tu veux mon avis.

— Miss Hamilton.

Sarah sursauta. Elle se retourna et découvrit lady Charlotte Wickford qui la regardait à travers les feuilles des palmiers.

— Oh, bonsoir lady Charlotte.

Sarah s'extirpa de la verdure. Elle avait l'esprit encore distrait par la conversation qu'elle venait de surprendre. Elle n'avait pas tout saisi, mais elle en avait compris suffisamment.

Lady Charlotte pinça les lèvres – ce qui passait chez elle pour un sourire.

— Une chance que je vous aie vue vous cacher dans ces feuillages, Miss Hamilton. Permettez-moi de vous présenter Mr William Dunlap. C'est un de vos compatriotes.

— Oh.

Sarah regarda l'homme de grande taille qui se tenait à côté de lady Charlotte. C'était le plus bel homme qu'elle ait jamais vu. Il avait d'épais cheveux châtains, des yeux bruns profonds et des traits finement ciselés. Une petite cicatrice au coin de sa bouche et une légère bosse sur son nez à la droiture classique empêchaient son visage de toucher à la perfection.

— Comment allez-vous ?

Il lui prit la main et la porta à ses lèvres.

— Le mieux du monde à présent. Je suis si heureux de rencontrer une compatriote. M'accorderiez-vous cette danse, Miss Hamilton ?

Sarah se sentit inexplicablement décontenancée. Cet homme lui faisait penser à un prédateur.

— En fait, j'attends Mr Belham.

— Voilà votre citronnade, Miss Hamilton.

Mr Belham était de retour. En tout état de cause, le jeune homme n'était pas le plus bel étalon de Londres, mais à côté de Mr Dunlap, il paraissait franchement grotesque. On aurait dit qu'on l'avait mis au monde en le tirant par le nez, et que son front et son menton n'avaient toujours pas réussi à rattraper leur retard. Sarah le suspectait de lui tourner autour dans l'espoir de rencontrer James.

— Mr Belham, dit lady Charlotte, quel plaisir de vous voir. Je vais prendre cette citronnade, si cela ne vous dérange pas. Miss Hamilton allait justement danser avec Mr Dunlap.

Mr Belham écarquilla les yeux et hocha docilement la tête. L'orchestre entama l'ouverture d'une valse.

— Allez-y, Miss Hamilton. Mr Belham et moi-même allons causer agréablement pendant que vous dansez. N'est-ce pas, monsieur ?

Apparemment l'idée de partager quoi que ce soit d'agréable avec lady Charlotte Wickford laissait ce pauvre Mr Belham sans voix, mais il réussit tout de même à acquiescer.

Sarah jeta un regard dubitatif en arrière alors que Mr Dunlap la conduisait sur la piste de danse.

— Je soupçonne lady Charlotte – comme beaucoup de ses amies d'ailleurs – de ne pas faire la différence entre Boston et Baltimore. Alors, d'où êtes-vous vraiment originaire, Miss Hamilton ?

Sarah rit.

— De Philadelphie. Et vous-même ?

— De New York, mais je suis déjà allé à Philadelphie.

— Hélas, vous êtes un plus grand voyageur que moi. Je n'avais jamais quitté ma ville jusqu'au jour où j'ai pris le bateau pour Liverpool.

Mr Dunlap était un danseur accompli et parfaitement rompu à l'art d'entretenir la conversation. Sarah apprécia leur danse. Elle ne s'était pas rendu compte à quel point les intonations familières d'un accent américain avaient pu lui manquer. Et c'était agréable de parler politique avec quelqu'un qui, comme elle, rejetait la monarchie et le droit d'aînesse. Pourtant, il y avait quelque chose chez Mr Dunlap qui la mettait mal à l'aise. Il était charmant, bien éduqué et spirituel, mais elle n'arrivait pas à se débarrasser de l'impression qu'il lui servait un numéro bien rodé, que son visage avenant et ses bonnes manières étaient une façade dissimulant une facette tout à fait différente.

Elle écarta d'un éclat de rire ces idées extravagantes. Si ce n'était qu'une façade, c'en était une de toute beauté. Les autres femmes couvaient des yeux son cavalier et lui jetaient des regards envieux. Autant se délecter de leur jalousie tant que durerait cette danse.

James les observait, lui aussi. Elle croisa son regard alors que Mr Dunlap la faisait gracieusement valser d'une main experte. Était-il jaloux ? Tant mieux. Il l'avait si consciencieusement ignorée que c'était à croire qu'elle était devenue invisible. Elle en avait assez d'être la petite Américaine dont on s'occupait par charité.

Lorsque la musique prit fin, James apparut à côté d'elle.

— Bonsoir, Sarah. Voulez-vous me présenter votre cavalier ?

Sarah ne pouvait pas faire autrement que d'accéder à sa demande.

— James, voici Mr Dunlap de New York. Mr Dunlap, Sa Grâce, le duc d'Alvord.

James salua d'un petit signe de tête.

— Dunlap. Si vous voulez bien nous excuser, il me semble que c'est à mon tour.

Sarah n'en crut rien, mais elle n'allait pas contredire James. Il avait déjà refermé une main gantée sur la sienne. Elle afficha un sourire radieux.

— Je vous remercie pour cette très agréable danse, Mr Dunlap. J'espère avoir le plaisir de vous revoir.

*Merde*. Dunlap regarda Alvord danser avec Sarah Hamilton. Il n'avait pas besoin qu'on lui présente le duc ; il le connaissait de vue. Alvord n'avait jamais fréquenté ses établissements, mais un homme d'affaires avisé savait toujours qui avait les poches les mieux remplies.

Il savait également reconnaître une chausse-trappe quand il en voyait une, et il était sur le point d'y mettre le pied. Il avait pressenti que Runyon mentait quand il lui avait dit qu'Alvord avait un « léger » faible pour la demoiselle Hamilton. Léger ! L'intérêt d'Alvord dessinait une protubérance dans ses chausses. Dunlap aurait depuis longtemps fini en cadavre pourrissant au fond d'une ruelle de New York s'il n'avait appris à reconnaître les signes indiquant qu'un homme revendiquait une femme pour sienne. Séparer Miss Hamilton du duc allait être une entreprise extrêmement périlleuse.

James respira le doux parfum de Sarah et son corps se durcit davantage. Il se rappelait la douce et chaleureuse pression de son corps sur ses genoux, la courbe harmonieuse de son sein dans sa main. Il se rappelait la sensation de ses lèvres parcourant sa gorge, la caresse soyeuse des cheveux de Sarah sur son visage.

Il fallait qu'il l'embrasse. Elle avait été si froide avec lui depuis le bal de Lizzie. Il avait vécu un véritable enfer. Et voir ce Mr Dunlap avec ses mains posées sur elle ! Seigneur, le simple fait de penser à ce bellâtre lui donnait une envie furieuse de lui refaire le portrait.

Avant même qu'il ait pris la décision consciente de quitter la salle de bal, il entraîna Sarah dans l'escalier jusqu'au jardin plongé dans l'obscurité, sans cesser de valser.

Sarah ne résistait pas, ce qui était bon signe.

Il la fit valser en cercles lents au son étouffé de la musique provenant des fenêtres ouvertes. La végétation dense masquait le brouhaha de la ville, les préservant en partie de la fumée et de la puanteur. Il aurait presque pu se croire de retour à Alvord.

Sarah frissonna et il l'attira contre la chaleur de son corps. Chaleur ? Il était bouillant, et sa température continuait de monter. Ses jambes se prirent dans la robe de Sarah alors qu'il rapprochait ses lèvres de sa tempe.

— Vous m'avez manqué, ma douce.

Il perçut la tonalité rauque de sa propre voix.

— Mmm ?

Il baissa les yeux. Sarah avait fermé les siens, et un léger sourire flottait sur ses lèvres.

Devait-il lui parler de ce maudit surnom ? Il ne comprenait pas pourquoi cela la contrariait à ce point. Pourquoi s'offusquait-elle du fait qu'il n'avait jamais couché avec une femme ? À voir sa réaction quand elle l'avait trouvé dans son lit au *Lutin vert*, elle n'avait apparemment aucun penchant pour les débauchés. Et c'était bien la première fois qu'on l'avait traité de débauché – et la première fois aussi qu'une femme nue le frappait à coups d'oreiller. Il sourit. Voilà une expérience qu'il n'aurait aucune objection à répéter, mais avec une conclusion plus satisfaisante. Si Sarah voulait qu'il ait de l'expérience, il était tout à fait prêt à l'acquérir avec elle. Ils pouvaient même commencer dès maintenant.

Il avait bien mieux à faire avec sa bouche que de parler.

Sarah était aux anges. Elle était exactement là où elle voulait être : dans les bras de James. Dans la pénombre de ce jardin, loin des yeux indiscrets de l'aristocratie londonienne, elle pouvait faire semblant d'être à Philadelphie et se figurer que James était un solide et bel Américain.

L'air était un peu frais. Elle frissonna, et James la rapprocha de lui. Elle se laissa faire et vint se blottir contre son corps ferme et solide. Elle se sentait en sécurité, choyée.

Mais ce n'était qu'une illusion. James était un débauché. Il l'avait admis en reconnaissant sans un mot d'explication ce stupide surnom. Nigel et les autres jeunes hommes qui discutaient près des palmiers ne doutaient pas des prouesses érotiques de James.

Elle sentit ses lèvres sur sa peau et entendit sa voix, rauque et profonde. Elle respira son odeur.

Si seulement il était américain et qu'ils se trouvaient à Philadelphie. Il l'aurait emmenée en promenade les dimanches après-midi. Ils auraient flâné le long de Chesnut Street ou sur les berges du fleuve. Il aurait été poli et respectueux. Il ne l'aurait sûrement pas fait valser dans un jardin plongé dans la pénombre ni n'aurait embrassé ses paupières d'une manière aussi troublante. Il n'aurait pas fait courir ses lèvres sur sa joue, n'aurait pas effleuré du bout de la langue le point sensible derrière son oreille. Et ses mains seraient assurément restées là où elles le devaient, elles n'auraient pas erré vers ses fesses ni vers sa poitrine d'une façon si aguichante.

Et elle n'aurait pas ressenti une tension aussi indécente dans tout son être si James avait été un Américain comme il faut.

James l'enveloppa dans ses bras et elle sentit son corps ferme appuyer contre le sien. Elle fut obligée de lui passer les bras autour du cou sous peine de s'affaler au sol en une masse informe.

Elle gémit, et la langue de James passa sur ses lèvres comme cette nuit-là dans son bureau, mais cette fois-ci ce ne fut pas la surprise qui la fit sursauter. C'était quelque chose d'autre, quelque chose de brûlant et d'affamé. Elle ouvrit davantage la bouche pour accueillir la langue agile de James.

Lorsqu'il s'écarta enfin, elle enfouit son visage dans les plis de sa cravate, haletante.

Finalement, une promenade avec un Américain poli et respectueux ne semblait plus aussi attrayante.

James s'efforça d'évacuer le désir qui lui embrumait l'esprit. Apparemment, Sarah n'avait pas l'intention de le repousser, il fallait donc qu'il arrête de lui-même. Il la désirait – Seigneur ce qu'il la désirait ! – mais pas là, pas dans le jardin d'Easthaven, où n'importe quel imbécile pourrait les surprendre.

— Vous feriez mieux de retourner à l'intérieur, mon cœur. Seule.

— Pardon ?

Sarah le regarda en cillant ; elle n'était apparemment pas encore revenue de l'endroit merveilleux où ils s'étaient laissé entraîner. Du moins, James espérait qu'ils y avaient été entraînés ensemble.

— Retournez à l'intérieur, Sarah.

Il se redressa et la tint loin de lui, en l'examinant du mieux qu'il pouvait dans la pénombre. Heureusement, il avait cessé ses explorations avant d'avoir à réarranger sa coiffure ou sa toilette. Mais il s'en était fallu de peu.

— Je vais demeurer ici un moment.

— Pourquoi ?

Parce que si la tenue de Sarah restait correcte, ses hauts-de-chausses à lui proclameraient à tous ce qu'ils avaient fait dans le jardin délicieusement sombre d'Easthaven.

— Parce que les gens pourraient se poser des questions en nous voyant rentrer ensemble.

— Oh.

James sut qu'il aurait vu le rouge monter aux joues de Sarah s'il y avait eu assez de lumière dans le jardin.

— Glissez-vous par la porte secondaire, Sarah. Elle vous amènera directement au salon des dames.

— C'est entendu.

Il la regarda gagner précipitamment la porte qu'il lui avait indiquée, puis s'adossa au tronc le plus proche. Seigneur, son corps le mettait à la torture. Et il n'y avait pas que la partie la plus proéminente de son anatomie qui souffrait de frustration. Son esprit, son cœur, et peut-être même son âme désiraient Sarah. Et s'il devait tirer une leçon des événements de ce soir, c'était qu'elle le désirait elle aussi. Mais était-elle prête à admettre ses propres désirs ? Accepterait-elle de l'épouser ?

Il n'en savait rien.

— Sarah, nous vous cherchions justement.

Sarah s'immobilisa sur le seuil du jardin. Lady Gladys et lady Amanda se tenaient dans le hall qui conduisait aux toilettes des dames.

— Où étiez-vous passée ? (Lady Gladys fronça les sourcils.) Nous avons vu James valser avec vous vers les portes il y a déjà longtemps. Je n'ose imaginer ce qu'il avait en tête.

— Moi je peux. (Les yeux de lady Amanda étaient rivés sur le cou de Sarah.) Il est temps de faire appeler le cocher, ne pensez-vous pas, Gladys ?

— Pourquoi ? Oh ! (Lady Gladys venait à son tour de poser les yeux sur le cou de Sarah.) Oh, grand Dieu, vous avez raison. Allons chercher nos manteaux immédiatement.

Sarah jeta un coup d'œil dans le miroir alors qu'elle emboîtait le pas à ces dames. Une petite marque rouge se distinguait nettement sur sa gorge blanche, là où les lèvres de James s'étaient attardées si peu de temps auparavant.

# Chapitre 9

— Lady Gladys, auriez-vous un moment à m'accorder ? Je souhaiterais discuter de mon avenir.

Lady Gladys et lady Amanda reposèrent leurs tasses de thé. Sarah n'était encore jamais entrée dans le salon de lady Gladys. C'était une pièce agréable et ensoleillée, mais Sarah était bien trop nerveuse pour prêter la moindre attention à la décoration.

Lady Gladys examina la robe à col haut que Sarah avait choisi de porter ce matin-là. C'était une toilette élégante, et qui masquait parfaitement le suçon sur son cou.

— Il me semble que James et vous avez pris le temps d'en discuter hier soir. Et je dirais que la question a été réglée.

Sarah lissa sa robe. C'était précisément la « discussion » de la veille au soir qui l'avait décidée à venir trouver la tante de James. Encore quelques rencontres de cette nature, et Sarah pourrait donner des leçons de libertinage aux ladies londoniennes.

— Tout à fait, mademoiselle. (Lady Amanda émit un petit rire.) Vous poussez ce pauvre James à penser avec ce qu'il a dans les chausses plutôt qu'avec ce qu'il a sous son chapeau. Habituellement, il fait preuve de beaucoup plus de discrétion. Il réserve à la chambre à coucher ses aventures.

— Amanda a raison, Sarah. James n'a jamais honoré une jeune demoiselle d'une attention aussi soutenue. La société commence à le remarquer.

— La duchesse de Rothingham s'en est aperçue en tout cas. Le grand bec qui lui sert de nez s'en est presque déboîté. Je n'ai jamais rien vu d'aussi réjouissant de toute ma vie, vous pouvez me croire.

— Amanda !

— Mais c'est la vérité ! Admettez-le, Gladys. Vous êtes aussi ravie que moi de voir Suzie Bentley aux quatre cents coups. Qu'elle ait eu l'espoir de réussir à caser sa morveuse avec James reste pour moi un mystère.

Lady Gladys acquiesça.

— Elle a toujours eu la tête aussi dure qu'un rocher. Pas étonnant qu'elle ait donné naissance à la reine de marbre.

— Jeune fille, elle était déjà insupportable, et son mariage avec Rothingham l'a rendue encore plus exécrable.

Sarah s'efforça de ramener la conversation vers son problème.

— Si les gens commencent à le remarquer, lady Gladys, ce sera également le cas de Mr Runyon. Et il ne veut pas que Sa Grâce se marie.

— Richard ne veut pas que Sa Grâce vive, Sarah, mais cela ne veut pas dire pour autant que James doive sauter dans la tombe pour lui faire plaisir. Ne vous souciez pas de Richard. James se chargera de lui.

— Mais pensez-vous que le duc souhaite réellement se marier ?

— Oh, pitié ! (Lady Amanda rejeta la remarque de Sarah d'un geste de la main.) Quel homme souhaite se marier ? Je suis sûre qu'ils préféreraient tous papillonner de femme en femme, comme une abeille dans un jardin en fleurs. Et James a clairement fait comprendre qu'il aimerait goûter votre nectar, ma fille. Il sait que le seul moyen d'obtenir cela est de vous épouser.

— Mais sa réputation…

— Quelle réputation ? Oh, vous voulez parler de cette ridicule histoire de Moine ?

— Vous savez bien, Gladys. Ces rumeurs absurdes qui racontent que James a batifolé avec la moitié des dames de la bonne société, ainsi qu'avec toutes les putains de Londres.

Lady Gladys se renfrogna.

— Ces histoires circulent donc toujours ?

— Elles sont de plus en plus scandaleuses à chaque Saison.

Sarah se sentit gagnée par le soulagement.

— Elles ne sont donc pas vraies ?

— Oh, je suis persuadée que certaines d'entre elles doivent l'être, ma chère, soupira lady Gladys. James a vingt-huit ans, vous savez.

Lady Amanda hocha la tête.

— Seulement vous ne devez pas les prendre au pied de la lettre, Sarah. Une de ces rumeurs raconte que James aurait passé la nuit avec une demi-douzaine de filles perdues. Avez-vous déjà entendu quelque chose d'aussi ridicule ? Je suis certaine qu'il ne devait y avoir avec lui que deux ou trois courtisanes en vogue. (Elle marqua une pause en se tapotant les lèvres.) Enfin, disons trois ou quatre. James est assez exceptionnel dans son genre.

— Tout à fait exceptionnel.

Sarah cilla. Lady Gladys semblait fière des prouesses sexuelles que l'on prêtait à James.

— Mais il connaît les obligations de sa position, Sarah. (Lady Gladys lui sourit.) Ne vous inquiétez pas. Il accomplira son devoir et saura se montrer discret dans ses autres activités. Vous n'aurez aucun motif d'embarras.

— Si vous vous décidez à laisser ce garçon faire son devoir, ajouta lady Amanda. Dites « oui », Sarah, et mettez fin à son supplice. Des épisodes comme votre disparition d'hier soir dans le jardin sont du pain bénit pour les commères, mais ne font que rendre les hommes frustrés et amers.

Lady Gladys se renfrogna.

— Oui, Sarah, si vous n'avez pas l'intention d'épouser James, alors vous ne devriez pas le tenter en disparaissant avec lui dans les bosquets.

— Vous avez bien l'intention de l'épouser, n'est-ce pas, mademoiselle ?

Sarah lança un regard d'impuissance aux deux vieilles dames. Ses sentiments n'étaient que confusion.

—Je ne sais pas.

James sortait de son bureau quand lady Amanda l'accosta.

—Ce n'est pas à moi de vous dire comment mener vos affaires de cœur, mon garçon, mais entraîner une vierge dans les buissons n'était pas une de vos meilleures idées.

—Je vous demande pardon ?

—Oh, ne montez pas sur vos grands chevaux, James. Vous avez scandalisé toutes les vieilles biques présentes au bal d'Easthaven, ce qui aurait été sans importance si vous aviez obtenu un « oui » de cette chère Sarah, mais ce n'est pas le cas. Vous lui avez plus fait peur qu'autre chose. Il vaudrait mieux prendre vos distances jusqu'à ce que vous soyez capable de garder votre culotte boutonnée.

—Lady Amanda ! Vous allez trop loin !

—C'est vous qui êtes allé trop loin. Si vous embrassez cette demoiselle, ne laissez pas de marque, ou au moins pas à un endroit visible par tous. Vous ne vous êtes pas demandé pourquoi Sarah ne portait que des robes à col montant ces derniers temps ?

—Vous allez assister à un spectacle grandiose ce soir, Miss Hamilton.

M. Symington tira sur son veston. En pure perte : celui-ci remonta immédiatement sur sa bedaine dès que ses doigts relâchèrent le tissu.

—Edmund Kean reprend son rôle de Shylock dans *Le Marchand de Venise*, ajouta le petit homme ventru en se penchant pour tapoter la main de Sarah. C'est une pièce de Shakespeare, vous savez, un très célèbre dramaturge anglais. Il n'est plus de ce monde, malheureusement.

Sarah grinça des dents et plaça sa main sous les replis de sa robe, hors de portée de M. Symington. Elle aurait vraiment aimé qu'il ne soit pas aussi friand d'oignons. Supporter sa conversation était déjà une épreuve en soi sans ajouter le supplice de respirer les relents de son dernier repas.

— La renommée de Shakespeare a traversé l'Atlantique, Mr Symington.

— Vraiment ? (Mr Symington lissa les trois brins de cheveux qui restaient sur son crâne rose.) Je suis heureux d'apprendre qu'un peu de culture est arrivée jusque chez les primitifs.

Sarah pencha la tête et imagina le bruit plaisant que produirait son éventail en se brisant sur la tête chauve de M. Symington. Elle jeta un regard vers lady Gladys pour l'appeler à l'aide, mais cette dernière parlait avec le vieux lord Crossland, qui les avait escortées ce soir-là. Lady Amanda observait avec détermination l'autre côté du théâtre. Ces deux ladies étaient trop rusées pour se laisser piéger dans une conversation insipide avec Symington le Simplet. Lizzie, qui était assise près de lady Amanda, saisit le regard de Sarah et lui adressa un clin d'œil, mais ne vint pas pour autant à son secours. Sarah ravala un soupir et se tourna vers son voisin.

— Kean a mis la salle debout en 1814 avec sa performance, disait Mr Symington. (Il toussa dans sa main avec modestie.) Je n'y ai pas assisté moi-même. Je n'avais pas pu venir en ville, je me devais de rester à la campagne avec ma pauvre femme.

*Pauvre femme, ça, c'est sûr*, pensa Sarah. Elle était probablement morte d'ennui, heureuse d'être enfin délivrée de la voix monotone de son mari. Sarah se réprimanda aussitôt pour des pensées aussi peu charitables, mais si elle devait continuer à écouter le verbiage pompeux de Symington, elle craignait que cela ne la pousse elle-même dans la tombe.

Elle parcourut le théâtre du regard. Elle ne pouvait nier qu'elle se sentait un peu dans la peau d'une primitive, ce soir-là. Elle n'avait jamais été au théâtre auparavant. Elle avait entendu ses élèves parler de celui de Walnut Street à Philadelphie et elle avait rêvé d'y aller un jour, mais elle avait toujours su que ce rêve était illusoire. Ni son père ni les sœurs Abington n'avaient de temps à perdre pour ce genre de frivolités.

La salle était immense, aussi impressionnante que l'était le brouhaha du public nombreux réuni en ce lieu. Une foule bruyante grouillait au parterre, tandis que les rangées de loges qui s'élevaient jusqu'au plafond étaient remplies de ladies et de gentlemen élégamment vêtus et plongés dans leurs conversations. Sarah avait l'impression d'être la seule personne du théâtre à rester silencieuse. Elle s'efforça d'écouter d'une oreille les remarques de M. Symington tandis qu'elle admirait les femmes avec leurs robes colorées, parées de bijoux et de plumes, et les hommes avec leurs vestons noirs et leurs cravates blanches.

Son regard s'immobilisa sur un homme dans la loge juste en face d'elle. James, qui avait affirmé être trop occupé pour accompagner sa famille, était assis entre lady Charlotte Wickford et la duchesse de Rothingham. Alors que Sarah l'observait, James dit quelque chose, la tête penchée vers lady Charlotte. Cette dernière rit et donna une tape taquine sur le bras de James avec son éventail.

Sarah entendit un craquement sec. Elle baissa les yeux vers ses mains et contempla son propre éventail, qu'elle venait de casser en deux.

Le bras de James le démangeait là où lady Charlotte venait de le frapper. C'était au moins la dixième fois qu'elle ponctuait une remarque d'un coup d'éventail. Qu'elle puisse penser que ce geste avait quelque chose de charmant le laissait sans voix. Il aurait aimé pouvoir s'écarter d'elle, mais il était bloqué par la duchesse, assise de l'autre côté. Encerclé par l'ennemi ; le comble pour un ancien officier.

Au moins avait-il un bon point de vue sur sa loge et sur Sarah. Il ne se lassait pas de la regarder. Elle portait une robe bleu nuit au décolleté profond. Il laissa ses yeux s'attarder là où ses mains brûlaient d'aller : sur sa magnifique chevelure rousse, sur la ligne délicate de sa mâchoire et la courbe séduisante de son cou, sur ses épaules graciles et sa peau d'un blanc laiteux, jusqu'à la ligne sombre de sa robe qui ourlait le haut de sa poitrine menue et parfaite.

Il voulait être là-bas, assis dans le siège occupé par Symington. Il le voulait si fort que c'en était douloureux. Dans tout son corps. Il changea de position pour soulager la pression de son désir. Il avait détesté les paroles de lady Amanda, mais il devait reconnaître qu'elles contenaient une part de vérité. Cela avait été une erreur colossale que d'entraîner Sarah dans le jardin d'Easthaven. Il aurait tout aussi bien pu lui faire l'amour au beau milieu de la salle de bal, sous les regards avides de la bonne société.

Voilà une pensée étrangement attirante. Enfin, de faire l'amour au milieu de la salle de bal, pas d'être entouré de spectateurs. Quel que soit l'endroit, faire l'amour à Sarah serait le paradis. Il passait le plus clair de ses journées à imaginer la chose en détail. Quant à ses nuits… autant dire qu'il dormait peu.

Charlotte parla et il murmura une réponse vague. Il jeta un coup d'œil sur la main de Charlotte. Celle-ci n'avait pas bougé. Si elle le frappait une fois de plus avec son maudit éventail, il se jura de s'en saisir et de le mettre en pièces avant de le lui rendre.

Il s'esclaffa intérieurement en voyant les efforts de Sarah pour rester cordiale envers Symington le Simplet. Celui-ci s'était collé à elle dès l'instant où elle avait franchi la porte de la loge. Il avait dû rôder à l'entrée du théâtre pour guetter son arrivée. *La pauvre.* Il était clair que Symington souhaitait une nouvelle épouse et qu'il l'avait choisie comme candidate potentielle. C'était un tel raseur. Il faudrait que Sarah soit bonne pour l'asile de Bedlam pour qu'elle accepte sa demande.

James la vit sourire et regarder par-dessus son épaule. Quelqu'un venait d'entrer dans la loge. Un homme grand à l'allure athlétique et à l'épaisse chevelure châtaine. William Dunlap.

Bon sang. James n'avait plus envie de rire désormais. Il observa Dunlap manœuvrer habilement Symington pour que celui-ci lui cède sa place. Puis Dunlap s'installa nonchalamment sur son siège et ses longues jambes vinrent frôler la robe de Sarah. L'air de rien, il se débrouilla pour poser son bras sur le dos du fauteuil de Sarah. James plissa les yeux et aperçut un des doigts de Dunlap qui effleurait la peau chaude et douce de l'épaule de Sarah. Elle rougit et changea de position pour s'écarter. Dunlap rit et retira son bras. James serra les poings. S'il ne s'était pas trouvé de l'autre côté de ce fichu théâtre, il aurait saisi l'Américain par son élégante cravate et l'aurait précipité du haut de la loge.

La pièce commença, mais James était beaucoup plus intéressé par ce qui se passait dans la loge d'en face que par l'action sur la scène. Dunlap était une menace bien plus sérieuse que Symington. Il avait l'avantage d'être américain, en plus d'être fichtrement beau. Cependant, il y avait quelque chose d'étrange chez ce type, quelque chose de dangereux. Sarah le percevait-elle aussi, ou ne voyait-elle que son visage avenant ?

Il devrait la prévenir de se méfier. Elle était nouvelle dans la vie mondaine et avait mené jusque-là une existence très préservée. Il était certain qu'elle n'avait jamais eu affaire à un homme du genre de Dunlap.

James ramena son attention sur la pièce. Shylock brandissait un couteau de boucher, réclamant avec passion sa livre de chair. James observa la longue lame aiguisée. Il aurait aimé prendre une livre de la chair de Dunlap, et savait précisément dans quelle partie de son anatomie il avait envie de trancher. L'homme avait intérêt à garder ses mains dans ses poches s'il ne voulait pas devoir envisager une carrière de castrat.

Il verrait bien s'il arrivait à prendre Sarah à part quand ils seraient tous rentrés du théâtre. Il était de son devoir de l'avertir, après tout. Juste quelques instants dans son bureau.

Une jeune fille pouvait facilement être dévoyée par un séducteur expérimenté comme Dunlap.

— Sarah, accordez-moi un moment, si cela ne vous ennuie pas.

Sarah s'immobilisa, le pied posé sur la première marche de l'escalier. James se tenait sur le seuil de son bureau. Elle n'allait certainement pas se retrouver de nouveau seule avec lui dans cette pièce.

— James. (Lady Gladys s'était arrêtée, elle aussi.) Avez-vous aimé la représentation ?

— Je l'ai trouvée passable. J'ai besoin de parler un instant à Sarah, ma tante.

— Sarah se couche bien tard ces derniers temps. (Lady Gladys se tourna vers elle.) Ce fut une longue journée. Désirez-vous veiller encore un peu ?

— Non. (Sarah ne souhaitait vraiment pas rester seule avec James, surtout pas après qu'il eut passé la soirée en compagnie de Charlotte Wickford.) Je suis vraiment très lasse.

Lady Gladys lui prit le bras.

— Dans ce cas, nous nous verrons demain matin, James.

James s'adossa à une colonne de pierre de la salle de bal de lady Wainwright et observa Sarah qui dansait avec Dunlap. Il fronça les sourcils. Cette semaine avait été un véritable enfer. Il n'avait pas trouvé le moyen de passer un moment seul avec Sarah pour pouvoir lui parler. Pour quelque stupide raison, sa tante et lady Amanda se conduisaient désormais en parfaits chaperons.

Enfin, il connaissait la stupide raison de ce changement, mais elles voulaient pourtant qu'il l'épouse, non ? Comment pouvait-il la persuader de dire « oui » si elles ne lui laissaient plus une minute d'intimité avec elle ?

Mais il était vrai qu'il s'était montré très convaincant au bal d'Easthaven. Quelques minutes de plus et il aurait pu la décider à enlever sa robe.

— Oh, Votre Grâce, quelle joie de vous revoir ! Je ne crois pas que nous ayons eu la chance de bavarder depuis cette représentation, au théâtre de Drury Lane.

James baissa le regard en s'efforçant de sourire.

— Bonsoir, lady Charlotte.

— Je vois que vous regardez Miss Hamilton et Mr Dunlap. Ne forment-ils pas un joli couple ?

James grommela. Lady Charlotte sembla prendre cela pour un assentiment.

— C'est moi qui les ai présentés, vous savez. Ils viennent tous deux des colonies. On dirait qu'ils sont faits l'un pour l'autre.

James n'avait jamais eu envie de frapper une femme, mais l'idée de forcer lady Charlotte à ravaler son petit sourire suffisant était soudain des plus tentantes.

— Vous les avez présentés ?

— C'est exact.

— J'avoue ne pas savoir grand-chose de Dunlap. Que pouvez-vous me dire sur lui ? Étant donné que Miss Hamilton habite sous mon toit, je me sens une certaine responsabilité envers elle, vous comprenez.

Lady Charlotte haussa les épaules.

— À vrai dire, je ne le connais pas vraiment moi-même. Votre cousin, Mr Runyon, doit en savoir davantage. C'est lui qui m'a présenté Mr Dunlap.

Un signal d'alarme résonna dans la tête de James et il se redressa brutalement avant de prendre une profonde inspiration.

— Je vois. Il faudra que j'en touche un mot à Richard.

James ne trouva pas Richard mais il croisa Sarah qui revenait des toilettes des dames. Il la saisit par la main, l'entraîna dans une salle déserte et referma la porte.

— James ! Que signifie cela ? (Sarah balaya du regard le petit salon où ils se trouvaient.) Avez-vous perdu la tête ? Si on nous trouve ici, vous serez forcé de m'épouser.

James ne l'écoutait pas. Il la prit par les épaules et l'attira vers lui. Il respira son parfum. Seigneur, il avait envie de…

Il laissa retomber ses mains et recula d'un pas.

— Gardez vos distances avec Dunlap.

Sarah cilla, et fronça les sourcils.

— Je vous demande pardon ?

— Ne vous approchez pas de Dunlap.

— C'est le plus bel homme présent à ce bal et il montre de l'intérêt à mon égard. Pourquoi devrais-je l'éviter ?

— Il ne s'intéresse pas à vous, Sarah.

Elle se crispa soudain, piquée au vif.

— Oh, vraiment ? Il ne s'intéresse pas à moi ? Je ne suis pas assez belle pour mériter son attention, je suppose ?

— Ce n'est pas ça !

James s'efforça de chasser le désir qui lui embrumait l'esprit afin d'avoir les idées claires. La conversation prenait un mauvais tour.

— Vous pensez donc que je ne peux intéresser que les Symington et les Belham de votre monde, les cloportes qui se satisfont des débutantes au rebut ?

— Sarah…

— Mr Dunlap est tout à fait charmant et je danserai avec lui si je le souhaite. N'essayez pas de m'en empêcher, Votre Grâce.

— Assez !

James saisit Sarah par les épaules et l'attira brutalement contre lui pour faire taire d'un baiser le flot de ses paroles acerbes. Il sentit le corps de Sarah céder contre le sien et fit glisser ses mains le long de son dos pour lui caresser les fesses.

Il l'attira contre la partie de son anatomie qui brûlait si fort de désir pour elle.

— Mon Dieu. (Il fit courir ses lèvres sur la peau soyeuse de Sarah, le long de son oreille.) Mon Dieu, Sarah.

Elle se raidit et le repoussa fermement.

— Cessez de me molester ! s'écria-t-elle, les yeux brillants de larmes. Lâchez-moi !

Les mains de James retombèrent le long de son corps, et Sarah sortit de la pièce en courant.

Bon sang ! James n'avait pas bougé et essayait de reprendre les rênes de ses émotions. C'était aussi impossible que de maîtriser un pur-sang sauvage et indomptable. Au moment où il reprenait son souffle, un autre souvenir de Sarah – la douceur de son corps, le goût de sa peau – faisait de nouveau bouillir son sang.

Il devait sortir. S'il ne quittait pas les lieux immédiatement, il risquait d'exploser, et redoutait les conséquences de cette réaction.

Il salua des connaissances, et s'excusa auprès d'amis tout en se frayant un chemin jusqu'à la porte d'entrée et la liberté. On ferait sûrement des gorges chaudes de sa sortie précipitée, mais il n'y pouvait rien. Tant que personne n'attribuait son agitation à Sarah, il s'en moquait. Les bavards et les commères pouvaient spéculer tout leur soûl, ils avaient sa bénédiction.

Il attrapa au vol son chapeau et sa canne, que lui tendait un valet, lequel dut ensuite se précipiter pour lui ouvrir la porte. James ne se donna même pas la peine de remercier l'homme d'un signe de tête. Il fallait qu'il se perde dans l'obscurité de la nuit, là où il pourrait apaiser ses émotions sans menacer quiconque. Il avança à grands pas sur la chaussée, pressé de s'éloigner le plus vite possible de la demeure de lady Wainwright.

Mais il lui était impossible de s'éloigner de ses propres pensées.

Seigneur, qu'allait-il faire si Sarah nourrissait des sentiments pour Dunlap ? Il ne pouvait pas la laisser épouser cet homme. Il ne pouvait pas la laisser épouser qui que ce soit d'autre que lui. Sinon… L'idée ouvrit un gouffre obscur dans son âme.

Il frappa une innocente barrière avec sa canne. Le son de l'impact se perdit dans le bruit des attelages qui attendaient, dans les tintements des harnais et le brouhaha des conversations des cochers, mais un chien errant sursauta en l'entendant et détala dans une ruelle.

James reprit sa marche. Il devait recouvrer la maîtrise de lui-même. Il était un homme, un soldat, pas quelque dandy émotif tout juste bon à se vautrer dans un bourbier de sensiblerie.

Il tourna au coin d'une rue sans faire attention à la direction qu'il prenait.

C'était à lui d'épouser Sarah. C'était lui qui l'avait compromise. Son sens de l'honneur réclamait ce mariage.

Il se prit à souhaiter que quelque truand le prenne pour une proie facile et s'attaque à lui. Ce serait un soulagement de pouvoir se défouler en faisant le coup de poing.

Il n'eut pas cette chance. Les rues étaient d'un calme inhabituel.

Il pouvait au moins se renseigner sur Dunlap. Il aurait dû le faire dès l'instant où celui-ci avait franchi le seuil d'Easthaven. Il avait les ressources et les contacts nécessaires pour découvrir tout ce qu'il avait besoin de savoir. Bon sang, si Dunlap avait un grain de beauté sur les fesses, ses hommes le découvriraient. Le lendemain matin, il en toucherait un mot à Walter Parks. Il aurait dû le faire depuis longtemps.

Après qu'elle eut quitté James, Sarah retourna dans les toilettes des dames, heureusement désertes.

Elle pressa ses mains gantées sur ses joues en feu. Elle ne se reconnaissait plus. Comment avait-elle pu être aussi cruelle avec James ? C'était la première fois que la colère lui faisait dire des choses qu'elle ne pensait pas. Mais jamais auparavant elle ne s'était retrouvée emportée par un torrent d'émotions aussi tumultueuses.

Et pourquoi James l'avait-il embrassée juste après qu'elle lui avait crié dessus comme une marchande de poisson ? Elle se couvrit les yeux. Cela avait été plus un assaut qu'un baiser, et comme son corps l'avait trahie en s'y abandonnant ! Elle sentait encore l'empreinte des mains de James sur ses fesses, la douce invasion de sa langue. Ses genoux flanchèrent et elle se laissa tomber sur une chaise.

Assurément, M. Dunlap ne l'avait jamais mise dans un état pareil.

— Miss Hamilton. Je veux dire, Sarah. (Le major Draysmith s'inclina.) M'accorderiez-vous la danse suivante ?

— Bien sûr, Charles.

Sarah sourit. Elle n'avait croisé ni James ni Dunlap depuis qu'elle était revenue dans la salle de bal. Elle en était soulagée. Ses nerfs n'auraient jamais supporté de danser avec l'un ou l'autre. Au moins Charles ne risquait-il pas de mettre à l'épreuve ses émotions à fleur de peau.

Elle se trompait.

— Sarah..., commença le major alors qu'il la conduisait à la piste de danse. Savez-vous où est James ?

Elle trébucha et Charles lui prit le bras pour la soutenir.

— Je ne sais pas. Il était ici il y a peu.

Était-il parti en quête d'une autre femme à séduire ? Sarah était certaine que de nombreuses femmes se réjouiraient de faire l'objet des attentions de James. Mrs Thorton était absente ce soir-là ; James avait-il quitté le bal pour aller la retrouver ? Ou se trouvait-il dans la chambre de lady Cresten ? Sa silhouette aux robes outrageuses était également absente du bal.

— Avez-vous déjà arrêté une date ?

— Une date ?

— Pour votre mariage.

— Charles, vous savez bien qu'un duc ne peut pas épouser une Américaine.

— Pourquoi ? James vous a fait sa demande, non ?

— À vrai dire, oui.

— Dans ce cas, quel est le problème ? Il se moque des questions de rang. Est-ce vous que cela gêne ? Vous ne voulez pas de lui parce qu'il porte un titre de noblesse ?

— Non.

Sarah déglutit. Le simple fait de mentionner James la mettait à l'agonie. Ses émotions étaient tellement confuses qu'elle craignait d'éclater en sanglots au beau milieu de la piste de danse.

— S'il vous plaît, Charles, pouvons-nous nous contenter de danser ?

— Comme vous voulez, mais Robbie et moi avons l'intention de comprendre le fin mot de l'histoire. Si vous ne nous dites pas quel est le problème, nous irons demander à James.

— Ne faites pas ça !

Charles la dévisagea.

— Pourquoi donc ? Sarah, je serais prêt à donner ma vie pour James. Je veux le voir heureux.

*Il n'y a donc personne qui souhaite me voir heureuse, moi ?* Sarah ravala ses mots. Ils étaient puérils, même s'ils restaient vrais.

Elle était seule, il ne fallait pas qu'elle l'oublie. Lizzie et lady Gladys étaient la famille de James, pas la sienne. Lady Amanda, Charles – et même Robbie – se souciaient d'abord et avant tout de James. Ils le connaissaient de longue date.

Elle-même n'était qu'une inconnue, étrangère à leur famille et à leur mode de vie. Elle était américaine, pas britannique. Elle cherchait l'amour et la fidélité, pas le rang social et la richesse.

Mais qu'était-ce donc que l'amour ? Ce n'était pas une question à laquelle elle avait beaucoup réfléchi par le passé.

Quelque chose de pur et d'altruiste, ou ce besoin brûlant et impérieux qui la consumait chaque fois que James la touchait ?

Charles et Sarah finirent leur danse en silence. Elle fit à peine attention quand il la salua et s'éloigna, tant elle était perdue dans ses pensées.

Pourrait-elle être heureuse avec James ? Non, c'était impossible. Il était duc, elle était républicaine. C'était un libertin, et elle n'avait rien d'une dévergondée... du moins pas encore. Mais si elle continuait à le fréquenter... Elle ferma les yeux avec embarras, et l'image du torse nu de James surgit dans son esprit.

— Vous avez l'air un peu esseulée, Miss Hamilton.

— Mr Runyon.

Sarah préférait son isolement à la compagnie de cet homme.

Richard lui tendit la main.

— Venez.

— Je suis un peu fatiguée. Je crois que je vais rester ici, mais je vous remercie de votre invitation.

Richard garda la main tendue vers elle. Sarah entendit les chaperons qui commençaient à murmurer. Elle jeta un coup d'œil et vit que les duègnes l'observaient, le regard brillant, comme des chiens enragés sentant l'odeur du sang.

— Très bien.

— Un choix avisé, Miss Hamilton. Vous ne voudriez pas que ces harpies surprennent notre conversation, dit Richard alors que la musique débutait.

— Non ?

— Non. (Il scruta du regard la piste de danse.) Je ne vois pas mon cousin James.

— Il était ici il y a peu. Je suis certaine qu'il sera navré de vous avoir manqué.

— J'en doute. (Il la fit tourner avec brusquerie et elle évita de peu la collision avec un autre couple.) J'espère que vous avez pris mon avertissement au sérieux, Miss Hamilton.

— Je vous demande pardon ?

— À propos du célibat de James. Vous vous rappelez sûrement ? Je pensais que c'était la raison pour laquelle James n'était pas là, à rôder autour de vos jupons.

Sarah regarda droit dans les yeux glacials de Richard.

— Je vois, Mr Runyon, que vos manières ne se sont guère améliorées.

Il crispa la bouche en une parodie de sourire.

— Mes manières sont le cadet de vos soucis, Miss Hamilton. Contentez-vous d'éviter d'écarter les cuisses pour mon cousin.

Sarah en resta bouche bée. Heureusement, ses pieds continuèrent machinalement à suivre la musique.

— Vous vous êtes bien tenue loin de son lit, n'est-ce pas ? poursuivit Richard avec un regard inquisiteur. Vous avez encore l'air d'une vierge. Suis-je dans le vrai ?

— Mr Runyon !

— Apparemment, oui. Vous ne pourriez feindre un air aussi choqué. Prenez une grande respiration, Miss Hamilton, et écoutez-moi attentivement. Il est vraiment dans votre intérêt de rester vierge – enfin, tant que nous parlons de coucher avec mon cousin. Vous commettriez une très grave erreur en essayant de devenir duchesse.

Sur ces mots, Richard lâcha Sarah et quitta la piste de danse, abandonnant la jeune femme sur place. Les autres couples tournoyèrent autour d'elle, toutes ces jeunes filles aux yeux perçants, tous ces messieurs maniérés. Elle les entendit ricaner et chuchoter, sentit leurs regards réjouis de son embarras. Les centaines de bougies qui tremblotaient dans les bougeoirs et les chandeliers auraient tout aussi bien pu être les flammes de l'enfer.

Sarah se demanda si elle allait un jour se réveiller de ce cauchemar.

Robbie et Charles rencontrèrent James au club la semaine suivante.

— Messieurs, dit James en baissant son journal, à quoi dois-je le plaisir de votre compagnie ?

— Il n'est pas question de plaisir, Alvord. (Robbie s'installa dans le fauteuil en face du sien.) Bon sang, tu as une mine affreuse.

— Merci beaucoup, Robbie. Toujours aussi aimable. Et toi, tu n'as pas quelque remarque d'ordre personnel à formuler, Charles ?

Le major s'assit dans le siège voisin de celui de Robbie.

— Il a raison. Tu as vraiment un air de déterré.

James inclina la tête et se replongea dans son journal.

— Je prends bonne note de mon état physique déplorable, mais je ne voudrais pas vous distraire de vos engagements.

— C'est bien de cela qu'il s'agit, James, dit Charles. Pourquoi n'y a-t-il aucun engagement ?

— Je te demande pardon ?

James baissa le coin de son journal pour dévisager ses deux amis.

— Ne commence pas à faire ton duc avec nous, James, intervint Robbie. Charles a raison. Je croyais que tu t'étais engagé envers ma cousine. L'honneur l'exige, je te le rappelle.

— Je refuse de parler de Miss Hamilton.

— Nous en parlerons quand même, ou je te donne rendez-vous à l'aube, ma parole !

— Robbie, intervint Charles, baisse d'un ton. Les ennuis de ta cousine sont déjà le sujet de conversation à la mode, inutile d'empirer la situation.

— Enfer et damnation !

Robbie jeta un coup d'œil alentour. Les autres hommes dans la pièce étudiaient scrupuleusement leurs journaux, les oreilles tendues dans leur direction. Il reprit plus calmement :

— Écoute, Alvord, pendant que tu joues les ermites, la bonne société ne montre aucune pitié pour Sarah. Ton satané cousin l'a plantée au beau milieu de la piste de danse chez Wainwright la semaine dernière, et même cet Américain – Dunlap – se fait plutôt rare.

— Robbie.

James ferma les yeux.

— Qu'est-ce qui cloche, James ? demanda Charles. Tout ce que Robbie a dit est vrai. Je pensais que tu te souciais de Sarah.

James prit une profonde inspiration et expira doucement.

— Messieurs, j'ai entendu ce que vous aviez à dire.

Robbie dévisagea James, interloqué.

— C'est tout ce que, toi, tu as à dire ?

— C'est tout ce que je peux dire, en tout cas.

— Tu refuses de nous expliquer ce qui se passe ?

— Oui.

— Promets-nous de la voir, James. Viens au bal de Palmerson ce soir. Sarah y sera. Viens voir par toi-même.

— Robbie…

— Non, je refuse de te laisser t'en tirer comme ça. Si tu ne viens pas, Charles et moi te trouverons et nous t'y traînerons de force, n'est-ce pas, Charles ?

Celui-ci acquiesça.

— Nous avons besoin de savoir que tu as constaté la situation par toi-même, James. Si, après cela, tu continues à vouloir agir comme tu l'as fait jusqu'à présent, ma foi… (Le major écarta les bras.) Je n'arrive pas à croire que tu puisses être aussi indifférent, mais au moins aurons-nous fait tout notre possible pour te ramener à la raison.

— Avons-nous ta parole que tu viendras ? demanda Robbie.

James demeura silencieux, puis hocha la tête.

— Cela ne fera aucune différence mais c'est entendu, je viendrai.

— Parfait. Allons-y, Charles, sortons d'ici.

James ne regarda pas Robbie et Charles qui s'éloignaient. Au lieu de cela, il prit dans sa poche le message qu'il avait reçu après le bal chez Wainwright. Il l'ouvrit, même si c'était inutile ; il en connaissait le contenu par cœur : « Miss Hamilton affirme qu'elle est toujours vierge. Sa sécurité dépend de la continuité de cet état de fait, aussi seriez-vous bien avisé de rester loin d'elle. »

Le message n'était pas signé, mais James reconnaissait l'écriture de Richard.

Bon sang. Il avait pensé que Richard ne représentait un danger que pour lui-même, mais s'il menaçait Sarah…

Richard avait-il vraiment assassiné Molly, la jeune femme du *Lutin vert* ? Et cette autre fille à l'université, qu'on avait repêchée dans la rivière, la nuque brisée, l'avait-il tuée elle aussi ? James n'avait fait aucun cas des rumeurs à l'époque. Peut-être avait-il eu tort.

Et ce Dunlap, qui diable était-il ? Il était à l'évidence lié à Richard d'une façon ou d'une autre, mais il se révélait d'une extrême discrétion. Pour l'instant, Parks n'avait trouvé aucune information valable le concernant.

James se sentait tellement impuissant. Il avait fait suivre Richard par ses hommes. Il avait envoyé Parks et ses associés se renseigner dans les quartiers les plus malfamés de Londres. Et il avait embauché deux enquêteurs de Bow Street pour qu'ils gardent un œil sur Sarah.

Pour l'instant, il était obligé d'obéir aux exigences de ce maudit message jusqu'à ce qu'il ait une idée plus précise des manigances de Richard.

Il n'avait aucune envie de ne plus voir Sarah. Il détestait la savoir loin de lui. Il voulait veiller sur elle jour et nuit. Surtout la nuit. Dans son lit. Il couvrirait son corps si doux du sien. Pour la protéger, bien sûr.

Il croisa les jambes et se plongea dans la lecture de la page financière, en posant soigneusement le journal sur ses genoux. Bon sang, être au beau milieu du club sur St James Street, aussi loin de toute présence féminine qu'il était possible à Londres, et se retrouver affligé d'une érection à la simple pensée de Sarah !

Il se concentra sur les chiffres sous ses yeux. Il irait au bal de Palmerson ce soir. Il avait donné sa parole. S'il n'y allait pas de son plein gré, Robbie comptait de toute façon le retrouver et l'y traîner. Et à la vérité, James brûlait de voir Sarah, ne serait-ce qu'un instant. Et peut-être qu'il trouverait un moyen de mettre fin à cette torture.

— Lady Gladys, je ne me sens vraiment pas en état d'aller chez le marquis de Palmerson ce soir, dit Sarah. J'ai la migraine.

— La migraine ?

Lady Gladys posa son ouvrage de couture et fronça les sourcils.

— Balivernes. (Lady Amanda pointa son aiguille vers Sarah.) Endurcissez-vous, ma fille. Ne laissez pas cette bande de vieilles folles vous empêcher de vivre votre vie.

Sarah soupira.

— Lady Amanda, je me suis tellement endurcie que je suis sur le point de me briser. J'aimerais que lady Gladys et vous-même acceptiez simplement de m'aider à trouver une place. Je suis sûre que je pourrais devenir dame de compagnie, à défaut d'être enseignante.

— Je pensais vous avoir déjà trouvé une place, Sarah, comme dame de compagnie de mon neveu.

— Et moi je ne pensais pas que votre neveu était aussi stupide. (Lady Amanda coupa un nœud.) Quand je lui ai demandé d'être plus circonspect, je ne voulais pas dire qu'il devait disparaître.

— Vous avez parlé à Sa Grâce ?

— Après l'incident dans le jardin d'Easthaven, oui.

— Oh non.

Sarah ferma les yeux.

— Je ne suis pas certaine que c'était la meilleure chose à faire, Amanda.

— Il fallait bien que quelqu'un s'en charge. Ce garçon commençait à agir n'importe comment.

Sarah était assise en silence à côté de lady Amanda dans la voiture qui les emmenait à la demeure londonienne de lord Palmerson.

— Il va y avoir la foule des grands soirs. (La jovialité de Robbie avait quelque chose de forcé.) Je suis sûr que tout le monde sera là, sans exception.

— Je suppose que vous sous-entendez que James va faire une apparition ?

Lady Gladys avait l'air sceptique.

— Il a dit qu'il serait là, n'est-ce pas, Charles ?

— C'est exact. Il a promis de venir.

— A-t-il dit pourquoi il nous évite ? demanda Lizzie.

— Non, pas vraiment.

Robbie toussota. Sarah sentit son regard sur elle.

— Ce doit être pour une bonne raison, j'en suis certain. Vous savez comment est James.

— Plus vraiment, non, soupira lady Gladys.

Sarah aurait voulu se fondre dans la banquette.

Lady Amanda lui tapota la main.

— Ne vous inquiétez pas, très chère, lui murmura-t-elle. Tout s'arrangera pour le mieux.

Sarah apprécia le geste de lady Amanda, mais ses paroles ne lui apportèrent guère de réconfort. Son seul espoir était que lady Gladys et lady Amanda renoncent bientôt à leur projet de la marier à James.

— Miss Hamilton, je suis si heureuse que vous ayez pu venir.

Lady Palmerson regarda ostensiblement derrière Sarah. Robbie était en train de saluer son mari.

— Et le duc d'Alvord ? A-t-il dû s'absenter de Londres ?

— Je ne crois pas.

Sarah parvint à maîtriser sa voix.

— Ah non ? Comme c'est étrange. Il était devenu un tel habitué des réjouissances de la Saison que nous pensions avoir le plaisir de le recevoir. (Lady Palmerson plissa ses yeux bleu pâle.) Cela dit, il brille par son absence ces derniers temps, non ?

On aurait juré que lady Palmerson se léchait les babines devant le juteux ragot que cachait peut-être l'absence de James.

— Je crois qu'il devrait faire une apparition ce soir, intervint Robbie, dégageant sa main de la poigne flasque de lord Palmerson.

— Vraiment ? Quel bonheur. Je me réjouis d'avance de le voir.

*Et de voir quel émoi son apparition va provoquer*, pensa Sarah alors qu'elle entrait dans la salle de bal au bras de Robbie.

Elle dansa la première danse avec lui, et eut le sentiment d'avoir convenablement ignoré les regards en coin, les gloussements étouffés, les murmures et les chuchotements. Elle continua à sourire, alors même que son estomac n'était qu'un nœud douloureux.

Elle resta assise les deux danses suivantes. La duchesse de Rothingham condescendit à lui tenir compagnie pendant la troisième.

— Je ne vois pas le duc, ce soir.

Sarah s'efforça de ne pas soupirer. Et de ne pas hurler non plus.

— Je ne crois pas qu'il soit encore arrivé.

— Oh, il va donc venir ?

— Je ne saurais vraiment le dire. Mon cousin, Westbrooke, le pense en tout cas.

La duchesse ajusta la bordure en dentelle de son décolleté.

— Je croyais pourtant que vous résidiez à Alvord House.

Sarah serra les dents.

— C'est exact.

— Et vous n'avez pas eu l'occasion de parler au duc ? Comme c'est étrange.

— Il est très occupé. Et je suis ici pour tenir compagnie à sa sœur, lady Elizabeth.

— Oh. (La duchesse sourit.) Je vois.

— C'est ma danse, je crois ?

Sarah n'avait jamais été aussi heureuse de voir Charles. Elle se tourna vers la duchesse et se força à sourire.

— Si vous voulez bien m'excuser.

La duchesse acquiesça.

Sarah dansa deux fois avec Charles et une avec Robbie avant que Mr Symington vienne l'inviter. Tandis qu'il la menait maladroitement au bord de la piste, Sarah balaya du regard la salle de bal. James n'était pas encore arrivé. Elle savait qu'elle n'aurait jamais dû écouter Robbie quand il avait dit que James viendrait. Et d'ailleurs, elle ne devait pas se laisser aller à espérer que James la prendrait dans ses bras et la ferait valser devant toutes ces vilaines commères.

La musique s'arrêta. Sarah sourit à Mr Symington, mais il regardait derrière elle, vers quelqu'un qui faisait son entrée.

Les couples autour d'eux commencèrent à murmurer et leurs yeux rivés sur le nouvel arrivant revinrent vite vers Sarah. L'onde de murmures se répandit jusqu'aux coins les plus reculés de la pièce.

Sarah ferma brièvement les yeux puis se retourna. La salle entière retint son souffle.

Elle croisa le regard de James et crut y déceler une étincelle de chaleur, mais celle-ci disparut avant qu'elle puisse en être certaine.

James se détourna d'elle et s'inclina pour saluer lady Palmerson.

— Je suis navré d'arriver aussi tard.

— Vraiment, ce n'est rien, Votre Grâce, répondit lady Palmerson en jetant à Sarah un regard de jubilation malsaine. Nous sommes heureux que vous ayez pu vous libérer.

Symington le Simplet observa d'un air interloqué James qui s'éloignait.

— Je vous prie de bien vouloir m'excuser.

Sarah garda la tête haute et marcha lentement pour rejoindre l'endroit où se tenaient les chaperons. Elle sentit tous les yeux braqués sur elle, perçut les murmures de la bonne société qui se repaissait de son humiliation, mais elle refusait de paraître affectée. Elle s'assit avec dignité. Même si elle rivait obstinément ses yeux sur la piste de danse, tout ce qu'elle voyait, c'était le visage de James.

Elle sentit une main fugitive sur son genou. Elle regarda à sa droite, mais lady Amanda s'éloignait déjà. Sarah la vit traverser la salle et s'arrêter pour murmurer à l'oreille de Mrs Fallwell, qui releva la tête comme un cerf aux aguets. Elle regarda en direction de Sarah, puis se tourna pour dire quelque chose à lady Amanda. Celle-ci sourit et haussa les épaules.

Robbie arriva pour solliciter sa deuxième danse.

— Je suis tellement navré, Sarah, dit-il à voix basse en se penchant vers la main qu'elle lui tendait. C'est moi qui ai demandé à James de venir ce soir. Je n'aurais jamais pensé qu'il puisse vous traiter de cette façon.

— Ce n'est rien, Robbie.

Sarah ne voulait pas parler de James. Il était déjà assez difficile de ne rien laisser paraître, et elle savait que tous la guettaient, attendant qu'elle s'effondre. Et elle ne voulait pas leur donner cette satisfaction.

— Je vais lui jeter mon gant, je le jure, et le transpercer d'une balle. (Robbie grimaça.) Enfin, essayer au moins. Ce satané James est un fin tireur.

— Ne faites pas ça, Robbie.

Sarah était touchée que son cousin se préoccupe suffisamment d'elle pour vouloir provoquer son ami en duel. Elle se sentait soudain moins seule.

— Vous savez bien que j'ai toujours dit que je ne pouvais pas épouser James.

— Eh bien, je ne vois toujours pas pourquoi. Ce serait la meilleure des choses pour vous deux.

Au grand soulagement de Sarah, la musique commença, et Robbie et elle furent séparés par les figures de la danse.

Quand la musique s'arrêta, Robbie la ramena à son siège. Les femmes qui se trouvaient là s'écartèrent en murmurant et en lui jetant des regards en coin. Si jusque-là on l'avait évitée, Sarah avait désormais l'impression d'être une véritable pestiférée.

Elle regarda James, qui dansait avec lady Charlotte Wickford. Ils formaient un joli couple, à condition d'aimer les statues. Lady Charlotte était un bon parti pour James en termes de rang et de milieu social, mais un mariage entre eux serait voué au désastre. Le visage de James ne montrait rien de la chaleur ni de l'humour dont Sarah avait été témoin au cours des semaines passées à Alvord.

Elle soupira. Il était temps pour Mr Symington de venir solliciter sa deuxième danse. Elle le vit approcher et se força à sourire. C'est alors que lord Stevenson, le plus grand pédant qu'elle eût jamais rencontré, arrêta Symington. Sarah ne pouvait que s'en réjouir ; plus Symington était retardé, moins elle aurait à souffrir sa conversation insipide.

Lord Stevenson semblait dire quelque chose à Mr Symington, qui lança un coup d'œil vers Sarah. Puis il répondit à lord Stevenson, qui acquiesça. Alors Mr Symington secoua la tête et tourna les talons.

Comme c'était étrange. Sarah était soulagée de ne pas avoir à l'écouter parler de ses enfants et de ses petits-enfants, mais il n'avait jamais manqué une occasion de danser avec elle. Peut-être quelque urgence l'obligeait-elle à partir. Mais non, il n'avait pas quitté la salle de bal, et elle le vit inviter Mrs Lombard.

Sarah resta assise seule durant les trois danses suivantes. Elle décida finalement qu'elle avait mérité une retraite dans les toilettes des dames. Elle n'eut aucun mal à traverser la piste bondée ; les gens s'écartaient sur son passage comme la mer Rouge devant Moïse. Elle soupira de soulagement quand elle arriva dans le hall, libérée de tous ces regards. Elle espéra que les toilettes étaient désertes.

Ce n'était décidément pas son jour. Alors qu'elle était sur le point d'entrer, elle entendit la voix nasillarde de lady Felicity Brookton, sans doute la demoiselle qu'elle appréciait le moins parmi les débutantes. Sarah s'immobilisa, en espérant que lady Felicity ne tarderait pas à s'en aller.

— Elle était toute nue !

— Vraiment ? (Sarah ne reconnaissait pas la deuxième voix, haletante, pleine d'une excitation horrifiée.) Et Alvord ?

— Nu lui aussi. (Lady Felicity baissa le ton.) Ils étaient ensemble dans le même lit.

— Non !

— J'aimerais bien voir Alvord nu, intervint une troisième voix.

— Julia !

Les trois filles gloussèrent en chœur.

— Oh, quoi, c'est vrai. Vous avez vu ses épaules ! Et ses jambes !

— Tu ne devrais pas penser à des choses pareilles ! s'exclama la deuxième voix.

Les trois filles s'esclaffèrent de nouveau.

— Je n'arrive pas à croire qu'elle ait l'audace de se montrer à un bal, reprit lady Felicity. Lady Gladys ne doit pas être au courant.

— J'ai entendu dire qu'on fait les choses différemment dans les colonies, ajouta Julia.

— Quoi, qu'on accepte les putains dans les bals ? (Lady Felicity se mit à rire.) Oh, je suppose que les hommes aimeraient cela, mais vous pensez bien que les femmes protesteraient. En tout cas, moi je ne l'accepterais pas.

Lady Felicity, Miss Julia Fairchild et lady Rosalyn Mannerly sortirent des toilettes et tombèrent sur Sarah. Toutes trois en restèrent bouche bée, comme des poissons échoués. Sarah aurait trouvé le spectacle amusant, si elle avait eu l'esprit à cela. Puis lady Felicity ferma la bouche, releva le menton et tint les pans de sa robe afin qu'elle ne touche pas Sarah en passant devant elle. Les deux autres filles lui emboîtèrent le pas.

Sarah les remarqua à peine, suffoquée par ce qu'elle venait d'entendre. Sa tête se mit à tourner et elle appuya une main contre le mur.

La mésaventure du *Lutin vert* était connue. Tous ces gens dans la salle de bal parlaient de James et d'elle, spéculaient sur ce qu'ils allaient faire, croyaient tout savoir de ce qui s'était passé entre eux.

Soudain, les toilettes des dames ne semblaient plus un refuge. Sarah avait besoin de sortir. Un groupe d'hommes bloquait la porte principale, aussi Sarah regagna-t-elle la salle de bal. Les gens s'écartèrent de nouveau de son chemin, mais cette fois-ci elle n'y prit pas garde. Toute son attention était dirigée vers la porte qui ouvrait sur le jardin et la liberté. Il fallait qu'elle quitte la chaleur et l'odeur suffocantes de la pièce, qu'elle échappe à la lumière aveuglante pour se réfugier dans les ténèbres anonymes.

# Chapitre 10

Dunlap avait passé une sale semaine. Les problèmes le cernaient de toutes parts. Il avait rasé les murs pour éviter Runyon et Alvord. Runyon voulait qu'il viole Miss Hamilton sur-le-champ et que la preuve sanglante de la chose soit clouée à la porte d'*Almack*. Alvord voulait le voir pendu par les bourses à la Tour de Londres. Les espions du duc furetaient bien trop près de ses affaires, malgré toutes ses précautions.

Il aurait volontiers échappé au bal de Palmerson s'il l'avait pu. Malheureusement, Runyon avait appris qu'il avait esquivé les derniers événements mondains, et lui avait envoyé un message le menaçant de donner immédiatement son nom et son adresse au comte de Lugington. Ce dernier n'était pas un homme tendre ni compréhensif, et Dunlap n'avait aucune envie d'être enterré sur le sol anglais.

Dès l'instant où Dunlap franchit la porte, il connut la rumeur : Miss Hamilton et le duc d'Alvord auraient été surpris dans une chambre d'auberge. Il l'accueillit avec scepticisme. Il aurait parié que la demoiselle était vierge ; cet air d'innocence était trop difficile à feindre, il le savait d'expérience pour avoir tenté un nombre incalculable de fois de trouver une prostituée capable de l'imiter.

Mais il savait aussi comment les choses marchaient dans la bonne société. Avérée ou non, la rumeur avait compromis la fille et Alvord allait devoir l'épouser. Dunlap n'avait plus de temps à perdre. Runyon aurait ce qu'il voulait. Que Miss Hamilton soit encore vierge ou pas à cette heure, elle ne le serait plus de toute façon à l'issue de la nuit. Alvord allait devoir retarder d'au moins trois ou quatre mois ses noces s'il voulait être certain que son fils soit bien le sien et non celui d'un proxénète américain.

Il pouvait se passer beaucoup de choses en trois ou quatre mois. Le monde était un endroit dangereux.

Dunlap aperçut Sarah qui traversait précipitamment le hall pour entrer dans la salle de bal. Il la suivit et la vit sortir dans le jardin. Il se glissa dehors à sa suite.

James vit Sarah passer devant lui en coup de vent. Elle avait le regard halluciné d'un soldat émergeant de la bataille. Il acquiesça à ce que lui disait le colonel Pendergrast, mais il ne l'écoutait plus. Il devait suivre Sarah, mais il ne fallait pas qu'on le remarque. Il scruta la foule du regard et repéra Robbie.

— Si vous voulez bien m'excuser, colonel, j'aperçois quelqu'un à qui je dois parler.

James abandonna le vieux bavard et s'efforça de traverser la foule. Normalement, sa carrure et son rang incitaient les gens à s'écarter, mais cette fois-ci il avait l'impression d'avancer à travers des sables mouvants.

Il releva d'autres détails inhabituels. Toutes les conversations s'arrêtaient quand il s'approchait et reprenaient dès qu'il s'était éloigné. Des groupes de jeunes filles rougissaient et gloussaient quand il les regardait. Mrs Sparks, une veuve réputée pour la légèreté de ses mœurs, lui adressa un clin d'œil et ajusta son décolleté quand il croisa son regard. Bon sang. Quelque chose clochait.

— Alvord !

James se crispa en reconnaissant la voix râpeuse et chuintante de Featherstone. L'homme jouissait déjà d'une réputation scandaleuse du temps où lady Gladys était une débutante.

— Featherstone, dit-il, ravalant son impatience.

— Une sacrée bonne blague, vieille canaille.

— Pardon ?

Le ton de James aurait fait geler les flammes de l'enfer, mais Featherstone n'était pas très perspicace.

— Imposer votre catin à la bonne société ! J'ai même entendu dire que vous avez obtenu à votre mignonne son entrée pour *Almack* ; un exploit à inscrire dans les annales. Je parie que la vieille Silence Jersey est folle de rage. (La respiration sifflante de Featherstone ressembla à un rire.) Mais il semble que vous en ayez fini avec cette fille, et je serais ravi de vous l'enlever. Je ne compte pas l'emmener à des bals respectables, bien sûr. Ce n'est quand même pas très distingué, vous savez. Je suis surpris que Gladys et Amanda aient accepté cela, à moins que vous ne les ayez abusées elles aussi ?

James ressentit l'envie irrépressible d'agripper le cou décharné de Featherstone et de le tordre comme celui des poulets qui composaient parfois son souper durant la guerre d'Espagne. Il fléchit les doigts. Ses sentiments durent se lire sur son visage, car Featherstone recula d'un pas.

— Je ne voulais pas vous offenser, mon vieux, bafouilla-t-il. Je pensais que vous ne vous intéressiez plus à elle, voilà tout. Si ce n'est pas le cas, eh bien, il n'y a rien d'autre à ajouter, non ?

— Featherstone…, commença James, mais il se tut en sentant une main sur son épaule.

Il se tourna et vit qu'il s'agissait de Robbie.

— James, tu devras le tuer un autre jour. J'ai besoin de te parler.

— Oui, vraiment, je ne voudrais pas vous déranger, dit Featherstone en rajustant sa cravate de ses mains fripées.

James l'ignora et entraîna Robbie vers les portes du jardin.

— Que se passe-t-il, bon sang ? chuchota James. (Il était évident que tous les gens alentour tendaient l'oreille.) J'ai vu Sarah quitter la salle de bal il y a peu. Nous devons la retrouver.

— Un peu que nous devons la retrouver.

James et Robbie sortirent sur la terrasse.

— L'affaire du *Lutin vert* est sur toutes les lèvres, James.

— Tonnerre ! (James regarda autour de lui, mais la terrasse était déserte.) Où diable est passée Sarah ?

Robbie posa une main sur le bras de James.

— Je vais la chercher.

James libéra son bras.

— Non, nous la chercherons ensemble. Sais-tu si Dunlap est ici ?

— L'Américain ? Je crois que je l'ai aperçu il y a un moment. Pourquoi ?

— C'est un complice de mon charmant cousin. Viens. Il faut que nous trouvions Sarah.

James dévala les marches quatre à quatre et s'enfonça dans l'obscurité.

Sarah prêta à peine attention au jardin. Elle courut le long des allées obscures, loin des lumières, des regards, des ricanements. Ses pensées étaient aussi denses et emmêlées que les haies et les buissons alentour.

Comment l'histoire du *Lutin vert* avait-elle fini par éclater au grand jour après tout ce temps ? Quelqu'un l'avait-il reconnue ? Et pourquoi celui-ci – ou celle-ci – avait-il attendu aussi longtemps pour parler ? Elle se trouvait déjà en marge de la bonne société, pourquoi quelqu'un aurait-il voulu la rendre totalement infréquentable ?

Était-ce là l'œuvre de Richard ? Mais celui-ci devait savoir que cette histoire forcerait James à l'épouser, ce qui était la dernière chose que Richard souhaitait.

La dernière chose que James souhaitait… Sarah écarta une branche basse. Elle-même aurait dû ressentir du dégoût à l'idée de s'unir à un débauché, pourtant cela ne faisait pas partie des sentiments qui lui tordaient le ventre. Où était passé son amour-propre ? Elle n'en avait plus une once, apparemment.

Elle s'arrêta près d'un grand arbre au fond du jardin des Palmerson. Elle posa une main contre le tronc massif et respira profondément. Elle devait réfléchir, mais son esprit refusait de fonctionner. Elle continuait à entendre ces jeunes filles glousser, à voir le mépris sur leurs petits visages mesquins. Ce n'étaient que des gamines de dix-sept ans, dorlotées et protégées par leurs riches et puissants papas. Que savaient-elles de la vie ? Pourquoi devrait-elle se soucier de ce qu'elles pensaient ?

Il ne s'agissait pas simplement de ce qu'elles pensaient, mais de ce que tous les invités pensaient. Sarah gémit et appuya son front contre le tronc. Comment allait-elle trouver le courage de revenir dans cette salle ?

— Ah, Miss Hamilton. Comme c'est aimable à vous d'avoir choisi la partie la plus éloignée et la plus sombre de ce ravissant jardin.

Sarah releva brusquement la tête. William Dunlap se tenait à quelques pas d'elle. Il avait l'air… différent. Son beau visage exprimait désormais une menace. Sarah sentit sa gorge se serrer. Elle prit une profonde inspiration et enfonça ses doigts dans l'écorce rugueuse. Elle ne devait pas défaillir. Il fallait qu'elle reste consciente.

— Mr Dunlap. (Elle eut la satisfaction d'entendre que sa voix demeurait ferme.) Je suis navrée, mais je préférerais être seule pour le moment.

Dunlap soupira.

— Je crains que vos souhaits n'entrent plus en ligne de compte, Miss Hamilton.

— Que… que voulez-vous dire ?

Sarah se redressa et s'éleva légèrement sur la pointe des pieds. Le seul chemin par lequel s'échapper s'ouvrait derrière Dunlap et il suffisait à ce dernier de tendre le bras pour l'empêcher de passer.

Il se rapprocha, mais Sarah se retint de reculer. Elle ne voulait pas se retrouver acculée contre le tronc.

— Il y a quelque chose qui me chiffonne dans toute cette histoire. Je ne sais pas ce que c'est, mais je me fie à mon instinct. (Dunlap secoua la tête et haussa les épaules.) Enfin, cela n'a pas d'importance. Je ne peux pas prendre le risque. Mon associé insiste pour avoir des certitudes, j'en ai peur.

Il saisit Sarah par les épaules et elle sentit ses doigts mordre dans sa chair. Son souffle sentait le vin, mais il était parfaitement sobre.

— Je regrette que les circonstances m'obligent à vous violer, Miss Hamilton.

Il agrippa son corsage et tira d'un coup sec. Il y eut un bruit de tissu qui se déchire et l'air froid de la nuit glaça la peau de Sarah. Il posa la main sur un de ses seins et le serra. Sarah sentit les larmes lui brûler les yeux.

— Vraiment, je n'ai aucun goût pour les maigrichonnes. Leurs os me rentrent dans la peau comme les ressorts d'un matelas bon marché dans un bordel miteux. Je vais vous prendre contre cet arbre, si vous n'y voyez pas d'inconvénient.

Sarah hurla. Elle projeta son genou vers le haut et frappa Dunlap à l'entrejambe. Il la lâcha pour se tenir le bas-ventre.

— Espèce de salope !

Il ajouta d'autres insultes, mais Sarah ne resta pas pour les écouter. Elle releva sa robe et s'enfuit à toutes jambes.

James était aux abois. Palmerson avait apparemment le jardin le plus grand et le plus sombre de tout Londres. Il n'y avait aucun signe de Sarah.

— Robbie, va par là, je continue de ce côté. Crie si tu la trouves.

— Ça ne risque pas d'attirer l'attention, James ?

— Je me moque que tu réveilles les morts couchés à l'abbaye de Westminster, Robbie. Je veux être au courant si tu trouves Sarah.

— Entendu.

Les deux hommes se séparèrent. James dévala une allée obscure, puis une autre. Au moins ne dérangea-t-il aucun couple d'amoureux dans les buissons ; tout le monde était trop occupé à l'intérieur, à médire sur le compte de Sarah. Bon sang, où était-elle donc ? Il avait l'impression de la chercher depuis des heures. *Réfléchis*, se dit-il. *Garde ton calme. Elle n'est dehors que depuis quelques minutes.*

Mais il savait quel mal un homme pouvait faire à une femme en quelques minutes.

C'est alors qu'il entendit le cri. Il s'élança aussitôt. *Pourvu que je ne passe pas à côté d'elle sans la voir*, pensa-t-il. Ce jardin était décidément trop sombre.

Il aperçut une silhouette qui courait dans sa direction. Une femme, les cheveux dénoués sur ses épaules, sa robe déchirée laissant apercevoir sa peau blanche. Elle arriva droit sur lui et il referma ses bras sur elle. Elle se débattit.

— Chut, Sarah. C'est James. Vous êtes en sécurité à présent.

— Dieu merci, murmura-t-elle en enfouissant son visage dans la chemise de James.

— James ! (Robbie arriva en courant.) Tu as entendu… (Sa phrase mourut sur ses lèvres quand il aperçut Sarah.) Est-ce qu'elle va bien ?

— Je crois. Elle est arrivée en courant de cette direction, indiqua James avec un geste du menton. Je pense que c'est Dunlap. Il faut que je le rattrape. (Il pencha la tête.) Sarah, Robbie est là. Restez avec lui, vous voulez bien ?

Sarah secoua la tête et serra James contre elle de toutes ses forces. Il aurait fallu l'obliger à lâcher prise. James ne voulait pas la brusquer, mais il ne pouvait pas non plus laisser Dunlap prendre la fuite. Il regarda Robbie.

— J'y vais, annonça ce dernier. Si ce bâtard lui a fait du mal, je le tue.

— Non, Robbie, c'est moi qui le tuerai. Mais il faut d'abord que nous l'attrapions.

— D'accord. J'y vais.

Robbie partit en courant. James pencha la tête pour chuchoter à l'oreille de Sarah.

— Sarah, mon cœur, il faut que vous me lâchiez. Je ne vais aller nulle part. Je veux juste enlever ma veste pour la mettre sur vos épaules. Votre robe est toute déchirée.

Sarah hocha la tête avec un sanglot. Elle desserra son étreinte, mais resta collée à James. Il ôta sa veste et la glissa sur les épaules de Sarah. Le devant de sa robe était déchiré jusqu'à la taille, exposant ses seins pâles.

Il faisait trop sombre pour que James puisse voir à quel point elle avait été maltraitée. Il ne voulait pas la questionner et risquer de lui faire perdre le peu de maîtrise de soi qu'elle parvenait à conserver. Cela devrait attendre qu'ils soient revenus à la maison.

— Enfilez les manches et je vais boutonner la veste afin de vous couvrir.

Sarah obéit machinalement.

Robbie revint sur ces entrefaites.

— Ce salopard s'est enfui. Il était en train d'escalader le mur du jardin quand je suis arrivé.

— Nous le retrouverons plus tard. (James passa ses bras autour de Sarah, l'attirant à elle.) De toute façon, je ne pense pas que le jardin de Palmerson soit le meilleur endroit pour régler cette affaire.

— Non, c'est certain. (Robbie désigna Sarah de la tête.) Elle va bien ?

— Je crois, mais elle ne peut évidemment pas repasser par la salle de bal. Pourrais-tu demander au cocher de nous attendre au coin de la rue ? Je vais faire sortir Sarah par la porte au fond du jardin.

— Entendu.

— Ne dis rien aux autres. Les gens vont sûrement remarquer que Sarah et moi sommes partis, mais cela pourrait aider si ma tante et lady Amanda restent et agissent comme si rien de fâcheux n'était arrivé. Tu voudras bien les escorter quand elles rentreront à la fin du bal ?

— Bien sûr. (Robbie regarda Sarah avec inquiétude.) Tu penses que ce salaud a fait plus que lui déchirer sa robe ? demanda-t-il dans un souffle.

Sarah ne sembla pas l'avoir entendu.

— Je ne sais pas, mais je tirerai cela au clair. Ne t'inquiète pas. Je vais prendre soin d'elle.

James entraîna Sarah vers la porte du jardin. La lueur de la lune leur éclairait un chemin au centre de l'allée. Sarah n'avait toujours pas prononcé un mot, mais James n'était pas inquiet. Elle semblait rassembler toute son énergie pour rester calme.

Le cocher les attendait dans la rue. James fit monter Sarah dans la voiture et grimpa à son tour. Elle s'assit avec raideur sur le bord de la banquette. James n'essaya pas de la toucher ; il s'installa et la regarda en silence, attendant que le carrosse les ramène à Alvord House, qui n'était pas très loin.

Wiggins leur ouvrit la porte.

— Faites porter de l'eau chaude, des linges propres et de l'onguent, dit James au maître d'hôtel.

— Tout de suite, Votre Grâce.

James emmena Sarah dans son bureau plongé dans la pénombre et l'installa dans son gros fauteuil capitonné. Puis il alla jusqu'au meuble, servit deux verres de brandy et en donna un à la jeune femme. Il attrapa un tabouret et s'assit en face d'elle.

— Buvez, Sarah, cela vous fera du bien.

— Voici ce que vous avez demandé, Votre Grâce, annonça Wiggins depuis le seuil.

— Merci, Wiggins, dit James sans quitter Sarah des yeux. Posez tout sur le bureau, voulez-vous.

Wiggins s'immobilisa un instant.

— Avez-vous besoin d'aide, Votre Grâce ? Je suis sûre que Mrs Wiggins sera heureuse d'assister Miss Hamilton.

James fronça les sourcils. Sarah n'avait toujours pas bu la moindre goutte de son brandy.

— Non, Wiggins, tout va bien. Fermez la porte en sortant.

James patienta jusqu'à ce qu'il entende le bruit de la porte qu'on refermait doucement.

— Buvez un peu de brandy, Sarah.

Celle-ci porta le verre à ses lèvres et prit une gorgée. Elle s'étrangla et toussa, mais ses yeux reprirent un peu vie.

— Encore une gorgée, et ensuite nous pourrons parler.

Sarah obéit, puis James lui prit son verre et lui ôta délicatement ses gants. Ses doigts étaient glacés, il les serra entre ses mains.

— Sarah, je suis désolé d'avoir à vous demander cela, mais j'ai besoin de savoir. Vous ne devez pas avoir peur de me dire la vérité.

James maîtrisa la fureur qui montait en lui quand il regardait le visage de Sarah. Si Dunlap avait été présent dans la pièce en cet instant, c'eût été un homme mort. Mais Sarah avait subi assez de violences pour la soirée et il était inutile qu'elle sente la colère dans sa voix. Il se força à parler doucement.

— Dunlap vous a-t-il violée ?

— Non ! s'écria Sarah en secouant la tête. Il, il m'a attrapée, il a déchiré ma robe. (Elle ferma les yeux.) Il, il m'a touchée.

Son menton commença à trembler. Elle rouvrit les yeux. Elle semblait perdue, comme un enfant pris dans les affres d'un cauchemar.

James l'attira à elle. Sarah mit les bras autour de son cou et enfouit sa figure dans sa cravate. James la souleva dans ses bras et s'assit dans le fauteuil, Sarah sur les genoux. Elle tremblait de la tête aux pieds, le visage caché au creux de l'épaule de James. Il lui passa un bras autour de la taille et posa son autre main sur sa nuque, caressant du bout des lèvres ses cheveux.

Sarah avait besoin de chaleur. Elle avait tellement froid qu'elle était parcourue de violents frissons. Ses dents claquaient et son estomac était pris de convulsions. Elle avait l'impression qu'elle n'arriverait jamais à se réchauffer. Même ses ongles lui paraissaient glacés.

James la tint sur ses genoux comme la nuit du premier bal de Lizzie, mais cette fois-ci il se contenta de la bercer dans ses bras. Au début, elle s'agrippa à lui avec l'énergie du désespoir, assoiffée de la promesse de force et de sécurité qu'il représentait, de sa chaleur qui l'enveloppait. La poitrine de James contre sa joue, son bras qui soutenait son dos, son souffle qui lui caressait les cheveux. Sarah aurait voulu se fondre en lui.

Elle était fatiguée d'être seule, fatiguée d'essayer d'être forte. Elle pressa encore plus fort sa joue contre le torse de James, et écouta le battement calme et régulier de son cœur. Elle respira son odeur chaude et familière, et sentit sa main lui caresser doucement les cheveux. Sa voix résonna sous son oreille, mais elle ne tenta même pas de comprendre ses paroles. Elle voulait juste être avec lui, ne pas penser ni ressentir, juste savoir qu'il était là, qu'il l'entourait de ses bras et qu'il la protégeait. Lentement, la peur reflua et la chaleur de James commença à l'envahir. Ses muscles se détendirent.

— Mon cœur, racontez-moi ce qui s'est passé.

Sarah secoua la tête. Elle ne voulait pas se rappeler ce moment. Le raconter serait le rendre de nouveau présent.

— Racontez-moi, Sarah. Croyez-moi, cela vous fera du bien de le dire. Cela empêchera la blessure de s'infecter. (James passa les doigts entre les boucles de Sarah et la massa légèrement.) Vous avez connu une bataille, mon cœur, comme à la guerre, et les hommes qui parlent le plus des batailles qu'ils ont vécues, des horreurs qu'ils ont vues sont ceux qui réussissent le mieux à se libérer de la violence.

Sarah frémit.

— Il était tellement plus fort que moi, murmura-t-elle, rattrapée par ce sentiment d'impuissance.

James resserra son étreinte. Lui aussi était plus fort qu'elle, mais d'une manière rassurante, pas menaçante.

— Je savais que je devais m'enfuir, sinon il m'aurait fait quelque chose de terrible. Il me repoussait contre le tronc et je risquais de me retrouver piégée. Je n'aurais jamais pu lui résister.

— Mais il n'a pas réussi à vous coincer. Vous vous êtes enfuie. Comment avez-vous fait ?

— Je lui ai donné un coup de genou.

Sarah sentit un léger souffle sur ses cheveux lorsque James rit doucement.

— Bien joué. Qui vous a appris cela ?

— Mon père. Il m'avait dit que si jamais j'étais agressée par un marin sur les quais, je devais lui donner un coup de genou entre les jambes de toutes mes forces et que l'homme me laisserait partir. Ça a marché.

James rit de plus belle.

— Croyez-moi, cela marche chaque fois.

— Au début, je n'y ai pas pensé, puis j'ai ressenti une bouffée de panique et ma jambe a réagi instinctivement.

— Une chance pour vous. Robbie et moi avons entendu votre cri, mais nous aurions sûrement mis plusieurs minutes pour vous retrouver. (La main de James s'immobilisa.) Pourquoi étiez-vous dans le jardin, Sarah ?

James sentit les lèvres de Sarah bouger contre son torse et la chaleur de son souffle à travers le fin tissu de sa chemise, tandis qu'elle parlait d'une voix assourdie.

— Tout le monde est au courant à propos du *Lutin vert*, James.

— Je vois. (Elle s'était raidie de nouveau, aussi recommença-t-il à lui caresser les cheveux.) Vous savez ce que cela signifie, n'est-ce pas ?

Sarah poussa un petit grognement, sans relever la tête. James écarta doucement les mèches qui lui tombaient sur le front.

— Cela signifie que nous devons désormais nous marier. Je vais envoyer l'annonce dès ce soir afin qu'elle paraisse dans les journaux du matin.

— Non.

— Si. (James s'efforça de ne pas laisser transparaître la douleur qu'il ressentit devant ce refus Les sentiments de Sarah comme les siens n'avaient plus aucune importance.) Cela fera taire les rumeurs, Sarah. Un vieux libidineux s'est déjà permis de venir me demander si j'en avais fini avec vous. Si l'annonce de nos fiançailles ne paraît pas dès demain, tous les débauchés et les vauriens penseront qu'ils sont libres de vous faire des avances.

Sarah frissonna.

— Très bien, concéda-t-elle d'une voix faible et atone.

James se renfrogna. L'annonce allait faire taire les rumeurs, mais elle enragerait Richard. Une fois leurs fiançailles publiées dans les journaux, James ne pourrait plus annuler le mariage sans déshonneur. C'était comme si leur union était déjà célébrée. Sa vie comme celle de Sarah étaient sur le point de devenir beaucoup plus dangereuses.

La colère et la frustration l'envahirent, et il renforça inconsciemment son étreinte. Sarah gémit et il desserra les bras.

— Dunlap vous a-t-il fait mal ? Je ne peux rien faire contre les hématomes, mais cet onguent soigne bien les coupures.

— Je crois que sa bague m'a écorchée quand il a déchiré ma robe.

James ne se rappelait pas avoir vu une quelconque marque. L'écorchure devait être cachée sous sa veste. La bague de Dunlap l'avait peut-être blessée sur le cou ou le bras.

— Voulez-vous que j'y jette un œil ?

Sarah resta immobile un moment avant de hocher timidement la tête.

— Oui, murmura-t-elle.

Elle se redressa un peu entre les bras de James et entreprit de déboutonner sa veste, mais ses mains tremblaient si fort qu'elle n'y parvint pas. James lui écarta gentiment les poignets et commença à défaire les boutons avec des gestes lents, lui laissant le temps de l'arrêter si elle le souhaitait. Quand il eut enlevé le dernier bouton, il rabattit doucement la veste.

Une longue écorchure rouge vif courait depuis l'omoplate de Sarah jusqu'à la pointe de son sein gauche. James attrapa un des linges apportés par Wiggins, le trempa dans l'eau chaude et le passa avec délicatesse sur l'écorchure.

— Est-ce que cela fait mal ?

Il était conscient que sa voix était plus rauque que d'habitude. Sarah secoua la tête. Ses yeux semblaient immenses à la lueur du feu. Il reposa le linge, plongea l'index dans le pot d'onguent et appliqua soigneusement le baume épais sur la peau douce de Sarah. Il vit malgré la pénombre qu'un hématome était en train de se former. Il passa le pouce sur l'endroit en question.

— Il vous a blessée ici aussi.

— Il m'a agrippée. (La voix de Sarah n'était qu'un murmure.) Il a dit que j'étais maigrichonne. Et qu'il allait me prendre contre l'arbre afin que mes os pointus ne viennent pas lui rentrer dans la chair.

James regarda Sarah dans les yeux et y vit une question en suspens. Il prit tendrement son sein blessé dans la paume de sa main. Il sentit son poids léger, la douce élasticité de ce corps si différent du sien.

— Vous êtes belle, Sarah. Et il n'y a rien que je souhaite plus au monde que de vous sentir contre moi, mais dans un grand lit moelleux.

— D'autres femmes ont plus de… ont des… plus gros… Ne voulez-vous pas…

— Je ne veux que vous, Sarah. Que vous.

James laissa ses doigts explorer doucement le trésor dans sa main : sa rondeur, la courbe douce couronnée d'un cercle plus sombre, le petit mamelon dur au centre. Il entendit Sarah retenir son souffle quand il la toucha à cet endroit. Il repassa son pouce sur le téton dressé, et celui-ci se fit plus dur et plus ferme. Comme une certaine partie de son anatomie, pensa-t-il en souriant.

Le souffle de Sarah devint haletant et elle remua sur ses genoux. La chaleur envahit James. Il désirait savoir le goût qu'avait ce tout petit bout d'elle. Il désirait mettre sa langue là où son pouce se trouvait, prendre dans sa bouche ce petit mamelon si dur.

Il n'entendit pas la porte s'ouvrir, mais il perçut un brusque hoquet de surprise, qui ne provenait pas des lèvres de Sarah.

— On dirait bien que nous allons enfin pouvoir fixer une date de mariage, déclara tante Gladys.

# Chapitre 11

L'annonce que James William Randolph Runyon, duc d'Alvord, allait épouser Miss Sarah Marie Hamilton de Philadelphie parut dans le journal du matin. Betty apporta celui-ci à Sarah en même temps que son chocolat.

— Nous sommes tous si heureux, mademoiselle, dit la servante en posant son plateau sur la table à côté du lit de Sarah. Je peux bien vous l'avouer, nous nous sommes fait un sang d'encre, mais tout est bien qui finit bien, comme je dis toujours.

— Hum.

Sarah baissa les yeux sur le journal. Elle avait dormi comme une masse, trop épuisée par la tempête d'émotions qu'elle avait essuyée pour faire des cauchemars. En fait, les événements de la nuit dernière lui semblaient n'être plus qu'un rêve étrange. L'horreur de la brutalité de Dunlap et la chaleur de la tendresse de James paraissaient tout aussi irréelles.

Elle avala une gorgée de chocolat tout en parcourant l'annonce de ses fiançailles. Comment se serait-elle sentie si cela avait été des fiançailles normales ? Excitée ? Incroyablement heureuse ? Mais ce n'était pas le cas. Sarah avait simplement été informée de ses fiançailles, sans véritable demande. C'était même pire que ça : elle se retrouvait propulsée par des forces sur lesquelles elle n'avait aucune prise, comme un navire emporté par la tourmente. Et elle devait bien reconnaître qu'une autre sorte de tourmente faisait rage en elle et la propulsait elle aussi vers ce mariage, une tourmente qui balayait toute pensée rationnelle sous un déluge d'émotions chaque fois que James posait la main sur elle.

Elle ferma les yeux et reposa sa tête sur l'oreiller. Il avait mis sa main sur son sein nu. Son corps tout entier rougit sous le coup de la gêne. Puis cette chaleur vint s'accumuler au creux de son ventre d'une manière étrange, mais qui devenait un peu trop habituelle. Sarah ne se reconnaissait plus. Elle devait être malade. Une fièvre, peut-être. Oui, elle se sentait vraiment fiévreuse.

Dieu merci, la tante de James avait empêché lady Amanda et Lizzie de voir ce qui se passait dans le bureau.

Elle reposa sa tasse et ferma le journal.

Comment James se sentait-il ? Il avait déclaré qu'il ne voulait qu'elle. Le pensait-il vraiment, ou était-ce quelque chose qu'il déclarait à toutes ses conquêtes ? Elle supposa que cela pouvait être vrai ; au moment où il se trouvait avec une femme, il ne désirait sûrement qu'elle. À condition de n'être qu'avec une seule femme, pensa Sarah en se rappelant les rumeurs proférées par ce Nigel et ses amis au bal d'Easthaven.

— Sarah ! (Lizzie se précipita dans la chambre.) J'ai vu le journal ! Pourquoi ne m'avez-vous pas dit que James et vous alliez vous fiancer ?

— Bonjour, Lizzie, fit Sarah d'une petite voix.

— Quelle coquine vous êtes ! Nous sommes tous à nous inquiéter que James et vous soyez brouillés, et voilà que vous partez tous les deux et que vous revenez fiancés. (Lizzie s'assit au pied du lit de Sarah.) Que s'est-il passé hier soir ?

— De quelle partie de la soirée voulez-vous parler ?

— Mais je veux tout savoir ! Quand vous a-t-il fait sa demande ? Comment l'a-t-il faite ? Dites-moi tout.

— Vous avez certainement entendu les rumeurs au bal ?

*Il aurait fallu être morte pour ne pas les entendre*, pensa Sarah.

— Eh bien, oui, je les ai entendues. C'est extraordinaire la vitesse à laquelle une histoire peut se propager. Savez-vous que les gens racontaient que James et vous vous étiez retrouvés nus dans le même lit ?

Sarah devint écarlate.

— Oui.

— C'est pour ça que James vous a fait sa demande ? (Lizzie semblait pour le moins déçue.) Il vous a donné la bague de fiançailles des Runyon, au moins ?

— À vrai dire, non. Les choses sont arrivées assez rapidement.

— Oh. (Lizzie s'allongea sur le dos en travers du lit, les yeux rivés au plafond.) Et à votre avis, qui donc a répandu cette rumeur ?

— Richard m'a vue en compagnie de James au *Lutin vert*. C'est peut-être lui.

Lizzie secoua la tête.

— Cela n'aurait pas beaucoup de sens. Richard ne veut pas que vous vous mariiez avec James, mais il sait que James serait contraint par l'honneur de vous épouser si la rumeur courait qu'il vous a compromise.

— Il ne m'a pas compromise !

Lizzie tourna la tête pour regarder Sarah.

— Ce qu'il a fait ou pas n'a aucune importance, Sarah. Cette histoire vous a déshonorée, ou du moins vous déshonorerait si James ne vous épousait pas. Mais comme il va vous épouser, hop ! (Lizzie claqua des doigts.) vous n'êtes pas déshonorée.

— Merveilleux. Quel soulagement ! ironisa Sarah.

— Alors, Walter, dit James, racontez-nous donc ce que vous avez découvert sur William Dunlap.

James accorda toute son attention au petit homme qui se tenait de l'autre côté de son bureau. Walter Parks avait été un excellent soldat et faisait désormais un excellent espion. Il avait grandi dans la pauvreté à Tothill Fields et avait appris très tôt à se faire discret. James aurait aimé pouvoir dire qu'il avait eu l'intelligence de reconnaître les talents particuliers de Parks quand ce dernier avait comparu devant lui pour avoir volé un autre soldat, mais cela avait surtout été un coup de chance. James répugnait à faire fouetter le voleur pour son crime et l'avait donc condamné en réparation à être au service du soldat lésé pour une semaine. Les deux hommes avaient fini par se lier d'amitié, et James avait gagné la loyauté de Parks dans l'affaire.

— William Dunlap…, commença Parks. C'est un homme d'affaires, Votre Grâce. Ses origines sont obscures, mais on raconte qu'il serait né dans un bordel de New York. Quoi qu'il en soit, il s'est lancé tôt dans le commerce de la chair, d'abord comme travailleur si je puis dire, puis comme tenancier.

— Travailleur, Walter ? Je suppose que vous ne voulez pas dire qu'il aidait à l'entretien des lieux, n'est-ce pas ?

— Non. Vous savez qu'il y a des hommes qui aiment les jeunes garçons. On a vu ça dans l'armée bien souvent, hein ? Mais Dunlap était futé et il a observé comment les choses fonctionnaient. Aujourd'hui il possède des maisons closes à New York, Londres et dans d'autres villes encore.

— Un homme entreprenant, ce Mr Dunlap, fit Robbie.

Ce dernier était adossé au manteau de la cheminée, les mains enfoncées dans les poches.

— C'est exact, monsieur. Cependant il s'est fourré dans un sale guêpier il y a un an environ. Les détails ne sont pas clairs, mais Chuckie Phelps, l'héritier du comte de Lugington, a terminé raide mort dans un bordel de Dunlap à Paris. Il avait le pantalon sur les chevilles et le caleçon de Dunlap autour du cou.

Robbie se redressa.

— Mais enfin, comment a-t-on pu savoir ?

— À qui appartenait ce caleçon ? (Parks haussa les épaules.) Je suppose qu'un paquet de types ont vu Dunlap avec. Il était assez reconnaissable : en soie rouge, avec ses initiales brodées un peu partout. W.A.D. Son second prénom, c'est Anthony.

— Bon sang. Et cette vermine a dansé avec ma cousine ? Mais comment cette canaille s'est-elle fait ouvrir les portes de la plupart des soirées mondaines de Londres ?

— Richard lui a probablement obtenu sa première invitation. Et comme c'est un bel homme – physiquement parlant – d'autres ont dû vouloir l'avoir à leurs soirées. (James hocha la tête et se leva.) Merci, Walter. Vous avez été d'une aide précieuse, comme toujours.

Il sortit une bourse généreuse du tiroir de son bureau et la lui tendit.

— Oh, Votre Grâce. Vous savez bien que je suis prêt à vous aider pour rien.

— Oui, Walter, je le sais, mais tout cela représente du travail, et vous devez bien manger, non ? Prenez ça, s'il vous plaît, et continuez à garder vos yeux et vos oreilles ouverts. Maintenant que Miss Hamilton et moi sommes fiancés, je crains que mon cousin n'intensifie ses efforts pour me causer du tort.

Parks prit la bourse, la soupesa, et la rangea sous sa chemise.

— Vous avez raison, Votre Grâce. Je vais garder l'œil ouvert et mettre tous mes contacts sur le coup, mais vous, surveillez bien vos arrières et ceux de votre dame.

— J'y compte bien, mon ami. Croyez-moi, j'y compte bien. Je ne veux pas qu'il arrive quoi que ce soit à Miss Hamilton.

— À l'exception d'un mariage et d'une nuit de noces. (Parks afficha un large sourire.) Je vous souhaite beaucoup de bonheur, Votre Grâce. Vous le méritez et je pense que vous le trouverez avec votre Miss Hamilton.

James se frotta la nuque.

— Je l'espère, Walter. Je l'espère vraiment.

James se tourna vers Robbie dès que la porte se referma derrière Parks.

— Ce soir, je vais aller chercher Dunlap. Veux-tu m'accompagner ?

— Évidemment. J'adorerais mettre la main sur ce salaud.

— Moi d'abord, Robbie. S'il reste quelque chose de lui quand j'en aurai fini, tu pourras t'en occuper.

Robbie haussa les épaules.

— Très bien, si tu insistes. Après tout, les droits d'un fiancé l'emportent sur ceux d'un simple cousin. Quand partons-nous ?

— Après le récital des Hammersham.

Robbie leva les mains comme pour repousser James.

— Les Hammersham ? dit-il d'un ton alarmé. Tu parles des jumelles boutonneuses à la voix stridente ?

James éclata de rire.

— Je le crains, en effet. Mais je sais que je peux compter sur toi, même pour un sacrifice aussi élevé.

— Mais pourquoi les Hammersham, James ? Pitié pour mes oreilles !

— Parce que, aussi pénibles que soient les efforts musicaux de ces demoiselles, leur récital sera l'occasion parfaite pour présenter Sarah comme ma fiancée. Je veux faire une apparition publique immédiatement afin d'étouffer les rumeurs.

— Je suis d'accord. Mieux vaut ne pas laisser aux fauves le temps d'aiguiser leurs griffes. (Robbie soupira.) Bon, je vais aller me reposer avant les réjouissances de ce soir. Crénom, je n'aurais jamais pensé que j'infligerais volontairement à mes oreilles la torture des Hammersham. (Il marqua une pause dans le hall d'entrée.) De nouveaux valets ? demanda-t-il, en désignant les deux hommes qui se tenaient dans le vestibule.

L'un d'eux faisait plus de six pieds de haut, avec des épaules aussi larges que la porte et des mains comme des battoirs. L'autre était plus petit mais encore plus costaud. Son nez en chou-fleur attestait qu'il avait déjà encaissé son lot de coups de poing.

— Un recrutement temporaire, j'espère. Tous deux ont des liens avec Bow Street.

— Des enquêteurs, hein ? Tu as donc réussi à convaincre le tribunal de Bow Street de te prendre au sérieux ?

— Non, cracha James avec amertume. Les autorités pensent toujours que je suis un ancien soldat qui voit des fantômes d'ennemis derrière chaque buisson, mais elles sont disposées à me satisfaire, à condition d'être rétribuées.

— Elles aiment la couleur de ton or, c'est ça ?

— Exactement. (James haussa les épaules.) Mais ce qu'elles pensent ne fait aucune différence. Je m'en moque. Jonathan et Albert sont tous deux très compétents.

— En tout cas, je n'aimerais pas les croiser dans une ruelle sombre. (Robbie récupéra son chapeau auprès d'Albert.) À ce soir.

Sarah descendit l'escalier au moment où Robbie prenait congé. Elle s'immobilisa quand elle vit James. Elle aurait battu en retraite si Lizzie n'avait pas mis sa main dans le creux de son dos pour la pousser en avant.

James leva les yeux et l'aperçut.

— Pourriez-vous m'accorder un moment, Sarah, si vous avez le temps ?

— Lizzie…, commença Sarah.

— Nous nous verrons plus tard, lui assura celle-ci.

Elle rit et contourna Sarah pour s'éloigner.

Sarah resta immobile, les yeux baissés vers James. Elle se rappelait si clairement le contact de ses mains sur sa peau que ses seins picotaient. Il attendit, et elle se décida finalement à descendre. Il la guida d'un geste vers son bureau, puis referma la porte derrière eux.

— Nous devons parler.

Sarah acquiesça. Elle garda le regard braqué sur le foulard soigneusement noué autour du cou de James.

— Ma chère, ma cravate n'est pas digne d'autant d'intérêt.

Il tendit la main pour lui relever doucement le menton. Les yeux de Sarah rencontrèrent les siens. Il avait l'air soucieux.

— Êtes-vous hantée par la nuit dernière ? Avez-vous eu des cauchemars ? (Il passa tendrement son pouce sur sa joue.)

Je suis tellement navré que vous ayez eu à endurer l'agression de Dunlap. Je veillerai à ce que cela ne se reproduise jamais.

Sarah tordit le tissu de ses jupes d'un geste nerveux.

— Non, tout va bien. J'ai dormi paisiblement.

James fronça les sourcils.

— Vous n'avez pas peur de moi, Sarah, n'est-ce pas ? Vous savez que je ne vous ferai jamais de mal.

— Non. (Sarah ne put que chuchoter en raison du poids qui pesait soudain sur sa poitrine.) Non, James. Je n'ai pas peur de vous.

James baissa brusquement la main.

— Est-il nécessaire que je m'excuse, alors ? Est-ce que mon geste vous a offensée ?

— Non ! Je suis juste un peu… submergée par tout ça, je crois.

Il scruta son visage, puis hocha la tête.

— Les derniers temps ont été plutôt intenses en émotions, n'est-ce pas ? Et je ne vous ai même pas fait ma demande convenablement.

Sarah rougit.

— C'est vrai que la soirée s'est terminée d'une manière un peu embarrassante.

James sourit.

— Effectivement. J'ai cru que ma tante allait me faire fouetter. Je n'ai pas trouvé très agréable de me retrouver dans la peau d'un gamin de neuf ans. Vous a-t-elle fait des remontrances ?

— Pas vraiment. Je pense qu'elle ne voulait pas que Lizzie sache ce qui s'était passé dans votre bureau.

— J'espère bien ! Lizzie a plutôt intérêt à ne pas permettre ce genre de libertés ou c'est moi qui lui donnerai le fouet !

— Oh ? Alors qu'en ce qui me concerne il est tout fait normal que je… (L'indignation de Sarah se transforma rapidement en gêne.) Que… Enfin, vous savez.

James lui sourit.

— Oui, je sais, mon cœur. Si j'étais votre frère, je suppose que je vous enfermerais à double tour dans votre chambre. Mais je suis votre fiancé et, en tant que tel, il est de mon devoir d'essayer de prendre autant de libertés que possible.

— James !

— Non, pas maintenant, hélas. Je crains que lady Gladys et lady Amanda ne gardent un œil sévère sur nous jusqu'au mariage ; mais si nous sommes rusés et suffisamment discrets, je suis sûr que nous réussirons à voler un baiser ou deux.

Il ouvrit un tiroir de son bureau et en sortit une petite boîte.

— Comme vous l'avez dit, la soirée s'est achevée de manière embarrassante. Si nous n'avions pas été interrompus, je vous aurais donné la bague de fiançailles des Alvord. (Il sourit de nouveau.) Enfin, peut-être pas. Je n'avais pas les idées très claires. Trop de magnifiques distractions.

Sarah s'empourpra tandis que le regard de James descendait de ses lèvres vers sa poitrine. Puis il lui prit la main gauche avec fermeté et passa une bague à son doigt. Il s'agissait d'un bijou tout simple, composé d'une émeraude flanquée de deux diamants. Magnifique. Élégant. Un mensonge.

Sarah voulait lui dire qu'elle ne pouvait pas épouser un libertin comme lui. Elle devait le lui annoncer sur-le-champ, mais elle n'arrivait pas à se forcer à prononcer les mots.

— Je suis persuadé que même le chaperon le plus sévère trouverait approprié que de nouveaux fiancés échangent un baiser, ne pensez-vous pas ?

— Hein ?

James n'attendit pas de recevoir une réponse plus élaborée. Il effleura les lèvres de Sarah des siennes.

C'était la plus légère des caresses, mais Sarah la ressentit au plus profond de son âme. Une étrange petite plainte de désir s'échappa d'elle et elle lui rendit son baiser, se risquant même à glisser sa langue entre ses dents. James grogna et l'accueillit avec enthousiasme.

Sarah était en feu, elle aurait juré que des flammes lui léchaient les cuisses, le ventre, la poitrine. Elle voulait sentir la bouche de James sur ces endroits aussi, même si elle ignorait si son contact la brûlerait ou l'apaiserait. Elle savait juste qu'elle le désirait avec une force qu'elle n'avait jamais ressentie auparavant.

James l'attira contre lui et fit remonter ses mains pour venir prendre ses seins en coupe. Il lui titilla les mamelons à travers sa robe de mousseline, mais cela n'était pas assez. Sarah voulait sentir ses doigts sur sa peau nue.

On frappa à la porte.

— James, si j'entre dans votre bureau, vais-je être scandalisée ?

— Juste une minute, ma tante.

— Seulement une minute, James.

Sarah regarda James d'un air éberlué. Même la menace de l'arrivée de sa parente ne parvenait pas à apaiser le feu qui courait dans ses veines.

James l'avait transformée en débauchée.

Elle le vit déglutir. Sa respiration était aussi saccadée que la sienne alors qu'il rajustait le col de sa robe.

— Rappelez-vous, des fiançailles courtes, murmura-t-il. Des fiançailles très courtes.

Lady Gladys fit jouer la poignée de la porte.

— Entrez, ma tante. Votre sensibilité ne risque plus rien.

James s'assit à son bureau après que tante Gladys eut emmené Sarah s'occuper de son trousseau. Il envisagea de se servir un verre de brandy. Comment allait-il survivre à ce mariage ? Ce n'était pas Richard qui le préoccupait pour le moment, mais bien son propre corps.

Il n'avait pas bien dormi. Quand il avait fermé les yeux, tout ce qu'il avait vu c'était la peau lumineuse et crémeuse de Sarah, ses petits seins fermes avec leurs mamelons délicats à la couleur légèrement plus sombre. Il avait sentit leur poids et leur chaleur dans ses mains. Lorsqu'il avait réussi à chasser cette image de son esprit, elle avait été remplacée par le visage de Sarah, les joues empourprées, poussant de légers soupirs de passion. Il avait été submergé par le désir de sentir de nouveau sa peau, de respirer son odeur délicate, de parcourir du bout des doigts la douceur de ses épaules. Son sang bouillonnait dans ses veines comme de la lave en fusion.

C'était une bonne chose que sa tante les ait interrompus ce matin, sinon il aurait devancé ses vœux de mariage sur le tapis de son bureau. Il était clair que Sarah ne s'y serait pas opposée, et il n'était pas sûr qu'il serait parvenu à s'arrêter de lui-même.

Tante Gladys et lady Amanda avaient intérêt à être d'excellents chaperons.

# Chapitre 12

— Ce bâtard s'est fiancé avec sa putain !

Richard jeta le journal qui virevolta à travers la pièce pour venir s'échouer aux pieds de Philip.

— Il y a une différence entre être fiancé et être marié, dit Philip d'une voix calme.

— La seule foutue différence c'est le temps, et c'est justement cela qui nous manque ! (Richard dévisagea Dunlap.) Tu étais censé t'occuper de ça, espèce d'abruti incompétent.

— Ce n'est pas moi qui ai propagé au bal de Palmerson la rumeur que le duc avait batifolé avec sa charmante garce américaine.

Richard repoussa les reliefs de son petit déjeuner.

— Comment diable as-tu pu échouer à violer cette traînée maigrichonne ?

Dunlap haussa les épaules et ôta une peluche imaginaire de ses hauts-de-chausses.

— Je n'échouerai pas la prochaine fois.

— Tu ferais bien. Je suis foutu si James a un héritier avant d'avoir une pierre tombale. (Richard pianota des doigts sur la table.) Non, je crois qu'il est temps de revenir à mon premier plan initial et d'envisager une solution plus définitive.

— Vous voulez que je fasse tuer la fille ?

— Non, je pensais à quelque chose d'encore plus définitif que ça.

Dunlap fronça les sourcils.

— Qu'y a-t-il de plus définitif que la mort ?

— Rien, espèce d'imbécile. La question est qui doit mourir. Si je supprime la fille, il y a un risque qu'un jour ou l'autre James en trouve une autre. Si je liquide James, je deviens duc d'Alvord sur-le-champ.

— Vous voulez que je fasse tuer Alvord ?

Dunlap s'agita sur son siège.

— Non, je veux que tu le tues de tes propres mains.

— Vous êtes fou ? (Dunlap bondit sur ses pieds.) Je ne peux pas tuer le duc d'Alvord.

Richard haussa les épaules.

— Tu as la réputation d'être doué. Jusqu'ici tu n'as pas vraiment fait la preuve de ta compétence, mais je suis prêt à te laisser une seconde chance.

— Je suis un bon tenancier de bordel, pas un assassin, bon sang.

— On chante une tout autre chanson, dans la rue.

Dunlap secoua la tête et leva la main en signe de dénégation.

— Des exagérations et des mensonges, dont certains ont été entretenus par mes soins, je l'avoue, afin que mes associés réfléchissent à deux fois avant de me doubler.

Richard esquissa un sourire froid et déplaisant.

— Pas seulement. Il y a bien eu Chuckie Phelps. Et Tom Bellington à New York, Walter Cunningham à Boston, Pierre Lafontaine à Paris.

— Vous avez fait votre enquête, à ce que je vois. (Dunlap se passa une main dans les cheveux.) Chuckie, c'était un accident. Les autres, c'était à mes débuts, quand je montais mon affaire. Je n'ai tué personne depuis des années.

— Eh bien, considère ça comme l'occasion de te remettre en selle.

— Non, je…

— Oui, l'interrompit Richard. Oui, tu vas t'occuper promptement d'envoyer James dans l'au-delà sinon tu verras des caricatures de Chuckie Phelps avec ton caleçon si reconnaissable autour du cou à chaque coin de rue de Londres.

Le comte de Lugington sera particulièrement intéressé de découvrir l'identité de l'homme qui a assassiné son héritier.

Dunlap se renfrogna.

— Vous devez me laisser un peu de temps.

— Un peu. Mais pas trop. Je souhaite assister aux funérailles de mon cher cousin d'ici à une quinzaine.

Sarah grimpa les marches de la demeure des Hammersham en s'efforçant de réprimer sa nausée. Elle redoutait le moment où tout le monde allait la regarder. La nuit dernière avait été horrible. Ce soir, les choses devraient aller mieux : elle serait forcément mieux traitée en tant que fiancée du duc que lorsqu'on la prenait pour sa catin. James lui avait assuré que la bague à son doigt ferait taire toutes les rumeurs. Sarah l'espérait, tout en suspectant qu'elle resterait tout de même un sujet de commérages.

— Courage, murmura James en prenant la main de Sarah pour la poser sur son bras.

Elle se reposa dessus un instant, reconnaissante de ce soutien, et il la gratifia d'un sourire chaleureux.

— Vous ne pensez pas que les gens vont me questionner à propos du *Lutin vert* ?

— Ils n'oseront pas. Personne ne veut se mettre à dos la future duchesse d'Alvord. Et si quelqu'un a l'audace de vous interroger, faites la sourde oreille ou fusillez-le du regard comme si vous n'arriviez pas à croire qu'un commentaire aussi stupide ait pu franchir ses lèvres.

— James est très doué pour ça. Nous appelons cette attitude « faire son duc », dit Robbie. Cela mérite d'être vu. Quelque chose contrarie James et d'un coup d'un seul (Robbie claqua des doigts) il devient raide et froid.

— Sa voix vous glace jusqu'aux os, ajouta Lizzie. Vous avez l'impression d'être quelque insecte visqueux et répugnant, et n'avez qu'une envie, c'est de ramper sous un rocher pour vous cacher.

— Lizzie ! (James éclata de rire.) Je suis sûr que je ne me suis jamais comporté comme cela, et encore moins envers toi.

— Tu te rappelles quand j'avais quatorze ans ? Tu venais juste de rentrer d'Espagne. Un matin je suis parti faire un tour à cheval sans le dire ni à tante Gladys ni à toi.

— Hum. C'est vrai que j'étais un peu en colère.

— Un peu ? Brrr. Dans ce cas je détesterais te voir vraiment en colère. Franchement, James, je t'ai évité pendant plusieurs jours.

— Peut-être, mais au moins tu n'es plus jamais partie sans nous prévenir.

James leva les yeux vers la porte des Hammersham, en haut des marches.

— Si vous voulez mon avis, c'est inné chez lui, dit Robbie qui marchait derrière Lizzie. C'est une réaction naturelle. Il n'y réfléchit même pas.

— Non, personne ne t'a demandé ton avis, Robbie. Et puis de toute façon, les comtes peuvent se montrer aussi collet monté que les ducs.

— Non, tu as tort, James. Il faut être au moins duc. Un comte peut glacer le sang de quelques parvenus, mais ce n'est qu'un coup de froid comparé à une tempête de neige.

— Ridicule ! (James sourit à Sarah alors qu'il s'effaçait pour la laisser entrer la première.) Si j'avais un tel pouvoir, je transformerais Robbie en statue de glace.

— En lui ajoutant des oreilles d'âne ? demanda Sarah.

— Exactement ce à quoi je pensais.

Sarah tendit son manteau à un valet et suivit James jusqu'à la salle de musique. L'endroit était exceptionnellement bondé. L'odeur des bougies de cire, du parfum et des corps mal lavés saisit Sarah à la gorge. À cela s'ajoutaient les centaines de paires d'yeux qui se braquèrent sur elle quand elle franchit le seuil au bras de James.

— Eh bien, eh bien, murmura Robbie derrière Sarah. Les filles Hammersham sont devenues très populaires à ce qu'il semble.

— Alvord ! hurla un petit vieillard vêtu à la mode du siècle dernier. Quelle joie de vous revoir.

— Hartford, cria James en retour. Permettez-moi de vous présenter ma fiancée, Miss Sarah Hamilton de Philadelphie. Sarah, voici le duc de Hartford.

— Votre Grâce.

Sarah effectua une révérence aussi gracieuse que possible. L'octogénaire était sourd comme un pot. Toute conversation nécessitait de parler d'une voix si forte que l'on était entendu aux quatre coins de la salle.

— Charmante, vraiment charmante. Vous avez dû aller jusqu'au Nouveau Monde pour vous trouver une épouse, hein, Alvord ?

— Sarah est également la cousine du comte de Westbrooke. Elle est revenue dans sa famille en Angleterre à la mort de son père.

— Westbrooke, dites-vous ? N'est-ce pas justement lui qui se cache derrière vous ? Enfin, cela est bien : du sang bleu, pas du sang rouge d'Indien. Il ne faudrait pas que les futurs ducs d'Alvord descendent de sauvages, hein ?

Il n'y avait pas grand-chose à répondre à cela. James inclina la tête. Hartford ne saisit pas le sens de son geste.

— Leurs femmes sont lubriques, aussi, à ce qu'on m'a dit.

Sarah supporta avec raideur le regard du vieil homme qui l'examinait de la tête aux pieds.

— Elle a l'air plutôt froide, mais ce sont les meilleures, pas vrai, Alvord ? Froide à l'extérieur, brûlante à l'intérieur. J'ai eu une maîtresse comme ça dans le temps. Elle ressemblait à un iceberg jusqu'à ce que je la mette entre les draps. Elle devenait alors insatiable. Je n'ai jamais fermé l'œil quand je lui rendais visite, je peux vous le dire.

Le sang de Sarah, plutôt glacé jusque-là, monta brusquement en température, rugit à ses oreilles et empourpra son visage. Elle aurait voulu que le sol s'ouvre sous ses pieds pour l'engloutir.

—Hartford, vous vous oubliez.

Le ton de James était glacial.

—Ne jouez pas les prudes avec moi, jeune homme. J'ai la même chose que vous sous mes chausses. Et je ne suis pas assez vieux pour avoir oublié à quoi cela sert. (Le vieil homme s'esclaffa.) Je m'en souviens même très bien. Figurez-vous que la nuit dernière...

—Oui, bon, veuillez nous excuser, Hartford. Il faut que nous prenions place.

James se dirigea vers les rangées de chaises installées de l'autre côté de la pièce en entraînant Sarah avec lui.

—Elle a de longues jambes, commenta le duc de Hartford alors que Sarah suivait James. J'aime les filles qui ont de longues jambes.

—Désolé, chuchota James. Hartford pense que son âge lui permet tout. Asseyons-nous ici. Les sœurs sont sur le point de commencer, on dirait.

Sarah jeta un coup d'œil en direction du duc de Hartford. Il était en train de déshabiller du regard une autre jeune femme.

—Que pensent ses enfants de sa conduite ? murmura-t-elle.

—Il n'en a pas, mais j'ai l'impression qu'il n'a pas renoncé à cette idée.

—À son âge ?

Sarah dévisagea James d'un air interloqué. Elle était assez ignorante des détails de la procréation, mais il lui semblait qu'un homme de l'âge du duc de Hartford devrait en avoir fini avec ce genre de choses.

—Il est vieux, ma chère, il n'est pas mort. (James sourit d'une façon que Sarah trouva carnassière.) D'ailleurs j'espère que je serai aussi vert que lui quand j'atteindrai les quatre-vingts ans.

Heureusement, les sœurs Hammersham commencèrent à chanter, ce qui interrompit la conversation. Il suffit de quelques notes pour que Sarah constate que leurs voix n'avaient rien d'exceptionnel. Non seulement les sœurs étaient incapables de chanter juste, mais elles n'arrivaient pas non plus à harmoniser leurs timbres. Le public, appréciant le moindre répit dans cette torture auditive, applaudissait avec enthousiasme à la fin de chaque morceau.

— Il n'y en a plus pour longtemps avant l'entracte, murmura James. Nous irons boire un verre de punch puis nous pourrons prendre congé. Je pense que nous avons rempli l'objectif de ce soir qui était de faire taire les rumeurs.

Sarah lui sourit comme s'il venait de lui promettre le paradis. James devait admettre que Miss Elvira Hammersham venait de produire une note particulièrement fausse en comparaison de laquelle le silence du carrosse qui les attendait dehors avait quelque chose de paradisiaque.

Il était fier de Sarah. Cela avait été une épreuve pour elle de venir ce soir après l'horreur de la nuit dernière. Elle avait fait preuve d'un réel courage.

Il était également fier qu'elle soit à son bras. Hartford était un imbécile, mais James avait ressenti de la satisfaction à voir le vieil homme lui envier sa fiancée. Seigneur, quel réflexe primitif! Mais il se sentait primitif quand il pensait à Sarah. Ce sentiment de propriété et ce désir de protection qu'il avait toujours nourris à l'égard du domaine d'Alvord, il les éprouvait désormais pour elle. Il voulait l'avoir dans son lit, c'est vrai, mais il voulait aussi l'avoir dans sa vie.

Les gens autour de lui applaudissaient. Les Hammersham devaient avoir fini leur récital. Il prit Sarah par le coude et l'aida à se lever.

— Que diriez-vous d'aller prendre un rafraîchissement avant de récupérer Robbie et Lizzie pour nous esquiver?

— Oui, s'il vous plaît.

Les yeux de Sarah étaient verts ce soir, remarqua-t-il, et sa peau avait la couleur de la crème à la lueur des chandelles. Il avait envie de l'embrasser, là, devant toute la bonne société. Il s'inclina légèrement vers elle, imaginant déjà le formidable scandale que cela provoquerait.

— James ?

Il y avait une note d'inquiétude dans la voix de Sarah.

Il se redressa et plaça la main de Sarah sur son bras.

— Allons voir si le punch valait de supporter cette torture.

Sarah buvait à petites gorgées. Si elle devait encore affronter le salut servile d'un homme ou les minauderies d'une femme, elle allait avoir la nausée. C'était étonnant de voir la capacité des aristocrates à changer de visage comme on change de chemise. Miss Hamilton avait rencontré de la condescendance, de la suspicion, de l'indifférence. La catin du duc avait été accueillie avec horreur et mépris. Ce soir-là, à présent qu'elle était la fiancée de James, elle était traitée avec une solide dose de servilité.

Elle ne savait pas comment elle était parvenue à rester polie avec lady Palmerson. Au moins lady Felicity et ses amies avaient-elles eu la décence de ne pas l'approcher.

— Sarah ! (Le major Draysmith la salua d'un large sourire.) J'ai été ravi de lire la nouvelle dans le journal, ce matin. Je suis si heureux que James et vous ayez réussi à vous entendre.

— Merci, Charles.

Ce n'était vraiment pas le lieu pour s'étendre sur les détails de leurs fiançailles précipitées.

Charles la laissa pour aller féliciter James. Sarah sentit qu'on lui touchait l'épaule et se tourna pour découvrir lady Charlotte Wickford.

— Bonsoir, lady Charlotte.

Sarah réussit à conserver une voix aimable, avec tout de même une pointe de distance. Lady Charlotte lui sourit.

— Je voulais juste vous féliciter pour vos fiançailles.

—Je vous remercie.

—Il fut un temps où l'on croyait que le duc d'Alvord allait s'engager avec moi, vous savez.

—Oh ? (Sarah ne perçut aucun signe de chagrin chez lady Charlotte, mais peut-être dissimulait-elle bien ses sentiments.) J'espère que ce n'est pas pour vous une déception.

Lady Charlotte rit.

—Oh non, ma chère, ne croyez surtout pas que je puisse avoir le cœur brisé. J'admets que j'aurais aimé devenir duchesse, mais j'avais déjà décidé que le prix à payer était trop élevé.

—Le prix à payer ?

Lady Charlotte se rapprocha et baissa la voix.

—Partager le lit du Moine. J'ai estimé que je ne pourrais jamais.

—Lady Charlotte !

Sarah jeta un œil inquiet autour d'elle. Personne n'était assez proche pour entendre leur conversation.

—On dit qu'Alvord n'arrive pas à garder une maîtresse, parce que aucune femme ne peut le satisfaire. Et qu'il va chercher ses partenaires dans les bordels les plus sordides parce qu'il aime varier les plaisirs.

Les yeux de lady Charlotte brillaient d'une lueur étrange. Elle s'humecta la lèvre inférieure.

—Est-ce vrai ? Est-il vraiment insatiable ?

—Lady Charlotte !

Le sang de Sarah lui battait les tempes.

—Quel est votre secret ? Quelque chose que vous avez appris auprès des primitifs américains ? Est-ce grâce à cela que vous avez réussi à obtenir qu'il demande votre main ?

Il était clair que lady Charlotte n'envisageait pas une seconde que le charme de Sarah puisse résider dans son apparence ou sa personnalité.

—Quoi que ce soit, cela doit être quelque chose de spectaculaire pour susciter l'intérêt du Moine.

— Lady Charlotte, je ne sais pas de quoi vous parlez, mais je peux vous assurer que James s'est toujours comporté en gentleman. (Sarah ne s'attarda pas sur l'épisode dans le jardin d'Easthaven ni sur ce qui s'était passé dans son bureau.) J'espère que vous ne propagez pas de calomnies scandaleuses à son propos.

— Oh ? dit lady Charlotte avec un sourire narquois. C'est une union d'amour à ce que je vois. Enfin, de votre côté du moins. Je ne pense pas que les ducs se marient par amour.

Sur cette remarque, elle salua Sarah d'un signe de tête et disparut dans la foule.

Sarah la regarda s'éloigner. Elle aurait voulu répliquer à cette petite morveuse que les ducs aussi se mariaient par amour, mais elle savait que cela aurait été très infantile. Et elle craignait que lady Charlotte n'ait raison dans son cas.

— Sarah.

Elle leva la tête vers James qui la regardait en souriant. Il étudia son visage et fronça les sourcils.

— Vous allez bien ?

— Je suis juste un peu fatiguée.

— Nous pouvons partir maintenant, si vous le souhaitez.

— Ce serait merveilleux.

Lizzie et Robbie partagèrent le carrosse qui les ramenait à la maison et ils n'eurent donc pas l'occasion d'une conversation privée. Sarah en était soulagée. Elle ferma les yeux et reposa sa tête contre les coussins, mais les traits froids de lady Charlotte lui apparurent de nouveau. Elle serra les paupières et secoua doucement la tête contre le cuir souple de la banquette.

Elle n'arrivait pas à imaginer James dans la même pièce que les prostituées qu'elle avait aperçues sur les quais de Philadelphie ou dans le cabinet de son père, et encore moins dans le même lit. Mais après tout, qu'en savait-elle ? Rien. Rien du tout. Elle ne parvenait pas à croire qu'un homme quel qu'il soit puisse toucher ces femmes peinturlurées, au visage marqué par la vérole, qui venaient solliciter l'aide de son père. Pourtant, à l'évidence, de nombreux hommes les avaient touchées. Sarah ravala un gloussement hystérique. Ils avaient fait plus que les toucher, même si ce qu'ils avaient fait exactement restait pour elle un mystère.

Sarah tourna la tête et regarda par la fenêtre. Elle fit pivoter la bague de fiançailles des Alvord et sentit l'émeraude qui appuyait contre sa paume.

Comment pourrait-elle épouser un débauché ?

Comment pourrait-elle ne pas épouser James ?

James regarda Sarah monter l'escalier pour gagner sa chambre. Quelque chose la préoccupait, c'était évident. Mais il n'avait pas le temps de chercher à comprendre ce que c'était. Ce soir, il allait traquer William Dunlap.

Quand Robbie et lui grimpèrent dans un fiacre quelques minutes plus tard, ils n'étaient plus en tenue de soirée. Ils avaient toujours l'air de gentlemen, mais leurs bottes, leurs chausses noires et leurs capes sombres se fondaient dans l'obscurité et leur permettaient de se mouvoir beaucoup plus rapidement que ne l'exigeaient des tâches comme traverser une piste de danse ou aller chercher un verre de citronnade.

Ils prirent vers l'est et descendirent Strand Street et Fleet Street en direction du centre-ville. Un peu avant la prison de Bridewell, James fit tourner la voiture dans Red Lion Court. Le fiacre descendit la rue étroite et s'immobilisa devant un bâtiment délabré. L'enseigne défraîchie annonçait qu'il s'agissait du *Chien qui jappe*.

— Voulez que je vous attende là, Vos Seigneuries ? demanda le cocher alors que James et Robbie sortaient du fiacre.

— Revenez dans une heure, répondit James en lançant une pièce à l'homme.

— Tu crois que nous trouverons Dunlap ici ?

Robbie semblait sceptique.

— Non. (James scruta la porte branlante.) Mais j'espère y trouver la piste qui nous conduira jusqu'à lui.

Il ouvrit la porte et entra dans la bâtisse.

James fut d'abord frappé par l'odeur, composée de relents de fumée, de bière et d'hommes serrés les uns contre les autres. Il aurait pu se croire revenu à la *Cornemuse agile*, et à ses seize ans.

Mais il n'avait plus seize ans et, passé le premier choc, il apprécia la différence. Les femmes le scrutaient d'un œil intéressé, même celles qui étaient déjà avec un client. Il sentait qu'elles examinaient son visage, ses épaules, son torse, ses hanches, ses jambes. À seize ans, il aurait rougi comme une pucelle. Aujourd'hui, il se contenta de leur renvoyer leurs regards.

— Par ici, Messeigneurs, venez vous asseoir avec Bess et Jen, on va vous apporter une bonne pinte de bière, ou de gin si vous préférez.

— Une bière, ce sera très bien, merci, répondit James en s'asseyant à la table.

La maquerelle était une femme maigre à l'air fatigué, très différente de la plantureuse Dolly.

Les filles, quant à elles, n'étaient guère différentes de Fanny. Elles avaient l'air un peu plus aux abois, ou peut-être était-ce juste qu'il percevait mieux leur désespoir. Il estima que Bess, la fille qui s'était accrochée à lui, était un peu plus jeune que lui. Elle avait peut-être encore une ou deux années à passer dans le confort relatif du *Chien qui jappe* avant d'être forcée d'aller exercer ses charmes dans la rue.

— Vous voulez monter, Vot'Seigneurie ? demanda-t-elle.

Elle se rapprocha de James et lui posa une main sur l'entrejambe. L'odeur combinée de son haleine, de sa sueur et du sperme de son dernier client souleva l'estomac de James.

Il écarta doucement sa main.

— Non, merci.

Bess fit la moue, mais James vit le soulagement dans ses yeux, un soulagement mêlé d'inquiétude. S'il ne voulait pas de ce qu'elle lui offrait, cela la rapprochait d'autant de la rue.

— Tout ce dont j'ai besoin ce soir, c'est de conversation, dit-il. Je vous paierai votre tarif habituel, plus un petit supplément. Vous n'aurez jamais gagné d'argent aussi facilement. Même chose pour Jen, hein, Robbie ?

Celui-ci acquiesça.

— Vous êtes sûr que vous ne voulez pas monter ? (Bess tira sur son corsage déjà très échancré.) J'vais bien m'occuper d'vous, vous verrez.

— Je n'en doute pas, Bess, mais je ne veux que parler, vraiment. Je cherche des informations.

Bess se recula.

— Des informations ? Quel genre d'informations ?

— Des informations à propos d'un Américain, un dénommé William Dunlap.

— Bon sang !

Jen s'étrangla avec sa bière.

— On sait rien du tout à propos d'un Dunlap, dit Bess d'une voix rapide, le visage soudain livide.

— En êtes-vous certaines ?

James plongea la main dans sa poche et sortit une poignée de pièces. Il les posa sur la table – des souverains d'or scintillants – et commença lentement, presque nonchalamment, à les ranger en deux tas.

— Oui.

Jen suivait des yeux le doigt de James qui faisait glisser les pièces sur la table usée.

— Rien du tout ?

Une pièce tinta contre une autre.

Bess s'humecta les lèvres.

— Qu'est-ce que vous voulez savoir ?

— Où je pourrais le trouver.

— Pourquoi ?

— Je ne l'aime pas.

Bess et Jen échangèrent un regard. Bess jeta un coup d'œil par-dessus son épaule et baissa la voix.

— Vous devriez essayer à la *Colombe brisée*, dit-elle. Ou à la *Dame en rouge*.

— Ou à *l'Étalon en rut*, près du fleuve, ajouta Jen.

— Oui, c'est un autre de ses bordels, reprit Bess. Il a plein d'endroits où se planquer à Londres. Feriez mieux d'amener votre ami avec vous et de surveiller vos arrières si vous allez le chercher. C'est pas le genre à se battre à la loyale.

— Je ne me fais pas d'illusions à ce sujet.

James et Robbie finirent leur bière.

— Merci pour votre temps, mesdames, dit James alors qu'ils se levaient.

Les filles se jetèrent sur les tas de pièces pour les ramasser.

— Merci, Vot'Seigneurie, fit Bess, qui écarquilla les yeux en voyant combien d'argent elle avait entre les mains. Revenez quand vous voulez.

— Oui, et demandez après nous, cria Jen alors qu'ils partaient.

— Mon Dieu, cette fille, Jen… Elle était couverte de vermine, dit Robbie tandis qu'ils franchissaient le seuil. Elle n'a pas dû prendre de bain depuis une semaine.

— Depuis un mois, plutôt. C'est un luxe réservé aux riches, mon ami. Et nous sommes riches, surtout pour ce quartier. Je crois que tu vas avoir l'occasion de faire un peu d'exercice, mais plutôt dans le genre pugilat.

— Quoi ?

— Je me trompe peut-être, mais je crois que deux – non trois – solides gaillards nous filent le train. Je suppose que toi non plus, tu ne vois aucun signe de notre fiacre ?

— Non, bon sang ! Tu es sûr que nous sommes suivis ?

— Ne te retourne pas ! Et oui, je suis sûr. Dis-moi, tu ne saurais pas te battre au couteau, par hasard ?

— Malheureusement, non.

— C'est fort dommage. (James ralentit le pas.) Je pense que nous ferions mieux de les affronter maintenant, avant d'atteindre cette ruelle obscure là-bas, où ils pourraient avoir des renforts. Je vais faire semblant de vomir dans le caniveau et toi tu feindras de me soutenir, comme ça nous verrons bien si nous sommes suivis ou si ces hommes vaquent à leurs propres occupations.

James tituba et s'appuya sur Robbie. Il chancela jusqu'au caniveau et se plia en deux. Il regarda derrière lui alors qu'il penchait la tête entre ses genoux. Si ceux qui les suivaient n'étaient pas une menace, ils allaient s'écarter de lui avec dégoût. Au lieu de cela, ils se dirigèrent droit vers eux.

— Tiens-toi prêt, murmura James à Robbie. Je ne vois pas de bâtons ni de gourdins, mais ils doivent sûrement avoir des couteaux.

L'individu de tête avança pour saisir James. Robbie se recula instinctivement, libérant l'espace pour que James puisse se relever en pivotant sur lui-même. Ce dernier écrasa son poing droit sur la mâchoire de son agresseur avant même que les malandrins aient compris que l'on s'était joués d'eux. L'homme partit en arrière sous le choc et sa tête vint heurter un de ses comparses en plein sur le nez. Le premier s'affala sur le sol.

Des voyous ordinaires auraient pris la fuite en voyant qu'ils avaient perdu l'avantage du nombre avec un des leurs à terre et un autre blessé. Mais il ne s'agissait pas de voyous ordinaires. À l'évidence, ils avaient été embauchés pour faire un travail et n'avaient pas l'intention de renoncer.

Robbie tint tête au dernier brigand. Son style n'était pas très académique, mais dans un combat de rue l'essentiel était de se montrer agressif. Le deuxième malfrat, qui saignait du nez, avait sorti un couteau de sa botte. James dégaina son propre canif, fit un pas de côté pour éviter l'homme au sol et frappa son adversaire au bras droit. Le couteau de ce dernier tomba sur les pavés en cliquetant. James l'écarta d'un coup de pied et ramena sa jambe pour frapper l'individu au genou. Celui-ci se tint la jambe en hurlant et s'effondra sur le premier agresseur. À ce moment-là, l'adversaire de Robbie décida que la fuite était désormais de rigueur et prit ses jambes à son cou.

— Je suppose que le Guet n'est pas là quand on a besoin de lui ?

James nettoya son couteau sur ses chausses et le remit dans sa botte.

— Qu'est-ce qu'on va faire d'eux ?

— Leur poser une ou deux questions. Hé toi, reste là !

James bloqua la jambe valide de l'homme au nez cassé, alors qu'il essayait de se relever. Il s'affala à nouveau sur le pavé.

— Inutile de chercher à t'enfuir. Ton ami ici présent n'est pas vraiment en état de parler, mais j'espère que toi tu as quelque chose d'intéressant à dire. (James sortit un pistolet de sa poche et le pointa sur le brigand.) Cela va peut-être t'aider à recouvrer la mémoire.

— J'sais rien de rien, patron. C'est la vérité, devant Dieu.

L'homme jetait des coups d'œil paniqués alentour, à la recherche d'une échappatoire.

— Je doute que tu reconnaîtrais la vérité même si elle te mettait son pied aux fesses. Mais je te suggère quand même de trouver quelque chose à nous raconter si tu veux sauver ta misérable peau. Qui vous a embauchés et quelle était votre mission ?

— Personne nous a embauchés, patron. On est juste des pauvres bougres qu'essaient de joindre les deux bouts.

James usa d'un juron particulièrement grossier. L'homme au nez en sang rampa en arrière mais James bondit vers lui et écrasa sa botte sur son genou blessé.

— Tu sais, l'informa-t-il sur un ton badin, j'ai déjà brisé le genou de quelqu'un de cette façon. Les genoux, au cas où tu ne le saurais pas, sont faits pour se plier dans un seul sens. On peut les plier dans l'autre, bien sûr, mais ce n'est vraiment pas plaisant, enfin pour la personne à qui appartient le genou, je veux dire. En ce qui me concerne, par exemple, je n'éprouve aucune douleur quand j'appuie mon pied ici.

James bascula une partie de son poids sur son pied et l'homme hurla.

— Foutre Dieu ! Il a dit qu'il fallait juste s'en prendre à un rupin, que ce serait même pas un vrai combat. Il a jamais dit qu'on allait s'attaquer à des gars comme vous.

— Je vais prendre ça pour un compliment. À présent, dis-moi qui est ce « il » et où on peut le trouver. Si j'aime ta réponse, tu pourras t'en aller et emmener ton ami avec toi.

— J'peux pas. Je risque ma peau.

Le malfrat était manifestement terrifié, mais James n'éprouva guère de compassion pour quelqu'un qui était prêt à le poignarder quelques instants plus tôt.

— Tu risques ta peau si tu ne parles pas. Je suis là et ton employé n'y est pas. Tu as déjà pu sentir que mon couteau était bien aiguisé. (James appuya un peu plus sur son genou.) Tu veux en tâter encore ? Je ne voudrais pas que tu croies qu'il s'est émoussé à force de ne pas servir.

— C'est bon, c'est bon ! s'écria le bandit, dont le visage ruisselait de sueur. C'est Dunlap qui nous a embauchés. Laissez-moi partir, patron, comme vous avez promis. J'sais rien de plus.

— Même pas où nous pouvons trouver Dunlap ce soir ?

— Non ! Je le jure. On a juste eu l'information qu'il y avait un boulot à faire et qu'une fois que ce serait fait, on aurait notre argent. J'ai jamais vu Dunlap en personne, et j'ai pas envie que ça change.

— J'imagine bien. (James soupira.) Je suis vraiment désolé de devoir briser un genou parfaitement sain. Mais bon, tu en as un autre, alors j'espère que celui-ci ne te manquera pas trop.

James pesa sur le genou de l'homme qui hurla de plus belle.

— Arrêtez ! Arrêtez ! Je vais vous le dire, arrêtez !

James releva légèrement son pied.

— Je pensais bien que tu pourrais changer d'avis.

L'individu déglutit péniblement. Il jeta rapidement un œil à la ronde, puis chuchota :

— L'*Étalon en rut*, près du fleuve. C'est généralement là qu'il loge quand il est à Londres. Mais j'peux pas le jurer. Il peut tout aussi bien être dans un autre de ses bordels.

James opina du chef.

— Très bien, je te crois. (Il releva le pied.) Bonsoir.

Le brigand se remit péniblement debout et disparut dans la ruelle devant eux avant que James ait fini de parler.

— Il a laissé son ami derrière lui, dit Robbie.

James hocha la tête.

— Son associé, je dirais plutôt. Je ne m'attendais pas vraiment à ce qu'il l'emporte avec lui ; un poids mort l'aurait trop ralenti.

— Qu'allons-nous faire de lui, alors ?

Robbie regarda l'homme d'un œil inquiet.

— Laissons-le là. Il est en train de revenir à lui. Je suggère que nous vidions les lieux et que nous nous mettions en quête de l'*Étalon en rut*.

— Tu es très habile avec ce couteau. Où as-tu appris à te battre comme ça ?

— En Espagne. Les combats n'avaient pas toujours lieu sur un champ de bataille. J'ai estimé qu'il valait mieux être préparé.

James étudia les deux côtés de la rue, attentif au moindre mouvement dans les ombres.

— Tu pourras m'apprendre quelques mouvements ?

— Si tu veux. Mais l'affrontement est toujours l'ultime recours, Robbie. La première règle est de choisir avec soin ses combats. Et de toujours avoir une solution de repli. Et de surveiller les environs pour s'assurer de ne pas foncer tête baissée dans une souricière. (James longea le bord de la rue pour éviter un porche obscur, Robbie sur ses talons.) Et de marcher comme si tu savais où tu vas et que tu étais pressé d'y arriver. Et si tu peux être à cheval, c'est encore mieux.

Ils arrivèrent dans Fleet Street et James héla un fiacre.

Dunlap se servit un brandy. Alfred et ses compagnons devaient s'être occupés du duc à l'heure qu'il était. Quelle prévenance de la part d'Alvord de s'offrir ainsi sur un plateau. Dommage qu'il y ait eu Westbrooke ; Dunlap préférait un combat à trois contre un plutôt qu'à trois contre deux. Mais Westbrooke n'était pas un soldat, donc sa présence était négligeable. Et Alfred avait pris ses meilleurs hommes.

*Ma foi,* pensa Dunlap en s'adossant au dossier de sa chaise et en étendant ses pieds sur son bureau, *celui qui est assez fou pour s'aventurer dans les bas-fonds de Londres doit s'attendre à quelques surprises déplaisantes.* S'il regardait par la fenêtre, il pourrait peut-être même apercevoir la forme sombre de deux cadavres flottant sur la Tamise. Il avait ordonné à Alfred de ne pas lester les corps. Runyon voulait une preuve que le boulot avait été fait, et la meilleure preuve restait le cadavre d'Alvord. Juste pour être sûr de son coup, Dunlap s'était arrangé avec un batelier pour que celui-ci cherche le corps au matin. Inutile de prendre le risque que le soleil, l'eau et les oiseaux du fleuve rendent la dépouille d'Alvord méconnaissable.

Dès qu'il saurait que Runyon était satisfait, il mettrait les voiles. Définitivement. Il n'avait plus aucune envie de demeurer en Angleterre.

Dunlap entendit un tumulte dans le hall et fronça les sourcils. On aurait dit que Belle était en train de crier. Belle ne criait jamais pendant les heures d'ouverture. Après le travail, quand il lui consacrait toute son attention, alors oui, elle criait. Elle criait assez fort pour réveiller le Guet, si ce dernier avait commis la folie de s'aventurer dans cette partie de Londres. Dunlap avala une gorgée de brandy. Belle lui manquerait, mais le monde était rempli de filles comme Belle. Clarisse par exemple, dans son établissement parisien, était une sacrée garce. Elle s'y connaissait pour divertir un homme dans un lit.

Le bruit se fit de nouveau entendre. C'était Belle, plus aucun doute.

— Votre Grâce, je vous l'ai dit, Mr Dunlap n'est pas ici. Non, vous ne pouvez pas entrer !

— Madame, j'ai bien l'intention de pénétrer dans cette pièce. Écartez-vous, s'il vous plaît. J'emploierai la force s'il le faut.

Dunlap bondit de sa chaise et renversa son brandy. *Merde !* Alvord était de l'autre côté de la porte.

Il ouvrit la fenêtre derrière son bureau et passa une jambe par-dessus le rebord ; il vit la poignée de la porte qui s'agitait. Il faudrait un petit moment à Alvord pour venir à bout de la serrure. Il serait parti avant. Il s'accrocha à la solide vigne vierge qu'il avait plantée plusieurs années auparavant, juste après avoir acheté la bâtisse, et commença à descendre.

Un homme avisé se ménageait toujours une issue.

La pièce était vide, évidemment. James regarda par la fenêtre, mais ne vit aucun signe de Dunlap.

— Quel dommage, Robbie, je crois que l'oiseau s'est envolé.

— Bon sang ! Tu veux qu'on essaie à une autre de ses maisons closes ?

— Non, je ne crois pas. Je suis sûr que Dunlap est trop intelligent pour se réfugier dans un endroit aussi évident. (James se tourna vers la maquerelle affolée.) Je suppose que vous ne savez pas où votre employeur est allé ?

— Oh non, Votre Grâce. Je n'en sais rien du tout.

James soupira.

— C'est bien ce que je pensais. Rentrons à la maison, Robbie.

Ils hélèrent un fiacre. James était fatigué et ankylosé. Cela faisait longtemps qu'il n'avait pas pris part à un combat de rue. Tout ce qu'il souhaitait, c'était un bon bain chaud.

L'image de Sarah surgit spontanément dans son esprit, une Sarah nue, avec les cheveux défaits. Une autre partie de son anatomie devint soudain raide et douloureuse.

Il aurait tout donné pour pouvoir soulager aussi cette tension-là dès ce soir.

# Chapitre 13

— Lady Gladys, auriez-vous un moment à m'accorder ? Je souhaiterais discuter de mon avenir.

— Encore ? Il n'y a rien à discuter, mademoiselle, à part si vous voulez parler de l'organisation du mariage.

Sarah baissa les yeux vers le tapis vert et or inondé de soleil qui décorait le salon de lady Gladys.

— Je ne suis pas sûre… Je ne pense pas… Je ne peux vraiment pas épouser Sa Grâce.

Sarah entendit deux tasses heurter leurs soucoupes.

— Ridicule, ma fille, vous ne pouvez pas repousser le duc d'Alvord.

— Amanda a raison, Sarah. Vos fiançailles ont été annoncées dans tous les journaux. Il est trop tard pour changer d'avis.

Sarah déglutit.

— Peut-être pourrions-nous faire durer les fiançailles jusqu'à la fin de la Saison mondaine, puis…

Lady Amanda renifla.

— À la façon dont vous vous comportez, mademoiselle, vous serez enceinte avant la fin de la Saison.

— Amanda !

— Quoi ? C'est la vérité, Gladys. Cette demoiselle n'arrive pas à garder ses vêtements quand James est dans les environs.

Lady Gladys regarda Sarah d'un air contrarié.

— Amanda a raison sur ce point, Sarah. Vous avez accordé à mon neveu des libertés inconvenantes.

Tout le corps de Sarah brûlait de honte.

— Je suis navrée. Je n'ai jamais voulu…

— Oh, ne vous excusez pas. Je suis sûre que James s'est montré très persuasif.

— Remarquablement persuasif.

— Amanda ! (Lady Gladys revint à Sarah.) Vos, hum, activités avec James n'entrent pas en ligne de compte, ma chère. Même si vous n'aviez rien fait d'autre que de discuter du temps qu'il fait, vous seriez tout de même tenue de vous marier. Les fiançailles ont été annoncées publiquement. Vous désengager maintenant ruinerait votre réputation.

— Si elle n'était pas déjà ruinée par vos activités scandaleuses au *Lutin vert*, intervint Amanda.

Lady Gladys soupira.

— Et il y a cela, également. Ne vous figurez pas un instant que les gens vont oublier, Sarah. James et vous porteriez le fardeau de fiançailles rompues pour le restant de votre vie.

— Cela ne peut être si terrible !

— Si, j'en ai bien peur. (Lady Gladys tapota le canapé à côté d'elle.) Venez vous asseoir ici et discutons de tout cela raisonnablement. Je suis sûre que vous êtes simplement la proie de l'anxiété que ressentent toutes les futures mariées.

— Difficile de croire que cette jeune fille puisse être effarouchée par la perspective de son mariage, Gladys, après son dernier intermède dans le bureau de James.

— Amanda, vous ne me facilitez pas la tâche ! (Lady Gladys se tourna vers Sarah et lui sourit.) C'est tout à fait naturel de se sentir un peu troublée par cette perspective, ma chère.

— Peu ! Un peu troublée ? James est tellement troublé qu'il arrive à peine à boutonner ses chausses.

Lady Gladys décocha un regard noir à Amanda et se tourna de nouveau vers Sarah.

— Il faut reconnaître, ma chère, que je n'ai jamais vu James autant attiré par une jeune fille. (Elle poursuivit avant que lady Amanda puisse intervenir.) Et en Angleterre, il est beaucoup plus confortable d'être une duchesse qu'une gouvernante. En tant qu'épouse de James, vous aurez la richesse et une position sociale élevée.

—Ainsi qu'une ribambelle d'enfants, ajouta lady Amanda en regardant Sarah par-dessus sa tasse de thé. Apparemment, vous ne trouvez pas James repoussant, alors quel est le problème ?

Sarah rentra les épaules. Comment pourrait-elle dire à ces dames qu'elle ne supportait pas l'idée d'épouser un débauché ? Elles ne comprendraient jamais.

Lady Gladys se pencha pour lui toucher le bras.

—Si vous avez un sujet de discorde avec James, ma chère, vous devez résoudre le problème. Je ne me suis peut-être jamais mariée, mais j'ai passé des années à observer des couples. Les hommes font rarement le premier pas, j'en ai bien peur. Cela revient généralement à la femme.

Lady Amanda acquiesça.

—Si vous attendez que James s'en occupe, le problème ne sera jamais résolu, Sarah.

—Mais…

—Non, Sarah. (Lady Gladys prit une voix ferme.) Vous devez épouser James. Donc s'il y a un malentendu, il faut que vous lui en parliez.

—Mais tâchez de vous contenter de parler, grommela lady Amanda.

Sarah réfléchit aux paroles des deux ladies. Comment pouvait-elle aborder pareil sujet avec James ? Cela n'était assurément pas une conversation appropriée pour la table du petit déjeuner. Pas plus d'ailleurs que pour une collation froide, pour un thé et des gâteaux, ni même pour un faisan rôti. Et comme ces dames s'étaient transformées en chaperons sourcilleux, il n'y avait pas moyen d'obtenir un moment d'intimité avec James. De toute façon, que lui dirait-elle ? La fornication était le comportement ordinaire des pairs anglais. Les lords britanniques se préoccupaient plus de leurs cravates que des femmes qu'ils mettaient dans leur lit.

Mais Sarah n'était pas une lady. Elle se sentait incapable d'ignorer les aventures amoureuses de James. Elle devait lui parler. Lady Gladys et lady Amanda avaient raison sur ce point. Mais quand ? Et où ?

Lorsqu'elle rentra de l'opéra ce soir-là, elle était trop perturbée pour fermer l'œil. Elle renvoya Betty, se pelotonna dans une couverture devant le feu, et se décida à affronter certaines vérités.

Elle était amoureuse de James. Elle aurait souhaité que ce ne soit pas le cas, mais c'était ainsi. Elle n'imaginait plus sa vie sans lui. Il avait réveillé en elle quelque chose qui ne retomberait plus jamais en sommeil. Elle brûlait de sentir ses mains sur sa peau, mais elle brûlait aussi d'avoir sa fidélité et son amour.

Si elle devait se contenter de l'avoir lui, mais pas son amour, serait-elle tout de même prête à l'épouser ?

Elle n'en savait rien.

Elle posa le menton sur ses genoux, et s'absorba dans la contemplation des flammes jaune et orange qui dansaient dans l'âtre. Elle ne trouverait pas la réponse toute seule. Elle avait besoin de parler à James. *Ce soir. Tout de suite.* Elle ne pouvait plus supporter de rester dans cette incertitude.

Elle se leva et commença à faire les cent pas. L'idée d'aller trouver James dans sa chambre lui donnait l'impression d'avoir des papillons dans le ventre. Elle croisa les bras sous sa poitrine et posa ses mains sur ses côtes en se forçant à respirer calmement. Cela ne l'aida guère.

Pouvait-elle aller trouver James ? Il lui suffisait de franchir le couloir ; cela ne lui prendrait que quelques instants pour atteindre sa porte.

C'était indécent, bien sûr, mais après tout ils étaient fiancés. Et, si elle en croyait la bonne société, sa réputation était déjà entachée de toute façon.

Sarah s'immobilisa. Et si James n'était pas là ? Il n'était pas venu à l'opéra. Peut-être passait-il la nuit dans une maison close ou auprès d'une lady accommodante ?

Son estomac hébergeait désormais tout un essaim de papillons.

*En voilà assez.* Il était clair qu'elle n'arriverait jamais à dormir, elle ferait donc aussi bien de chercher à lui parler dès ce soir. S'il n'était pas dans sa chambre, eh bien, elle réessaierait une autre fois. Elle décida d'attendre encore une heure avant de se lancer, le temps que toute la maisonnée soit plongée dans le sommeil.

Sarah ouvrit la porte de sa chambre et jeta un coup d'œil dans le couloir. Il était désert. Elle prit une profonde inspiration et expira lentement. Même si aller voir James dans sa chambre lui avait paru une bonne idée sur le moment, à présent elle aurait pu trouver une centaine de bonnes raisons de rester bien tranquillement là où elle était. Mais se cacher dans son lit ne résoudrait pas ses problèmes. Elle observa de nouveau le couloir. Bien que la distance entre sa chambre et celle de James lui semble énorme, elle savait que ce n'était pas le cas. Il fallait juste qu'elle parvienne à mettre ses pieds en mouvement. Elle se força à faire un pas en avant et franchit le seuil.

Sarah traversa le couloir à pas rapides. Heureusement, les autres portes restèrent closes. Elle n'avait aucune envie de croiser Lizzie ou l'une des vieilles dames. Et si jamais Harrison se trouvait dans la chambre, attendant le retour de James ? Elle mourrait de honte si le valet la surprenait en train de se glisser dans la chambre de son maître.

Elle atteignit la porte de James et posa l'oreille contre le panneau de bois. Elle n'entendait rien, assourdie qu'elle était par les battements de son cœur. Elle retint son souffle, ferma les yeux et se concentra. Aucun bruit. Elle observa le couloir à droite et à gauche. Personne. Elle saisit la poignée. Elle dut la prendre à deux mains, tant elle tremblait.

La porte s'ouvrit sans bruit et elle se glissa à l'intérieur. Aucun signe de Harrison, Dieu merci. Des braises rougeoyaient dans la cheminée sur sa gauche et la lueur de la lune entrait à flots. Le lit, imposant et surélevé comme la couche d'un roi médiéval, se dressait près de la fenêtre et ses rideaux étaient ouverts. Dans la pénombre, Sarah était incapable de dire si James y était couché ou non.

Elle avança à pas feutrés dans la chambre, osant à peine respirer. Oui, James était là, allongé sur le dos, les draps repoussés jusqu'à la taille.

Les ombres jouaient sur son visage, sur ses longs cils qui effleuraient ses joues, sur le creux à la base de sa gorge. Il ne portait toujours pas de chemise de nuit. Sarah distinguait le fin duvet qui couvrait sa poitrine. Ses poils étaient blonds, se rappela-t-elle. Étaient-ils doux ? Elle avait eu envie de les toucher au *Lutin vert*, de passer les doigts sur son torse musclé, de descendre le long de son ventre jusqu'à son nombril et de suivre la ligne de poils plus sombres qui continuait pour disparaître sous les draps. Elle pourrait peut-être les toucher maintenant ? Il dormait. Si elle était discrète, il n'en saurait jamais rien.

La douceur de la pénombre et le silence de la nuit la rendirent audacieuse. Sarah tendit la main.

Soudain, James saisit Sarah par les bras et la fit brutalement basculer sur le lit. Elle se retrouva plaquée sur le dos, James pesant de tout son poids sur elle.

— James !

Il desserra son étreinte.

— Sarah ?

— Oui, croassa-t-elle.

Elle leva les yeux vers lui, mais son visage était plongé dans l'obscurité. Était-il en colère ?

— Un instant.

Il se détourna. Sarah entendit le bruit d'un briquet à silex et une chandelle s'illumina.

La peau de James prit une teinte chaude à la lueur de la bougie. Elle contempla ses épaules, si délicieusement larges, et son dos puissant qui se terminait sur une taille étroite, encore masquée par les couvertures. Il se retourna vers elle, offrant de nouveau son torse à ses regards. Elle avait oublié la façon dont ses muscles jouaient à chacun de ses mouvements. C'était vraiment étonnant de voir tout ce qui pouvait se cacher sous des chemises, des vestes et des cravates. Elle parcourut des yeux la ligne sinueuse de son cou, de ses épaules et de ses bras.

— Vous aimez ce que vous voyez ?

— Comment ?

Sarah reporta son attention sur son visage. James avait repris ce regard intense. Vraiment intense.

— Je ne savais pas que les yeux d'une femme pouvaient mettre un homme à la torture.

— Comment ?

Elle secoua la tête, s'efforçant de mettre de l'ordre dans ses idées. Elle savait qu'elle avait l'air complètement ahurie, mais la sonorité rauque de la voix de James était pour le moins perturbante.

— Vous ne pouvez pas m'observer ainsi et ne pas me toucher, Sarah. S'il vous plaît. Votre regard me brûle la peau, mais je rêve d'y sentir vos mains adorables ou, mieux encore, vos lèvres si douces.

Elle aurait adoré toucher le soupçon de barbe blonde qui soulignait sa mâchoire, ou les muscles puissants de ses bras. Elle fronça les sourcils et s'assit de l'autre côté du lit. Un peu plus d'espace entre eux ne pourrait qu'être favorable à la discussion.

James se réveilla en sentant que quelqu'un le touchait. Son assaillant n'aurait jamais dû pouvoir s'approcher aussi près de lui. Il s'en serait aperçu avant s'il n'avait été plongé dans un merveilleux rêve érotique.

Il aurait presque préféré mourir que d'en être aussi brutalement extirpé. Il se trouvait dans son lit avec Sarah nue, sans couverture ni oreiller pour lui cacher la vue. Une vue dont il se délectait. Il explorait chaque centimètre carré de son corps : ses cheveux, ses lèvres, sa gorge, ses adorables seins. Sa taille. Ses cuisses. Il avait une imagination fertile, mais il n'arrivait pas à décider de la couleur exacte des délicates boucles entre ses cuisses. Étaient-elles de la même teinte rousse que ses cheveux ? Aussi soyeuses ? Il était sur le point de le découvrir quand il avait senti quelqu'un tendre les mains vers lui.

Dès que James avait saisi les bras de l'intrus, il avait su qu'il ne s'agissait pas d'un homme.

C'était Sarah. Que faisait-elle dans sa chambre ? Dans son lit ? Il cligna des paupières. Non, il n'était pas en train de rêver. Elle portait une chemise de nuit blanche boutonnée jusqu'au cou. Jamais elle ne porterait un vêtement pareil dans un de ses rêves.

Il se détourna d'elle le temps d'allumer une chandelle. Il eut les pires difficultés à se concentrer sur une tâche aussi simple que d'actionner le briquet à silex.

Sarah était dans son lit, vêtue d'une simple chemise de nuit. Juste quelques boutons, judicieusement placés sous son menton, au-dessus de sa gorge gracieuse et de ses seins. Cela ne prendrait qu'un instant de les libérer. Et il aurait des heures devant lui avant que les servantes se lèvent.

James sentit son sang migrer vers une certaine partie de son anatomie.

Sarah avait sa bague à son doigt. Elle était dans son lit. Tante Gladys et lady Amanda dormaient, et même si elles se réveillaient, elles ne viendraient jamais fureter dans ses appartements. Il était dans son lit. Avec Sarah.

Il aurait dû fermer la porte à clef ; mais dans ce cas, Sarah n'aurait jamais pu entrer dans sa chambre. Pourquoi était-elle venue ?

Pour être honnête, il devait reconnaître que la raison lui importait peu. Elle était là. Ses rêves étaient sur le point de se réaliser.

Il se retourna et vit Sarah qui le détaillait avec autant d'attention que lui-même l'avait fait dans son rêve. *Seigneur, quelle exquise torture !* Sa peau brûlait partout où le regard de Sarah se posait. Il mourait d'envie de sentir ses mains, ses lèvres.

Il était prêt à la supplier.

James s'était débrouillé pour réduire à nouveau l'espace qui les séparait. Son visage n'était qu'à quelques centimètres de celui de Sarah. Il avait l'air… affamé.

— James, arrêtez cela.

— Arrêter quoi ?

Elle sentit son souffle lui caresser les lèvres. Si elle levait la main, elle pourrait toucher son torse. Son torse complètement nu. N'avait-il aucune pudeur ? Il devait certainement pouvoir trouver une chemise de nuit à se mettre. Mais il lui faudrait pour cela sortir du lit, et elle aurait sous les yeux chaque centimètre carré de son corps musclé. À moins bien sûr qu'elle ferme les yeux – ce qu'elle ne manquerait pas de faire, évidemment.

*Enfin, peut-être.*

— Cessez de me regarder ainsi, dit-elle. Nous avons à parler.

— En êtes-vous certaine ? Nous pourrions aussi faire des choses bien plus intéressantes avec nos bouches.

Il se pencha un peu plus vers elle, et Sarah battit en retraite. Si elle se reculait davantage, elle allait tomber du lit.

— De plus, c'est vous qui êtes en train de me regarder, mon cœur. Ce n'est pas que je m'en plaigne, notez-le bien. Je serais heureux de vous montrer n'importe quelle partie de mon corps que vous souhaiteriez voir.

Il posa la main sur la joue de Sarah.

Elle s'humecta les lèvres et vit le regard de James suivre ce mouvement.

Ce serait si facile de se laisser détourner de son objectif.

Ce serait si facile de se laisser séduire. Ce serait merveilleux de rester seule avec James dans son lit sombre et chaud, enveloppée par son odeur et sa chaleur.

— Nous devons parler de notre avenir, murmura-t-elle.

— Aaah ! J'adorerais parler de notre avenir. (Il commença à jouer avec les boutons de la chemise de nuit de Sarah.) Pourquoi ne pas vous mettre à l'aise et me rejoindre sous les couvertures ?

— Je ne pense pas, non. (Sarah baissa les yeux.) Vous portez au moins des culottes, j'espère ?

Il sourit.

— Vous voulez jeter un coup d'œil ?

— Non, je crois que je vais demeurer là où je suis, merci beaucoup.

— Vous n'avez pas froid ?

— En fait, j'ai plutôt chaud.

— Vraiment ? Dans ce cas, pourquoi rester boutonnée jusqu'au menton ?

James défit le premier bouton. Sarah leva une main pour l'arrêter, mais au lieu de cela sa main s'égara et vint caresser les muscles noueux du bras de James. Il embrassa les doigts de Sarah et elle ramena précipitamment ses mains sur le lit.

Un autre bouton fut libéré.

James toucha le bout de sa natte.

— Je me rappelle vos cheveux cette nuit-là, au *Lutin vert*. C'était une cascade de soie rouge et or.

Sarah rougit.

— Ils étaient tout emmêlés. J'étais trop épuisée, je n'avais pas eu le courage de les natter.

— Hum ? (Il défit sa tresse et passa les doigts dans ses cheveux.) Voilà, c'est mieux comme ça.

Il écarta les mèches qui retombaient sur les tempes de Sarah. Sa main caressa lentement sa joue et sa gorge pour arriver jusqu'au bouton suivant. Sarah lui saisit le poignet. Elle devait se souvenir que James était un débauché. Un libertin.

Et apparemment, il était très doué. Il lui faisait perdre la tête.

— James, est-ce que vous rendez toutes les femmes comme cela ?

Un autre bouton céda.

— Les rendre comment, mon cœur ?

— Brûlantes et… fébriles.

— Cela ressemble aux symptômes d'une fièvre, commenta-t-il en défaisant le bouton suivant. Mais je vais vous confier un secret. (Il se rapprocha d'elle au point d'effleurer sa joue en parlant.) Vous me rendez brûlant et fébrile, moi aussi. Peut-être avons-nous la même maladie.

Sarah sentit les lèvres de James passer brièvement sur les siennes et tourna instinctivement la tête pour les suivre quand elles s'éloignèrent.

— Nous pouvons peut-être nous soigner mutuellement, poursuivit James en l'embrassant dans le cou, à cet endroit si sensible juste sous son oreille. Du moins, je le crois. (Sa voix se fit un peu chevrotante.) J'en suis même persuadé.

— Mais… James.

Sa voix à elle aussi perdait de son assurance.

Chaque fois que les lèvres de James se posaient sur sa peau, une nouvelle vague de chaleur l'inondait. Mais elle gardait le sentiment – de plus en plus flou – qu'elle avait quelque chose d'important à lui dire. Elle ne pouvait pas se laisser embraser par ce feu délicieux.

— James. Oh !

Les lèvres de James se posèrent à la base de son cou. Ses seins la brûlaient, et le bas de son ventre l'élançait douloureusement. Un autre bouton céda. Elle voulait déchirer cette maudite chemise de nuit, sentir les mains et la bouche de James sur tout son corps.

Non ! Elle devait dire ce qu'elle était venue dire. Elle s'humecta les lèvres et fit une nouvelle tentative.

— James, à propos des autres femmes.

James ouvrit un autre bouton. Un de plus et il atteindrait sa poitrine. Tout espoir de conversation raisonnable s'envolerait à ce moment-là. Elle le repoussa et il leva la tête.

— J'ai beaucoup réfléchi à tout cela, James. Je sais que je ne peux rien changer à votre passé. Mais je suis une Américaine, pas une Anglaise. Cela me tuerait de savoir que vous faites ces choses-là avec d'autres une fois que nous serons mariés. Je ne veux pas avoir à vous partager.

James lui adressa un sourire en coin.

— Quant à moi, je ne veux pas être partagé.

— Ah bon ? (Sarah tenta de contenir l'espoir qui montait en elle jusqu'à ce qu'elle soit certaine d'avoir bien compris.) Vous seriez prêt à renoncer à vos autres femmes ? À renoncer aux maisons closes ?

— Renoncer aux maisons closes ? (James parut choqué.) Et à mes autres femmes ?

Il se redressa.

Sarah fronça les sourcils. Avait-elle mal interprété ses paroles ?

— Je sais que je vous demande beaucoup. Je sais que ce n'est pas la façon de faire des Anglais. Mais je ferai tout ce qu'il faut pour vous satisfaire, James, je vous le promets. Il faut juste que vous me montriez. Je n'y connais rien, mais je ne demande qu'à apprendre. Il vous suffit de me montrer ce que vous aimez. Je ne demande que ça.

— Cela est tout à fait charmant, mon cœur, mais ce que vous dites n'a aucun sens. Où avez-vous pêché l'idée que je fréquentais des femmes par dizaines ?

Sarah observa son visage. Il semblait étonné plutôt que contrarié.

— N'est-ce pas pour cela qu'on vous surnomme « le Moine » ?

James fronça les sourcils et s'apprêta à répondre mais Sarah poursuivit :

— C'est Richard qui m'en a parlé le premier, mais même votre tante et lady Amanda sont au courant. Lady Charlotte a dit qu'il était de notoriété publique que vous fréquentiez les maisons closes. (Elle rougit.) Elle a ajouté que vous ne gardiez jamais une maîtresse bien longtemps parce que vous aimiez varier les plaisirs.

James la dévisagea.

— Charlotte a dit que j'aimais varier les plaisirs ?

Sarah hocha la tête.

James semblait abasourdi. Il se laissa tomber sur le dos et se couvrit le visage des deux mains. Sarah sentit son estomac se nouer.

— Je ne peux pas vous partager, James.

Elle toucha son épaule. Il tremblait.

— Je suis désolée, mais c'est une chose que je n'arriverai jamais à faire.

James émit un étrange petit bruit. Sarah le regarda avec suspicion.

— Êtes-vous en train de vous moquer de moi ?

— De vous, de moi, de toute cette fichue situation, dit-il en s'étranglant de rire. (Il se releva sur un coude.) Sarah, c'est vrai que par le passé certains m'ont surnommé « le Moine ». Richard m'avait donné ce surnom à l'université. J'avais compris que vous ne l'aimiez pas, mais je croyais que vous saviez ce qu'il signifiait vraiment.

— Ce n'est pas ce que Richard m'a expliqué ?

— Non. En tout cas, pas à l'époque. Je pensais sincèrement que plus personne ne l'utilisait. Personne ne m'appelle ainsi en face. (Il grimaça.) Et je n'aurais jamais cru que tante Gladys et lady Amanda connaissaient ce satané surnom.

— Lady Charlotte aussi. Elle pensait que, hum, enfin, que nous avions déjà été au lit ensemble.

James sourit.

— À dire vrai, elle n'a pas tort.

Sarah lui répondit par une grimace.

— Vous savez bien ce qu'elle entendait par là ! Et je crois qu'elle voulait que je lui raconte tout cela en détail.

James laissa échapper un petit sifflement.

— Cette bonne vieille Charlotte n'est peut-être pas aussi froide qu'il y paraît.

Sarah lui saisit le poignet.

— Je ne veux pas vous voir vous approcher de Charlotte. Elle est répugnante.

— Oh, c'est promis, mon cœur, c'est promis. Mais c'est un choc pour moi de découvrir que j'ai la réputation d'être un véritable démon entre les draps.

— Pourquoi, ce n'est pas ainsi que vous êtes ?

— Je n'en ai aucune idée. Je suis tout aussi vierge que vous.

C'était au tour de Sarah d'être interloquée.

— C'est vrai ?

James acquiesça.

— Mon détestable surnom signifie exactement ce qu'il suggère.

Sarah le dévisagea, bouche bée. Les lèvres de James formaient un demi-sourire, et il avait l'air quelque peu embarrassé.

— Je pensais, enfin il semblerait… Enfin, si l'on en croit ce que l'on raconte, les hommes passeraient le plus clair de leur temps à grimper dans le lit des femmes qui le veulent bien.

— Je vous le concède, et je dois certainement être le seul duc âgé de plus de quatorze ans qui soit encore puceau.

— Mais comment est-ce possible ? Vous paraissez à l'évidence savoir comment, enfin, vous savez.

— Vraiment ? Je suppose que c'est vous qui m'inspirez. C'est vrai que ce soir je me sens plein d'imagination, pas vous ?

James caressa son sein encore caché par la chemise de nuit.

— Oh.

Elle avait décidément trop chaud. Si seulement il voulait bien déplacer sa main.

James souleva la main gauche de Sarah et embrassa l'intérieur de son poignet. Il caressa de son pouce la veine du poignet où le sang battait frénétiquement. L'émeraude de la bague de fiançailles des Runyon scintilla à la lueur de la bougie.

—Avant que je vous compromette… (Il lui adressa un grand sourire.) Enfin, avant que je vous compromette réellement, je dois être sûr. Vous n'avez plus de doutes à propos de ce mariage, n'est-ce pas ?

Les merveilleuses sensations physiques qu'elle ressentait refluèrent légèrement alors que Sarah se concentrait sur le visage de James.

—Mais pourquoi ? Pourquoi voulez-vous m'épouser ?

—Pourquoi ? Vous avoir dans mon lit n'est pas une raison suffisante ? Non. (Il posa son doigt sur la bouche de Sarah alors qu'elle s'apprêtait à protester.) Non, il ne s'agit pas que de cela. Ce n'est pas le fait que la mésaventure du *Lutin vert* soit connue de tous, ni que j'aie besoin d'une épouse et d'un héritier, ni même que je me consume de désir pour votre corps splendide, même si tout cela entre en ligne de compte. (Il l'embrassa de nouveau sur le poignet, en s'attardant légèrement.) Seigneur, je vous désire tellement depuis cette nuit au *Lutin vert* que j'en ai perdu le sommeil. Mais c'est plus que cela.

Il la regarda droit dans les yeux.

—J'ai besoin de vous, Sarah. Vous vous êtes glissée dans mon cœur et dans mon âme. Je n'imagine plus la vie sans vous à mes côtés ; dans mon lit, oui, mais aussi à ma table de petit déjeuner, dans mon salon, dans les jardins d'Alvord.

—Vraiment ?

Sarah scruta son visage. Ce qu'elle lut dans ses yeux d'ambre la rassura.

—Vraiment. Dites que vous allez m'épouser, Sarah. (Il effleura sa bouche de ses lèvres.) Dites « oui ».

Elle soupira. Toutes ses angoisses, tous ses doutes et toutes ses hésitations s'évanouirent comme un orage d'été, le déluge aussitôt oublié quand les premiers rayons du soleil transpercent les nuages. Il importait peu que James soit un duc anglais. C'était James, et il était indispensable à son bonheur.

— Oh, oui, répondit-elle.

Le visage de James s'illumina.

— Dans ce cas, mon amour, murmura-t-il à son oreille, je suis impatient de perdre ma virginité. (Il l'embrassa.) Évidemment, cela implique que vous perdiez la vôtre également. (Il l'embrassa de nouveau.) Mais j'essaierai de faire en sorte que cela en vaille la peine.

Il déboutonna le dernier bouton.

— Vous avez l'air d'avoir trop chaud. Je suis certain que vous serez plus à l'aise sans cette encombrante chemise de nuit.

Sarah ne savait pas si elle serait plus à l'aise ou non, et s'en moquait. C'était une question de survie. Si elle ne sentait pas rapidement la peau de James contre la sienne, elle allait prendre feu.

Il fit lentement remonter la chemise de nuit sur les jambes de Sarah. Sa main glissa sur sa cheville et son mollet, s'arrêtant juste au-dessus de son genou.

Sarah gémit. Elle mourait d'envie que ses doigts montent encore quelques centimètres plus haut. Elle posa ses mains sur les épaules de James et gémit de nouveau.

— S'il vous plaît.

— S'il vous plaît ? Ma chérie, tout ce que vous voulez, si vous le demandez aussi gentiment.

Il recommença à déplacer sa main pour monter jusqu'à sa hanche, et son pouce effleura l'endroit qui brûlait de désir pour lui. Puis il saisit des deux mains la chemise de nuit et la fit passer par-dessus la tête de Sarah avant de la jeter quelque part dans les ombres de la chambre.

— Mon Dieu, Sarah, vous êtes tellement belle.

Il se contenta de la regarder, détaillant ses seins, son ventre et ses cuisses. Elle voulut couvrir sa nudité, mais James l'en empêcha et posa sa propre main, large et chaude, sur le triangle de poils soyeux qu'elle avait tenté de cacher.

— Ils sont roux, souffla-t-il. Comme vos cheveux.

Il la prit dans ses bras et l'allongea sur le lit, attirant son corps nu contre le sien. Des flammes léchaient la peau de Sarah partout où il la caressait.

Elle se cambra de désir. Une sauvagerie l'envahit, annihilant toute pudeur. Elle le voulait. Elle passa les mains dans ses cheveux, sur son dos, et même sur ses fesses musclées. Elle haletait, sanglotait. Les caresses de James étaient légères, trop légères, aguicheuses.

— Doucement, ma belle. Doucement, dit-il avec un petit rire essoufflé. Je crois que nous n'essaierons pas de prendre notre temps pour cette fois, hein ?

Sarah secoua la tête. Elle l'entendait à peine. Le désir la consumait.

— S'il vous plaît, gémit-elle encore.

James introduisit doucement un de ses longs doigts entre ses cuisses, à cet endroit qui la brûlait, et la caressa jusqu'à ce qu'elle explose de plaisir, s'accrochant à lui. L'orgasme déferla sur elle vague après vague, éteignant l'incendie qui faisait rage, la laissant purifiée, le corps détendu et en paix. Sarah leva les yeux vers James.

— C'est à mon tour, à présent, dit-il.

Libérée de la frénésie qui s'était emparée d'elle, elle perçut la tension dans sa voix.

Il se mit au-dessus d'elle, glissant ses jambes entre celles de Sarah. Elle passa ses mains sur ses épaules, sur son dos. Tous les muscles de James étaient tendus, comme les siens l'avaient été l'instant d'avant.

Quelque chose de chaud et de dur la toucha là où le doigt de James s'était aventuré, et commença à entrer en elle. Son corps s'ouvrit pour l'accueillir. Elle craignit que ce ne soit pas suffisant, mais elle resta calme parce qu'elle savait que c'était James qui la pénétrait.

— Il est possible que cela fasse mal, dit-il d'une voix hachée. (Il avança encore un peu.) Mon Dieu, Sarah, murmura-t-il d'un ton rauque. Tu es si douce, si douce.

La sueur qui lui couvrait le dos le rendait glissant. Elle descendit les mains jusqu'à ses hanches et inclina les siennes. James retint son souffle et plongea en elle. Elle sentit une brûlure au creux de son ventre. Les hanches de James bougèrent sous ses mains, une fois, deux fois, puis s'immobilisèrent. Une chaleur palpita en elle, puis James se détendit et s'affala sur elle. Elle le tint serré contre son cœur et sentit celui de James qui ralentissait pour recouvrer un rythme régulier.

Elle arrivait à peine à respirer, écrasée sous son poids. Elle ne comprenait pas totalement ce qui venait de se passer, mais elle ressentait une profonde satisfaction. Elle ne voulait pas qu'il bouge. Lorsqu'il finit par se déplacer, l'air lui sembla froid contre sa peau couverte de sueur. James l'attira contre lui et la serra dans ses bras. Elle laissa reposer sa tête contre sa poitrine.

— Je suis désolé de vous avoir fait mal.

Son souffle caressait les cheveux de Sarah.

— Ce n'est rien.

Elle posa sa main sur son torse.

— C'était votre hymen. Cela ne fera plus mal les prochaines fois. (Il emmêla ses doigts dans ses cheveux.) J'ai pris de grandes libertés aujourd'hui. Je veux que nous nous mariions le plus tôt possible.

Sarah sentit son visage s'empourprer. Qu'allait penser la famille de James d'un mariage aussi précipité ?

— Est-ce vraiment nécessaire ?

— Oui.

James passa sa main le long du dos de Sarah. Elle se laissa aller entre ses bras.

— Il y a au moins trois raisons à cela, ma chérie. D'abord, je n'ai aucunement l'intention de dormir seul de nouveau, et tante Gladys pourrait trouver à redire à ce que je vous installe dans ma chambre sans la bénédiction de l'Église. Je refuse de devoir traverser en catimini les couloirs de ma propre demeure.

Sarah s'agita.

— C'est moi qui devrais retraverser ce couloir en catimini pour regagner ma chambre, James. Quelle heure est-il ?

James la serra plus fort.

— Vous n'irez nulle part.

— Mais que vont dire les domestiques ? Harrison ou une des bonnes ne vont pas tarder.

— Les domestiques seront ravis de vous trouver dans mon lit, Sarah. Ils ne veulent pas que Richard devienne duc un jour. Avant que vous fassiez irruption dans ma vie, Harrison me menaçait régulièrement de chercher une place ailleurs si je continuais à négliger mon devoir d'assurer ma succession.

— Dans ce cas, je devrais au moins remettre ma chemise de nuit.

— Vous êtes très bien comme cela. Je ne crois pas qu'à l'avenir vous aurez grande utilité d'une chemise de nuit.

— James !

— La deuxième raison pour laquelle nous devons précipiter notre union, poursuivit-il, est plus importante encore. Vous vous rappelez qu'au *Lutin vert* vous craigniez d'être enceinte ?

Sarah cacha son visage contre son torse.

— Je n'y entends pas grand-chose sur le sujet.

James rit doucement. Il mit sa main sur le ventre plat de Sarah.

— Eh bien, il est possible que vous le soyez à présent.

— Vraiment ?

Sarah ne se sentait pas vraiment différente. Elle posa sa main près de celle de James, qui entremêla ses doigts aux siens.

— Vraiment.

— Après seulement une fois ?

— Oui. Cela n'arrive généralement pas la première fois, mais c'est possible. Richard le sait lui aussi, tout comme il saura – j'en suis sûr – que je n'ai pas l'intention de me limiter à cette seule fois. Ce qui constitue la troisième raison qui nous pousse à une union rapide : j'ignore comment Richard va réagir. Si quelque chose devait m'arriver, je veux que l'on s'occupe de vous. Si vous êtes enceinte, je veux que votre enfant soit reconnu comme étant le mien.

— Hum.

Sarah se dit qu'elle aurait dû être inquiète, mais elle se sentait délicieusement détendue et réchauffée entre les bras de James. Elle allait avoir du mal à remettre de l'ordre dans ses idées. Quelques heures plus tôt, elle était encore dans sa chambre à réunir son courage pour venir parler à James, et à présent elle était nue dans son lit et venait de vivre l'expérience intime la plus merveilleuse de toute sa vie. Elle qui avait passé toute son existence dans la solitude, elle était sur le point de trouver un époux, une sœur, une tante, et peut-être même d'avoir un enfant. Une nouvelle vie que James et elle construiraient ensemble. Elle était surprise par la chaleur ardente qui l'envahissait à cette simple pensée. Elle espéra qu'elle était déjà enceinte. Elle voulait avoir un petit garçon avec les yeux d'ambre de James.

James passa lentement sa main dans les cheveux de Sarah. Ses doigts glissèrent jusqu'à sa nuque. Elle se sentait tellement détendue, tellement en sécurité. Ses yeux se fermèrent doucement. La journée avait été longue. Quelques instants plus tard, elle dormait à poings fermés.

# Chapitre 14

James écouta le souffle régulier de Sarah. Il ressentait une paix bienvenue, mais il n'arrivait pas à dormir. Le souvenir de ce qui venait de se passer était encore trop puissant.

Il s'était attendu à cette libération physique, mais la réalité avait été mille fois plus satisfaisante que ce qu'il avait imaginé ; et pourtant il avait imaginé l'événement dans ses moindres détails un nombre incalculable de fois. Cela avait été paradisiaque : la douceur soyeuse de la peau de Sarah ; son odeur chaude et douce, son goût légèrement piquant ; ses petits soupirs et ses gémissements ; la beauté crémeuse de ses seins et de son ventre. Puis il avait senti ses longues jambes et ses cuisses douces envelopper ses hanches, ses mains délicates caresser son dos. Lorsqu'il était entré en elle, il avait eu le sentiment d'avoir enfin trouvé le bonheur.

C'était cela qu'il n'avait pas imaginé. La libération de l'esprit qui avait accompagné celle du corps. Il avait répandu sa vie en elle : pas seulement sa semence, mais son âme même. Le sentiment d'aimer et d'être aimé l'avait submergé. Il avait eu envie de rester là pour toujours, même s'il savait que Sarah était écrasée par son poids. Il avait enfoui son visage dans ses cheveux et contre son cou, respiré l'odeur musquée de sa peau couverte de sueur qui se mêlait à la senteur familière de ses draps de lin propres.

Il espéra qu'ils avaient conçu un enfant, là dans le lit où les Alvord avaient été conçus depuis des générations, un fils pour prolonger la lignée ou une fille avec les cheveux roux de sa mère. Il sourit et caressa le dos de Sarah. Elle marmonna et se pelotonna contre lui.

James sentit son érection revenir. *Quel gâchis de passer cette nuit à dormir.* Sarah serait trop endolorie pour qu'il la pénètre de nouveau, mais il y avait d'autres façons de faire l'amour. Il déplaça sa main de l'épaule de Sarah jusque sur son sein.

James s'immobilisa brusquement. Tous ses sens se mirent en alerte et il retint son souffle pour écouter. Non, ce n'était pas le fruit de son imagination. Il avait bien entendu un bruit imperceptible dans le couloir derrière sa porte, le bruit de bottes sur le sol. Il était encore trop tôt pour que les domestiques soient debout.

— Sarah, chuchota James. (Il posa un doigt sur ses lèvres afin qu'elle reste silencieuse.) Glissez-vous sous le lit, tout de suite.

Elle le dévisagea un instant, puis hocha la tête. Il la regarda disparaître sous le lit avant de se tourner pour accueillir son visiteur.

Il fallut une seconde à Sarah pour comprendre ce que James voulait dire. Puis elle entendit elle aussi un bruit de pas dans le couloir. Elle hocha la tête et sortit du lit pour se glisser dessous.

Elle ne voulait pas que la femme de chambre la voie, et James non plus, quoi qu'il ait pu dire. Maintenant qu'elle n'était plus étourdie par sa présence, elle se sentait choquée de son propre comportement. Comment avait-elle pu se conduire de manière aussi licencieuse ? Elle l'avait quasiment supplié de lui enlever sa chemise de nuit.

D'ailleurs, où était sa chemise de nuit ? Elle frissonna. Des plumes d'oie tombées sous le lit lui chatouillèrent les bras. L'obscurité était totale sous le matelas. Elle tâtonna à l'aveuglette devant elle. Ses doigts touchèrent quelque chose de dur et de rond ; un vieux pot de chambre, semblait-il.

Le lit craqua brusquement et le matelas s'enfonça vers elle. Elle entendit des grognements étouffés et des bruits de coups.

Une femme de chambre ne provoquerait jamais un tel raffut. Quelque chose clochait. Elle se saisit du pot de chambre et rampa hors de sa cachette.

James luttait avec un homme masqué vêtu d'une cape.

Sans prendre le temps de réfléchir, Sarah leva son arme improvisée et l'écrasa sur le crâne de l'assaillant. Celui-ci grogna et s'affala sur James. Ce dernier repoussa le corps de son adversaire, qui tomba au sol, puis plongea la main sous son oreiller pour attraper son pistolet.

— Bien joué !

James adressa un grand sourire à Sarah.

Celle-ci le regardait, interloquée.

— Vous gardez un pistolet sous votre oreiller ? (Elle déglutit, prise d'un léger vertige.) Vous auriez pu me tirer dessus quand j'ai pénétré dans votre chambre !

— Je ne vous aurais jamais tiré dessus, mon cœur.

— En tout cas vous auriez pu tirer sur lui.

Elle montra du doigt l'homme au sol.

— Oh, non. Les pistolets peuvent avoir un effet définitif, et ce gaillard nous sera plus utile vivant que mort. (Il descendit du lit et retira le foulard qui masquait le visage de l'intrus.) Hum. On dirait que nous avons enfin trouvé notre ami Dunlap.

La porte s'ouvrit à toute volée.

— Ah, Harrison ! Vous tombez à point. Venez donc me donner un coup de main, voulez-vous ?

Harrison entra dans la pièce et ferma la porte derrière lui d'un geste autoritaire, masquant la scène aux autres domestiques qui arrivaient dans le couloir. Il réussit à paraître bienséant malgré son bonnet de nuit de travers et ses chevilles poilues dépassant du bas de sa chemise de nuit.

— Bonsoir, Votre Grâce. Miss Hamilton. (Harrison garda les yeux fermement rivés au plafond.) Avec votre permission, Votre Grâce, puis-je suggérer que Miss Hamilton vous emprunte votre robe de chambre ?

Il se dirigea vers l'armoire et en sortit une longue robe de chambre bleue, qu'il tint à bout de bras dans leur direction.

— Excellente idée, Harrison.

James prit le peignoir et en drapa les épaules de Sarah, qui enfila les manches et serra étroitement la ceinture autour de sa taille.

— Miss Hamilton a égaré sa chemise de nuit.

— Ah vraiment ? (Harrison jeta un coup d'œil rapide vers Sarah, visiblement soulagé de la voir décemment couverte.) Nous finirons bien par la retrouver, j'en suis certain. (Il regarda James.) Peut-être souhaitez-vous passer quelque vêtement vous-même, Votre Grâce ?

— Judicieuse remarque.

James ramassa ses chausses sur le sol. Les yeux de Sarah se posèrent sur cette partie de son anatomie qui était habituellement couverte par ce vêtement. Cela ne ressemblait pas à ce qu'elle avait senti. Tandis qu'elle regardait, cela se mit à grossir. Sarah adressa un regard interrogateur à James.

— Plus tard, mon cœur, murmura-t-il tandis qu'il se dépêchait d'enfiler ses chausses puis de mettre sa chemise. Je suppose que vous n'avez pas de corde sur vous, Harrison ? J'aimerais lier les mains de Mr Dunlap avant qu'il reprenne ses esprits.

— Je crains que non, Votre Grâce, mais nous pourrions utiliser quelques-unes de vos cravates les moins belles.

— Bonne idée. Allez les chercher.

Sarah regarda James ligoter Mr Dunlap. Il lui lia les mains dans le dos puis enroula l'autre bout de la cravate autour du cou de l'homme.

— Vous savez vous y prendre.

— J'ai une certaine expérience, des deux côtés de la corde, si je puis dire. Heureusement, le Français qui m'avait ligoté n'était pas un expert. (James serra fortement le dernier nœud.) Voilà qui est fait – et juste à temps, semble-t-il.

Dunlap cligna des paupières et finit par ouvrir les yeux. Il roula sur le flanc.

— Alvord. Comment diable avez-vous réussi à me frapper à l'arrière du crâne ?

— Le mérite en revient à Miss Hamilton. Je suppose qu'elle avait un compte à régler avec vous.

Dunlap tourna le regard vers Sarah. Ses yeux s'attardèrent sur sa robe de chambre trop grande et ses pieds nus.

— Quelle chance qu'elle ait été dans le coin, remarqua-t-il avec ironie.

— N'est-ce pas ? Vous serez également intéressé d'apprendre que Miss Hamilton a accepté ma demande en mariage et que nous allons recevoir la bénédiction nuptiale dès ce jour.

Dunlap déplaça son poids sur le sol.

— Toutes mes félicitations.

James inclina la tête.

— J'ai entendu de détestables rumeurs selon lesquelles le fait de m'épouser pourrait avoir de fâcheuses conséquences pour Miss Hamilton. Je suis sûr que ces rumeurs ne sont pas fondées. N'êtes-vous pas d'accord ?

Dunlap haussa les épaules.

— Les rumeurs sont comme le blé : un grain de vérité enveloppé dans beaucoup de paille.

James attrapa la cravate, tirant en arrière les bras de Dunlap. Ce dernier grimaça.

— Il vaudrait mieux qu'il n'y ait pas une once de vérité dans ces rumeurs, Dunlap. Me suis-je bien fait comprendre ?

— Tout à fait.

— Bien, dans ce cas je suggère que vous consacriez quelques minutes à nous dire tout ce que vous savez des manigances de mon cousin.

— Je ne peux pas.

— Oh, je crois que si. Vous avez tout intérêt à faire preuve de franchise. Vous n'êtes peut-être pas totalement familier avec les us et coutumes de la société britannique, mais un duc possède bien plus de pouvoir qu'un simple M. Runyon. Je peux vous faire pendre pour avoir tenté de me tuer. Mais si vous me donnez les bonnes informations, je suis prêt à envisager d'autres options pour nous débarrasser de votre présence.

— Comme de quitter cette île maudite ? (Dunlap renifla.) Je serais ravi d'être libéré de votre infernal cousin.

— Tout comme moi. Dites-moi ce que je veux savoir et vous pourrez vous embarquer pour votre pays natal. Par exemple, comment Richard vous tient-il ?

— Un malheureux incident à Paris, il y a un an de cela…

— Vous voulez parler de Chuckie Phelps ?

— Exactement. Les apparences étaient trompeuses, mais je ne pouvais aller trouver les autorités pour leur expliquer.

— Non, j'imagine bien. Donc Richard vous fait chanter.

— Oui, il possède certaines lettres que j'ai écrites. Chuckie et moi étions des amis, disons, très intimes.

— Oui, oui. (James jeta un coup d'œil vers Sarah.) Inutile d'entrer dans les détails. Je suis plus intéressé par les projets de mon cousin.

— Il ne veut pas vous voir marié, jamais. C'est une obsession chez lui.

— J'avais remarqué.

Dunlap essaya de hausser les épaules.

— Il n'y a aucun moyen de lui faire entendre raison. Puis-je espérer que vous desserriez un peu ces liens ? Mes mains commencent à s'engourdir.

— Quel dommage ! Considérez cela comme votre pénitence pour la façon dont vous avez traité Miss Hamilton au bal de Palmerson.

Dunlap tourna les yeux vers Sarah.

— Toutes mes excuses, madame. Je n'ai pas agi de gaieté de cœur.

Sarah resserra les pans de la robe de chambre de James.

— Mr Dunlap, vous êtes un parasite ignoble et un lâche.

Dunlap inclina la tête.

— Je ne m'attendais pas à de la compréhension de votre part.

— Lord Westbrooke et moi avons eu affaire à vos hommes devant le *Chien qui jappe*, dit James. Pourquoi avez-vous agi en personne ce soir ?

— Votre cousin a insisté. Je préfère sous-traiter ce genre de tâche. Comme vous pouvez le constater, je manque terriblement d'expérience.

— Vous ne vous en êtes pas si mal tiré. J'ai eu de la chance que Miss Hamilton intervienne. (James s'adossa à son lit.) Bien, voici ma proposition. Vous allez rédiger une confession…

— Vous devrez desserrer ces foutus… Pardon. (Il lança un regard vers Sarah.) Ces maudits liens si vous voulez que je puisse écrire. Et vous feriez mieux de vous dépêcher sinon mes doigts seront tellement engourdis qu'ils seront inutilisables pendant des jours.

— Ne vous inquiétez pas. Vous serez capable d'écrire. Et vous serez également étroitement surveillé. Vous rédigerez une confession détaillant votre implication et celle de Richard. En échange, je vous ferai embarquer sur le prochain navire en partance pour l'Amérique avec votre engagement de ne plus jamais remettre les pieds en Angleterre.

— Pas de danger. J'ai hâte d'ôter la poussière anglaise de mes bottes. Le climat ne me réussit pas.

— C'est bien vrai. (James leva son pistolet et le pointa vers Dunlap.) Harrison, voulez-vous bien inviter deux de nos valets les plus costauds à nous rejoindre ?

— Pas les hommes de Bow Street, dit Dunlap alors que Harrison quittait la chambre.

— Ah, vous êtes au courant de leur présence. Je me demande pourquoi ils n'ont pas encore enfoncé ma porte, d'ailleurs.

— Je crois qu'ils ne sont pas en état d'intervenir. Je les ai encouragés à prendre un repos bien mérité.

— Vraiment ? Je détesterais penser que vous nous avez privés de deux compétents enquêteurs de Bow Street.

— Pas de manière définitive, se hâta de préciser Dunlap. Ils se réveilleront au matin avec un bon mal de crâne. J'ai drogué leur vin.

On frappa à la porte.

— Sarah, ma chère, vous êtes très séduisante dans ma robe de chambre, mais vous pourriez peut-être vous cacher dans la pénombre, dit James.

Sarah rejoignit le coin opposé de la pièce alors que Harrison pénétrait en compagnie de deux valets. Ils soulevèrent Dunlap et le poussèrent jusqu'à la chaise devant le bureau. James le libéra de ses liens tandis que les deux domestiques continuaient de le tenir.

— S'il vous plaît, n'omettez aucun détail dans votre récit, dit James. Vos conditions de voyage durant votre retour vers l'Amérique s'en trouveront améliorées si vous me donnez satisfaction en écrivant tout ce que vous savez. Mais évitez de broder.

— Loin de moi cette idée, grommela Dunlap.

Il griffonna pendant un long moment, puis se redressa contre le dossier de sa chaise.

— Voilà, j'ai fini.

James lui lia de nouveau les mains et prit connaissance de sa confession.

— Cela fera l'affaire. (Il adressa un geste à Harrison et aux deux valets.) Auriez-vous l'amabilité d'escorter notre hôte jusqu'au port ? Dites au capitaine Rutledge de la *Mouette volante* que Mr Dunlap souhaite faire la traversée jusqu'à New York. Il saura quoi faire.

— J'espère que je ne vais pas passer tout le voyage saucissonné comme un gigot ? demanda Dunlap tandis que les deux serviteurs le poussaient vers la porte.

— Non. Rutledge veillera à ce que vous ne sautiez pas du bateau avant qu'il prenne la mer, puis il vous mettra au travail, je pense. Votre traversée devrait être tolérable. Ce qui est bien mieux que ce que vous mériteriez.

Sarah émergea des ombres alors que James fermait la porte derrière Dunlap.

— Vous pensez vraiment qu'il va partir sans faire d'histoires ?

James la prit dans ses bras.

— Oui, il semble réellement désireux de quitter l'Angleterre. Et Rutledge est un homme bien. Il ne le laissera pas prendre la poudre d'escampette.

Elle posa la tête contre l'épaule de James.

— Je ne serai rassurée que quand je saurai Dunlap vraiment loin.

— Rutledge nous fera prévenir dès qu'il prendra la mer. (James lui caressa le dos.) Mais je suis sûr que tout se passera bien.

— Quel dommage que nous ne puissions embarquer Richard sur le même navire.

— Oui. (James passa sa main dans les cheveux de Sarah.) Mais je ne suis pas certain qu'il serait charitable d'imposer à votre pays natal la présence de mon maléfique cousin.

— C'est vrai.

Elle soupira. La caresse des doigts de James était merveilleuse.

— La confession de Dunlap suffira-t-elle pour que Richard nous laisse en paix ?

— Je ne sais pas. Je suis déjà heureux de l'avoir pour confirmer mes soupçons. À de nombreuses, très nombreuses reprises, je me suis demandé si ce n'était pas moi qui imaginais l'implication de Richard. De là à dire que la parole d'un tenancier de bordel américain soit suffisante pour arrêter Richard… (James haussa les épaules.) Nous verrons bien. Mais d'abord, je vais m'accorder une petite liberté.

Il écarta les cheveux de Sarah pour dégager sa nuque et l'embrassa à cet endroit si sensible sous son oreille. Elle inclina la tête pour lui faire plus de place. Il se mit à rire et il l'écarta de lui.

— Cela devra attendre. Quand Harrison reviendra, il faudra que je m'habille et que je commence à prendre des dispositions pour que notre mariage soit célébré ce soir.

— Que dois-je faire ?

— Retournez au lit – votre lit, je veux dire, malheureusement. (Il l'attira de nouveau à lui et l'embrassa de l'autre côté de la nuque.) J'espère que ce sera la dernière fois que vous y dormirez. J'espère même que ce sera la dernière fois que vous aurez l'occasion de dormir tout votre soûl dans les jours à venir, ajouta-t-il avec un grand sourire. Alors, allez vous reposer. (Il la relâcha et se tourna vers son lit.) Voyons à présent si nous pouvons retrouver cette chemise de nuit vagabonde.

Cela prit quelques minutes, mais James la retrouva finalement. Elle avait volé à travers la moitié de la chambre et atterri près de la porte.

— Incroyable que Dunlap n'ait pas trébuché dessus, dit-il.

— Incroyable que les valets ne l'aient pas remarquée, répondit Sarah.

— Enfin, s'ils l'ont remarquée, ils en font probablement des gorges chaudes dans les quartiers des domestiques. (Il ramassa le vêtement.) Vous feriez mieux de la remettre. Je doute que vous ayez envie de flâner dans le couloir vêtue de ma seule robe de chambre.

— Sûrement pas.

Sarah tendit la main mais James écarta la chemise de nuit.

— Non, non. Je ne vous la donnerai que quand vous m'aurez rendu ma robe de chambre.

Sarah rougit, soudain intimidée. Elle prit une profonde inspiration. *Tu es ridicule*, se gourmanda-t-elle. Après ce que James et elle avaient fait, se retrouver nue devant lui était sans importance. Elle défit la ceinture de la robe de chambre et s'en débarrassa d'un mouvement d'épaules, la laissant tomber à ses pieds. Elle dévisagea James.

— Mon Dieu, Sarah. (Il tendit la main et la fit glisser doucement le long de son épaule, jusqu'à sa taille et sa hanche.) Vous êtes tellement belle.

Il saisit sa chevelure à pleine main, attira son corps contre le sien, et l'embrassa.

Sarah s'abandonna à la chaleur de ce baiser. Ses genoux flanchèrent et elle se raccrocha à lui. Elle se mit sur la pointe des pieds et passa ses bras autour du cou de James, plaquant sa peau, ses seins et ses jambes contre son corps ferme, contre ses habits rêches. Les mains de James enveloppèrent la courbe de ses fesses, la pressant contre l'excroissance dure qu'abritaient ses chausses. Sarah remua et un grondement sourd monta de la gorge de James.

— Votre Grâce ?

Sarah perçut un léger coup sur la porte.

— Votre Grâce ? C'est Harrison.

Sarah se recula brutalement comme si elle avait été ébouillantée. Harrison se trouvait de l'autre côté de la porte, une porte qu'il pouvait ouvrir à tout moment. Elle arracha sa chemise de nuit des mains de James et la mit sur sa tête. Elle se débattit pour enfiler l'ample vêtement.

— Là, prenez votre temps, murmura James. Vous essayez de passer la tête par une manche. Laissez-moi vous aider.

— Humpf ! répondit-elle, enfouie dans les replis de la chemise.

James attrapa ses bras qui s'agitaient en tous sens et l'immobilisa.

— Cessez de paniquer. (Il trouva l'encolure et la dégagea.) Passez votre tête par là.

Le visage de Sarah émergea de l'enchevêtrement de tissu, et elle jeta un regard inquiet vers la porte.

— Harrison n'entrera pas avant que je l'y autorise. Je pense qu'il a une idée très précise de ce qui peut bien se passer ici.

— Comme c'est gênant !

— Je crois qu'il faudra que je vous fasse tellement perdre la raison que vous en oublierez d'être embarrassée. Mais pas maintenant, hélas. (Il se tourna vers la porte.) Entrez.

Sarah craignait de voir un petit sourire entendu sur le visage de Harrison, mais il avait la même expression que d'habitude, comme s'il n'y avait rien d'extraordinaire dans les chuchotements frénétiques et les bruits qu'il avait dû entendre de l'autre côté de la porte.

— Mr Dunlap a-t-il été raccompagné comme c'était prévu ?

— Oui, Votre Grâce. Lorsque Thomas et William l'ont chargé dans le fiacre, il y est monté sans se faire prier. Je crois qu'il était heureux de se voir offrir son voyage de retour en Amérique.

— Espérons que vous avez raison. Cela rendrait la situation bien plus facile. Les domestiques sont-ils retournés dans leurs chambres ?

— Oui, Votre Grâce, mais les bonnes vont bientôt se lever.

— Je ferais donc mieux de renvoyer Miss Hamilton à ses appartements.

— Cela serait mieux, effectivement, Votre Grâce.

— Très bien. Préparez mes affaires, je vous prie ? C'est une journée chargée qui m'attend.

James passa la tête par la porte pour voir si aucun domestique ne se trouvait dans le couloir, avant de prendre la main de Sarah et de la raccompagner à sa chambre. Une fois sur le seuil, il entra avec elle, ferma la porte, et l'embrassa de nouveau.

— Rêvez de moi, mon cœur, et je vous verrai dès mon retour. Nous informerons à ce moment-là tante Gladys, Lizzie et lady Amanda, voulez-vous ?

— Ce qui est certain, c'est que je n'ai aucunement l'intention de leur raconter tout cela de moi-même.

Sarah se sentait mal à l'aise à cette idée.

— La perspective de devenir une duchesse anglaise ne vous fait pas trop horreur, j'espère ?

James était soudain redevenu sérieux.

Sarah lui caressa la joue.

— Je veux devenir votre femme, James. Si cela implique que je devienne une duchesse, alors soit. J'espère juste que je ne vous décevrai pas.

Il l'attira à lui pour une brève étreinte.

— Aucun risque. Maintenant, allez prendre un peu de repos si vous le pouvez.

Il ouvrit la porte et s'engagea dans le couloir. Sarah le regarda partir. Elle ne réussissait pas à croire qu'il était à elle, ou du moins qu'il le serait dans quelques heures. Elle referma la porte en bâillant. Elle se dit qu'elle n'arriverait jamais à fermer l'œil. Son lit lui semblait désormais bien petit et bien froid. Et si vide !

Elle se glissa sous les couvertures et posa la tête sur l'oreiller. Elle croyait qu'elle allait repasser dans son esprit les incroyables événements de cette nuit, mais elle était plus fatiguée qu'elle ne le pensait. Elle n'eut pas plus tôt fermé les paupières qu'elle s'endormit profondément.

# Chapitre 15

— Oh, mademoiselle, j'espère que je ne vous ai pas réveillée !

Sarah leva la tête de l'oreiller et plissa les yeux, aveuglée par la lumière qui se répandait par la fenêtre. À première vue, il était bien plus tard que l'heure à laquelle elle se levait d'habitude.

— Quelle heure est-il, Betty ?

— Presque midi, mademoiselle. La maison est sens dessus dessous, mais personne à part Harrison ne sait pourquoi et il ne veut rien dire. Celui-là, il ne dirait pas que sa mère est mourante tant que Sa Grâce ne l'y aurait pas autorisé.

— Hum.

Sarah se concentra sur ses sensations physiques. Elle ressentait clairement une douleur et une sorte de moiteur entre ses jambes, mais en dehors de cela, elle se sentait la même qu'avant. La même, mais profondément différente.

— Voici, je vous ai apporté du thé et quelques biscuits.

Sarah s'assit dans son lit. Betty voyait-elle qu'elle n'était plus vierge ?

Apparemment, non. La bonne bavardait gaiement, comme tous les autres matins.

— Le salon est rempli de fleurs, mademoiselle, et les livreurs ne cessent d'apporter toutes sortes de victuailles. J'ai dû empêcher Lizzie de venir frapper à votre porte par deux fois, tant elle était impatiente de savoir si vous connaissiez la cause de tout ce chambardement. Même lady Gladys et lady Amanda n'en savent rien. Tout ça, c'est l'œuvre de Sa Grâce.

— Sa Grâce est-elle à la maison ?

Sarah perçut les papillons familiers dans son ventre à la simple évocation de James.

— Non. Si c'était le cas, vous pensez bien que les femmes de la famille lui auraient tiré les vers du nez depuis longtemps.

Sarah but son thé. Elle connaissait parfaitement la raison de toute cette agitation, mais elle préférait attendre le retour de James avant de voir quiconque.

— Serait-il possible d'avoir un bain, Betty ?

La domestique sourit.

— Sa Grâce a laissé des ordres à ce sujet avant de partir. Je vais dire aux valets d'apporter l'eau.

Sarah resta dans son lit et termina son petit déjeuner tandis que les valets préparaient son bain. Elle reconnut l'un des deux hommes de la nuit dernière. Aucun signe n'indiquait qu'il l'avait aperçue dans la chambre de James. Soit elle avait réussi avec succès à se dissimuler dans la pénombre, soit celui-ci tenait à conserver la confiance de James en se montrant discret.

— Merci, Betty, dit Sarah quand le bain fut prêt. Je n'ai pas besoin d'aide.

Elle attendit que Betty quitte la pièce pour sortir du lit. Sa chemise de nuit portait une tache rouge à l'arrière. Quand la bonne prendrait le linge, elle supposerait que Sarah avait ses règles en avance. James aurait plus de mal à expliquer la tache qu'il devait y avoir sur ses draps à lui. Mais s'ils se mariaient le soir même, tout cela n'aurait plus d'importance.

Elle entra dans la baignoire et sentit l'eau chaude envelopper son corps, ses seins, ses bras, ses jambes, son… Elle écarta ses pensées de cet endroit. Elle n'était même pas sûre du nom que portait cette partie d'elle qui brûlait de désir pour James chaque fois qu'il la touchait.

Par le passé, elle avait prêté attention à ses cheveux et à son visage – et s'était beaucoup navrée de sa tignasse rousse – mais pas vraiment au reste de son corps. Elle était grande et fine. Elle mettait des vêtements et les enlevait. Elle se trouvait rarement complètement nue à l'exception de ses bains rapides, et même à ces occasions elle évitait de regarder ce que ses vêtements couvraient.

Mais elle avait été nue avec James. Complètement et outrageusement nue.

Elle mit du savon sur ses mains et les passa sur ses mollets, se rappelant celles de James effectuant le même trajet. Elle plongea la tête dans la baignoire et sentit l'eau glisser sur ses seins alors qu'elle levait les bras pour se laver les cheveux. Ses mamelons durcirent au contact de l'air frais. Son corps était tellement sensible, comme s'il avait été en sommeil toutes ces années et que, tel un crocus après les frimas de l'hiver, il venait d'éclore. Sa peau ne se contentait pas de couvrir son corps, elle en reliait toutes les parties d'une façon étonnante. Quand les lèvres de James effleuraient son cou, ses genoux flanchaient. Quand ses doigts agiles caressaient sa poitrine, elle avait le souffle coupé. Et quand il la touchait à cet endroit-là, qui était de nouveau brûlant de désir, elle s'ouvrait pour l'accueillir.

Elle se rinça les cheveux et les essora, enveloppa sa tête dans une serviette et enfila une robe de chambre avant de s'installer devant le feu.

Le simple fait de penser à James la réchauffait. Quand il était venu à elle, quand elle l'avait senti en elle, quand sa semence avait jailli en elle, elle avait eu le sentiment d'un lien totalement nouveau. Elle posa une main sur son ventre. Se pouvait-il qu'elle porte déjà un enfant ?

Elle essuya ses cheveux avec la serviette et sentit la chaleur du feu qui commençait à sécher ses mèches rousses. Si seulement elle avait mieux connu sa mère. Il ne lui en restait que de vagues impressions, le son de sa voix, son parfum. Pendant longtemps, elle n'avait pu séparer ces souvenirs agréables du moment horrible où sa mère était morte : l'obscurité, l'odeur du sang, les hurlements, les chuchotements désespérés. Et son père ? Était-il différent du temps où sa femme était encore en vie ? Sarah avait également des bribes de souvenirs le concernant : un rire, la sensation d'une joue rugueuse, des mains fortes qui la soulevaient dans les airs. Mais peut-être étaient-ce des rêves et non de véritables souvenirs.

Leurs enfants – à James et à elle – sauraient sans l'ombre d'un doute qu'ils étaient aimés.

La porte s'ouvrit en grand.

— Vous voilà ! dit Lizzie.

Sarah rit.

— Où pensiez-vous que j'étais ?

— N'importe où ailleurs ! Il est midi passé, et vous êtes encore en train de vous sécher les cheveux. (Lizzie s'installa dans l'autre fauteuil devant la cheminée.) Je n'en pouvais plus d'attendre pour vous demander ce qui s'était passé, mais Betty refusait de me laisser entrer tant que vous dormiez encore. Elle disait que James avait ordonné qu'on vous laisse vous reposer. Pourquoi donc ?

Sarah s'empourpra et se tourna vite vers l'âtre, espérant que Lizzie attribuerait sa rougeur à la chaleur du feu.

— Je n'en ai aucune idée.

— Je suis certaine du contraire. James était trop occupé pour vous accompagner à l'opéra hier soir, et ce matin il donne des instructions pour qu'on vous laisse dormir et qu'on vous prépare un bain à votre réveil. Ajoutez à cela les brassées de fleurs qui envahissent le salon, le défilé des coursiers de chez *Fortnum & Mason*, le sourire narquois de Harrison, et je dirais que quelque chose d'important est arrivé entre le moment où je vous ai quittée hier soir et ce matin.

— Vous devriez peut-être demander à Harrison.

— Mais j'ai demandé à Harrison ! Tante Gladys a demandé à Harrison. Même lady Amanda, ce vieux furet, a demandé à Harrison. Il ne veut rien savoir. « Sa Grâce sera bientôt de retour », c'est tout ce qu'il sait dire. Il ne veut même pas révéler où Sa Grâce se trouve ni même quand James daignera revenir à Berkeley Square. Alors je vous le demande à vous, Sarah : qu'est-ce qui se passe entre mon frère et vous ?

— Hum… (Sarah sourit à Lizzie.) Sa Grâce sera bientôt de retour ?

— Argh !

Lizzie lui jeta un coussin. Sarah rit et le rattrapa au vol.

— Est-ce que je dérange ?

Sarah tourna la tête aussitôt. James était appuyé contre le montant de la porte et lui souriait. Sarah était sûre qu'elle devait afficher un sourire parfaitement niais, mais heureusement, l'attention de Lizzie était concentrée sur James.

— Te voilà enfin ! (La jeune fille se retourna en s'agenouillant sur son fauteuil, les bras posés sur le dossier, pour dévisager son frère.) Où as-tu donc passé la matinée ?

— Ici et là.

Le regard de James s'attarda sur Sarah. Elle retint son souffle. Elle était parfaitement consciente d'être nue sous sa robe de chambre. Dieu merci, Lizzie était présente, sinon elle aurait été capable de dénouer sa ceinture et d'écarter les pans du vêtement pour s'offrir à James.

— Ce n'est pas une réponse. Dis-nous pourquoi il y a tant de fleurs en bas et pourquoi la cuisine déborde de nourriture.

— Oh, je crois que Sarah le sait.

James sourit lentement.

Lizzie attrapa un autre coussin et le lança sur James.

— Eh bien, moi, je ne sais pas, alors dis-le-moi !

James éclata de rire.

— Patience, ma sœur. (Il jeta le coussin sur le lit de Sarah.) Pourquoi ne vas-tu pas rejoindre tante Gladys et lady Amanda dans le salon ? Sarah et moi vous rejoindrons dans une minute et je vous expliquerai tout. (Il regarda la jeune femme et son sourire s'élargit.) Enfin, peut-être pas tout.

Sarah sentit son visage s'empourprer.

— Je ne vais pas te laisser seul avec elle, dit Lizzie. Elle n'est vêtue que d'une robe de chambre, James.

— J'avais remarqué.

Lizzie se leva et le saisit par le bras.

— Viens, insista-t-elle en l'entraînant vers la porte. Si je t'emmène avec moi en bas, je suis sûre que Sarah nous rejoindra bien plus vite. Dépêchez-vous, Sarah, dit-elle en poussant James hors de la chambre, sinon tante Gladys, lady Amanda et moi allons soumettre James à la torture pour connaître le fin mot de l'histoire.

— Je fais vite, assura Sarah en riant alors qu'elle refermait la porte derrière eux.

Quand Sarah descendit quelques minutes plus tard, elle fut ébahie de voir à quel point la maison avait été transformée. Il y avait effectivement des fleurs partout : des deux côtés de la grande porte d'entrée, sur la rampe d'escalier, sur les tables. Elle respira à pleins poumons l'odeur printanière qui flottait dans l'air.

Tante Gladys était assise dans le salon, à côté d'un grand vase de roses rouges.

— Ah, vous voilà. Nous allons enfin savoir pourquoi James a dévalisé toutes les serres de Londres.

— Je pensais que vous aviez deviné, ma tante.

James déplaça un vase de violettes qu'il posa sur la cheminée.

— Autant de fleurs, ce ne peut-être que pour des funérailles ou un mariage, dit lady Amanda.

— Précisément. Et puisque, malgré les vœux de Richard, je n'ai pas l'intention de mourir dans les heures qui viennent, la conclusion est évidente.

— Pas tant que ça. (Lady Gladys lui adressa un air renfrogné.) Qui allez-vous donc épouser ? Lorsque nous sommes revenus de l'opéra hier soir – je n'ai pas besoin de préciser que vous aviez jugé bon de ne pas nous accompagner – Sarah était toujours déterminée à devenir gouvernante, pas duchesse.

James brossa une poussière sur la manche de sa veste.

— Oui, eh bien, nous avons surmonté nos divergences.

— Je ne vois pas comment vous avez fait. Sarah n'a pas quitté la chambre depuis notre retour de l'opéra, non ?

— Gladys, je crois que la question est plutôt : quelle chambre ? dit lady Amanda.

— Hum.

Lady Gladys examina James du regard, avant de passer à Sarah. Celle-ci garda le menton levé, même si elle sentait que son visage était aussi rouge que ses cheveux.

— Eh bien, je me moque de savoir comment les choses se sont passées, je pense que c'est une merveilleuse nouvelle ! s'exclama Lizzie en serrant dans ses bras James puis Sarah. Quand aura lieu le mariage ?

— Ce soir, répondit James avec un grand sourire.

La cérémonie se déroula dans l'intimité, ce qui convenait parfaitement à Sarah. Seules les personnes à qui elle tenait étaient présentes : tante Gladys, lady Amanda, Lizzie, Robbie et Charles. Elle se rappelait clairement certains détails : Wiggins, toujours si strict, qui lui souriait de toutes ses dents en ouvrant les portes du salon devant elle ; sa main sur le bras de Robbie avant qu'il la donne à James, et l'émeraude de sa bague de fiançailles qui reflétait la lueur des bougies ; le visage de tante Gladys, les yeux brillants de larmes et un sourire tremblotant aux lèvres ; et James, dont les cheveux blonds scintillaient dans la lumière douce, avec ses yeux d'ambre emplis de joie et d'amour.

Elle avait essayé d'écouter les paroles du pasteur, mais son esprit ne cessait d'errer vers James. Elle respirait l'odeur de son savon, sentait la chaleur de son corps à son côté. En regardant du coin de l'œil, elle pouvait l'apercevoir, élégamment vêtu d'une tenue de soirée. Mais si elle fermait les yeux, elle le voyait à la lumière d'une seule chandelle, sans l'apparat civilisé de ses vêtements. Elle connaissait désormais la beauté et la force de ce corps. Elle savait ce que cela faisait d'être enveloppée par sa chaleur et son odeur. Les genoux de Sarah s'entrechoquèrent quand la main de James vint couvrir la sienne. Le contact de ses doigts était à la fois une protection et une promesse.

Après la cérémonie, ils prirent place à table pour un dîner somptueux. Lorsque James la conduisit à la chaise en bout de table, Sarah lui toucha la main.

— C'est la place de tante Gladys.

— Plus maintenant. Vous êtes la maîtresse de cette maison, désormais.

— Mais je ne saurai jamais m'y prendre !

— Wiggins le sait, lui. Contentez-vous de répondre « oui » à toutes ses questions et s'il fait une drôle de tête quand vous dites « oui », souriez et dites « non ».

— Comme si c'était aussi simple !

Il apparut que ça l'était vraiment. Le problème était de comprendre que Wiggins s'adressait à elle.

— Dois-je ordonner aux valets d'apporter le second service, Votre Grâce ?

Sarah attendit que James réponde. De l'autre côté de la table, James lui sourit et leva un sourcil.

— Votre Grâce ?

Wiggins se trouvait juste derrière Sarah. Elle pivota pour le regarder.

— Est-ce moi que vous appelez « Votre Grâce » ? lui chuchota-t-elle.

Wiggins hocha la tête.

— Oh, très bien, dans ce cas, oui, Wiggins, si vous pensez que le moment est opportun.

Dans le salon, après le dîner, tante Gladys sourit et se pencha vers Sarah.

— James a l'air si heureux, ma chère. Je ne l'ai jamais vu aussi épanoui.

Sarah regarda James qui se tenait près de la cheminée en compagnie de Charles. Il avait effectivement l'air heureux. Une certaine tension qui ne le quittait jamais semblait avoir disparu. Il dut sentir le regard de Sarah posé sur lui et tourna les yeux vers elle. Il esquissa un lent sourire. Sarah reporta son attention sur ses mains.

— Je crois qu'il est plus qu'heureux, Gladys, dit lady Amanda. Je pense que vous n'allez pas vous attarder en bas, n'est-ce pas, Sarah ?

L'arrivée du thé épargna à Sarah d'avoir à répondre. Elle se leva pour faire le service.

— Richard ne sera pas ravi d'apprendre ton mariage dans les journaux du matin, James, dit Charles en prenant la tasse que lui tendait Sarah. Je suppose que tu as envoyé une annonce ?

— Pas besoin des journaux. (Robbie se laissa aller en arrière dans le canapé et étendit ses pieds devant lui.) Il faudrait être sourd et aveugle pour ne pas avoir remarqué l'agitation qui a régné ici aujourd'hui. En posant une question par-ci, par-là, on pouvait aisément comprendre ce qui se passait.

— C'est vrai. Mais même s'il a en a eu vent ce soir, le voir imprimé demain dans les journaux lui donnera une indigestion au petit déjeuner. (James resta à côté de Sarah tandis qu'elle finissait de servir le thé.) Si cela mettait un point final à toute cette histoire, je m'en moquerais, mais je crains que la nouvelle ne le pousse à entreprendre quelque action désespérée.

— Richard comprendra sûrement que sa cause est perdue, protesta lady Gladys. Vous êtes marié. Que peut-il y faire ?

— C'est bien la question, dit James. La nuit dernière, William Dunlap a tenté de m'étrangler dans mon lit.

— Grand Dieu ! (Charles renversa du thé dans sa soucoupe.) Comment diable a-t-il fait ?

James haussa les épaules.

— Il a drogué les enquêteurs de Bow Street que j'avais engagés pour garder la maison.

— Comment as-tu fait pour te débarrasser de lui, James ? demanda Lizzie.

Sarah garda les yeux résolument braqués sur la théière.

— Disons que sa tête a eu une rencontre malencontreuse avec un pot de chambre.

— Tu l'as assommé à coup de pot de chambre ? Bien joué !

Robbie salua James en levant sa tasse.

— Tu as toujours eu le sommeil léger, dit Charles. En Espagne, tu étais le premier à entendre l'ennemi qui tentait de s'introduire dans notre camp.

— Oui, enfin bref, j'ai réussi à obtenir sa confession. J'espère qu'elle me servira à convaincre Richard de renoncer à son désir maladif de s'emparer du duché.

— Bonne chance, fit Robbie. Autant s'évertuer à convaincre la Tamise de couler dans l'autre sens. Cet homme est fou.

— Et il devient de plus en plus entreprenant. (Charles se pencha, les coudes sur les genoux.) Je ne crois pas que tu aies le temps d'essayer de le persuader, James. Il doit savoir que, cette fois, son implication sera connue. Il va devoir agir rapidement. Je pense qu'il vaut mieux le piéger maintenant, comme nous le faisions quand un soldat était soupçonné de trahison. Il faut le prendre sur le fait. Tu peux y arriver. Il faut juste trouver le bon appât.

— Je ne crois pas que cela marchera, Charles. Richard a tenté de me tuer à plusieurs reprises mais il a toujours confié cette tâche à quelqu'un d'autre.

— Peut-être qu'il est suffisamment désespéré pour agir en personne, surtout maintenant que Dunlap n'est plus là.

— Je ne sais pas. (Robbie secoua la tête.) Je ne pense pas que Richard prendra le risque d'agir en personne.

— Peut-être… (Sarah déglutit, vaine tentative pour apaiser la soudaine sécheresse dans sa bouche.) Peut-être qu'il existe un autre appât en dehors de James qui pourrait attirer Richard hors de sa tanière.

Charles fronça les sourcils.

— Que voulez-vous dire ?

Sarah entendit le souffle de James se bloquer avant même qu'elle achève sa phrase.

— Il n'a pas peur de moi.

— C'est hors de question !

James avait presque crié.

— Mais cela pourrait marcher. Je ne représente pas une menace physique pour Richard.

— Je ne vous laisserai jamais vous exposer ainsi.

— Je ne sais pas, James, dit Charles. Si nous prenons toutes les précautions…

— Non. N'y pensez même pas. C'est absolument hors de question. (James reposa violemment sa tasse sur la table et tous sursautèrent à ce bruit.) À présent, si vous voulez bien nous excuser, nous allons nous retirer pour la nuit.

James entraîna Sarah dans l'escalier. L'idée qu'elle puisse à nouveau avoir affaire à Richard le révulsait au plus haut point.

— James, pouvons-nous ralentir le pas ? J'ai peur de tomber.

James s'immobilisa.

— Pardon. Je suis un peu contrarié.

— J'avais remarqué. (Sarah lui caressa la joue du bout de son index.) Dormons, la nuit porte conseil. Le matin nous apportera peut-être une solution.

— Voilà une excellente idée. (James recommença à monter l'escalier à une allure moins rapide.) Seulement, je n'ai pas l'intention de dormir cette nuit.

— Pas même un peu ?

— Pas une seconde. J'ai toutes ces années où vous n'étiez pas là à rattraper.

# Chapitre 16

— Il est marié !

Richard jeta le journal sur la table du petit déjeuner, renversant la crème.

— Oui.

Philip s'efforça d'éponger la crème avec sa serviette. Il s'était attendu à cette crise. L'un des valets de lord Eversly lui avait parlé du remue-ménage qui avait régné à Alvord House la veille.

— Il était censé être mort à l'heure actuelle.

— Je sais.

Philip esquiva la théière que Richard venait de lancer à travers la pièce. Le liquide bouillant lui éclaboussa la main. Il tressaillit et s'essuya sur son peignoir.

— Où diable est Dunlap ?

— En route pour l'Amérique.

— En route pour l'Amérique ! (Richard plissa les yeux et se pencha au-dessus de la table.) Tu m'avais pourtant dit qu'il pouvait se charger de cette besogne, cracha-t-il entre ses dents serrées. Tu m'avais assuré qu'il était compétent.

— Et je le pensais. Apparemment, il a tenté de s'occuper de James il y a deux nuits de cela, mais il a échoué. La rumeur qui court parmi les domestiques est que Miss Hamilton l'a assommé avec un pot de chambre. James lui a soutiré une confession puis a arrangé son embarquement pour l'Amérique hier à l'aube.

— Une confession ?

Richard se leva d'un bond et renversa la table du petit déjeuner, envoyant toute la vaisselle s'écraser sur le sol.

Philip balaya de la main les morceaux de tourte à la viande tombés sur ses genoux.

— Personne ne croira à la parole d'un proxénète américain.

— Peut-être pas, mais je n'en peux plus d'attendre que les choses soient réglées. Je refuse de patienter encore. Aujourd'hui, Philip. Nous allons régler le problème aujourd'hui.

— Richard, réfléchis. Il te faut un plan.

— Non, Philip, il me faut des résultats.

Sarah se tenait près d'un grand arrangement floral dans la salle de bal de lady Carrington. Après des heures de discussion, James avait finalement accepté son idée. Elle ne se réjouissait pas de jouer les appâts pour piéger Richard, mais si grâce à elle il pouvait être pris sur le fait et disparaître définitivement de leur existence, le jeu en valait la chandelle.

James avait vécu trop longtemps sous l'ombre menaçante de Richard et de son obsession. Sarah quant à elle n'était l'objet de ses machinations que depuis peu de temps, mais cela lui semblait déjà trop long. La braise qui alimentait sa détermination était la pensée de ce que sa vie deviendrait si James et elle avaient un enfant. Elle ne connaîtrait plus le repos. Chaque soir, en mettant son enfant dans son berceau, elle aurait l'angoisse de ne pas le retrouver au matin. Elle surveillerait chaque domestique, soupçonnerait chaque visiteur, scruterait chaque pièce, chaque paysage inoffensif en quête d'une éventuelle menace. Ce serait un véritable enfer.

James avait pris des dispositions pour minimiser les risques. Il avait insisté pour qu'elle porte une toilette jaune vif et une plume assortie dans les cheveux afin d'être plus facilement repérable dans la salle de bal bondée ou dans la pénombre des jardins. Il avait mis Walter Parks et son réseau étendu d'associés sur le coup. Un gamin des rues était posté devant la porte principale et un autre à la porte de derrière. Un cocher était appuyé nonchalamment contre un des nombreux carrosses qui attendaient dehors. Un conducteur de fiacre faisait le tour du pâté de maisons et, au coin de la rue, un domestique en livrée discutait avec une bonne. Même à l'intérieur de la salle de bal se trouvaient des hommes qui veillaient sur elle.

James ne parvenait pourtant pas à lâcher prise. Sarah l'avait obligé à rester dans le salon de jeu, mais il continuait à réapparaître auprès d'elle à la fin de chaque danse.

— James, en vint-elle à lui dire, il ne se passera rien si vous continuez à me tourner autour comme une nourrice inquiète.

— Je ne veux pas qu'il vous arrive quelque chose.

Les traits de son visage étaient figés comme de la pierre.

— Je sais.

Sarah soupira. Son prochain partenaire approchait.

— Nous en avons parlé des centaines de fois, James. Nous étions d'accord pour mettre ce plan en œuvre. Retournez jouer aux cartes, à présent.

Elle l'incita d'une petite poussée. Il lui jeta un œil furibond, foudroya du regard ce pauvre vicomte Islington, mais finit par tourner les talons pour regagner le salon.

Quand le vicomte la salua en s'inclinant au terme de leur danse, Sarah s'attendait à retrouver James à ses côtés, mais cette fois-ci il avait réussi à demeurer là où il devait être. Elle attendait à présent lord Pontly, certainement un des aristocrates les plus stupides qu'elle eût jamais rencontrés, inscrit sur son carnet de bal pour une danse folklorique.

— Ah, Miss Hamilton, ou plutôt devrais-je dire duchesse. Comment va ma nouvelle cousine ?

Sarah se retourna lentement. Richard se tenait juste derrière elle.

— Mr Runyon. (Elle ravala la peur qui l'envahissait.) Quel plaisir de vous voir.

Richard se mit à rire. Du moins supposa-t-elle que ce son était bien un rire. Cela ressemblait davantage au bruit de grêlons tombant sur le pavé.

— Vous n'êtes pas une très bonne menteuse, Votre Grâce. Puisque vous vous êtes unie à mon cousin – malgré mon conseil, si vous vous en souvenez – vous ne pouvez nullement être heureuse de me voir. D'ailleurs, où est donc James ? D'habitude il monte la garde auprès de vous comme un chien qui veille sur son nouvel os.

— Je crois qu'il est au salon de jeu. Je suis certaine que vous n'aurez aucun mal à l'y trouver.

Richard prit le bras de Sarah.

— Oh, j'ai déjà trouvé ce que je suis venu chercher.

— Mr Runyon, j'ai promis cette danse à lord Pontly.

— Pontly m'a gracieusement cédé sa danse. Maintenant, venez avec moi.

Sarah n'avait pas le choix ; la pression de la main de Richard sur son bras la força à le suivre sur la piste de danse. Elle regarda dans la salle, cherchant Robbie ou Charles, mais n'aperçut aucun d'eux. Elle espéra que les autres guetteurs avaient remarqué que Richard venait d'entrer en scène.

Il la conduisit en direction d'un groupe de danseurs qui se formait près des portes donnant sur le jardin. Au moins ferait-il plus frais de ce côté-là. Mr Symington faisait partie du groupe en train de se constituer. Il avait pour cavalière une jeune fille aux cheveux châtain terne qui gardait les yeux baissés. Il n'avait apparemment pas perdu de temps pour se trouver une nouvelle victime.

L'orchestre entama les premières notes.

— Nous devrions presser le pas, Mr Runyon. Nous allons manquer cette danse.

— Impatiente de danser avec moi ? Quel dommage. Nous n'allons pas rejoindre les danseurs, ma chère, mais les portes juste derrière eux.

— Ah, bien, je suppose qu'il sera agréable de prendre un peu l'air.

Sarah parcourut la salle de bal du regard alors que les portes se rapprochaient. Était-ce Robbie dans le coin là-bas ?

Elle n'en était pas sûre. Et Charles ? C'était peut-être lui à côté du ficus, mais à moins d'avoir des yeux derrière la tête, il ne lui serait d'aucun secours.

Richard l'entraîna dehors et lui fit descendre l'escalier. Une silhouette massive émergea de l'obscurité. Sarah ouvrit la bouche pour crier, mais une main rugueuse se plaqua sur son visage. Quelqu'un passa un sac sur sa tête et l'enveloppa dans une cape, lui bloquant les bras et lui entravant les jambes. Des bras puissants la saisirent et la soulevèrent.

— La porte arrière est par là, entendit-elle Richard dire. Mets-la dans la voiture et fichons le camp d'ici.

— Je crois que vous avez coupé sur votre partenaire, mon vieux, dit le comte d'Eldridge.

— Pour la quatrième fois ! (Le vicomte Paxton laissa retomber sa main.) Ça m'apprendra à jouer avec un jeune marié.

Eldridge lança un regard malicieux à James.

— On a l'esprit à autre chose, hein ?

Le baron Tundrow, le partenaire d'Eldridge, sourit.

— Nous devrions augmenter les mises. Cela aiderait peut-être Alvord à recouvrer ses esprits.

— Non merci, je ne tiens pas à rentrer chez moi pauvre comme Job. (Paxton se pencha par-dessus la table.) Alvord, sortez votre esprit des jupons de votre femme ou je donne votre siège à un autre joueur.

— D'ailleurs je suis surpris de vous voir ici. (Tundrow ricana.) Je pensais qu'on ne vous verrait plus pendant au moins une semaine.

Eldridge hocha la tête.

— Beaucoup trop d'excitation, voilà le problème, Alvord. Rentrez chez vous, emmenez votre adorable épouse au lit. Et laissez ce pauvre Paxton jouer avec un homme qui pense aux atouts de son partenaire, pas à ceux de son épouse.

James se leva.

— Dans ce cas, si vous voulez bien m'excuser ?

— Sans hésitation. (Paxton ramassa les cartes.) Je vous souhaite une bonne soirée.

— Une très bonne soirée ! (Tundrow s'esclaffa.) Nous attendons un héritier dans neuf mois, Alvord, cria-t-il alors que ce dernier s'éloignait.

James l'ignora.

Il savait qu'il avait rendu un piètre service à Paxton en acceptant de jouer avec lui. Les cartes auraient tout aussi bien pu être écrites en sanskrit. Il ne voulait pas jouer dans le salon. Ni venir à ce fichu bal, d'ailleurs.

Il scruta la salle de réception à la recherche de Sarah et aperçut sa plume jaune s'agiter près d'un large bouquet de fleurs. Il se détendit un peu.

Il détestait ce plan. Pourquoi s'était-il laissé persuader ? Il avait pris toutes les mesures de sécurité imaginables, mais il savait qu'il restait toujours un risque. En tout cas, ce serait la première et la dernière fois qu'il autorisait cette folie. Le lendemain, il rendrait visite à Richard et mettrait les choses au point avec lui comme il aurait dû le faire depuis des mois.

James observa la plume jaune qui traversait la salle de bal. La foule empêchait James de distinguer le cavalier de Sarah. Il se déplaça afin d'avoir une meilleure vue.

— Votre Grâce, permettez-moi de vous féliciter !

— Mrs Fallwell, ravi de vous revoir.

Melinda Fallwell, bonne amie de lady Amanda et redoutable commère elle-même, lui bloqua la route. Elle allait le noyer sous le flot de sa conversation s'il la laissait faire. Il tenta de regarder par-delà la coiffure élaborée de Mrs Fallwell. La forêt de plumes violettes émergeant de son turban vert l'empêchait complètement de voir l'autre bout de la pièce. La plume jaune avançait-elle vers ce groupe de danseurs près des portes du jardin ?

— Ainsi, vous n'avez pas eu la patience d'organiser un mariage en bonne et due forme, hein ? (Mrs Fallwell gloussa.) Je ne savais pas que vous aviez le sang aussi chaud. Vous tenez de votre père. C'était un homme fougueux au temps de notre jeunesse, j'aime autant vous le dire. J'ai passé une soirée mémorable à admirer le jardin avec lui. Oh, mais qu'est-ce que je raconte !

Mrs Fallwell agita de plus belle son éventail devant son visage soudain écarlate. Elle hocha la tête et les plumes de sa coiffure s'inclinèrent à l'unisson.

— Puis il a épousé votre mère, poursuivit-elle. Une fille si austère. Belle, mais glaciale. Personne n'a compris ce qu'il lui avait trouvé. Je suppose qu'il pensait juste que c'était le moment d'engendrer une descendance. Il a dû se dire qu'avec elle il n'aurait pas à craindre qu'elle lui ramène l'enfant d'un autre. (Elle replia son éventail et l'utilisa pour tapoter le poignet de James.) Mais on dirait que vous n'avez pas reproduit l'erreur de votre père. D'après ce que m'a confié Amanda, votre épouse a le sang suffisamment chaud pour s'accorder avec le vôtre.

Cette dernière phrase capta l'attention de James.

— Je vous demande pardon ?

— Vous savez. (Mrs Fallwell lui jeta un regard malicieux et s'éventa de nouveau.) Cette auberge. Quel était son nom, déjà ? Le *Lutin vert* ? Amanda m'a raconté toute l'histoire au bal de Palmerson. Elle ne comprenait pas pourquoi il vous fallait tant de temps pour passer la bague au doigt de cette fille.

— Je vois.

James réfléchit à l'idée d'étrangler lady Amanda. Il la chercha des yeux, et vit la plume jaune disparaître par les portes du jardin.

*Sacré bon sang !* Il avait peut-être prononcé ces mots à haute voix, à en croire le hoquet choqué de Mrs Fallwell alors qu'il se mettait à courir pour traverser la piste de danse bondée.

— Alvord, regardez où vous allez !

— Vous marchez sur ma jupe !

— Faites attention !

James ignora les plaintes et se fraya un chemin jusqu'au jardin. Il était prêt à renverser quiconque essaierait de l'arrêter, mais personne ne s'y risqua. Il atteignit les portes et descendit l'escalier en courant.

Trop tard. Tout ce qui restait de Sarah était une plume jaune brisée.

— James, que s'est-il passé ?

Robbie et Charles le rejoignirent au pied des marches.

— Ils ont enlevé Sarah.

James scruta le sol. *Deux, non, quatre hommes. Quatre hommes contre une femme.* Il repoussa la terreur qui montait en lui et réfléchit rapidement.

— Je pars à leur poursuite. Ils doivent être dans un carrosse ; la circulation devrait les ralentir. Je retrouverai le conducteur de fiacre que Parks a posté à la sortie du quartier.

— Je viens avec toi.

— D'accord, Charles. Robbie, tu peux t'occuper de ramener Lizzie et ces dames à la maison ?

— Je vais prendre des dispositions pour elles, et je vous rejoins.

James hocha la tête et partit en courant vers la porte du jardin, Charles sur ses talons.

La porte était grande ouverte, l'allée déserte et le garçon posté par Parks avait disparu. Le son étouffé d'éclats de rire et de notes de musique provenait de la salle de bal ; la rue résonnait du bruit des roues des attelages, des grincements des harnais et du tintement des sabots sur le pavé.

— Votre Grâce.

Un gamin surgit des ombres, haletant. Il indiqua du doigt le bout de la rue.

— Si vous vous dépêchez, vous pourrez rattraper Rufus ; il les a suivis.

— Bien joué, petit. (James lança une pièce au garçon.) Dis-le à Parks.

James courut jusqu'à un vieux fiacre dépenaillé et s'agrippa au siège du conducteur alors que celui-ci commençait à s'éloigner.

— Hé ! (Le cocher leva le manche de son fouet, menaçant de l'écraser sur les mains de James.) Dégage, si tu veux pas avoir des problèmes.

— C'est Alvord, Rufus. Je vais prendre la relève.

Rufus plissa les yeux pour distinguer le visage de James.

— Oh, pardon, Votre Grâce. Je ne savais pas que c'était vous.

— Il n'y a pas de mal. Dépêchez-vous de descendre que je puisse les suivre.

— Bien sûr, Votre Grâce. (Rufus sauta de son siège.) C'est le carrosse là-bas, celui avec la grande éraflure sur l'arrière.

James regarda la rue et hocha la tête.

— Je le vois. Merci.

— Bonne chance, Votre Grâce.

Rufus s'écarta et James s'installa pour prendre les rênes. Charles grimpa à côté de lui.

— Pas vraiment le genre d'équipage auquel tu es habitué, dit Charles.

— Non. (James fit claquer les rênes pour faire avancer la vieille carne.) De toute façon, nous ne voulons pas doubler le carrosse de Richard, ni le suivre de trop près, histoire d'éviter de nous faire repérer. Nul ne sait ce que Richard serait capable de faire à Sarah dans ce cas-là.

— C'est vrai. Espérons juste que ce pitoyable canasson soit capable de garder la voiture de Richard en vue.

James acquiesça et se fraya un passage entre les attelages qui attendaient leurs riches propriétaires pour les emmener à la fête suivante. Le cheval était du genre rétif. Encore heureux que le carrosse de Richard peine à avancer en raison de la circulation. Si seulement James avait eu sa propre calèche ! Mais chacun de ses attelages était facilement reconnaissable et si Richard ou un de ses hommes de main avaient jeté un coup d'œil en arrière, ils auraient alors pu voir qui était à leurs trousses. Ce vieux fiacre passerait plus facilement inaperçu.

— Là, ils ont tourné à droite, dit Charles.

— J'ai vu.

James agita les rênes et la pauvre bête obéit à contrecœur. *Patience*, se conseilla James. Mais il lui était horriblement difficile de se contenir.

Richard continua en direction de l'est. Ils le suivirent dans les larges avenues de Mayfair et Piccadilly jusqu'à Haymarket. Les rues devinrent de plus en plus étroites et encombrées à mesure qu'ils avançaient en direction de Covent Garden, mais ils réussirent à ne pas perdre de vue leur proie. Le carrosse de Richard se trouvait juste devant eux quand ils atteignirent l'intersection de Henrietta Street.

— Hé, Vot'Seigneurie, qu'est-ce qu'un aristo comme vous fait à conduire ce fiacre ?

James tourna la tête une toute petite seconde vers la catin loqueteuse qui l'avait interpellé. Puis il entendit claquer les sabots de chevaux qui arrivaient trop vite. Il eut à peine le temps de voir la catastrophe qui fonçait sur eux depuis Henrietta Street.

Le carrosse de Richard parvint à s'écarter, mais la pauvre bête attelée à leur voiture n'avait aucune chance. Elle resta plantée au milieu du carrefour et hennit de terreur alors qu'une paire de chevaux gris tirant une calèche à la dernière mode déboula sur eux et les percuta de plein fouet.

# Chapitre 17

Personne ne se donna la peine de retirer le sac qui couvrait la tête de Sarah. C'était un bien pour un mal. Le sac était étouffant et elle avait du mal à respirer, mais au moins les hommes dans le carrosse l'ignoraient-ils. Elle se roula en boule dans son coin et resta silencieuse, aux aguets, dans l'espoir d'apprendre quelque chose qui pourrait l'aider à s'échapper.

— Nous avons réussi, Philip ! (C'était la voix de Richard.) Nous tenons sa traînée. Tu es sûr que James ne peut pas nous retrouver ?

— Je ne suis sûr de rien. (La voix du dénommé Philip était basse et rauque.) Mais ton cousin n'a aucun moyen de savoir où nous sommes. Nous devrions donc avoir un peu de temps, suffisamment pour que tu puisses lui écrire.

Sarah sourit. Apparemment, ils ne savaient pas que les associés de Parks les suivaient.

— Ah, oui, le message.

Il y eut une pause, puis Richard reprit :

— Je trouve qu'il n'y a aucune urgence à envoyer le message.

— Que veux-tu dire ? demanda Philip d'une voix tendue.

— Que nous devrions prendre le temps de nous distraire.

— Terminer cette affaire est une distraction suffisante. (Sarah détecta une légère pointe de panique.) Tu as – nous avons – attendu ce moment si longtemps, Richard. Ça y est enfin, tu comprends ? La moitié de la bonne société londonienne t'a vu quitter la salle de bal avec la fille. Tu ne peux pas faire durer cette histoire. Quand tout cela sera fini, l'un de vous deux aura gagné, Alvord ou toi.

— Je l'emporterai, Philip, ne crains rien. Avec la fille, nous tenons James par les couilles. C'est dommage que Dunlap n'ait pas réussi à le tuer, mais c'est peut-être mieux ainsi. Il ne voudra pas perdre la seule femme qu'il ait jamais baisée. Il reconnaîtra mon droit au titre. Je récupérerai enfin mon dû. Je serai le duc d'Alvord.

— Je ne pense pas que les choses seront aussi simples, Richard.

— Tu ne vas pas me dire qu'il va renoncer à copuler maintenant qu'il a enfin compris comment on faisait ? (Richard s'esclaffa.) Non, je ne crois pas. Il fera n'importe quoi pour la récupérer.

Le carrosse tourna à gauche. Sarah entendit le claquement des roues d'un attelage et le bruit de deux véhicules qui se percutaient, puis un vacarme indescriptible, dominé par des hennissements et des cris. Elle espéra que c'étaient les hommes de Mr Parks qui avaient décidé que le moment était venu de la libérer.

Richard tapa du poing sur le toit du carrosse.

— Qu'est-ce qui se passe, Scruggs ?

— Rien de grave, monsieur. Deux jeunes dandys ivres ont percuté un fiacre avec leur calèche, rien de plus. Il s'en est fallu d'un cheveu qu'ils nous rentrent dedans, monsieur.

— Très bien. (Richard se mit à rire.) On n'est pas passés loin de la catastrophe, hein, Philip ?

— Oui, c'est vrai. Et Richard, permets-moi de te faire remarquer que cela apporte la preuve que le plan parfait n'existe pas. Tu ne peux retarder l'envoi du message à ton cousin.

Sarah écouta le vacarme de plus en plus distant. Son espoir d'une délivrance immédiate s'évanouit avec lui.

— Je ne pense pas qu'on doive se contenter de rendre la fille à James.

— Richard. (La voix de Philip était glaciale.) Nous en avons déjà parlé.

— Tu fais ta vierge effarouchée, Philip.

— Ce sera difficile de la tuer et d'échapper à la pendaison. Et si elle meurt, tu n'auras plus aucun moyen de pression.

— Je ne vais pas la tuer… mais elle souhaitera sans doute mourir quand j'en aurai fini avec elle.

Richard ricana. Sarah sentit son cœur lui remonter dans la gorge.

— Richard ! Tu perds de vue l'objectif principal.

— Non, pas du tout.

— Bien sûr que si. L'objectif est le duché, pas la vengeance.

— Ton objectif est le duché. Le mien est le duché et la vengeance. (Richard éleva la voix, enthousiasmé.) Bon sang, tu imagines la tête de James quand il apprendra que la moitié de la Marine anglaise est passée sur sa précieuse épouse. Si elle tombe enceinte, il ne saura jamais si le morveux est le sien ou celui d'un matelot ivre. Et si elle ne se fait pas engrosser, tu peux être sûr qu'elle attrapera au moins une bonne chaude-pisse.

Sarah était sur le point de vomir. Elle se mordit la lèvre inférieure.

— Richard, ton cousin n'est pas sans ressources. Il a de nombreux amis, aussi bien en haut lieu que dans les bas quartiers. Tu as vu avec quelle facilité il s'est débarrassé de Dunlap ? Je suis persuadé qu'il nous tuera ou nous fera tuer si nous touchons à sa femme.

— Je n'ai pas peur de lui.

Richard demeura silencieux durant quelques minutes avant de lancer :

— Peut-être que je vais m'occuper d'elle moi-même.

Philip grogna.

Sarah réfléchit à la vitesse de l'éclair. Ses mains et ses pieds n'étaient pas attachés. Si elle pouvait se débarrasser du sac sur sa tête, elle pourrait se dégager de la cape et s'enfuir en courant dès que le carrosse s'arrêterait. L'attelage était d'ailleurs en train de ralentir. Elle se prépara à saisir l'occasion si elle se présentait.

— Mauvaise idée.

Les mots furent murmurés à son oreille, et elle sentit les bras de Richard qui l'entouraient. Elle se débattit et il referma son étreinte, au point que Sarah eut du mal à respirer.

Elle entendit la porte du carrosse s'ouvrir et reconnut l'odeur familière des quais. Des mains rugueuses la saisirent et la sortirent du carrosse. Quelqu'un la chargea sur son épaule et lui fit franchir une porte étroite. Elle sentit des relents de fumée et de bière, entendit le brouhaha étouffé de voix d'hommes, ponctué de jurons, de bruits de chaise et du tintement de chopes.

Elle s'agita, et l'homme qui la portait resserra sa prise, lui enfonçant l'estomac sur son omoplate. Il s'engagea dans un escalier raide et tortueux, sans vraiment faire attention à son fardeau. La tête de Sarah cogna à deux reprises contre le mur avant qu'elle soit finalement amenée dans une pièce et jetée sur une surface moelleuse. Elle entendit le bruit de pieds bottés qui repartaient, ainsi que celui d'une clef tournant dans une serrure.

Elle resta immobile un moment, aux aguets. Elle perçut des sons effrayants : des voix graves et avinées ; le grincement régulier d'un mauvais lit ; le hurlement d'une femme ; le bruit lointain de sanglots hystériques. Mais tous ces sons horribles étaient étouffés, comme si elle les entendait à travers des portes et des murs. Elle se débarrassa de la cape et ôta le sac de sa tête.

Elle se trouvait dans la chambre la plus vulgaire qu'elle eût jamais vue. Tout y était rouge vif : les murs, les draperies, la couche sur laquelle elle reposait.

Elle se leva d'un bond. Elle ne voulait aucun contact avec le lit d'un endroit pareil. Elle alla à la porte. Verrouillée, comme de bien entendu. Peut-être pourrait-elle s'échapper par la fenêtre. Elle ouvrit les lourds rideaux. Elle s'était attendue à trouver des barreaux à la fenêtre, mais non. Elle n'eut même aucune difficulté à l'ouvrir. Elle se pencha sur le rebord et scruta les ténèbres en dessous. La lune était assez claire pour illuminer la surface huileuse de la Tamise. Seul un oiseau aurait pu s'échapper par là.

Elle revint à la chambre et l'examina soigneusement, cherchant tout ce qui pourrait l'aider à s'enfuir. Ce fut une visite instructive, bien qu'écœurante. Les peintures aux murs, qu'elle avait prises pour des natures mortes et des paysages étaient, à y regarder de plus près, des scènes pornographiques extrêmement explicites. Il y avait des judas dans le mur opposé à la fenêtre – heureusement tous fermés pour l'instant – et une paire de menottes sur une table. Elle trouva un pot de chambre sous le lit et le ramassa dans l'espoir de s'en servir comme d'une arme, une fois de plus.

Elle examina les rideaux rouges. Ils étaient vraiment affreux. Elle en arracha un pan et le suspendit à la fenêtre. Peut-être quelqu'un le remarquerait-il et se demanderait pourquoi un rideau rouge dépassait ainsi. Peut-être James le verrait-il ?

Combien de temps allait-il se passer avant qu'il arrive ? Allait-il vraiment arriver ? Elle n'avait aucune certitude. Quelque chose avait pu mal tourner.

Elle regarda le lit. Non, elle ne le supportait pas ; elle préférait encore s'asseoir par terre. Le sol grouillait sûrement de vermine lui aussi, mais la faune du plancher lui paraissait moins dégoûtante que celle qui devait se nicher au creux des draps. Elle étendit la cape par terre, s'assit en gardant le pot de chambre à portée de main et s'efforça de mettre au point un plan d'évasion.

James tenait la bride d'un des chevaux gris, tandis que Charles maîtrisait l'autre. Les deux idiots dans la calèche, soûls comme des barriques, n'étaient d'aucune utilité. Au moins le cheval du fiacre se tenait-il tranquille, sans doute trop stupide pour ruer.

— Marguerite !

James regarda par-dessus son épaule, et vit Rufus et Robbie accourir. Rufus attrapa la bride de sa vieille jument et commença à lui murmurer à l'oreille.

— Besoin d'un coup de main ? demanda Robbie.

James hocha la tête.

— Comment nous as-tu trouvés ?

— Je suis tombé sur lord Dervin, ou est-ce Devin ? Tu sais, le vieux soldat avec le crâne chauve et les oreilles poilues ?

— Lord Dearvon.

— C'est ça. Je l'ai croisé juste après votre départ. Il m'a dit qu'il s'occuperait de raccompagner ces dames à la maison, alors je me suis précipité pour vous rejoindre. Je suis arrivé dans la rue juste au moment où vous partiez. Rufus et moi – je crois qu'il n'était pas rassuré de te confier Marguerite – avons pris un autre fiacre et vous avons suivis.

— Parfait. Vois ce que tu peux tirer de ces deux-là dans leur calèche – de qui s'agit-il d'ailleurs ?

Robbie les regarda.

— Du vicomte Wycomb et de l'honorable Felix Muddleridge.

— Oh, bon sang. J'aurais dû m'en douter. Va les chercher, qu'ils viennent s'occuper de leurs chevaux, veux-tu ?

Robbie extirpa les deux hommes de leur calèche. La prostituée qui avait interpellé James se rendit utile en apportant à Robbie une grande bassine de liquide que celui-ci leur versa sur la tête. Le liquide était suffisamment froid ou suffisamment immonde pour les sortir de leur torpeur d'ivrognes.

— Bon sang, cracha Wycomb. Que faites-vous, Westbrooke ?

— Il vous réveille, dit James. Venez prendre soin de vos chevaux.

Wycomb regarda vers James.

— Alvord, est-ce bien vous ?

— Oui, c'est moi. Vous m'êtes rentré dedans, espèce d'ivrogne.

— Désolé. J'avais l'esprit embrumé.

— C'est ce qu'il semblerait. Prenez ce cheval et que Muddleridge se charge de l'autre.

— C'est-à-dire…

Wycomb se gratta la tête.

— Tout de suite, Wycomb.

L'homme se décida enfin. James lui abandonna le cheval.

— Rufus, je vous laisse vous occuper de Marguerite. Nous prenons l'autre fiacre. Dites à Parks… (James se passa la main dans les cheveux et regarda Robbie et Charles.) Une suggestion sur l'endroit où Richard pourrait emmener Sarah ?

— Que dirais-tu de l'*Étalon en rut* ? fit Robbie. C'est dans cette direction.

— Comme la plupart des bordels de Londres.

James ferma les yeux. Seigneur, il aurait tant voulu avoir un indice à suivre. Sarah pouvait être n'importe où. Chaque seconde comptait. S'il se trompait, Sarah risquait d'en payer le prix de quelque horrible façon.

— D'accord, essayons l'*Étalon en rut*.

James pria pour avoir fait le bon choix.

# Chapitre 18

La poignée de la porte s'abaissa. Sarah saisit le pot de chambre et le leva bien haut, prête à le fracasser sur le crâne de Runyon.

— Duchesse, dit ce dernier depuis le couloir, d'une voix dégoulinante de malveillance. Qu'il est aimable à vous de m'accueillir ainsi. (Il se jeta en avant, lui saisit les poignets et les tordit.) Ne croyez pas que vous réussirez à me jouer le même tour qu'à Dunlap.

Sarah lutta pour se libérer, mais les mains de Richard étaient comme des étaux. Il serra encore plus fort et elle hoqueta de douleur, certaine que ses os allaient se briser s'il continuait. Ses doigts s'ouvrirent et le pot de chambre s'écrasa sur le sol. Richard balaya les morceaux d'un mouvement de son pied qu'il ramena ensuite en arrière pour refermer violemment la porte. Il sourit.

— Nous y voilà, enfin, duchesse, juste vous et moi. Je me demande bien comment nous allons passer le temps.

Il la plaqua de nouveau contre lui.

Sarah déglutit, tentant de se calmer. Elle était assez proche de lui pour distinguer les pores de sa peau, les poils de barbe sur ses joues. Elle respira sa puanteur, odeur moisie de cheveux huileux, de linge sale et sueur rance. Elle essaya de se reculer, mais Richard l'emprisonnait contre son corps.

— Oh, mais j'ai une idée. C'est une chambre à coucher, ici.

Il lui tordit les bras dans le dos et tint ses deux poignets dans une seule de ses mains. De l'autre, il lui saisit le menton et la força à regarder vers le lit aux draps rouge criard.

— Pourquoi ne me montrez-vous pas les jeux auxquels James aime jouer ? Je suppose que vous avez bien appris quelques tours à mon cousin.

— Non.

Richard tira ses mains vers le haut et une violente douleur se propagea entre les omoplates de Sarah. Elle se mordit la lèvre pour ne pas gémir.

— Est-ce que ça fait mal ? (Il rit.) Ce n'est rien comparé à ce que vous allez subir dans un moment.

Richard la traîna vers le lit.

— Ne faites pas ça. Vous ne me désirez pas.

— Évidemment que je ne vous désire pas, espèce de traînée rousse. Ce n'est pas une question de désir. (Il la repoussa contre une colonne de lit et se plaqua contre elle.) Enfin pas de ce genre de désir, en tout cas.

Il retira les épingles qui retenaient encore sa chevelure et y passa ses doigts sales.

— Est-ce que James étale vos cheveux roux de putain sur l'oreiller quand il vous prend, duchesse ? Ou préfère-t-il qu'ils viennent caresser sa poitrine quand vous le chevauchez ? Est-ce qu'il entortille ses doigts dedans, comme ceci ?

Il agrippa ses mèches à pleines mains et les tordit si fort qu'elle eut l'impression qu'il allait les arracher. Elle le saisit aux poignets.

— Laissez-moi.

— Oh non. (Ses yeux descendirent vers sa gorge.) J'ai attendu ce jour depuis trop longtemps. (Il lui tira les cheveux en arrière, la forçant à relever le menton.) Je parie que votre belle peau blanche fait de magnifiques bleus, duchesse.

Il posa sa bouche sur son cou, juste sous sa mâchoire, et mordit violemment la peau tendre. Elle sentit une goutte de sang couler jusqu'à sa clavicule.

— Voici ma première marque, duchesse. La première d'une longue série.

— Arrêtez. S'il vous plaît, arrêtez.

— Oh non, je n'arrêterai pas. Je n'arrêterai pas avant d'avoir fini. (Il serra encore le poing autour de ses cheveux, lui faisant monter les larmes aux yeux.) Savez-vous quel est mon tout premier souvenir, duchesse ? La première image que je me rappelle de ma petite enfance ? C'est mon père en train de me flanquer une raclée dans son bureau. J'avais quatre ans. Il m'avait mis cul nu et me fouettait. Et vous savez pourquoi ?

Richard marqua une pause, manifestant clairement qu'il attendait une réponse.

— Non, murmura Sarah.

Richard lui tirait tellement la tête en arrière que sa nuque et ses épaules la lançaient.

— Il me fouettait parce que j'avais poussé mon morveux de petit cousin et que je l'avais fait pleurer. « James est le marquis de Walthingham, m'avait-il dit. Il deviendra le duc d'Alvord. Un pair du royaume ». Seigneur Dieu ! Mon père aurait dû être le duc, mais il n'avait pas le cran d'affronter son frère ni de récupérer la fortune et le titre qui lui revenaient de droit. Il n'en voulait pas. Il était heureux au milieu de ses vieux livres poussiéreux et de ses chiens puants. Il se fichait de me priver du même coup de mon dû.

Richard relâcha son étreinte et Sarah redressa un peu la tête. Se laisserait-il suffisamment emporter par ses souvenirs pour qu'elle ait une occasion de lui échapper ?

— À Cambridge, il y avait une fille qui me plaisait, mais le seul moyen de l'attirer dans mon lit fut de lui promettre qu'elle aurait James ensuite. Vous auriez dû entendre cette foutue garce. Alors même que j'étais en train de la baiser, tout ce dont elle parlait c'était de lui, de ses épaules, de ses jambes, de son beau petit cul. Eh bien, elle n'est jamais arrivée jusqu'au lit de James. Je lui ai brisé le cou et l'ai jetée dans le fleuve.

Sarah se redressa encore un peu. Elle voyait la porte, elle n'était pas si loin. Si elle pouvait lui mettre un coup de genou, comme elle l'avait fait à Dunlap…

Mais Richard la tenait trop fermement.

— Alors, non, je ne vais pas arrêter, pas maintenant que j'ai ma revanche à portée de main. Je vais profiter de chaque seconde de cette nuit. À travers vous, c'est James que je violerai. Quand je traînerai votre carcasse osseuse en bas et que je regarderai trente gaillards vigoureux vous prendre à leur tour, ce sera le visage de James que j'aurai sous les yeux.

— James vous tuera.

— Je ne crois pas, non. Je pense qu'il va avoir un accident. Les quais sont très dangereux, vous savez. Ou peut-être qu'il sera si horrifié de découvrir votre corps meurtri, visité de la poupe à la proue – excusez l'image – par une bande de marins, qu'il s'ôtera lui-même la vie.

— Non !

Sarah poussa de toutes ses forces contre le torse de Richard et tenta de lever le genou pour le frapper. Il la bloqua aisément et s'esclaffa.

— Vous ne pouvez vous en prendre qu'à vous-même, duchesse. J'ai essayé de vous dissuader d'épouser James, mais vous étiez aveuglée par votre concupiscence. Voyez où elle vous a menée.

Il la poussa sur le lit. Elle rampa pour s'écarter mais il se jeta sur elle, l'écrasant de son poids. Elle se débattit et tenta de le frapper, mais il était trop lourd. Elle voulut lui griffer les yeux, mais il écarta ses mains aussi facilement que l'on chasse un moustique un soir d'été.

— Oui, duchesse, résistez-moi. J'aime quand vous autres femelles essayez de résister. C'est tellement plus amusant.

Sarah perçut l'excitation dans sa voix et sentit son érection contre sa cuisse. Il se redressa sur les coudes, l'emprisonnant sous le poids de son corps, et sortit une corde de sa poche.

— De la soie serait plus appropriée pour votre peau délicate, duchesse, mais j'ai dans l'idée que la brûlure à vos poignets sera la moindre de vos douleurs demain matin.

Il lui attacha les mains aux colonnes du lit puis se mit à califourchon sur elle et passa lentement le bout de son index sur le décolleté de sa robe de bal.

— Parlez-moi de votre mari, duchesse. James se conduit-il convenablement au lit ? Ou est-ce qu'il mouche les chandelles avant de toucher d'une main hésitante votre corps maigrelet encore couvert d'une chemise de nuit boutonnée jusqu'au menton ?

Sarah ravala sa terreur.

— Laissez-moi, Richard. Je suis certaine que nous pourrons trouver un arrangement si vous me laissez partir. James est un homme raisonnable.

— Vraiment ? (Il insinua un doigt dans le décolleté de Sarah et parcourut la courbe de ses seins.) Je doute qu'il soit raisonnable quand il s'agit de vous. Et la raison ne m'intéresse pas, je recherche la passion. La passion et la douleur. James s'est accaparé ce qui était à moi, et aujourd'hui c'est moi qui détiens ce qui est à lui. Je veux qu'il ressente ce que j'ai ressenti pendant toutes ces années.

Il glissa une main entière sous l'étoffe délicate de sa robe et tira d'un coup sec, la déchirant jusqu'à la taille. Le premier réflexe de Sarah fut de vouloir se couvrir la poitrine de ses bras, mais elle ne fit qu'accroître la douleur de ses poignets entravés.

Richard passa ses doigts infâmes sur sa peau, pétrit sa chair, toucha ses mamelons. Elle ferma les yeux pour ne plus avoir à supporter sa vue.

— Regardez-moi, duchesse.

Sarah secoua la tête et se détourna.

— Ne me défie pas, chienne.

Il la gifla violemment. Sarah sentit le goût du sang dans sa bouche.

— Regarde-moi.

— Non.

S'il la frappait assez fort, elle serait libérée. Sombrer dans l'inconscience était le seul moyen d'échapper à ce cauchemar.

C'était comme si Richard avait lu dans ses pensées.

— Je suis un expert à ce jeu, duchesse.

Il lui pressa les seins avec force. Elle hoqueta. Des larmes brûlantes jaillirent au coin de ses yeux et roulèrent jusqu'à ses oreilles.

— Vous aurez mal comme jamais, mais ce ne sera pas assez pour vous apporter la paix.

Il rit et se glissa contre elle. Elle tenta de le frapper avec ses jambes, mais elle était gênée par sa robe et par le poids du corps de Richard.

Il lui écarta largement les jambes et l'attacha par les chevilles aux colonnes du lit.

— Voyons voir à présent où le Moine a fait ses dévotions.

Il dégaina sa dague, et coupa la robe et les jupons de Sarah en remontant jusqu'à sa taille.

Assis dans un recoin obscur de la salle commune, Philip Gadner avala une autre gorgée de bière. Bon Dieu, il détestait cet endroit. Il jeta un coup d'œil vers la table voisine. Alfred et Scruggs avaient chacun une chope de bière à la main et une putain sur les genoux pour les divertir. Ils avaient voulu rester là jusqu'à ce que tout soit fini. Ils guettaient une occasion de se venger de James pour la correction qu'il leur avait donnée devant le *Chien qui jappe*, quand ils travaillaient encore pour Dunlap.

Il fallait que Richard envoie la lettre. On aurait pu penser qu'il serait capable de garder ses chausses boutonnées le temps d'accomplir une chose aussi simple, mais non, une petite catin blonde à gros seins avait attiré son œil. Il était monté avec elle. Philip n'avait pas vraiment protesté. C'était mieux que de le voir s'occuper de la duchesse d'Alvord.

Il s'adossa à sa chaise et pianota sur la table du bout des doigts. Richard avait sûrement fini à présent. Il n'était jamais très long avec les femmes. Philip regarda l'escalier. Oui, voilà la traînée qui redescendait, suivie par un gros matelot qui affichait un large sourire de satisfaction sur son visage bovin.

*Bon sang!* Philip bondit sur ses pieds. Où diable était Richard?

James, Robbie et Charles laissèrent le fiacre sous la surveillance d'un marin qui flânait le long des quais.

— James. (Charles pointait le doigt vers l'*Étalon en rut.*) Regarde, là, au-dessus du fleuve.

— Je vois. (Une large bande de tissu rouge flottait depuis une fenêtre.) Troisième étage, la pièce du fond.

— Tu penses que c'est là que se trouve Sarah? demanda Robbie.

— Je l'espère.

James ouvrit la porte de l'établissement.

— Vous!

La maquerelle avait reconnu James et Robbie, et ne semblait pas très heureuse de les revoir.

Il y eut un rugissement à une table voisine. James vit les brutes de Dunlap renverser leurs bières et leurs compagnes pour se jeter sur lui. Il aperçut également le visage surpris de Philip Gadner. Aucune trace de Richard.

— Robbie, Charles, je vous laisse vous occuper de nos amis.

Il indiqua de la tête les deux hommes qui s'avançaient vers eux. Philip n'avait pas bougé.

— Je dois trouver Sarah.

— Vas-y, James, dit Charles. Nous arrivons.

James grimpa l'escalier quatre à quatre.

Sarah ne s'était jamais sentie aussi vulnérable et humiliée.

— Regardez-moi. (La lame aiguisée de la dague de Richard glissa sous son sein.) Je veux que vous voyiez qui est entre vos jambes. Je veux que vous sachiez à qui appartient la semence répandue dans votre ventre.

La dague lui érafla la peau et passa dans sa toison bouclée. Sarah essaya de plier les genoux pour fermer ses cuisses à Richard, mais les liens l'en empêchaient. Elle sentit ses doigts qui la forçaient et hoqueta de douleur quand il en introduisit un en elle. Une vague brûlante de honte déferla sur elle. Sarah ravala ses larmes et ouvrit les yeux. Richard la regardait, sans la moindre trace de pitié.

— Vous êtes encore jeune et fraîche, duchesse, dit-il en passant son autre main sur elle. Douce. Et étroite, tellement étroite. Un délice pour moi, et pour les premiers hommes en bas qui vous prendront. D'ici à demain matin, vous serez aussi flasque que la plus vieille pute du pire bordel de Londres.

Il retira sa main pour déboutonner ses chausses.

La porte s'ouvrit à toute volée avant que Richard ait eu le temps de défaire le premier bouton. Il pivota pour voir James qui franchissait le seuil.

— Richard !

Sarah lut le choc et la souffrance dans les yeux de James juste avant de sentir le couteau de Richard à l'entrée de son sexe.

— Un pas de plus, James, et tu verras ma lame s'enfoncer dans le ventre de ta garce.

James s'immobilisa.

— Que veux-tu, Richard ?

Sa voix était calme, mais Sarah vit avec quelle intensité il regardait son cousin. Ce n'était pas la cour du *Lutin vert*. Tous deux savaient que, cette fois, Richard ne reculerait pas.

— Quel dommage que tu sois arrivé si tôt, James. J'étais sur le point de profiter de ta catin. (Richard passa sa main gauche le long de la jambe de Sarah.) Puis-je poursuivre ? Peut-être aimerais-tu rester pour regarder ? Tu pourrais apprendre une chose ou deux.

James ne mordit pas à l'hameçon.

— Que veux-tu, Richard ? demanda-t-il de nouveau.

— Je veux ce qui est à moi.

Sarah sentit le métal froid se déplacer sur son corps alors que Richard changeait de position pour faire face à James. La dague pointait désormais sur sa cuisse.

— Je veux le duché.

— Il est à toi. Pose ce couteau.

— Quoi, ce serait aussi simple ?

— Tant que tu reposes ce couteau et que tu ne fais pas de mal à Sarah.

— Tu tiens tellement à ta garce ?

— Pose ce couteau, répéta James.

— Je vais d'abord graver mes initiales sur ses cuisses blanches. Tu permets ? Comme ça, chaque fois que tu viendras entre ses jambes, tu te rappelleras que moi aussi je suis passé là. Tu te rappelleras que j'ai gagné.

Richard se tourna vers Sarah et James profita de cet instant pour agir. Il bondit, attrapa la main de Richard qui tenait le couteau et la tordit en l'écartant loin du corps de Sarah.

— Non ! hurla Richard. (Il lutta pour garder la dague en main.) Sale bâtard !

De sa main libre, il tenta d'atteindre James au visage. Celui-ci bloqua le coup avec son avant-bras. Richard frappa de nouveau, plus bas, et James para cette autre attaque en interposant sa cuisse.

— Richard, arrête, haleta James.

— Jamais, fils de pute ! Je n'arrêterai que quand tu seras mort.

Sarah se débattit mais ses liens ne cédèrent pas. Elle ne pouvait rien faire sinon regarder les deux hommes qui luttaient entre ses jambes. James avait attrapé l'autre main de Richard, et les deux combattants étaient unis dans une horrible parodie de valse dont la musique était composée des grognements et des halètements de leur lutte. James était plus grand et plus fort, mais il s'efforçait de maîtriser Richard, pas de le tuer. Son adversaire, quant à lui, se battait avec toute la force de sa folie. Le meurtre brillait dans ses yeux.

— Richard ! (Philip apparut sur le seuil.) Qu'est-ce que tu fais ? Arrête !

— Philip…

Richard tourna les yeux vers Philip et, à cet instant précis, le couteau s'enfonça dans sa poitrine. James tenta de ramener son bras en arrière, mais il était trop tard. Le sang jaillit du torse de son cousin.

— Richard !

La lame cliqueta sur le sol et James plaça ses deux mains sur la plaie. Il essaya de juguler l'hémorragie, mais la blessure était trop profonde. Le sang jaillit, teintant la chemise de Richard et les mains de James d'un rouge brillant.

Richard baissa les yeux vers la tache qui s'élargissait sur sa poitrine. Son visage était d'une pâleur extrême, comme si ses couleurs s'échappaient de lui par la plaie.

— Tu as gagné, marmonna-t-il. Tu as gagné, ordure.

Ses yeux se fermèrent et il s'affaissa tête la première entre les jambes de Sarah.

L'odeur puissante du sang emplit la pièce.

— Vous l'avez tué.

Philip contemplait le corps de Richard.

— C'était un accident.

James sortit son propre couteau, coupa les liens de Sarah et la prit dans ses bras, l'entraînant loin du lit et du cadavre de Richard. Elle s'accrocha à lui, enfouit son visage dans sa chemise et respira profondément. Son parfum familier, la sensation de son corps contre le sien, la force de ses bras qui l'enveloppaient et le battement régulier de son cœur l'apaisèrent. Elle commença à se dire que le cauchemar était peut-être enfin terminé.

— Vous l'avez tué, répéta Philip, d'une voix lourde de stupeur.

— Ce n'était pas intentionnel. Je repoussais le bras avec lequel il tenait la dague et il s'est brusquement relâché quand il vous a vu. Son bras est parti en arrière et la lame s'est enfoncée dans sa poitrine sans que je puisse l'empêcher.

— Il est mort.

Philip s'avança lentement vers le lit. Il prit le corps de Richard dans ses bras et le serra contre sa poitrine, maculant ses propres vêtements. Ses joues étaient couvertes de larmes. Sarah se détourna alors que sa voix se brisait en un premier sanglot.

— Sarah. (James lui caressa les cheveux en lui parlant doucement à l'oreille.) Tout va bien ?

— Oui. (Elle sentit elle aussi les sanglots l'assaillir.) Je suis heureuse que vous soyez là, James. Si heureuse que vous soyez arrivé. (Elle le serra encore plus fort au souvenir des choses que Richard lui avait dites et faites.) C'était horrible. Il vous haïssait tellement.

— Chut. (James la berça contre son corps solide.) C'est fini, maintenant. Richard ne pourra plus jamais vous faire de mal.

— Il ne pourra plus jamais nous faire de mal à tous les deux.

Sarah essaya de se sentir soulagée, mais l'odeur du sang et de la mort, le son cruel du chagrin de Philip, la douleur qu'elle ressentait dans tout son corps la maintenaient prisonnière de ce cauchemar.

— Rentrons à la maison, James. S'il vous plaît, rentrons à la maison maintenant.

— Très bien, mon cœur. (James l'embrassa tendrement sur la tempe.) Robbie et Charles vont arriver d'ici une minute ou deux. Ils pourront s'occuper de tout cela.

Sarah jeta un regard en direction de Philip. Il avait glissé au sol, le visage caché dans le cou de Richard.

— Que va-t-il se passer pour lui ?

— Je ne sais pas. Il a participé à votre enlèvement. Il doit être puni.

— Il a aussi essayé d'empêcher Richard de me faire du mal, James. Il voulait que Richard se contente de vous envoyer une demande de rançon.

James hocha la tête.

— Je vous crois, et je ne suis pas très désireux de le traîner en justice. S'il est jugé, toute cette histoire sordide sera étalée au grand jour.

L'estomac de Sarah se révulsa. Allait-elle devoir revivre cette horrible nuit ? Elle saisit le bras de James.

— Je veux que cela se termine, James. Je refuse d'avoir à reparler de tout cela ni même à y repenser. La mort de Richard n'est-elle pas un châtiment suffisant pour cet homme ? Ne peut-on en rester là ?

— Peut-être. Je doute que Philip représente un danger pour nous ou pour qui que ce soit d'autre, mais je n'aime pas l'idée de vivre dans la même ville que lui. Ni dans le même pays. (James posa une main sur la nuque de Sarah, apaisant un peu la tension qui subsistait dans son cou.) Je vais le laisser sous bonne garde pour quelques jours, le temps que nous décidions où il serait le plus opportun de l'envoyer. Plus rien ne le retient en Angleterre ; il ne rechignera probablement pas à l'idée d'un long voyage, surtout si l'autre option est la potence.

— Très bien.

Sarah se détendit un peu. Peu lui importait de savoir où Philip irait tant que cette nuit était reléguée au passé une bonne fois pour toutes.

— Votre pauvre robe est en lambeaux. Supporterez-vous de vous servir de l'un de ces immondes draps ?

— Il y a une cape par terre, James, de l'autre côté du lit. Mes ravisseurs m'en ont couverte quand ils m'ont emmenée. Je vais la mettre.

James alla récupérer la cape. Sarah croisa les bras. Elle se moquait que James la voie ainsi – il l'avait vue encore moins vêtue, évidemment –, mais elle craignait l'arrivée de Charles et Robbie. Elle guetta la porte d'un œil anxieux. Ils pouvaient débarquer d'un moment à l'autre.

Elle ne voulait pas non plus s'exposer au regard de Philip, qui avait cessé de sangloter. Elle se tourna vers l'endroit où il était agenouillé avec le corps de Richard dans les bras.

Philip avait bougé. Il avait reposé le corps de Richard et s'était levé, les lèvres retroussées comme un chien enragé, la dague ensanglantée de Richard à la main. Il avait les yeux rivés sur le dos de James qui se baissait pour ramasser la cape.

— James ! hurla Sarah en se jetant sur Philip.

Philip se retourna pour lui faire face. Sarah le percuta de côté en tentant de le désarmer. Déséquilibré, il tomba lourdement sur le sol, le bras tenant le couteau replié sous lui.

Robbie et Charles arrivèrent dans la chambre sur ces entrefaites.

— Mon Dieu !

Robbie s'immobilisa à la porte.

Charles le poussa pour entrer. James aida Sarah à se relever et la couvrit de la cape tandis que Charles s'agenouillait pour examiner Philip.

— Il est mort, dit-il. La lame s'est enfoncée en plein cœur.

# Chapitre 19

Après avoir assuré à tante Gladys, lady Amanda et Lizzie qu'ils allaient tous bien, Sarah et James montèrent en laissant à Robbie et Charles le soin de raconter les événements en détail.

— J'ai besoin d'un bain, James, dit Sarah alors qu'ils entraient dans sa chambre. Il faut que je me débarrasse de la souillure de cet endroit.

Les valets apportèrent la baignoire et la remplirent. Aussitôt que la porte se referma derrière eux, Sarah ôta ses vêtements et se plongea dans l'eau chaude. Elle avait le sentiment qu'elle ne se sentirait plus jamais propre de toute sa vie.

Puis elle perçut dans son dos les mains larges et fermes de James, qui la lavait de la crasse et du désespoir.

— Plongez votre tête, mon cœur.

Il lui massa le cuir chevelu et passa ses doigts entre ses longues mèches de cheveux. Puis il lui caressa le cou et effleura la courbe de ses oreilles. Il posa sa bouche avec tendresse sur la marque que Richard avait laissée sur sa gorge et y déposa un petit coup de langue. Le corps de Sarah s'éveilla en réponse.

Elle avait craint de ne plus jamais vouloir être touchée. Mais à présent elle savait que les mains de James étaient ce dont elle avait besoin pour guérir. Elle avait besoin de son corps en elle pour se débarrasser de l'horreur de cette nuit. Elle avait besoin d'être submergée par son amour, que celui-ci noie tous ces souvenirs atroces. Elle avait besoin de l'aimer pour se sentir de nouveau vivante.

— Vous feriez mieux de finir toute seule, Sarah. Je ne me fie pas assez à moi pour oser laver le reste de votre corps.

Sarah leva les mains et les posa sur les poignets de James. Elle les fit glisser le long de ses avant-bras et l'entendit prendre une brève inspiration.

— Tout va bien, James. J'aimerais que vous le fassiez, au contraire.

— Euh, Sarah. (Sa voix était tendue.) Êtes-vous sûre que c'est une bonne idée ? Êtes-vous prête pour ce qui risque d'arriver ?

— Oui. J'ai besoin de vous. Dans tous les sens du terme.

Elle entendit James soupirer et sentit la tension abandonner ses bras.

— D'accord, mon cœur.

Sa voix tremblait légèrement. Il saisit un pain de savon, puis ses mains effleurèrent les épaules de Sarah avant de descendre vers ses seins. C'était ce dont elle avait besoin, ce que réclamait son corps : les mains, les doigts de James qui caressaient sa peau. Elle respira son odeur et sut que c'était James qui la touchait. Son corps se fit plus souple, plus accueillant.

James savonna ensuite son ventre et ses cuisses, puis titilla sa toison et la toucha là où elle brûlait le plus de le sentir. Elle frissonna et leva les yeux vers lui. Il lui rendit son regard, et sur son visage se lisaient la tension et le désir.

— Je vous aime, James.

Il pencha la tête et l'embrassa.

— Moi aussi, je vous aime, Sarah, souffla-t-il. Je crois que je ferais mieux de vous sortir de la baignoire, à présent.

Il l'enveloppa dans une serviette moelleuse et la prit dans ses bras, caressant de ses lèvres sa joue, ses paupières, sa bouche. Elle sentit son érection contre son ventre et se pressa tout contre. James se recula.

— Pas encore, mon cœur. Je veux moi aussi me débarrasser de la souillure de cette nuit.

— Puis-je vous laver ?

— J'adorerais cela, Sarah, mais je ne maîtrise pas vraiment mon corps en ce moment.

— Cela m'est égal. C'est bien ainsi. S'il vous plaît ?

Il l'embrassa avec passion.

— Quand vous demandez aussi gentiment, mon amour, je ne peux rien vous refuser.

Elle commença par son dos, comme il l'avait fait pour elle. Elle se savonna les mains et les passa sur ses épaules larges. Elle le poussa doucement et il se pencha en avant afin qu'elle puisse frotter l'ensemble de son dos jusqu'à ses fesses. Elle fit courir ses mains le long de ses hanches. Le souffle de James se bloqua et il s'agita dans la baignoire, qui déborda.

— Doucement, mon cœur, ou vous allez vous retrouver trempée, dit-il d'une voix tendue, haletante.

Sarah avait besoin de sentir qu'elle détenait un certain pouvoir après le cauchemar d'impuissance qu'elle venait de vivre. Elle laissa glisser sa serviette sur le sol et se pencha en avant. Elle entoura James de ses bras et lui caressa le torse, tandis que ses seins venaient frotter contre son dos.

— Mon Dieu, Sarah.

James voulut se retourner, mais elle lui intima de ne pas bouger en l'immobilisant avec ses mains.

Elle avait besoin de savoir qu'elle avait la faculté de donner. Elle n'était plus une victime à présent. Elle n'était pas non plus la bénéficiaire de la protection et de l'amour de James. Elle était celle qui donne. Elle était forte. Elle sentit son amour pour James la submerger, emporter les dernières traces de la peur et de la haine qu'elle avait ressenties chez Richard et en elle-même.

Elle le contourna afin de pouvoir explorer plus avant son torse et cette ligne attirante de poils qui descendait de sa poitrine jusqu'à son nombril et plus bas encore. James tendit la main vers Sarah, mais elle se recula.

— Pas encore. (Elle lui prit les mains et les plaça sur le rebord de la baignoire, les gardant prisonnières des siennes pendant qu'elle lui parlait.) Pas encore. Gardez vos mains ici jusqu'à ce que je vous dise de les bouger.

— Mon Dieu, Sarah, je ne sais pas si j'en serai capable. Vos caresses me mettent à l'agonie.

Elle lui sourit.

— Dans ce cas, préparez-vous à mourir, James, parce qu'il y a beaucoup d'autres endroits de votre corps que j'ai l'intention d'explorer.

— Beaucoup ? croassa-t-il. (Il prit une profonde inspiration et ferma les yeux.) Je m'efforcerai de tenir bon, mais rappelez-vous, je ne suis qu'un homme.

— Oui, ça je le vois.

Il s'esclaffa.

Elle s'approcha du bout de la baignoire pour lui laver les pieds. Elle remonta lentement de ses chevilles à ses genoux et à ses cuisses. James se laissa glisser dans la baignoire, et Sarah put passer les mains sous ses fesses, puis à l'intérieur de ses cuisses, effleurant ses bourses. James inspira brièvement et se crispa. L'eau déborda de nouveau.

— Les domestiques vont se demander ce que nous avons bien pu faire.

— Quoi ?

James la regarda, les yeux remplis de passion. Elle lui sourit et laissa ses doigts courir le long de son membre. Il ferma les yeux et se mordit les lèvres. Les jointures de ses mains devinrent blanches tant il s'agrippait au rebord de la baignoire. Elle le caressa de nouveau et il émit un gémissement.

— Sarah, s'il vous plaît, ne peut-on pas aller sur le lit à présent ?

— Quand vous demandez aussi gentiment, je ne peux rien vous refuser.

James lâcha les rebords de la baignoire et l'attrapa par les épaules pour l'attirer à lui dans un fougueux baiser. L'eau gicla tout autour de la baignoire.

Sarah se mit à rire.

— Les domestiques vont vraiment se demander ce que nous avons bien pu faire.

— Les domestiques sauront exactement ce que nous avons fait. Venez maintenant, avant que j'explose.

Les draps du grand lit de James étaient blancs, pas rouges. Les seuls sons étaient leurs gémissements de plaisir à eux deux. La seule chose qui l'emprisonnait était son amour, et c'était un lien qu'elle ne voulait jamais desserrer. Elle s'ouvrit à James de son plein gré et il vint en elle, emplissant son corps et son esprit. Elle savoura la tension qu'il faisait monter en elle et après que l'orgasme les eut submergés, elle se trouva dans un état de paix profonde.

— Croyez-vous que nous avons conçu un enfant ? murmura-t-elle quand James s'affaissa sur elle.

— Hum ?

Il paraissait agréablement distrait. Elle passa les mains sur son dos et ses hanches.

— Croyez-vous que nous avons conçu un enfant ?

Il se redressa sur ses coudes et la regarda dans les yeux.

— Peut-être. (Il sourit.) Ce serait merveilleux d'avoir un enfant, mais je ne suis pas très pressé. Je serais heureux de passer du temps à essayer de le faire.

— Au moins notre enfant sera en sécurité, à présent.

— Oui.

Une ombre passa sur son visage. Il se retira d'elle et s'allongea à son côté.

Sarah se redressa sur un coude.

— Êtes-vous contrarié par la mort de Richard ?

— Je ne voulais pas le tuer. Nous nous battions. Quand il a vu Philip, il a cessé de lutter, l'espace d'une seconde. Sans la résistance qu'il m'opposait, ma main a repoussé son bras vers sa poitrine. Je n'ai pas pu m'arrêter à temps.

— Je sais. (Elle posa sa main sur la joue de James et le regarda dans les yeux.) Vous n'aviez vraiment pas le choix. Vous ne pouviez pas vivre tous les deux ; Richard n'aurait jamais renoncé. Il aurait continué à se battre jusqu'à ce que l'un de vous meure.

James ferma les yeux.

— Je sais. Il représentait un problème sans solution, mais c'était également mon cousin. (Il rouvrit les yeux et la regarda.) Je devrais être horrifié de l'avoir tué, mais je suis surtout soulagé.

— Tout comme je le suis. (Elle mit sa main sur la poitrine de James.) Il y a encore une chose que je ne comprends pas. Pourquoi Richard a-t-il répandu la rumeur à propos du *Lutin vert*? Il devait savoir que cela vous forcerait à m'épouser.

James sourit.

— Je ne crois pas que ce soit Richard qui ait répandu la rumeur.

— Qui d'autre cela pourrait-il être ?

James l'attira sur son torse.

— Je pense que c'est lady Amanda.

— Lady Amanda ? Pourquoi pensez-vous que ce soit elle ?

— Parce que sa grande amie Melinda Fallwell m'a dit que c'était elle qui lui en avait parlé.

Sarah repensa à cette horrible nuit du bal Palmerson quand la rumeur s'était répandue comme une traînée de poudre. Elle se rappela avoir vu lady Amanda parler à Mrs Fallwell, et se souvint de la réaction de cette dernière.

— Vous avez certainement raison. Mais pourquoi lady Amanda aurait-elle fait cela ?

— Peut-être, dit James en passant ses mains sur ses flancs et en remontant sur sa poitrine nue, parce qu'elle avait compris que nous étions faits l'un pour l'autre.

Sarah frissonna. C'était tellement difficile de se concentrer quand les doigts agiles de James lui faisaient ce genre de choses.

— J'ai toujours pensé que lady Amanda était une femme très rusée.

— Très. (James se redressa pour aller chatouiller du bout de son nez la peau si sensible sous l'oreille de Sarah.) Et loyale.

Je suis persuadé qu'elle espère voir un héritier à Alvord dans neuf mois.

Il fit basculer Sarah de sorte à se retrouver au-dessus d'elle.

— Si nous reprenions nos efforts en ce sens, Sarah ? Nous ne voulons pas décevoir lady Amanda, n'est-ce pas ?

Sarah passa les bras autour du cou de James.

— Non, nous ne voulons certainement pas décevoir cette chère lady Amanda.

Découvrez la suite de la série
**Noblesse oblige** dans :

LE MARQUIS MIS À NU
(version non corrigée)

Également disponible chez Milady Romance

Traduit de l'anglais (États-Unis) par Xavier Hanart

# Chapitre premier

*Nom de Dieu, pourquoi a-t-il fallu que Paul meure ?*

Le major Charles Draysmith se tenait dans la grande allée couverte de gravier. Tandis que la pluie lui coulait dans la nuque, il observait l'immense façade de grès se dressant devant lui. Il n'avait aucune envie d'entrer.

Il avait traîné à Londres aussi longtemps qu'il avait pu, rencontrant les notaires et les banquiers de Paul, s'occupant des moindres détails de la succession tout en détestant chaque instant de ces démarches. Chaque « oui, monsieur » avait paru lui arracher une nouvelle parcelle de vie.

Grâce à un voleur italien resté anonyme, il était devenu le marquis de Knightsdale.

L'averse redoubla soudain d'intensité et aspergea son manteau, ajoutant encore aux gouttes qui lui dégoulinaient dans la nuque. Il ne pouvait pas rester là comme un grand dadais. Tante Béa allait bientôt arriver avec équipages et serviteurs – sans oublier son chat obèse – pour préparer les festivités.

*Bon sang !* Dès le lendemain, une horde de jeunes vierges de l'aristocratie accompagnées de leurs chères mamans allait fondre sur Knightsdale. L'appréhension lui tenaillait les entrailles. Ses paumes devinrent moites, comme avant chaque bataille qu'il avait menée durant la Guerre de la Péninsule. Il mourait d'envie de faire demi-tour et de prendre ses jambes à son cou.

Il fit un pas en avant et frappa à la porte.

— Bonjour, monsieur.

— Ce jour n'a rien de bon, Lambert.

Charles laissa le majordome prendre son manteau et son chapeau trempés. Il n'avait pas vu cet homme depuis dix ans – depuis le mariage de Paul. Lambert avait de nouvelles rides autour de la bouche et des yeux, et la chevelure clairsemée.

Charles se dit que le domestique avait également dû remarquer quelques changements en ce qui le concernait. La dernière fois qu'il s'était trouvé chez lui, c'était juste après être sorti de l'université. Il avait trente ans à présent, et avait vieilli au milieu du sang et de la crasse de la guerre.

— Que quelqu'un s'occupe de mon cheval, je vous prie.

— Certainement, monsieur. Lady Béatrice vous accompagne-t-elle ?

— Non, j'ai pris de l'avance. Je… Mais qu'est-ce que ce boucan ?

Charles aurait juré avoir entendu les tirs d'une artillerie lointaine.

— Je pense qu'il s'agit de Miss Peterson, monsieur, avec lady Isabelle et lady Claire.

— Mais que fabriquent-elles, bon sang ?

Charles s'élança vers l'escalier. Le bruit venait d'un des étages supérieurs.

— Elles jouent aux quilles, monsieur. Dans la grande galerie.

Aux quilles ? Comment les filles pouvaient-elles jouer aux quilles ? Ce n'était que des bébés.

Il entendit un nouveau grondement suivi de cris perçants. Quelqu'un s'était-il fait mal ? Il se mit à courir, gravissant les marches deux par deux. Si ses souvenirs étaient exacts, la grande galerie abritait de nombreux bustes en marbres très lourds représentants certains de ses aïeux. Si l'un d'entre eux venait à tomber sur un petit enfant… Et d'où venait cet aboiement ? Il y avait un chien en plus ? Mais à quoi pensait cette Miss Peterson ? Il s'était attendu à trouver Nanny et la gouvernante… Son nom était-il Peterson ? Ce n'était pas ce qu'il avait compris. Il s'en serait souvenu car c'était également le nom du pasteur de Knightsdale. Il s'était dit que ses nièces étaient entre de bonnes mains. Apparemment, il s'était trompé. Qu'à cela ne tienne, cette Miss Peterson allait bientôt devoir chercher un nouvel emploi.

Il entra dans la grande galerie juste à temps pour voir un terrier noir et blanc percuter le piédestal supportant le buste de son grand-oncle Randall.

Emma Peterson bondit pour rattraper la statue au moment même où un homme se mit à brailler du haut de l'escalier. Elle fut tellement surprise d'entendre une voix masculine qu'elle faillit tomber elle-même sur ce buste hideux. Il était impensable que M. Lambert ait laissé un tel énergumène pénétrer dans la maison.

— Nom de dieu ! Qu'est-ce qui vous est passé par la tête de laisser cet animal courir partout ? L'un des enfants aurait pu se faire écraser.

Emma se raidit. Pour qui se prenait cet homme à débarquer là en jurant et en lui faisant des remontrances ? Elle remonta ses lunettes sur son nez. Le connaissait-elle ? Sa voix lui semblait légèrement familière. Si seulement il consentait à s'approcher.

Que pourrait-elle faire d'ailleurs ? Elle le prierait de redescendre et de sortir de cette maison. Il n'était pas très grand mais ses larges épaules et son attitude autoritaire indiquaient qu'il avait l'habitude qu'on lui obéisse. Et s'il devait se montrer menaçant ? Si elle criait, quelqu'un l'entendrait-il à temps pour venir à son aide ?

— Prinny ne faisait rien de mal, monsieur.

Isabelle tenait bravement tête à l'intrus, ses frêles épaules rejetées en arrière, mais elle s'était quand même légèrement rapprochée d'Emma.

— Bien sûr qu'il ne faisait pas de mal, dit la petite Claire en passant ses bras autour du cou de l'animal. Tu es un bon chien, hein, Prinny ?

Prinny aboya et lui lécha la figure.

— Prinny ? Bonté divine ! Vous avez donné à cette pauvre bête le surnom du prince régent ? C'est peut-être un bon chien, mademoiselle, mais il n'a pas à courir en ces lieux.

— Monsieur…

Emma fut ravie de constater que sa voix ne trahissait nulle faiblesse. Elle se releva pour faire valoir sa taille, aussi insignifiante soit-elle.

— Monsieur, je dois vous demander de partir. Immédiatement.

— Vous me demandez de partir ? À moi ? Madame, ce serait plutôt à moi de vous ordonner de quitter cet endroit dans les plus brefs délais.

Emma déglutit. Voilà qu'il s'approchait.

— Isabelle, Claire, venez ici mes chéries.

L'homme s'immobilisa.

— Isabelle et Claire ?

— En effet, affirma Emma en relevant le menton.

Il était assez proche désormais pour qu'elle puisse le voir distinctement. Son visage était halé par le soleil. Ses cheveux bruns et bouclés avaient été coupés très court. Il était plus âgé, plus musclé et plus assuré que l'homme qu'elle avait aperçu pour la dernière fois lors du mariage de feu le marquis mais elle le connaissait. Elle n'avait jamais pu oublier ces yeux du même bleu clair que l'eau d'un lac, aux prunelles bordées d'un liseré plus sombre. Charles Draysmith, le garçon qu'elle avait idolâtré et l'homme dont elle s'était languie était enfin rentré à Knightsdale.

— Ce sont mes nièces ?

Charles observa les filles. La plus âgée, Isabelle, semblait avoir environ neuf ans. Elle était mince et possédait des cheveux raides d'un blond presque blanc, des pommettes hautes et les mêmes yeux verts que Paul. L'autre restait potelée comme un nourrisson, mais ce n'était pourtant plus un bébé. Sa chevelure très bouclée rappelait celle de Charles lui-même.

Claire, la cadette, posa les poings sur les hanches. Il était certain d'avoir vu Nanny faire ce geste des centaines de fois quand il était petit garçon. La fillette lui jeta un regard de défi.

— Êtes-vous un méchant homme ?

— Claire ! (Emma fronça les sourcils.) Voici votre oncle Charles, le frère de votre papa.

Charles observa la gouvernante. Comment l'avait-elle reconnu ? Les domestiques étaient censés l'attendre. Il avait envoyé un message annonçant que lui et tante Béa allaient bientôt arriver. Par conséquent, nul besoin d'être un génie pour découvrir son identité. Mais elle n'avait pas compris d'emblée qui il était, sinon elle ne lui aurait pas ordonné de quitter la maison. Elle avait de l'aplomb, il fallait le reconnaître. Elle n'avait pas reculé face à son agressivité. Plus d'un soldat avait pourtant blêmi sous le feu de ses réprimandes.

Elle mesurait à peine quelques centimètres de plus qu'Isabelle mais sa silhouette n'avait rien d'enfantin. Bien au contraire. Il examina son visage. De longs cheveux d'un blond profond lui rappelant la couleur du miel tiède et qui étaient encore plus bouclés que les siens, quelques taches de rousseur, des yeux bruns aux reflets dorés soulignés par de longs cils noirs…

— Brindille ?

Il réprima un éclat de rire en la reconnaissant. Non, ça ne pouvait pas être Emma Peterson, la fille du vicaire ; la gamine tout en os qui lui collait jadis aux basques comme un chiot abandonné. Les autres garçons se moquaient de lui mais il n'avait jamais eu le cœur de la repousser.

— Veuillez m'excuser. Je veux dire… Mademoiselle Peterson, ne me dites pas que vous êtes la gouvernante des filles ?

— Non, monsieur. La gouvernante, Miss Hodgekiss, a été soudainement rappelée en son foyer pour prendre soin de sa mère malade. Je ne fais que la remplacer durant son absence.

Ses joues rosirent. Elle tentait désespérément ne pas croiser ses yeux. Le regard de Charles se fit plus incisif. En son for intérieur, il se dit que Miss Emma Peterson lui vouait toujours une sorte d'admiration. Intéressant. C'était un joli brin de femme – peut-être même la solution à son problème. Et s'il lui demandait de l'épouser ? Il pouvait sans doute trouver bien pire. S'il obtenait son consentement avant le début de cette satanée fête, il n'aurait pas à passer les prochains jours à fuir devant une meute de filles à marier.

Charles se rendit compte que Claire le tirait par la manche.

— Miss Hodgekiss a peur que sa maman meure.

De grands yeux noisette l'observaient.

— Ma maman est morte sur une montagne en It-lie.

— En Italie. Ta mère et ton père sont morts dans les montagnes en Italie.

Charles dut se racler la gorge. Il n'avait jamais vraiment apprécié Cécilia, l'épouse de Paul. Il la considérait comme jolie mais superficielle, à l'image de nombreuses jeunes femmes de la haute société. Il passa les doigts dans les boucles de Claire tout en regardant Isabelle. Les filles ne semblaient pas submergées de chagrin, ce qui n'était guère surprenant. D'après ce que lui avaient confié ses amis le duc d'Alvord et le comte de Westbrooke, Paul et Cécilia n'avait pas été des parents très présents. Ils passaient la majeure partie de leur temps à Londres ou sur les terres d'une de leurs relations.

— Vous êtes notre nouveau papa ?

— Claire, ne fais pas ta sotte ! lui lança Isabelle, la mine renfrognée. Oncle Charles n'a que faire de nous. Il préfèrerait avoir sa propre famille.

Charles entendit alors Miss Peterson tressaillir. Lui aussi eut l'impression d'avoir reçu un coup à l'estomac. Il était vrai qu'il n'avait pas vraiment pensé aux filles puisqu'il s'était imaginé qu'elles seraient encore des bébés. Pour autant, cela ne signifiait pas qu'il ne voulait pas d'elles.

— Je suis votre oncle, Isabelle. Le frère de votre papa. Vous faites donc partie de ma famille et cet endroit est votre foyer. Claire a raison. Je suis appelé à remplacer votre père.

Il sourit en constatant que l'aînée détendait un peu sa posture. Il ne doutait plus d'être capable de devenir pour ses nièces le père que Paul avait été.

— Parlez-moi de votre chien. Vous l'avez appelé Prinny ? Pourtant, il ne ressemble guère à notre régent.

Tout ce que Charles pouvait voir du petit chien noir et blanc se résumait à sa queue ronde et à ses pattes arrière. Le reste était coincé entre le mur et le piédestal portant le buste du grand-oncle Randall.

— Hé, bonhomme ! Sors de là !

Prinny cessa de gratter, éternua et trottina pour étudier de plus près les bottes de Charles.

— Prinny est le chien de Miss Peterson, papa.

— Claire, ma chérie, lord Knightsdale est votre oncle, pas votre père.

Claire fit une moue boudeuse.

— Mais je ne veux pas d'un oncle. Je veux un papa !

Charles s'agenouilla afin que son visage soit au même niveau que celui de la petite fille. Il perçut l'incertitude et la crainte dissimulées par son regard obstiné. Il avait déjà croisé ces émotions dans les yeux de nombreux enfants en Espagne et au Portugal. Claire était peut-être une fillette élevée au sein d'une riche famille d'Angleterre, elle n'en restait pas moins une enfant.

— Claire, certaines personnes pourraient se méprendre si vous m'appeliez « papa ». Et ce ne serait pas très gentil d'oublier votre vrai papa, n'est-ce pas ?

La lèvre inférieure de Claire se mit à trembler. Elle croisa fermement ses bras devant elle.

— Je veux un papa. Pourquoi ne pourriez-vous pas être mon papa ? Et Miss Peterson pourrait être ma maman.

Charles avait l'impression de vaciller au bord d'un précipice. Au moindre faux pas, Claire se mettrait à sangloter.

— Et si vous m'appeliez « oncle Charles » devant tout le monde et « papa Charles » en privé ?

— En privé ?

— Oui, quand nous nous retrouvons tous les deux. Ou avec Isabelle et Miss Peterson. Cela vous semble-t-il acceptable ?

Claire se mordilla la lèvre inférieure puis sourit avant de sauter au cou de Charles. Instinctivement, il la prit dans ses bras pour éviter de basculer en arrière.

La peau de Claire était aussi douce que celle d'un bébé. Ses boucles lui chatouillaient le menton. Quand elle lui posa un baiser sur la joue, il sentit dans son souffle une odeur de lait et de porridge. Un étrange sentiment de tendresse l'étreignit.

— Ce serait acceptable, papa Charles, déclara Claire avant de repartir pour prendre Prinny dans ses bras.

*Ah.* Il n'y avait donc pas beaucoup de différence entre lui et le chien. Tous les enfants étaient-ils aussi prolixes de leur affection ? Il posa les yeux sur Isabelle. Non, apparemment pas.

— Si vous le désirez, Isabelle, vous pouvez m'appeler papa Charles vous aussi.

— J'ai neuf ans, mon oncle. Je ne suis donc plus un bébé.

*En effet.* Il aurait préféré que ce soit le cas. La silhouette de la petite était trop droite, trop raide. Elle lui rappelait les jeunes soldats avant leur première bataille. Neuf ans, c'était encore trop tôt pour se prendre pour une grande.

— Pensez-vous que je puisse vous emprunter Miss Peterson quelques instants ? J'aimerais discuter un peu avec elle.

— Bien sûr, répondit Isabelle.

Miss Peterson semblait faire des efforts pour réprimer un sourire. Parfait. Il tenait absolument à ce qu'elle soit bien disposée à son égard.

— Isabelle, pourriez-vous raccompagner Claire à la nursery ?

— Oui, Miss Peterson.

— Peut-on emmener Prinny avec nous, maman Peterson ?

Charles se mordit les lèvres pour ne pas éclater de rire en voyant l'expression de la jeune femme. De toute évidence, elle n'était pas très à l'aise avec le nouveau nom que lui avait trouvé Claire mais elle ne voulait pas vexer la petite fille.

— D'accord mais veillez à ce qu'il n'embête pas Nanny.

— Prinny n'embêterait jamais Nanny, hein mon Prinny ?

Le chien aboya deux fois avant de lécher le visage de Claire

— Vous voyez, Miss Peterson ? Prinny est très malin.

— En effet mais il peut être parfois assez foufou.

— Nanny adore Prinny, Miss Peterson, renchérit Isabelle. Elle fait juste semblant de s'énerver contre lui.

— Je ne pense pas qu'elle faisait semblant quand il l'a fait tomber dans les fleurs et qu'elle a sali sa robe, Isabelle.

— Mais il ne l'a pas fait exprès ! ajouta Claire en caressant l'une des oreilles de Prinny. Il voulait juste sentir la grosse rose rouge.

— Assurez-vous simplement qu'il reste à l'écart des fleurs de Nanny cette fois-ci.

— Oui, Miss Peterson. Promis. Allez, viens Claire.

La voix aiguë de Claire se répercuta dans toute la galerie alors qu'elle trottinait vers l'escalier.

— Je crois que papa Charles sera un très beau papa. Tu ne penses pas, Isabelle ? Il a de jolis yeux et ses cheveux sont aussi bouclés que les miens.

Charles sourit en regardant Emma, qui rougit aussitôt.

— Je vous demande pardon, monsieur. Claire est très jeune. Ses manières vont s'améliorer avec l'âge.

— Oh mais je ne suis pas offensé. Mes cheveux sont effectivement légèrement frisés. Comme les vôtres, d'ailleurs.

Il parcourut ses boucles du regard. Elle avait essayé de les dompter en les tirant en arrière mais certaines d'entre elles s'étaient échappées. Le rouge de ses joues s'accentua de manière très séduisante.

— Et je ne peux pas nier avoir de jolis yeux. Les trouvez-vous jolis, Miss Peterson ?

— Monsieur !

Son visage prit une belle teinte écarlate.

Il sourit et lui offrit son bras.

— Et si nous nous rendions au cabinet de travail ? J'apprécierai que vous me parliez de mes nièces. Comme vous l'aurez compris, je ne sais pas grand-chose de leur existence.

Elle hésita puis posa les doigts sur son avant-bras. Ils tremblaient légèrement alors il les recouvrit de sa main. Ils étaient si menus, si délicats. Il ne l'avait jamais considérée comme quelqu'un de délicat quand elle était enfant car elle fournissait beaucoup d'efforts pour parvenir à les suivre, lui et ses amis. Mais ce n'était plus une enfant. Il risqua un coup d'œil vers la poitrine de la jeune femme. Non, plus du tout. Et ses jolis seins n'avaient rien de menus. Il aurait même parié qu'ils étaient sublimes. De quoi remplir la main d'un honnête homme, même s'ils étaient pour le moment cachés par une robe sans intérêt. Charles était impatient de défaire ces boutons pour découvrir toutes les merveilles qu'elle prenait soin de cacher.

Une brusque montée de désir rendit une certaine partie de son anatomie qui n'était pourtant jamais petite plus imposante encore. Il détourna le regard tout en réprimant un sourire.

Son avenir lui semblait soudain bien plus prometteur.

Emma accompagna Charles dans le bureau du rez-de-chaussée. Elle était assaillie par des sentiments contradictoires. Il y avait tout d'abord eu la colère et la peur quand il avait fait irruption dans la pièce. Mais dès qu'elle avait compris de qui il s'agissait, eh bien… Elle ne savait pas vraiment ce qu'elle avait ressenti.

Elle aurait pourtant dû être dans une rage folle. Elle lui en avait beaucoup voulu durant les quatre mois qui venaient de s'écouler car il ne faisait pas le court voyage depuis Londres pour rendre visite à ses nièces. Ce n'était pas tant qu'il manquait aux filles. Elles avaient l'habitude qu'on les néglige, ce qui était encore plus navrant. Non, en redescendant le grand escalier, Emma prit conscience que c'était elle qui avait été déçue par son comportement.

Oh, il avait bien fait une courte apparition de quelques heures quand le marquis et la marquise avaient été inhumés dans la crypte familiale. Mais il était reparti pour Londres avant même que l'écho de la dernière prière se soit tu, et on ne l'avait pas revu depuis. Pourquoi ? Qu'était-il donc arrivé à cet homme ? La guerre l'avait-elle changé de manière aussi radicale ? Le garçon qu'elle avait connu n'aurait jamais délaissé ses nièces de cette manière.

Elle se rappelait le jour où elle l'avait rencontré. Grands dieux ! Disons plutôt qu'elle chérissait ce souvenir et qu'elle l'invoquait dès qu'elle se sentait seule, triste ou découragée.

Elle avait six ans à l'époque. Son père venait de prendre son office à Knightsdale et elle regrettait son ancienne maison, ses amis et tout ce qui lui était familier. La solitude lui tiraillait l'estomac. Elle avait découvert un tronc accueillant près du ruisseau qui courait le long des bois jouxtant le presbytère et elle s'y était réfugiée pour pleurer jusqu'à ne plus avoir de larmes. Mais ses pleurs ne faisaient qu'augmenter le vide qui l'oppressait.

C'est là que Charles avait débarqué dans son monde… en sifflotant. Elle l'entendit avant de le voir. Elle aurait pu se cacher mais elle était trop épuisée d'avoir trop pleuré. Il s'était posté devant elle, les mains sur les hanches.

Il n'avait que quatre ans de plus qu'elle et n'était qu'un garçon maigrichon coiffé de boucles brunes. Mais dans la quiétude du sous-bois, sous la lumière du soleil filtrant entre les feuilles, il lui fit l'effet d'un dieu. Il avait poussé un murmure de dégoût avant de tirer de sa poche un mouchoir crasseux.

« Un peu de tenue », avait-il lancé en lui essuyant le visage. « Arrêtez de pleurnicher. Vous ne voudriez pas que tout le monde vous prenne pour un bébé, n'est-ce pas ? Allez, venez plutôt m'aider à trouver des salamandres. »

À cet instant précis, elle était tombée amoureuse de lui et n'avait jamais cessé de l'être depuis.

Elle regarda la main de Charles qui recouvrait la sienne. Il ne portait pas de gant. Elle non plus, d'ailleurs. La chaleur et le poids de sa paume ainsi que le contact de ses doigts puissants et légèrement calleux altéraient étrangement sa respiration. Elle ressentit le besoin urgent de retourner sa main pour entremêler ses petits doigts à ceux de Charles.

Il était pourtant hors de portée. Elle en avait conscience. Elle l'avait toujours su, même quand elle l'avait admiré dans ce bois vingt ans plus tôt. Il était alors le fils et le frère d'un marquis et voilà qu'à présent il avait lui-même hérité du titre. Elle n'était que la fille d'un pasteur, aussi anonyme qu'un des innombrables boutons d'or qu'on trouvait dans les champs de Knightsdale. Pourtant, elle l'avait suivi comme un petit chien, se réjouissant de la moindre marque d'attention. Quand il était parti afin de poursuivre ses études, elle avait pleuré à nouveau et, une fois encore, ses larmes n'avaient pas suffi à effacer ce vide qui lui tenaillait l'estomac.

Puis sa mère était morte. Il avait donc fallu qu'elle prenne soin de sa sœur, Meg, et de son père. Elle n'eut alors plus de temps à consacrer à de stupides rêveries romantiques.

Elle jeta un regard au profil de Charles alors qu'ils pénétraient dans le hall d'entrée. Ces rêveries étaient aussi insensées que romantiques. Pourtant, elle n'avait pas eu le cœur de s'en priver. .

Elle avait seize ans la dernière fois qu'il s'était trouvé dans cette maison. Elle ne sortait pas encore. Elle était trop jeune pour être invitée au bal donné en l'honneur du mariage de Paul mais bien assez grande pour désirer intensément y assister et, peut-être, danser avec Charles.

Elle avait alors fait la chose la plus téméraire de sa vie – la seule chose téméraire de sa vie… Elle s'était glissée par la fenêtre de sa chambre, avait traversé les bois puis s'était hissée jusqu'à une terrasse. Là, tapie dans l'ombre, elle avait observé les hommes en chemises blanches et habits noirs ainsi que les femmes portant bijoux et toilettes colorées.

Elle avait vu Charles sortir sur la terrasse, accompagné d'une dame de Londres. Emma avait soigneusement observé cette femme. Sa robe soulignait la moindre de ses courbes et plongeait dangereusement bas au niveau de sa poitrine. Elle était d'une beauté stupéfiante. Charles avait alors pris cette dame dans ses bras et l'avait embrassé tandis que ses mains parcouraient son corps en toute liberté.

Cette vision avait troublé Emma au plus haut point. Le souffle coupé, elle s'était sentie à la fois déconcertée et embarrassée, comme une voyeuse. Mais elle en avait aussi été tout émoustillée. Elle avait regagné le presbytère aussi vite que si le Diable lui-même avait été à ses trousses.

Depuis, elle avait revu ce baiser des milliers de fois dans ses rêves. Toutefois, dans ses visions, c'était elle que Charles tenait dans ses bras.

Désormais, elle se considérait immunisée contre ce genre de tristesse. Dès qu'ils entrèrent dans le cabinet de travail, elle retira sa main. Les domestiques avaient fait de leur mieux mais l'endroit sentait encore le feu de cheminée et la poussière. Cela faisait plus d'un an que le marquis – l'ancien marquis – était venu dans cette propriété.

— Mademoiselle Peterson, je vous présente mes excuses si je vous ai effrayée tout à l'heure.

D'un geste, Charles lui indiqua de s'asseoir sur un siège près de l'âtre. Elle préféra rester debout, le forçant ainsi à en faire de même. Il lui lança un regard étonné. Emma joignit ses mains devant elle.

— Monsieur, voilà maintenant quatre mois que votre frère et son épouse sont décédés, faisant de vos nièces des orphelines. Pourquoi vous a-t-il fallu tout ce temps pour rentrer chez vous ?

Charles haussa les épaules.

— Chez moi ? (Il serra les lèvres et baissa le regard vers le bureau. Quand il releva les yeux, son visage ne trahissait aucune émotion.) Les filles étaient en de bonnes mains. J'avais parlé à votre père aux funérailles. Nanny était là ainsi que la gouvernante. Pourquoi les enfants auraient-elles eu besoin d'un oncle qui n'était qu'un étranger pour elles ? Et je pensais vraiment qu'elles n'étaient encore que des bébés.

— Comment avez-vous pu vous imaginer cela ? Isabelle a neuf ans et Claire, quatre.

— Je n'avais que vingt et un ans et j'étais un jeune homme vivant à Londres quand Paul a eu son premier enfant. Déçu qu'il ne s'agisse pas d'un héritier, je n'y ai pas vraiment prêté attention. Et ensuite, il y a eu la guerre. La plus jeune, Claire, n'était pas née quand je suis parti pour la Péninsule.

— Envisagez-vous de les quitter à nouveau maintenant que vous les avez revues ?

Emma comprit à son expression que c'était exactement ce qu'il avait l'intention de faire, et s'écria :

— C'est impensable, monsieur ! Les filles ont suffisamment vécu entourées de domestiques. Elles ont besoin d'un membre de leur famille auprès d'elles. Vous avez entendu combien Claire désire un père ! Et c'est aussi le cas d'Isabelle même si elle est trop timide pour le dire.

— Et d'une mère, Miss Peterson ? Les filles ont très certainement tout autant – sinon davantage – besoin d'une mère que d'un père.

— Oui. Elles ont bien évidemment besoin d'une mère mais, à l'heure actuelle, il ne se trouve personne capable de remplir ce rôle.

— Vraiment ? (Charles lui lança un sourire soudain.) Et vous, donc ?

Emma eut l'impression que tout l'air contenu dans ses poumons venait de s'en échapper.

Charles se mordit la joue pour ne pas éclater de rire. Miss Peterson restait bouche bée.

— C'est une excellente idée si on y réfléchit bien. Comme vous l'avez dit vous-même, les filles ont besoin d'une mère. Elles vous connaissent et vous sont attachées. De plus, vous habitez tout près. Vous pourrez donc facilement retrouver le confort de votre famille.

*Et je trouve l'idée de vous avoir dans mon lit particulièrement séduisante.* Charles sourit en essayant d'imaginer comment Miss Peterson réagirait à cette déclaration. Cela faisait des années qu'il n'avait pas pensé à elle et la voir là, rien qu'à quelques centimètres de lui… C'était peut-être le contraste entre les souvenirs de la petite fille qu'elle avait été et la présence de la femme qu'elle était devenue. Quoi qu'il en soit, la situation était d'un érotisme torride. Il changea de position, se détournant un peu d'elle pour cacher sa réaction.

C'était la solution parfaite à son problème. Il n'y aurait de désagrément pour aucun d'entre eux. Après tout, il n'allait passer beaucoup de temps avec elle – il n'avait aucune envie de vivre à Knightsdale. Il trouverait une activité profitable à Londres et reviendrait de temps à autre pour remplir ses responsabilités en tant que châtelain et héritier.

Bien entendu, il profiterait de ses visites pour coucher avec elle, pour défaire cette robe hideuse et libérer ce si joli corps, pour plonger son visage entre ces seins voluptueux, pour…

Il se retourna brusquement vers le bureau. Ses culottes devenaient clairement trop étriquées.

— Vous avez une meilleure idée, Miss Peterson ? Auriez-vous un prétendant ?

— Euh, non. Mais…

— Et veuillez excuser ma question, mais n'auriez-vous pas déjà dépassé l'âge du mariage ? Si je me souviens bien, vous avez quatre ans de moins que moi, soit vingt-six ans.

— En effet.

Charles lui jeta un coup d'œil, notant au passage le rouge écarlate de ses joues et le souffle haletant qui soulevait sa poitrine. Sa généreuse poitrine. Il releva les yeux pour croiser son regard. Derrière ses lunettes, des éclairs dorés brûlaient sous ses sourcils froncés.

Il regretta d'avoir souligné le fait qu'elle était vieille fille mais il voulait que cela pèse dans sa décision. Il était peu probable qu'on lui fasse une meilleure offre voire tout simplement qu'on lui fasse quelque offre que ce soit.

— Je ne serai pas envahissant, vous savez. Je passerai le plus clair de mon temps à Londres. Je ne vous rendrai visite que de manière occasionnelle.

— Pourquoi donc vous embêter à nous rendre visite ? Vous avez très bien vécu sans cela durant toutes ces années.

Charles toussota derrière sa main. Ne voyait-elle pas où il voulait en venir ? Il la regarda de nouveau. Les bras croisés sous ses seins magnifiques, elle releva un sourcil. Comment avait-il pu ne pas remarquer leur délicieuse courbure ? Ni combien sa bouche appelait les baisers, même quand elle n'était réduite qu'à une ligne serrée comme à cet instant ?

Ses lèvres s'adouciraient-elles s'il y posait les siennes ?

— Il reste la question d'un héritier.

— Quoi ? (Elle écarquilla les yeux avant de se renfrogner.) Que voulez-vous dire exactement ?

La froideur de ses paroles créait un contrepoint intéressant aux flammes qui brûlaient dans ses yeux. Charles comprit alors qu'il fallait envisager un repli stratégique, mais il s'était déjà trop engagé en territoire ennemi. Il devait charger, sabre au clair.

— Un héritier. Il m'en faut un maintenant que je suis le marquis de Knightsdale. Et cela ne risque pas d'arriver si je reste à Londres alors que ma femme se trouve dans le Kent, n'est-ce pas ?

Il évita de justesse un petit chien en porcelaine qui frôla son oreille avant de se briser sur la porte du cabinet de travail.

Achevé d'imprimer en avril 2013
Par CPI Brodard & Taupin - La Flèche (France)
N° d'impression : 73036
Dépôt légal : mai 2013
Imprimé en France
81120762-2